GENA SHOWALTER

La promesa más
OSCURA

Editado por Harlequin Ibérica.
Una división de HarperCollins Ibérica, S.A.
Núñez de Balboa, 56
28001 Madrid

© 2017 Gena Showalter
© 2018 Harlequin Ibérica, una división de HarperCollins Ibérica, S.A.
La promesa más oscura, n.º 146 - 21.2.18
Título original: The Darkest Promise
Publicada originalmente por HQN™ Books

Todos los derechos están reservados incluidos los de reproducción, total o parcial. Esta edición ha sido publicada con autorización de Harlequin Books S.A.
Esta es una obra de ficción. Nombres, caracteres, lugares, y situaciones son producto de la imaginación del autor o son utilizados ficticiamente, y cualquier parecido con personas, vivas o muertas, establecimientos de negocios (comerciales), hechos o situaciones son pura coincidencia.
® Harlequin, HQN y logotipo Harlequin son marcas registradas por Harlequin Enterprises Limited.
® y ™ son marcas registradas por Harlequin Enterprises Limited y sus filiales, utilizadas con licencia. Las marcas que lleven ® están registradas en la Oficina Española de Patentes y Marcas y en otros países.
Imagen de cubierta utilizada con permiso de Harlequin Enterprises Limited. Todos los derechos están reservados.

I.S.B.N.: 978-84-9170-561-1
Depósito legal: M-28777-2017

A Jill Monroe: La mejor de las amigas, confidente y ¡suministradora de ideas!

A Naomi, de French n Bookish: ¡Un tesoro!

A Denise Tompkins: ¡Mi hermana del corazón! ¡Gracias por ser tú!

A Shane Tolbert, Shonna Hurt y Michelle Quine: ¡Mis mejores animadoras!

A Crystal Lepinsk, Penny Beerling, Sananda Davalillo, Sarah Hutchinson, Sarah McAdorey y Jennifer Forist: Por ayudarme a ponerle nombre a un personaje (en este libro y, quizá, en los siguientes).

Diccionario abreviado del Inframundo, Sexta edición

Tristeza. Tris-te-za.

Definición: El demonio de la Tristeza consigue que su huésped inmortal permanezca en un estado de angustia mental, emocional y física. A través de su huésped es capaz de alcanzar a los demás.

Ejemplo: El demonio poseyó a Cameo con la tristeza y, cuando ella gritó, su voz imbuida de tristeza le rompió el corazón a todo aquel que estaba alrededor.

Síntomas: Angustia, ansiedad, cara de perro crónica, abatimiento, depresión, desolación, desesperación, desaliento, penuria, pesadumbre, pena, aflicción, congoja, melancolía, dolor, tristeza, desdicha, estrés, sufrimiento, tormento, infelicidad, tribulación, miseria.

Cura: Muerte (no recomendado actualmente por ningún médico).

Capítulo 1

«No intentes ir diez movimientos por delante de tu adversario. Quédate detrás de él con un cuchillo».

Fragmento de *Convertirse en el rey que debes ser*,
una obra en proceso de escritura, por Lazarus el Cruel
e Insólito

Como una Alicia de camino al País de las Maravillas, Cameo, la huésped del demonio de la Tristeza, fue rodando hacia abajo por una cueva oscura. Cuando apareció el fondo, por fin, ella se preparó para el choque... pero atravesó un portal brillante. Las paredes de la cueva desaparecieron, y ella salió, a través de un cielo de medianoche, a un nuevo reino.

«No tenía que haber tocado la Vara Cortadora», pensó. Solo con rozar el preciso orbe de cristal que la remataba en el mango con las yemas de los dedos, el antiguo artefacto había abierto una puerta entre el mundo físico y el espiritual. *Voilà!* El descenso había comenzado en un abrir y cerrar de ojos.

Mientras caía hacia un terreno llano, se preparó para el impacto...

Cameo se golpeó contra el suelo. Se le escapó un grito cuando el cerebro rebotó contra su cráneo, se le vaciaron los pulmones de aire y se le rompieron múltiples huesos.

Sintió un dolor de agonía y vio puntos negros. Perdió todo el calor de las extremidades, que se concentró en su torso. Su cuerpo entró en estado de shock.

Pasaron varias horas hasta que recuperó las fuerzas necesarias como para colocarse de costado y, solo de aquel esfuerzo, el corazón le golpeó con fuerza las costillas rotas. Empezó a darle vueltas la cabeza pero, por suerte, el dolor se mitigó. Por fin pudo respirar de nuevo, y percibió un olor intenso a ambrosía, la droga preferida de los inmortales. Estuvo a punto de echarse a reír. Por una vez había tenido suerte. Si era necesario caer a plomo contra la tierra, ¿qué mejor lugar que un campo de ambrosía?

Recuperó y perdió el conocimiento varias veces. La curación de sus heridas le dio una noción del paso del tiempo, además del paso de la oscuridad a la luz. Cuando notó que los rayos de sol le abrasaban la piel pálida, se despertó por completo.

Arrugó la nariz al inhalar. Ya no olía a ambrosía, sino a hojas quemadas. ¿Dónde había aterrizado? ¿En el infierno? El sol quemaba tanto que había calcinado varias parcelas de tierra.

Cameo se arrastró hasta una parte sombreada y exhaló un suspiro de alivio cuando notó que se le refrescaba la piel. Entonces, vio un cielo de color lavanda, con nubes verde claro. Los árboles eran muy altos, de color rosa, y había algunas zonas con hierba azul.

Vaya, aquello sí que era una novedad. Un bosque digno de una princesa de cuento. Lástima que ella fuera la mala de la película. Para ella, y para su familia de guerreros poseídos por demonios, las cosas nunca habían ido bien.

Al ver pasar por delante de ella una mariposa del tamaño de un puño, tuvo miedo. Con el paso de los siglos, los insectos se habían convertido en un mal presagio. La muerte y la destrucción estaban esperando...

Sintió el peso de la depresión sobre los hombros, y se lamentó por su vida.

Ya había perdido muchas cosas. Y todo, por haber cometido un pequeño error cuando vivía en el monte Olympus.

¿Aquel error? Ayudar a sus amigos a robar y a abrir la caja de Pandora. El castigo apropiado habría sido una amputación, o dos. O, tal vez, unos cientos de años en la prisión. Sin embargo, se veía obligada a ser huésped del demonio de la Tristeza para toda la eternidad. Ya no tenía voluntad propia.

Para conmemorar la ocasión, le había aparecido el tatuaje de una mariposa en la parte baja de la espalda.

El principio del fin.

Rápidamente, Tristeza le había arrebatado la humanidad, la esperanza y la felicidad. Una y otra vez, el demonio le borraba los recuerdos felices de la mente. Cada día, exhalaba veneno hacia sus pensamientos, les hacía daño a los demás a través de su voz y destruía cualquier relación que ella consiguiera iniciar. El demonio había dejado su vida reducida a una sucesión de horrores.

Ojalá pudiera controlarlo. Sin embargo, Tristeza era un ser autónomo y tenía sus propias motivaciones y objetivos. Era una presencia oscura que ella nunca podía ahogar. Era como una prisión de la que nunca podía escapar.

«Pero, en este momento, no es el peor de mis problemas. La mariposa...».

El desastre era inminente.

Buscó una forma de salir de aquel bosque. A un lado había un río increíblemente bello, con todos los colores del arco iris. De repente, un pez saltó por encima de la superficie. ¿Un unicornio de agua? Tenía un largo cuerno de marfil ente los ojos y...

A Cameo se le escapó un jadeo. Otro unicornio de agua saltó y le atravesó el vientre al primero con su cuerno. Hubo salpicaduras de sangre, y la pequeña cascada del río se tiñó de rojo. Otros peces se abalanzaron sobre el herido y comenzaron a morder con sus afilados dientes, arrancando escamas y órganos hasta que no quedaron ni las espinas.

Así pues, no debía bañarse en aquel río.

Al otro lado estaba el campo de ambrosía. No parecía que el sol abrasador pudiera quemar los innumerables tallos de color verde esmeralda ni las flores de moradas, que habían cerrado los pétalos para protegerse del peor momento de calor.

Aquel campo era su única escapatoria...

Una rama llena de espinas se estiró y cazó la enorme mariposa en pleno vuelo. Cameo oyó unos gritos débiles llevados por la brisa.

Fuera una escapatoria viable o no, había llegado el momento de marcharse.

Se puso en pie con las piernas temblorosas y, al notar que las ramitas que había en el suelo le hacían cortes en las plantas de los pies, se encogió de dolor y miró hacia abajo. Arrugó la frente al darse cuenta de que estaba descalza. Sus botas de combate habían desaparecido.

¿Se las había robado alguien?

Con una rápida mirada, se dio cuenta de que tenía la camiseta y los pantalones de cuero de batalla hechos jirones y manchados de sangre, pero todavía en su sitio. Sin embargo, las dagas que ella misma se había fabricado hacía doscientos años habían desaparecido.

Alguien le había robado sus cosas mientras estaba inconsciente.

¡Y se lo iba a pagar!

Había ido hasta allí para encontrar a un inmortal formidable llamado Lazarus el Cruel e Insólito, y estaba dispuesta a destruir a cualquiera que se interpusiera en su camino.

Según sus amigos, ella había interactuado en dos ocasiones con Lazarus. Gracias a Tristeza, sin embargo, no recordaba nada de ninguno de los dos encuentros. ¿O sí? En los márgenes de su mente había unas sugerentes imágenes que tal vez hubieran sucedido, o no.

Atisbo: Ella misma, haciendo un *striptease* para un hombre sin rostro, musculoso y con una sonrisa sensual en los labios. Ella lo observaba con los ojos plateados llenos de deseo.

Atisbo: Ella misma, caminando hacia aquel mismo hombre, con la intención clara de seducirlo.

Atisbo: Ella misma, tendida bajo aquel hombre sin rostro, musculoso, mientras él le acariciaba un pecho y entre las piernas para llevarla al orgasmo. Ella tenía la espalda arqueada y la cabeza inclinada hacia atrás, con una expresión tensa de agonía y placer.

¿Era Lazarus aquel hombre sin rostro? ¿Cómo había conseguido llevarla a su lecho?

Deseaba con todas sus fuerzas recordarlo.

Ella no disfrutaba del sexo, y no se arriesgaba a mantener relaciones sexuales. Ya no. Tenía un demonio que se contagiaba sexualmente, y todos aquellos con los que salía terminaban deprimidos en algún momento.

Tuvo una punzada de culpabilidad que se sumó a su tristeza. Y, no obstante...

Cada vez que se imaginaba a su amante sin rostro, sentía un calor lánguido que la envolvía por completo. La sangre recorría sus venas con nuevas energías y sentía una cascada de escalofríos y un cosquilleo en todo su ser.

¿La echaba de menos? ¿O se alegraba al pensar en que no iba a volver a verla?

Tuvo la sensación de que se le abría el corazón y se le filtraba ácido en él. Los recuerdos eran tan necesarios para la supervivencia como el oxígeno o el agua. Sin sus recuerdos, ella estaba incompleta, incluso debilitada.

¿Le contaría Lazarus lo que había ocurrido entre ellos? Tenía que encontrarlo, por si acaso existía la más mínima posibilidad de que lo hiciera.

El problema era que se sabía muy poco de él. Su pasado estaba envuelto en el misterio. Lo único que ella había conseguido averiguar era que su amigo Strider, el guardián de la Derrota, había decapitado a Lazarus hacía poco tiempo. El espíritu de Lazarus había viajado a través de la Vara Cortadora y había entrado en uno de los miles de reinos que había en el más allá. Tal vez, en aquel mundo extraño y depredador.

Poco después de la muerte de Lazarus, su amiga Viola, la guardiana del Narcisismo, lo había seguido por accidente y, a su vez, ella había seguido a su amiga para rescatarla.

Aquello había sido el inicio de sus aventuras con el misterioso guerrero.

Si sus hermanos no hubieran organizado una misión de rescate para ella, ¿habría decidido quedarse con Lazarus?

Por lo poco que había conseguido saber antes de que Tristeza le borrara todos los recuerdos felices de la cabeza, Lazarus y ella se habían asociado para encontrar a Viola y para encontrar la caja de Pandora, también llamada dimOuniak. Supuestamente, ambas estaban escondidas dentro de uno de los reinos.

Sin embargo, no estaba segura del motivo por el que Lazarus se había aliado con ella, cuando el resultado de aquella búsqueda no iba a reportarle nada.

A menos, claro, que quisiera la caja. DimOuniak era tan poderosa como la Vara Cortadora, o incluso más, y podía matar instantáneamente a cualquiera que estuviera poseído por un demonio. Eso se rumoreaba.

¿Acaso Lazarus había pensado desde el principio en hacerle daño?

Claramente, la pérdida de memoria la dejaba en una posición vulnerable, y de la peor de las maneras.

Así pues, iba a encontrar a Lazarus. Con suerte, ella le gustaría, y él tendría intención solo de ayudarla. Después de que él hubiera completado sus lagunas mentales, tal vez pudieran retomar la búsqueda de la caja de Pandora, y él pudiera hacerla feliz... aunque solo fuera durante un rato. ¿De qué servía la vida sin felicidad?

«Vas a olvidarlo otra vez. ¿Para qué tomarse la molestia?».

Porque una chica sin esperanza solo podía acurrucarse y morir.

Tal vez él fuera su amante sin cara. Tal vez él pudiera ayudarla a encontrar la caja de Pandora, y a Viola. La diosa de la Otra Vida había sido rescatada, sí, pero había utilizado a propósito, por segunda vez, la Vara Cortadora. Nadie sabía por qué, y nadie había vuelto a saber nada de ella.

Cameo comenzó a caminar con determinación. Las ramitas seguían hiriéndole los pies, pero mantuvo un ritmo constante mientras se abría paso por la espesura del bosque. Al menos, la temperatura había descendido.

«El setenta y dos por ciento de los hombres han engañado a su pareja», le susurró el demonio en la mente, para intentar inmovilizarla. «El veinticuatro por ciento están cometiendo una infidelidad en este mismo momento. El cuarenta y ocho por ciento se sienten orgullosos de ello, en vez de tener remordimientos. ¿Cuánto tiempo crees que vas a interesarle a Lazarus? Si acaso le has interesado alguna vez».

¡Qué demonio tan horrible! Siempre lanzándole bombas de tristeza. ¿Era Lazarus su amante sin rostro, o no?

Tristeza le dijo: «Si lo es, deberías salir corriendo. Si piensas en lo que ocurrió con Alex...».

–Cállate –murmuró ella. Sin embargo, el daño estaba hecho. Tristeza había dado en el blanco, había conseguido abrir las heridas internas.

Alex, un ser humano que vivía en la antigua Grecia, había sido su primer y único amor.

A los ocho años, él había padecido una enfermedad que le había causado sordera, y parecía que eso le había hecho indigno del amor de su rica familia. Lo habían echado de su casa, y, después de pasar hambre y penalidades durante meses, un supuesto protector lo había salvado de aquella vida en la calle. Un herrero que tenía un gusto pervertido por los niños.

Aprendiz de día, esclavo de noche. Una existencia desgarradora.

Cuando Alex llegó a la adolescencia, el herrero lo consideró demasiado mayor y lo echó a la calle. Alex estalló, y le atravesó el corazón al herrero con una daga que él mismo había fabricado. Después, se quedó con la fragua.

Dedicó todo su tiempo y su energía a la metalurgia, para la que tenía un talento indiscutible. Él había sido la única persona en la que confiaba Cameo para que fabricara sus armas. El único hombre a quien no afectaba la tristeza de su voz.

Se enamoraron y, durante una corta temporada, ella había estado a punto de sentir felicidad. Y había anhelado más… Sin embargo, durante todo aquel tiempo había tenido el presentimiento de que algo saldría mal.

A cada nuevo amanecer, se preguntaba por qué lo recordaba, por qué el demonio no le había robado los recuerdos de Alex.

La respuesta había sido más atroz de lo que ella hubiera podido imaginar nunca.

En un momento de vulnerabilidad, le había contado a Alex que estaba poseída por un demonio. Entonces, él había decidido que era peor que el herrero y había avisado a los Cazadores, unos asesinos de inmortales, para que la atraparan y la torturaran de un modo horrible.

Notó un nudo de dolor en el estómago. ¿Sabría Lazarus la verdad sobre ella? ¿Y le importaba?

Debía de saberlo. Él era un inmortal que vivía entre otros inmortales. Y no debería importarle, porque su sobrenombre era «el Cruel e Insólito». Él también tenía un lado oscuro. Muy oscuro. Negro como la boca del lobo, sin el más mínimo rayo de luz.

Se oyeron una serie de agudos graznidos. Una bandada de pájaros echó a volar desde las copas de los árboles y se dispersaron por el cielo. Pronto desaparecieron detrás de las nubes.

De repente, se oyó un tremendo ruido, y el suelo empezó a temblar. Cameo se tambaleó y cayó de rodillas. Intentando respirar, luchando por conseguir algo de oxígeno, se llevó la mano a las dagas. Pero... no las tenía.

¡Maldición! Echó a correr y se escondió detrás de uno de los árboles rosas, el más grande. Las sombras la envolvieron. Tuvo una descarga de adrenalina, pero ni eso sirvió para que olvidara el picor que le causaba la corteza del tronco a través de la camisa.

Se oyó otro ruido, otro golpe. El temblor de tierra aumentó. Los árboles y los arbustos empezaron a caer como piezas de dominó.

A cierta distancia, se abrió un camino y aparecieron dos bestias voladoras. Parecían unos dragones híbridos. Tenían los ojos rojos, unos cuernos alargados y unos dientes que eran como espadas cortas. Sus cuerpos eran largos, y carecían de patas. Tenían tres filas de pinchos en la cola, y unas escamas que brillaban bajo el sol.

Entonces... ¿eran serpientes voladoras? ¿Dragones-serpiente?

Se elevaron por encima de las copas de los árboles, cortando algunas ramas con las cuchillas de las múltiples puntas de las alas. Atravesaban la madera como si fuera mantequilla. Una de las criaturas perseguía a la otra. Cuando la alcanzó, las dos se pusieron a pelear... ¿como si fuera un juego?

–¿Necesita ayuda la bella dama?

Aquella voz desconocida convertía una pregunta inocente como esa en una promesa sexual. Cameo alzó la vista y tuvo que contener un grito. Había un leopardo de unos cien kilos tumbado en una rama, justo sobre ella. El animal la miraba con unos ojos verdes como de neón. Tenía la cola destrozada y parecía que le habían arrancado la oreja de un mordisco. En su pelaje había varias calvas.

Tristeza sintió repulsión por el animal, y rugió.

El gatazo sonrió lentamente y espantó una mosca con la zarpa. En realidad, ensartó al insecto con una de las uñas.

—Me llamo Rathbone y estoy a tu servicio… a cambio de una pequeña remuneración.

Hablaba. Era un felino, y podía hablar. Además, con aquella voz, podría ganar millones como telefonista sexual.

Así pues… ¿acaso la Vara Cortadora la había transportado a un cuento de hadas en versión pornográfica?

¿Sería Rathbone un cambiaformas? No, imposible. Los cambiaformas no conservaban el habla cuando adquirían la forma animal. Aunque… siempre había una excepción para cada regla, ¿no?

—Puedo salvarme yo solita, pero gracias por el ofrecimiento —dijo ella.

Al haber vivido cuatro mil años, había superado guerras mundiales, batallas contra depredadores inmortales, la enemistad de seres humanos muy resentidos y a monstruos de mitos y leyendas. Algunas veces había perdido, pero, en la mayoría de las ocasiones, había ganado.

El leopardo hizo un gesto de dolor. No era de extrañar; a todo el mundo le pasaba lo mismo. Algunos lloraban, incluso. Cameo no recordaba que su voz le hubiera gustado a alguien alguna vez.

Apretó los puños. ¿Otro recuerdo que le había robado Tristeza?

Las serpientes-dragón volvieron a perseguirse la una a la otra y, aquella vez, estuvieron a punto de provocar un terremoto. Cameo tuvo que agarrarse a una rama para mantener el equilibrio. No, no era una rama, sino la cola de Rathbone.

Él movió las cejas de un modo sugerente.

—Tengo algo todavía más firme a lo que puedes agarrarte.

No era posible que se estuviera refiriendo a sus...

Él se contorsionó para lamerse los enormes testículos.

«Tiene que ser una broma».

Cameo lo soltó y se asomó al otro lado del tronco. Los animales se acercaron a una velocidad vertiginosa... y pasaron de largo. Ella empezó a relajarse, pero, por supuesto, eso fue un error. ¿Cuándo le había salido algo bien? Ambas serpientes-dragón se detuvieron en seco y giraron lentamente.

Dos pares de ojos rojos se clavaron en ella. Lenguas largas y delgadas pasaron por encima de unos colmillos como sables, y unas gotas de saliva cayeron por las comisuras de sus labios. El hedor de las babas, que era parecido al olor de la gasolina, le invadió las fosas nasales.

Magnífico. Acababan de ponerla en el menú del día.

Los animales gruñeron al unísono y arquearon la espalda. Las escamas se les levantaron alrededor del cuello.

«Tienes un ochenta y siete por ciento de posibilidades de que te frían, de no volver a ver a tus amigos y de no encontrar ni la caja de Pandora, ni a Lazarus».

No. Iba a luchar, e iba a ganar. Si moría, Tristeza quedaría libre para actuar en el mundo, encontraría una presa nueva, devoraría sus dulces sueños, sus esperanzas y cualquier atisbo de felicidad. El demonio...

Acababa de distraerla.

Los animales arrojaron sendas llamaradas hacia ella. Cameo se apartó de un salto hacia el suelo y, al aterrizar, rodó y arrancó un par de ramas petrificadas. Al ponerse en pie, se enfrentó con ellas a la bestia más cercana.

—Yo no haría eso si fuera tú —le dijo Rathbone, recordándole que estaba presente. Ella atacó al animal con las puntas de las ramas, y el felino suspiró—. Enhorabuena. Lo has empeorado todo.

¡Aaah! Las ramas no habían conseguido penetrar a través de las escamas. De hecho, ni habían causado el más mínimo rasguño.

El dragón, sin embargo, se había enfurecido tanto que rugió.

Bien, así que las escamas eran impenetrables. Entendido. Solo le quedaban dos opciones: ir por los ojos o por la boca. Fácil, no había ningún problema, si conseguía saltar encima de la serpiente–dragón y darse un paseo.

—Ssss...

—Ssss...

Dos nuevas llamaradas dirigidas a ella, y la temperatura ascendió a su alrededor del tal modo que tuvo la sensación de estar en una parrilla. De nuevo, se apartó del fuego, pero no tenía adónde ir. Las bestias la rodearon. Estaban trabajando en equipo para encerrarla en un círculo infernal. El aire se llenó de humo que le provocó una tos.

Mientras tosía, un ala se elevó en dirección a ella. Cameo saltó hacia atrás, y evitó por muy poco que la cortaran en dos.

—¿Quieres que te ayude ya? —preguntó Rathbone, sin moverse de su rama, con una sonrisa inocente—. Te haré un descuento en mi tarifa.

Ella no le hizo caso. Corrió por el ardiente camino de hollín y carbón y, cuando recibió el ataque de otra de las alas, utilizó las ramas para apartarla de su camino. Tuvo que esquivar otra llamarada, pero, rápidamente, uno de los animales le lanzó un golpe con la cola de pinchos. Ella saltó sobre la cola y siguió avanzando, cada vez a pasos más rápidos. Casi lo alcanzaba...

«No vas a poder ganar de ninguna manera», le dijo el demonio, transmitiéndole toda su tristeza. «Vas a morir».

¡No! Iba a ganar, e iba a vivir. ¡Por supuesto!

Llegó el momento de la verdad.

Con el corazón desbocado, dio un enorme salto. Una de las serpientes-dragón saltó al mismo tiempo, con la evidente intención de atraparla en el aire. Cuanto más se le acercaba, más mordiscos daba. Eso fue un error, porque ella consiguió meterle una de las ramas en la boca.

La rama, que era gruesa como sus bíceps, larga como su antebrazo y más dura que la piedra, permaneció en vertical. Un extremo se le clavó en el paladar, y el otro le sujetó la lengua contra la mandíbula inferior. Mientras, Cameo agarró el centro de la rama, la hizo girar y se sentó a horcajadas sobre su cuello.

El animal comenzó a dar sacudidas, y la violencia de los movimientos le impidió mover las alas. Cayó en picado al suelo.

Justo antes de que impactara en el suelo, ella le clavó la segunda rama en el ojo. Él gritó, y de la herida brotó una sangre negra y espesa que le salpicó la mano a Cameo y le hizo ampollas en la piel.

El dragón-serpiente absorbió la peor parte del impacto, y Cameo rebotó sobre él. Entonces, bajó del animal para salir corriendo, pero notó un terrible dolor en el tobillo y, después, a causa de un tirón, cayó de bruces en el suelo. Algo la arrastró hacia atrás, y ella se aferró al suelo con las uñas y dejó marcas en la tierra. Intentó no dejarse dominar por el pánico y miró hacia atrás. ¡Nooo! El otro dragón-serpiente había atrapado su pie entre los dientes.

La bestia comenzó a masticar, y la saliva penetró en la herida de Cameo. Se le escapó un grito de dolor, porque empezó a arderle toda la pierna, y la piel se le llenó de ampollas. Se encogió para alcanzarlo con un golpe.

¡Maldición! Ya no tenía las ramas.

Él la arrastró sobre piedras y raíces de árboles que le rasgaron la camisa y la carne. Ella estuvo a punto de perder el conocimiento. Alargó el brazo para dar con otra rama, cualquier rama. ¡Allí!

El animal se irguió y la levantó del suelo por el pie. Al quedar colgando, el dolor que sentía Cameo se multiplicó exponencialmente.

«Recuerda: el dolor es la debilidad que abandona el cuerpo».

Podía conseguirlo. Iba a conseguirlo.

Cameo se contorsionó y estiró el cuerpo para mover la rama hacia su enemigo, cada vez con más fuerza y más rapidez, y consiguió acercarse cada vez más a su torso.

El animal aleteó y ascendió por el cielo. Cameo sintió tanto dolor que no supo si podría soportarlo más.

Estaba empapada en sudor y tenía náuseas, pero no dejó de mover la rama. Al final, por fortuna, pudo clavarle la rama por debajo de la mandíbula, donde no tenía escamas que lo protegieran, hasta que el extremo le hirió la parte interior de la garganta.

El dragón-serpiente dio una sacudida y rugió, y la

soltó. Ella cayó al vacío y se preparó para el golpe contra el suelo que, una vez más, hizo que le explotaran los pulmones como un globo.

Permaneció en el suelo, tendida sin poder moverse y rezando para recuperarse con rapidez. O para que su muerte fuera rápida.

Aunque el dragón-serpiente intentó arrancarse la rama del cuello, no pudo. Lo único que pudo hacer fue volver con su compañero, agarrarlo por el pecho con los dientes y llevárselo volando de allí.

Entonces, ¿lo había conseguido? ¿Había ganado?

«Seguramente, no podrás volver a andar en la vida», le dijo Tristeza.

—Sí, voy a volver a caminar —respondió ella. En sus siglos de vida, le habían cortado miembros e, incluso, la lengua. El tobillo se le curaría... al final. Lo único que quería el demonio era deprimirla.

Rathbone bajó del árbol y se acercó a ella con gracia felina.

—Si me lo pides con amabilidad, te permitiré que montes sobre mi espalda gratis.

—No, gracias —respondió ella—. ¿Dónde estamos?

Él se encogió de nuevo al oír su voz.

—Estamos en el Reino de Grimm y Fantica, bajo el gobierno del rey Lazarus el Cruel e Insólito, hijo único del Monstruo.

Lazarus. Su Lazarus. Estaba allí, y era el rey.

«Vamos, adelante. Encuéntralo. Quiero que pases un rato con un tipo llamado «el Cruel e Insólito», le dijo Tristeza, riéndose de ella. «Estoy seguro de que es capaz de herir de formas que ni siquiera yo conozco».

El demonio mentía. O, tal vez, decía la verdad. Cameo nunca sabía qué pensar de él.

Tal vez debiera volver a Budapest.

¿La echaba de menos Lazarus?, se preguntó. O, por el contrario, ¿se habían despedido como adversarios?

Y, si era así, ¿qué importaba? Todo el mundo merecía una segunda oportunidad. Además, no tenía ni idea de cómo volver y, ¿qué significaba aquel sobrenombre de «Cruel e Insólito»? Muchos inmortales se referían a ella como la «Madre de la Melancolía». Los nombres eran solo eso: nombres.

—¿Dónde está el rey? —preguntó ella, en un tono de voz monótono, con la esperanza de disimular su impaciencia. No quería revelar nada.

El leopardo se pasó la lengua por los colmillos, como si acabara de ver su desayuno.

—¿Noto cierta emoción en tu pregunta?

Vaya. ¿Acaso pensaba cobrarle a cambio de la información, si detectaba su interés?

—Serías el primero en hacerlo.

Qué cierto era aquello. Y qué triste.

—Ahora percibo desolación —dijo él, y un brillo calculador apareció en sus ojos luminosos—. La cosa se pone cada vez más interesante.

—De todos modos, ¿por qué te importan a ti mis emociones?

—Los misterios y los rompecabezas siempre me interesan. Vamos, te acompaño con Lazarus. Sin embargo, ya no estoy dispuesto a ayudarte gratis.

«Lo sabía».

—Tendrás que hacerme un pequeño pago por escoltarte —dijo el leopardo—. Pero, escucha esto atentamente, guapa: la gente que entra en su territorio, no vuelve a salir más.

Capítulo 2

«La vida es un juego, y todo aquel con quien te encuentras es tu oponente».

~~Convertirse en el rey que debes ser~~
El arte de la decapitación

En el espacio de un segundo, Lazarus el Cruel e Insólito se vio invadido por el desconcierto. Frunció el ceño. Aquella sensación no le era del todo desconocida, pero tampoco le era familiar.

Así pues, podía significarlo todo... o nada.

Con un suspiro de silencio, se desembarazó de dos ninfas del bosque que dormían abrazadas a él y se levantó de la cama. Después, se abrochó los pantalones, que no se quitaba nunca. Sus piernas no debían ser vistas por nadie. Jamás.

Cualquiera que tuviese la mala fortuna de verlo completamente desnudo... bueno, él se encargaba de convertir en piedra al culpable.

Había creado su propio Jardín del Horror Perpetuo. Su propio ejército personal de piedra. Era algo similar al ejército de terracota de Qin Shi Huang, el primer emperador de la China.

En aquel momento, el nuevo jardín tenía veinte tres estatuas, y eran una maravilla para la vista. Cada una de ellas transmitía un nivel distinto de dolor y pánico.

Su favorita era la del rey al que había vencido al conquistar el Reino de Grimm y Fantica. El hombre estaba petrificado para siempre en una postura conocida como «el águila de sangre». El cuerpo estaba tendido boca abajo, con las costillas cortadas del esternón y extendidas hacia atrás, como si fueran alas.

«Cruel e insólito. Mi especialidad». Si alguien se interponía en el camino de lo que deseaba Lazarus, sufría.

Un aire fresco lo acarició mientras se ponía la camisa. Se ató al cuerpo las armas que se había quitado una hora antes. Las dagas tintinearon, y eso le recordó al día que había permitido a un guerrero poseído por un demonio que lo decapitara. Aquel día había escapado de las garras de una arpía sádica que lo tenía esclavizado.

Aquel día había comenzado su vida con los muertos.

Sinceramente, el mundo espiritual y el físico seguían resultándole indistinguibles. Él seguía respirando, tenía sed y hambre. Seguía deseando las caricias de una mujer. Podía hacer todo lo que hacía antes... excepto volver al mundo de los seres humanos. Lo mismo que le ocurría al resto de los habitantes de aquel reino.

De hecho, solo había una diferencia entre Lazarus y los demás muertos: a él todavía le latía el corazón en el pecho. No estaba seguro de por qué era la única excepción.

Las ninfas se estiraron en la cama, y se levantaron. Se atusaron el cabello revuelto y sonrieron.

—Si todavía puedes andar, es que necesitas que te demos otro repaso —dijo la rubia, ronroneando.

La pelirroja le hizo un gesto para que se acercara, flexionando el dedo índice.

—¿Qué te parece sin finjo que eres una piruleta?

No tenían ni idea de que él no había conseguido nada más que una decepción entre sus brazos.

—Tengo deberes —respondió.

Últimamente no había nadie que pudiera satisfacerlo. Llegar al clímax se había convertido en una imposibilidad, incluso por sí mismo.

Por lo menos, no tenía que preguntarse cuál era el motivo.

Había encontrado su obsesión. O, para ser más exactos, su perversión. Hacía mucho tiempo que su padre, Typhon, le había advertido contra ella, fuera quien fuera.

«En algún lugar existe una fémina con el poder de debilitarte. Tú la anhelarás con todo tu ser... pero cada segundo que pases con ella te acercará más a la destrucción. Mátala. No cometas el mismo error que yo dejando vivir a tu obsesión. Sálvate».

Lazarus, que entonces era muy joven, había escuchado con embeleso a Typhon, que una vez fue el inmortal más temido sobre la faz de la tierra. Y con razón, porque asesinaba a todo aquel que se oponía a él, que lo ofendía o lo cuestionaba.

La obsesión de Typhon era Echidna, una gorgona. La madre de Lazarus.

Las gorgonas eran una raza despiadada. Del cuero cabelludo les crecían unas sierpes venenosas, y tenían el poder de convertir en piedra a cualquiera solo con encontrar su mirada. Lazarus había heredado aquel poder... de otra manera. Él creaba sus estatuas a través del tacto.

Echidna era la Soberana del Cielo de las Serpientes.

Era una especie de aberración entre los suyos: dulce, buena y tímida con todo el mundo, excepto con Typhon. A él lo odiaba con toda su alma. Él la había raptado y la había violado continuamente, y la había mantenido apartada de su único hijo.

Typhon también la odiaba, pero se negaba a dejarla en libertad porque el deseo enfermizo que sentía por ella superaba a todo lo demás.

Sin embargo, al final había recibido su merecido. Cada vez que se acercaba a ella, una pequeña parte de su carne se cristalizaba. Al final, aquella cristalización se le había extendido por los músculos y los tendones; eso había limitado su capacidad de movimiento, le había hecho más lento y lo había debilitado.

Hera, la diosa de los griegos, despreciaba a Typhon por un motivo que Lazarus nunca había llegado a conocer. Cuando descubrió su mal estado de salud, lo golpeó a través de su esposa: hizo pedazos a Echidna, mientras Typhon, con impotencia, solo había podido mirar.

Lazarus también estaba presente, pero, a pesar de sus esfuerzos, no había podido salvar a su madre. Después, Hera se había desvanecido llevándose a Typhon, y no se había vuelto a saber nada más del guerrero.

Lazarus agarró con los dedos la empuñadura de su daga, la única daga que no enfundaba en cuero, sino con la sangre de sus enemigos. Tenía pequeñas púas a ambos lados. Después de atravesar un cuerpo, las púas se convertían en ganchos, y resultaba imposible extraer la hoja sin llevarse varios órganos de camino.

Algún día, Hera conocería de primera mano su daga.

Al poco tiempo de cometer sus crímenes, Hera había sido encerrada en el Tartarus, la prisión para inmortales. Algún día, quedaría en libertad, y moriría, y acabaría en algún reino de los espíritus.

«La encontraré». Y a su padre, también. Ya no era un niño que reverenciaba a su padre. Lo odiaba. Typhon había cometido muchos crímenes contra su madre, pero la violación era una línea que nadie podía cruzar.

Aquellos dos se reunirían en el Jardín del Horror Perpetuo.

Una de las ninfas se acercó a él y le pasó las uñas por el pecho.

—Por el reino ha corrido el rumor de que estás buscando novia. ¿Es eso cierto?

—Sí, muy cierto.

Había encontrado a su obsesión, sí, pero poco después la había perdido de nuevo. Todavía ardía de deseo por ella, aunque no hubiera hecho ningún esfuerzo por encontrarla. La última vez que habían estado juntos...

Sintió en el pecho la opresión del miedo. La última vez que habían estado juntos, ella había empezado a debilitarlo.

Se frotó el muslo con una mano y maldijo interiormente. Por su piel se extendían finos ríos cristalizados. Venas con ponzoña. El comienzo de su caída.

Había recopilado antiguos textos para investigar las leyendas sobre el linaje de su padre con la esperanza de poder salvarse, pero había sido infructuoso. Todo aquel que hubiera padecido aquella cristalización de las venas, si acaso le había ocurrido a alguien, lo había mantenido en secreto, como había hecho Typhon, como estaba haciendo él mismo.

Hacer públicas las debilidades podía suponer la muerte.

Así pues, se dedicaría a fortalecer sus defensas. Se casaría con una mujer sanguinaria que tuviera a su disposición un gran ejército. Ella lo fortalecería, y él ignoraría el deseo que sentía por su obsesión. No iría a buscarla ni trataría de convencerla de que volviera con él a su reino.

Su obsesión significaba el fin para él.

—Vuelve a la cama, y yo te demostraré por qué soy la mejor candidata —le dijo la ninfa, con una sonrisa seductora.

Lazarus también poseía el don de leer el pensamiento, gracias a su madre. La cabeza se le llenó con los pensamientos de la otra ninfa, que estaba pensando en cómo podía matar a su amiga y esconder el cadáver.

—Yo te lo demostraré mejor —dijo, con la voz enronquecida, abanicándolo con las pestañas—. Elígeme a mí.

Aquellas ninfas cuidaban de las rosas del Jardín del Horror Perpetuo. Eran amantes, no luchadoras, y no tenían la malicia necesaria para ser su esposa.

Él tenía que estar preparado para la guerra. Algún día, Hera y su padre acabarían en la vida del más allá, como todo el mundo. La arpía que lo había esclavizado también acabaría allí, y él tendría a todos sus enemigos en el mismo lugar.

Contuvo su rabia y rechinó los dientes hasta que notó el sabor de la sangre. La arpía se llamaba Juliette la Erradicadora. Una zorra sin igual.

—Volved a vuestras tareas —les dijo, y las ninfas hicieron un mohín.

Con pasos largos y seguros, salió de la habitación con la mente abierta para captar los posibles peligros que pudieran estar esperándolo.

Dos de sus soldados dejaron su puesto y lo siguieron.

No había aprendido sus nombres. Prefería mantener

la distancia emocional, y consideraba que el afecto era otra forma de debilidad.

«En cuanto confías en otro ser, pierdes la batalla».

Al girar la esquina, preguntó:

—¿Ha habido algún disturbio en el pueblo? —preguntó.

Continuaba con aquella sensación de desconcierto. Si alguien había herido a alguna de las personas que estaban bajo su cuidado...

No. Eso no iba a suceder. A nadie se le pasaría por la cabeza levantar una mano contra su gente. Las consecuencias eran demasiado graves. No había juicio, solo castigo.

—No, señor.

—¿Y las serpientes del cielo?

Desde que había llegado al reino de los espíritus, aquellas criaturas habían percibido su olor, habían abandonado sus guaridas y habían entrado en lo que, al principio, era territorio enemigo para ellas, porque estaban decididas a servirlo como habían servido a su madre en el pasado.

Y, como él, soñaban con matar a su padre.

Se rumoreaba que Typhon estaba muerto, pero la verdad era más complicada. Estaba paralizado por los mismos cristales que crecían en aquel momento dentro de Lazarus. No estaba muerto ni dormido, sino inmóvil y consciente.

—Dos de vuestras serpientes estaban en el bosque, a unos cuantos kilómetros, jugando a perseguirse —respondió uno de los guardias.

—Deseo hablar con ellas. Quiero un contingente de soldados de caballería listos para salir dentro de diez minutos —dijo él. Fuera cual fuera el problema, iba a solucionarlo.

—Sí, señor. Por supuesto, señor —dijo su interlocutor, y salió corriendo.

Lazarus entró en su dormitorio, y el segundo soldado permaneció de guardia junto a su puerta. Tomó una ducha y se preparó para la guerra: se puso una camisa de cota de malla ligera y unos pantalones de cuero negro. Después, se colocó las armas en los lugares correctos: pistolas semiautomáticas bajo los brazos, espadas cortas a la espalda y dagas en la cintura y los tobillos.

Todas aquellas piezas, incluida su daga especial, tenían su sello personal: una serpiente del cielo mordiendo su propia cola, formando un círculo interminable. Una señal externa de su posesión y, seguramente, también un símbolo de su estatus.

Rey por la fuerza. Traficante de drogas por gusto. Amante por necesidad.

La ambrosía crecía en aquel reino, y él la utilizaba en provecho propio. Como aquellas flores de color morado producían la única sustancia que podía embriagar a un inmortal, él regalaba generosamente un cargamento semanal a los dirigentes de los reinos limítrofes, para asegurarse de que dependieran de él.

Las mujeres con las que se acostaba le apartaban de la mente el recuerdo de todo lo que no tenía: venganza, vida... ni a su obsesión.

Lazarus abrió un cajón de su cómoda y acarició con las yemas de los dedos el puño americano de brillantes y el colgante en forma de daga que había encargado para ella. Tiempo y esfuerzo perdidos, teniendo en cuenta que no iba a verla nunca más.

Recordó la primera vez que la había visto. «Una inmortal entra a un bar y...».

Era una mujer con una melena negra como el ala de un cuervo que le caía por la elegante espalda y que se le ondulaba a la altura de las caderas. Tenía los ojos de plata líquida, y observaba el mundo con tristeza. Tenía unos rasgos tan delicados que parecían de cristal.

Lazarus se había sentido atraído e interesado por ella al instante, pero se había dado cuenta de que, con solo un metro setenta de estatura, era demasiado menuda y delicada para él. Él medía más de dos metros diez, y estaba hecho de músculos sólidos.

Había pensado: «Puedo dañarla de manera irreparable con un solo roce».

Se había marchado de allí sin decirle una palabra.

La había visto por segunda vez en los Juegos de las Arpías, una especie de olimpíadas en las que competían las mujeres más sanguinarias del mundo. Su obsesión estaba entre el público, animando a una amiga. De nuevo, la tristeza era como su segunda piel.

Él había sentido la chispa del deseo en el pecho, y había pensado: «Me gustaría verla sonreír. No, me gustaría hacerla sonreír».

Un deseo extraño, ciertamente. Los demás se encogían y se echaban a llorar cada vez que ella hablaba. ¿Por qué él había despertado a la vida? ¿Por qué había sentido la compasión por primera vez?

Nuevamente, se había alejado de ella sin decirle una palabra. Durante las siguientes semanas, su obsesión por ella había aumentado, hasta que con solo recordarla todo su cuerpo se encendía de pasión. En aquel mismo instante, se endureció dolorosamente y sintió una necesidad salvaje corroyéndolo por dentro.

La había visto por tercera vez cuando ella había utilizado la Vara Cortadora para entrar al reino de los espíritus. En aquel momento, él había experimentado algo como el impacto de un rayo, un instinto primitivo de posesión.

Había pensado: «Voy a conseguirla, cueste lo que cueste».

Se llamaba Cameo, y era la guardiana de Tristeza. Era una de los infames Señores del Inframundo. Uno de los trece guerreros que habían robado la caja de Pandora. O, más bien, Cameo era una gloriosa Dama del Inframundo.

—¿Nunca te ríes? —le había preguntado él, cuando ya se dirigían a su reino... Allí donde tenía pensado probar hasta el último centímetro de su piel, sentirla abrazada a él y oírla gemir su nombre.

Ardía por ella.

—Me han dicho que sí —respondió ella, con una voz tan triste y adictiva como una droga.

—¿No lo recuerdas?

—No. Nunca tengo recuerdos de la alegría.

Él quería avivar su alegría tanto como sus pasiones. En aquel momento, no le importaban los diminutos cristales que crecían sobre sus muslos. No había nada que le importara, salvo derribar sus defensas y entrar en ella.

Ahora sí le importaban.

Lazarus recordó otra conversación que habían tenido cuando, por fin, había empezado a hacer algún progreso con ella.

—¿Has tenido novio alguna vez? —le preguntó.

Ella lo miró con ironía. Era la primera muestra de diversión que él veía en ella, y se alegró. «Estoy consiguiéndolo».

—Tengo miles de años —respondió Cameo—. ¿Tú qué crees?

Él había decidido bromear, porque sabía que el buen humor desplazaría a la tristeza.

—Creo que eres una solterona virgen y hambrienta de un poco de carne de hombre.

Ella había pasado de la ironía a la ira en un segundo. Toda la tristeza había desaparecido.

—He tenido varios novios, y no soy virgen. Y, si me llamas «fulana», te corto la lengua.

—De eso, nada. Me gusta tener la lengua en su sitio. Pero siento curiosidad. ¿Cuántos novios has tenido?

Ella se puso tensa.

—No es asunto tuyo.

Él, que deseaba otro estallido de ira porque tenía la esperanza de que aquella emoción condujera a una pasión de otro tipo, le dijo:

—Incontables novios. Tomo nota. Y ¿cómo eres en la cama?

Ella frunció el ceño y le mostró los dientes, unos dientes perfectos y blancos. Él se había echado a temblar de verdad, como si fuera un jovenzuelo con su primera amante.

—Nunca lo sabrás.

Él no había dejado nunca de arder de deseo por ella. Sin embargo, ahora que estaban separados por la vida, la muerte y mil reinos diferentes, tenía una perspectiva nueva. Había sido un idiota al permitir que el deseo sexual dictara sus actos. No había nada más importante que la fuerza.

Alguien llamó a la puerta e interrumpió sus pensamientos. Su mente lo precedió hacia la salida para asegurarse de que no era una emboscada.

El guardia se estaba retorciendo las manos y no se atrevía a mirar a Lazarus a la cara.

—Las serpientes del cielo... Majestad, acabamos de recibir la noticia. Alguien... las ha herido y ha estado a punto de matarlas.

La rabia explotó dentro de él, pero cuando habló, solo transmitió calma.

—¿Dónde están?

—En el jardín, majestad. Ya han avisado a la sanadora.

Lazarus podía teletransportarse al jardín con solo un pensamiento, pero le gustaba caminar. Le gustaba tener la capacidad de moverse sin que los cristales se lo impidieran. Caminó por el palacio, rodeado por la opulencia de los tesoros robados y el lujo del mobiliario tallado a mano. Los techos eran altísimos y tenían un friso, y había dos enormes chimeneas de mármol. Los cristales de las ventanas eran de colores, y el suelo estaba cubierto de mosaicos.

En el exterior, el sol del atardecer lanzaba rayos dorados sobre una suave colina cubierta de flores.

¿Qué pensaría Cameo de tanta belleza? ¿Sonreiría, por fin?

El deseo comenzó a arder junto a la rabia en su interior.

—Majestad —dijo uno de sus consejeros, que se acercó a él corriendo—. Lucifer ha enviado a otro emisario para exigir una respuesta a su pregunta.

Lucifer el Destructor, conocido porque sentía placer atormentando a los demás, era uno de los nueve reyes del inframundo. Era el dirigente de los demonios y los dioses griegos y, en aquellos momentos, estaba en guerra con su padre, Hades, otro de los reyes del inframundo.

Hacía unas semanas que Lucifer lo había invitado a que se uniera a su coalición. A cambio, le había jurado que le devolvería a Cameo al Reino de Grimm y Fantica.

Lazarus había sopesado la idea de aceptar. Cameo... de nuevo a su alcance... volviéndolo loco de deseo...

«Y debilitándome».

—Que lleven al emisario a las mazmorras. Lo mataré cuando me apetezca —dijo. Si alguien lo tentaba, sufriría.

—Sí, majestad, por supuesto —respondió el emisario, y se alejó rápidamente.

Una bandada de mariposas se acercó a Lazarus revoloteando. Junto a las serpientes del cielo, multitud de mariposas habían acudido al reino atraídas por él en la muerte como siempre lo habían estado en la vida. Nunca había sabido el motivo.

Una mujer anciana, la sanadora, se acercó a él. Llevaba una cesta llena de ungüentos y de vendas. Subieron a lo alto de la colina y, por fin, vieron a las dos serpientes heridas. Una de ellas estaba tendida en el suelo, y de su ojo izquierdo brotaba una sangre negra. La otra se retorcía de dolor, porque una rama petrificada mantenía abierta su boca.

Lazarus sintió una furia oscura. Las serpientes del cielo eran increíblemente leales pero, también, depredadoras, y tenían el instinto de un sociópata. Sin embargo, eran sus sociópatas, el equivalente a un valioso caballo para un vaquero. Luchaban por él sin titubear.

Quitó la rama de la boca de la serpiente y ayudó a la sanadora a curar a ambos animales. Dentro de pocos días estarían como nuevas. Mientras, sufrirían por las heridas mientras su carne iba cerrándose.

—Quien haya hecho esto lo va a pagar muy caro, os doy mi palabra —les dijo.

Encontrar al culpable sería fácil: la sangre de las serpientes del cielo siempre dejaba ampollas.

Las dos serpientes maullaron para darle las gracias.

Lazarus las dejó en manos de la sanadora y se dirigió al establo para reunirse con los soldados.

La caza había empezado.

Capítulo 3

«El oponente al que permitas vivir será el oponente que te apuñalará por la espalda».
El arte de la decapitación

Cameo caminó cojeando por el abarrotado mercadillo de un pueblo mientras los vendedores voceaban sus ofertas y las conversaciones y los gritos formaban un batiburrillo de sonidos. Olía a carne especiada y a dulces.

Se detuvo en seco. Allí, sobre una mesa colocada a la sombra de un árbol, estaban sus botas. ¡Y sus armas!

Resopló con enfado y se acercó al vendedor, un hombre muy alto con la barba larga y gris. El dolor de su tobillo y de las ampollas de las manos se intensificó.

Al verla, él señaló orgullosamente sus pertenencias.

–¿Ves algo que te guste?

–Sí. Tu corazón en bandeja.

A él se le llenaron los ojos de lágrimas. Y, debido a Tristeza, la descarga de pesadumbre le impidió asimilar la amenaza.

–Solo por hoy, te ofrezco cada pieza al increíble precio de… de…

Entonces, se quedó callado, y su cuerpo empezó a vibrar de entusiasmo.

—Estás viva. Vives. ¡Tu cuerpo está vivo!

Cameo se quedó muy sorprendida. ¿Cómo sabía él que había pasado a través de la Vara Cortadora sin experimentar la muerte?

El vendedor intentó disimular su emoción con una expresión de falso aburrimiento.

—Te compro el cuerpo. ¿Qué quieres a cambio? ¿Las dagas? Nunca vas a encontrarlas mejores.

—Ya lo sé, porque las hice yo misma.

Él se estremeció, y comenzaron a caérsele las lágrimas.

—Si las quieres, tienes que comprarlas. Tengo que recuperar mis pérdidas, porque tu amigo me cobró un brazo y una pierna. A mi sirviente no van a volver a crecerle hasta dentro de un mes, y eso significa que yo tengo que cargar con todo.

¿Su amigo? El único ser con quien había hablado era... Fulminó a Rathbone con la mirada.

—¿Tú eres el que me ha robado?

El felino que la había acompañado hasta el pueblo se frotó contra sus tobillos.

—¿Miau?

Cameo se inclinó para agarrarlo del pelaje, pero él se escapó.

—Me dejaste indefensa, gato desgraciado. Tuve que pelear con ramas. ¡Con ramas! No voy a pagarte la tarifa por acompañarme.

Un momento... eso no sonaba bien.

—No te debo nada por tu ayuda.

—¿Qué puedo decir? Incluso yo tengo que pagar por jugar.

Al ser una mujer que había sido creada como adulta por un rey que le exigía sus servicios de guerrera, «Mata por mí o morirás a mis manos», ella había conocido a muchos inmortales pervertidos. Rathbone tenía que ser el peor.

–Tú –dijo el vendedor, al fijarse en las ampollas que tenía en las manos, y se tambaleó hacia atrás–. Eres tú la que hirió a las serpientes.

Todo el mundo empezó a emitir exclamaciones de consternación. Los compradores y los vendedores formaron una pared a su alrededor.

Mientras ella miraba a la gente con desconcierto, Tristeza se reía a carcajadas. «Diez de cada diez personas están de acuerdo en que eres horrible, y en que el mundo sería un lugar mejor si tú no estuvieras en él».

La depresión se apoderó de ella. Era una emoción fabricada por el demonio, que quería controlarla.

«Calma. Tranquila».

De repente, oyó el trote de un caballo. La muchedumbre se abrió en dos y, en el centro, apareció un ejército de soldados con cara de pocos amigos.

Todo el mundo se arrodilló y la señaló, acusándola.

–¡Ella!

–¡Ha sido ella!

–¡Ella es la que estás buscando!

Cameo alzó la barbilla e irguió los hombros.

–Será mejor que no os enfrentéis a mí. Soy una amiga de vuestro rey, muy respetada por él –dijo. Al menos, esperaba que se hubieran despedido como amigos–. Además, si me atacáis, os mataré.

Encontrar a Lazarus se había convertido en una de las metas de su existencia. Él era el equivalente a un donante de órganos. Si Lazarus podía arrojar luz sobre recuerdos concretos que Tristeza le había robado, él le estaría dando un corazón nuevo.

Los guerreros se estremecieron como si les hubieran dado un puñetazo, y sus expresiones ceñudas dejaron paso a las lágrimas y al temblor de labios. La gente empezó a sollozar.

Solo uno de los soldados se acercó a ella. Tenía el sol de espaldas y, por lo tanto, su cara quedaba entre las sombras.

Cuando se detuvo para desmontar de un extraño Pegasus, un caballo de guerra alado, aquellas sombras se desvanecieron, y ella notó una descarga de electricidad.

Era absolutamente magnífico, el hombre más bello que ella hubiera visto en la vida. Irradiaba masculinidad y arrogancia sexual.

Tenía el pelo negro y revuelto por el viento, los ojos oscuros e insondables, con alfileres de luz, ¡como estrellas! Parecía que sus rasgos habían sido tallados en piedra. Tenía la nariz recta y afilada, los pómulos prominentes y una mandíbula fuerte oscurecida por la barba. Era muy alto, pero su estatura quedaba equilibrada con abundancia de músculos y tendones.

Bajo el cuello de la camisa asomaban varios tatuajes. Rosas con espinas, una serpiente mordiéndose la cola, una calavera, o varias calaveras, y mariposas. En una mano tenía la palabra AMOR tatuada en los nudillos. En la otra, la palabra ODIO.

Cameo se sintió inquieta.

Él la miró de arriba abajo, lenta y casi brutalmente, devorándola. Ella se estremeció, a pesar de que la sangre le hervía.

Tristeza siseó y comenzó a darle patadas en el cráneo. «¡Huye! ¡Sal corriendo ahora mismo!».

«¿Tienes miedo, demonio?». Vaya, qué cosa más interesante.

¿Acaso aquel hombre tenía poder sobre el mal? ¿Podría ser el hombre al que estaba buscando?

—Por fin —dijo él—. Nos encontramos de nuevo.

Ella tuvo un escalofrío al oír su voz. Su timbre enronquecido era tan carnal como el resto de su persona. Cameo se humedeció los labios.

—¿De nuevo?

Al contrario que el leopardo, el vendedor y todos los que estaban alrededor, aquel bruto se limitó a arquear una ceja al oír su voz.

—¿Vamos a fingir que no nos conocemos?

—Ojalá estuviera fingiendo —dijo ella, con las rodillas temblorosas—. ¿Quién eres?

Él la observó con mayor intensidad. Sus ojos oscuros eran hipnóticos, tanto, que Cameo estuvo a punto de permitir que los dedos fantasmales que trataban de acariciar su mente penetraran en ella. Casi. Reconoció la sensación, y frunció el ceño. ¿Acaso estaba intentando leerle el pensamiento?

Sintió ira. «Tengo que proteger mis secretos».

Las pocas veces que se había cruzado con un inmortal con aquella habilidad tan peligrosa, lo había asesinado primero y había formulado las preguntas después.

Se concentró y dio un empujón mental. En cuanto él estuvo fuera, ella erigió sus barreras.

—Es cierto que no te acuerdas de mí —dijo él, caminando hacia ella. Y... vaya, qué bien olía. A champán caro y chocolate con miel.

Ella se mareó. Cuando él tomó su barbilla con una mano grande y encallecida y la obligó a mirarlo, las sensaciones empeoraron, porque aquel simple contacto hizo que ardiera.

—Soy aquel a quien buscas —dijo él—. Soy Lazarus.

Aquella confirmación la hizo temblar. Esperó alguna señal de reconocimiento, rezó por ella, pero su mente siguió siendo un profundo abismo de tristeza, dolor y… ¿excitación? Se le endurecieron los pezones, le tembló el vientre y el calor invadió sus ingles.

La tristeza mató todas aquellas reacciones al instante.

Lazarus sonrió de satisfacción.

—Por lo menos, tu cuerpo sí que me recuerda —dijo.

De nuevo, Cameo sintió una corriente eléctrica que se le extendió hasta el tuétano de los huesos.

En aquella ocasión, Tristeza la inundó de depresión, y a ella se le hundieron los hombros.

—Vaya —dijo Lazarus, con desdén—. Ya veo que sigues un poco bruja.

¿Bruja? Ella apretó los puños. La necesidad de encontrar a Lazarus había sido una obsesión para ella, una enfermedad… una fiebre. Y, sin embargo, él había estado pensando lo peor de ella durante todo aquel tiempo.

—Vaya —dijo Cameo—. Ya veo que tú eres un capullo.

A la gente se le escaparon jadeos y quejidos.

Él sonrió lentamente, con picardía.

—Exacto. Pero soy tu capullo, cariño mío.

¿Cariño? ¿Ella? Estuvo a punto de ahogarse.

—Solo te voy a utilizar por tu cerebro. Cuéntame qué ocurrió cuando estuvimos juntos.

¡Por favor!

—Primero, respóndeme a una pregunta.

Ella asintió de manera cortante.

—¿Qué harías si un hombre te besara? Lo pregunto por un amigo.

Él se atrevía a tomarle el pelo, y a ella le gustaba. De repente, el deseo superó a su curiosidad. «¿Es que quiere besarme?».

—Tus manos —dijo él, sacándola de su ensimismamiento. Entrecerró los ojos, le tomó ambas manos y las levantó al sol para poder inspeccionar sus ampollas—. Has luchado contra las serpientes del cielo.

Ella se zafó de un tirón.

—Me defendí, porque iba a convertirme en su cena, si es que te refieres a eso.

Él entrecerró aún más los párpados.

—Yo he jurado que haría pagar un precio terrible a aquel que ha herido a mis mascotas.

¿Sus mascotas?

—Bueno, puedes intentarlo —respondió ella. Muy pronto, él iba a aprender que ella era dura de pelar.

Un nuevo coro de jadeos y quejidos se elevó de la multitud.

—Yo no lo intento, cariño, lo hago, y siempre cumplo mi palabra. Dije que el culpable iba a pagarlo… pero no dije cómo. Ya que eres mi amiga —añadió él, jugueteando con las puntas de su pelo—, tendré que pensar en un castigo adecuado.

Ella tartamudeó.

—Si me pones una mano encima, yo…

—Te corres. Sí, ya lo sé.

¿Qué?

Tristeza le dio otra patada en el cráneo. Cameo sintió un agudo dolor en la sien.

Lazarus inclinó el cuerpo hacia ella, y los músculos se le hincharon bajo la camisa. Entrecerró los párpados sobre unos iris llenos de calor salvaje, y su ferocidad aumentó hasta que se convirtió en una espada de doble filo. Era casi… intimidante. No, era intimidante. Solo a un guerrero podía quedarle bien una mezcla de malla de cota y cuero.

—Cariño, sé cómo son tus sonidos, cómo es tu cara

y cómo es tu actitud cuando estás experimentando el placer absoluto.

A ella se le cortó el aliento y le temblaron las rodillas. No solo placer. Él había dicho «placer absoluto».

Estaba mintiendo. Tenía que estar mintiendo. Nadie le había proporcionado nunca ni el más mínimo placer. A menos que...

Tristeza hubiera borrado el recuerdo del primer orgasmo que no había fingido.

Aquel pensamiento la hundió. Una pérdida como esa era una violación de su mente.

Lazarus recuperó al instante su expresión de enfado.

—¿Qué estás haciendo aquí, Cameo? ¿Por qué has vuelto a la tierra de los muertos?

No sabía lo que había pasado entre ellos, ni el placer que hubiera podido experimentar, pero estaba claro que el final de lo suyo había sido turbulento.

«Tenía que haberme quedado en Budapest con mis amigos».

Mientras ella retrocedía para alejarse de él, Tristeza se deleitaba con su consternación, y empezaron a llegarle fragmentos de conversaciones de la multitud.

—Seguro que la mata... de placer.

—¿Dónde tengo que firmar para que me maten así?

Lazarus no apartó la mirada de Cameo.

—Dejadnos a solas ahora mismo —dijo.

Fue una orden suave, pero todos desaparecieron a los pocos segundos, abandonando mesas y puestos sin vacilación. Los soldados y los caballos se alejaron al trote.

Lazarus era el rey. Su palabra era la ley, y su poder no se cuestionaba. Era un dios entre los hombres. ¿Sabía lo de Tristeza? Debía de saberlo, ya que había leído una parte de su mente. ¿Quería verla muerta, como Alex?

Ella nunca había culpado a Alex por haberla traicionado. No, había culpado al miedo.

Cuando ella había conseguido escapar de los cazadores, había vuelto junto a Alex y, arrodillada, suplicante, con el cuerpo ensangrentado y roto, le había contado lo sucedido con la caja de Pandora. Él había dejado caer su espada y la había abrazado. Ella había pensado que él había empezado a entender.

«Un mal como el tuyo ha de ser exterminado», le dijo él. Entonces, había llamado a gritos a los Cazadores una vez más.

Cameo había tenido que aceptar la verdad: Tristeza lo había infectado, y la culpa era solo de ella.

Cuando estaba forcejeando para liberarse por segunda vez, había aparecido un Cazador, y le había dicho: «Ven con nosotros de manera voluntaria, o Alexander morirá».

Alex había muerto.

Incluso en aquel momento, el sentimiento de culpabilidad la angustiaba. La tristeza que sentía no era una emoción manufacturada por el demonio. «Yo no soy el trofeo de ningún hombre».

«No, tú eres la desgracia de todos los hombres», le dijo Tristeza.

Cameo dio otro paso hacia atrás, y pisó con el talón en una roca afilada. Se estremeció de dolor.

Lazarus le miró los pies y arrugó la frente.

—Te sangran los pies. Estás herida.

La palabra «herida» en sus labios fue como una maldición. La promesa de un estallido de violencia.

—¿Te lo han hecho las serpientes del cielo? —le preguntó.

¿Acaso iba a castigar a sus mascotas si así fuera?

—No, es culpa del trayecto hasta aquí, y del cambiaformas que me robó el calzado.

Él se pasó la lengua por los dientes. ¿Iba a castigar a Rathbone?

¿Por qué le importaba quién le hubiera hecho las heridas, si la odiaba?

—Qué acusación más injusta, querida —dijo Rathbone, que apareció a cierta distancia, rodeando una de las mesas felinamente—. Y, encima, después de que te haya salvado de un final trágico.

¡Mentiroso!

—Me he salvado yo solita —le dijo ella, blandiendo el puño amenazadoramente.

El leopardo chasqueó la lengua, como si ella fuera tan tonta como para no comprender la diferencia entre la salvación y el peligro.

Lazarus agarró la empuñadura de su daga.

Rathbone comenzó a retroceder.

—Bueno, claramente, estáis en un momento íntimo de pareja. Vuelvo después —dijo, y, en un abrir y cerrar de ojos, desapareció.

Cameo le envidió la capacidad de teletransportarse. «Consigues lo que quieres y te largas».

—Me has hecho una pregunta —le dijo a Lazarus—. Y ahora voy a contestarte: he venido porque necesito respuestas. Quiero saber todo lo que pasó entre nosotros.

Él se puso de rodillas, en silencio, y metió el hombro por su estómago, con suavidad, pero también con firmeza.

—¿Qué…?

Entonces, él se puso en pie y la levantó, manteniéndola agarrada sobre el hombro.

Ella se quedó demasiado asombrada como para

protestar. ¿La temible guardiana de Tristeza, acarreada como un saco de patatas? ¿Aquello estaba sucediendo de verdad?

—Ya seguiremos esta conversación más tarde —dijo él.

—¿Y qué vamos a hacer ahora? —preguntó ella, con curiosidad. No estaba asustada.

Hubo una pausa. Después, Lazarus dijo:

—Vamos a retomarlo donde lo dejamos.

Mientras hablaba, una mariposa de alas de color escarlata se posó sobre la mesa donde estaban sus dagas, y ella gruñó. Allí tenía otra señal de que se avecinaba un desastre.

Su relación con Lazarus no iba a terminar bien, ¿verdad?

Capítulo 4

«Cómo ganar una guerra, en seis pasos fáciles. Primer paso: Provocar».

El arte de la decapitación
Cómo lograr la victoria

Lazarus entró por las imponentes puertas delanteras que le abrieron los guardias, con una Cameo increíblemente dócil echada sobre el hombro. La última vez que ella había entrado al reino de los espíritus, él la había sentido y la había agarrado antes de que cayera al suelo. ¿Por qué no la había sentido aquel día?

–¿Has caído por un portal? –le preguntó–. ¿O has entrado al reino de otro modo?

–Por un portal –respondió ella, con un gruñido–. El aterrizaje ha sido un horror.

En el enorme vestíbulo, los sirvientes dejaron de limpiar para hacerle una reverencia… y lo miraron con asombro. Él nunca había llevado así a una mujer en público.

Cameo era incluso más bella de lo que recordaba. Tenía el pelo de ébano y seda, los ojos de plata y los labios como los rubíes. Su mirada decía «acércate más», mientras que su demonio decía «no se te ocurra acercarte más». Ella era su obsesión personal. Lo había hechizado, ¡y no tenía derecho a hacerlo!

Sentía un cosquilleo y una quemazón en los muslos. Aquella era la primera señal de que la cristalización seguía extendiéndose.

¿Sabía ella que le afectaba de una manera tan perjudicial, y que lo debilitaba tanto? ¿Sabía que le convertía en presa fácil para sus enemigos? ¿Le importaba?

Abrió su mente a la de ella, pero se encontró su barrera defensiva y no consiguió respuesta a sus preguntas. Sintió una frustración muy familiar. Frustración, rabia y aquel deseo siempre presente.

Su apetito por aquella mujer era insaciable, pero no podía poseerla. A menos, claro, que abandonara su búsqueda de la venganza contra aquellos que le habían atacado tan cruelmente y aceptara pasarse la eternidad en una tumba de cristal indestructible.

¡Jamás! ¿Por qué no la mataba en aquel mismo instante? Cortarle la cabeza habría sido un acto en defensa propia.

Solo de pensarlo, Lazarus se estremeció físicamente.

¡Maldita fuera!

—¡Vaya, chavalote! —exclamó Cameo, y le dio unas palmaditas en el trasero. Estaba calmada cuando, en realidad, debería estar histérica—. ¿Acaso cincuenta y dos kilos son demasiado para ti?

Qué listilla.

«Cúrala y mándala de vuelta a casa sin devorar su precioso cuerpo».

—Parece que alguien tiene otra pérdida de memoria muy conveniente —le dijo él, con más ímpetu del que hubiera querido. ¿Tal vez se sentía un poco amargado?—. Se ha olvidado de un par de kilitos extra.

Aquella pequeña bruja le golpeó la parte lumbar de la espalda con los puños.

—Puede que tú conozcas íntimamente mi cuerpo. Con toda seguridad, sabes cosas que yo he dicho. Las malas y las buenas. Tú sabes si nos separamos como amigos o como enemigos. Sabes dónde dejamos las cosas. Yo no. Eso no es conveniente para mí, es una pesadilla.

La furia de Cameo apagó la suya. Lazarus sintió el impulso de reconfortarla. Los recuerdos eran una forma de protección, porque le indicaban a uno en quién podía confiar y a quién debía rechazar, impedían repetir errores y creaban un camino despejado hacia el futuro.

Al sentir aquella compasión, Lazarus soltó una maldición. Otra debilidad, y todo por aquella mujer.

Los sirvientes sollozaron, y él los miró. Iba a tener que invertir en tapones para los oídos para los empleados, o matarlos a todos.

—Volved a trabajar —les ordenó.

Ellos obedecieron apresuradamente.

Él subió las escaleras y recorrió los pasillos. Estaba impaciente por ver a Cameo rodeada de sus cosas, sabiendo que iba a disfrutar de su exuberante olor, una mezcla de bergamota, rosa y azahar, impregnando sus sábanas... Se deleitaría entregándole los regalos que había recopilado para ella. ¿Vería su rostro iluminarse de placer? ¿O fruncirá ella el ceño, con toda la tristeza del mundo en la mirada?

¿Y qué importaba? Después de que ella se marchara, tendría que hacer todo lo que estaba en su mano para acabar con la obsesión que sentía. Y eso significaba que debería borrar hasta el último rastro que dejara Cameo en su casa.

«No puedo compartir mi dormitorio con ella. Ni hoy, ni nunca».

Entró en la habitación que estaba junto a la suya. La que había reservado para...

Para un invitado. Cualquier invitado.

Cerró la puerta a su espalda, de una patada, y depositó a Cameo en la cama. «¡Aparta la mirada!», se dijo. Ver a Cameo tendida sobre un colchón, cualquier colchón, solo serviría para debilitar aún más sus defensas contra ella.

Lazarus se concentró en la cama. Los cuatro postes del dosel eran troncos trasplantados en tiestos desde la selva. De ellos brotaban maravillosas hojas de color rojo que formaban un palio. El edredón estaba hecho con pétalos de flores, más suaves que la seda.

Cameo se irguió y escudriñó la habitación.

Lazarus sabía que ya había localizado todas las salidas, así como todo lo que podía utilizar como arma, y él hizo exactamente lo mismo. Solo había una puerta, la que él acababa de cerrar. A cada lado de la chimenea había una serpiente del cielo tallada en mármol que expulsaba calor por la boca abierta. Las únicas armas eran los atizadores que se balanceaban entre sus garras.

La cómoda era una talla de amatista extraída de una geoda, y era posible mellarla y obtener fragmentos que cortaran la carne. El tocador tenía la tapa de oro macizo, y era demasiado pesado para que ella lo levantara. Las patas también estaban talladas en forma de serpientes del cielo, y tenían por ojos unos rubíes que le conferían una vida antinatural a su mirada. Sus colas se curvaban y, en el extremo, tenían un diamante. Aquellas joyas podían quitarse con poco esfuerzo.

El espejo dorado había pertenecido a Siobhan, la

diosa de los Muchos Futuros y, supuestamente, la más sanguinaria de las Erinyes. A Lazarus le habían dicho que simplemente con mirarlo, el cristal revelaría los diferentes caminos para encontrar el amor verdadero. Hasta el momento, él no había visto más que su propio reflejo.

Si Cameo deseaba armas, tendría armas. Él nunca interferiría en sus esfuerzos por defenderse.

Cuando su mirada recayó sobre Lazarus, Cameo se ruborizó. Él sabía lo mucho que podía quemar su piel inmaculada, y tuvo tantas ganas de acariciarla que sintió un picor en las yemas de los dedos.

«¡Resístete!».

–Quieres recuerdos, cariño. Pues ahí van: la última vez que estuvimos juntos, nos besamos.

No, besarse era una palabra demasiado suave. Ella se había vuelto de fuego entre sus brazos, sin rastro de tristeza ni de dolor. Le había succionado la lengua como si fuera su dulce favorito, había respirado su aliento como si lo necesitara para vivir, como si siempre lo necesitara a él. Había sido una descarga de pasión.

Y, después, lo había olvidado con facilidad, mientras él ardía con solo recordarla.

Cameo miró sus labios, y susurró:

–Nos besamos. ¿Y nada más?

¡Aquella voz! Una explosión de dolor acompañaba a cada una de las palabras.

Lazarus comprendía el motivo por el que la otra gente se estremecía y lloraba. Nunca habían experimentado tal descarga de tristeza en estado puro. Él, sí. Muchas veces. La primera vez, con la brutal pérdida de Echidna. Después, a causa del hecho de no poder matar a su padre por los crímenes que había cometido contra su madre. Y, después, por su esclavitud, que había durado siglos. La voz de Cameo no era nada comparable a todo eso.

—Nos desnudamos y rodamos por ahí, como dos adolescentes en una casa vacía. Tú te retorciste contra mí, suplicándome más, pero yo me detuve antes de la penetración.

Había tenido que trabajar para llegar a aquel punto, engatusarla y engañarla, y la espera había sido una tortura... pero la agonía había merecido la pena a cambio de los minutos de éxtasis.

Él se había detenido porque dos de sus hombres entraron en su habitación. Y porque ella se había enterado de la verdad: que no la había capturado un enemigo que tuviera la intención de vender sus servicios, tal y como la había hecho creer, sino que estaba a salvo en el reino de Lazarus.

A ella se le cortó la respiración y se le aceleró el pulso. «Todavía me desea...». La lujuria que sintió estuvo a punto de dar al traste con sus buenas intenciones... hasta que el cosquilleo de sus piernas se intensificó.

«¡Márchate! ¡Ahora mismo!».

La preocupación que sentía por ella lo dejó clavado al sitio. Había que curarle las heridas. ¿Perdería el control cuando la tocara?

—¿Por qué paraste? —le preguntó ella, con la voz enronquecida.

—Éramos... Somos enemigos —dijo él. «Vamos, échame de aquí».

Ella abrió unos ojos como platos.

—Enemigos. Porque tú me odias... ¿Odias lo que soy?

—No te odio —dijo él. La temía y tenía miedo del poder que ella poseía sobre él. La deseaba con la avidez de un hombre que no había podido comer desde hacía años–. Pero tampoco me caes bien.

Él supuso que ella se sentiría dolida. Sin embargo, solo transmitió aceptación.

A él se le rompió el corazón. ¿Cuántas veces habría tenido que enfrentarse aquella mujer al rechazo?

«¡Mi obsesión será respetada siempre!».

Lazarus tuvo que maldecir su sentimiento posesivo hacia ella, que cada vez era mayor. Aquella mujer nunca podría ser suya. Él siempre elegiría la fuerza por delante de la debilidad.

–¿Y por qué somos enemigos? –le preguntó ella.

–Te deseo demasiado –dijo él, con un gruñido.

Ella se quedó mirándolo boquiabierta. Después, apretó los labios; él ya había notado antes aquel hábito suyo. Y lo entendía: la gente despreciaba su voz, y ella detestaba las reacciones de los demás al oírla.

–Habla, como la mujer adulta que eres –le dijo, provocándola deliberadamente. Él creía en la ley del desplazamiento: era como un vaso puesto bajo un grifo. Al final, el vaso se llenaba y el líquido se desbordaba, dejando vacío el continente… Y el vaso quedaba listo para algo nuevo. Le había funcionado en el pasado, le había permitido manipular su estado de ánimo. Cambiar la tristeza por ira, y la ira, por pasión–. Las niñitas se llevan una azotaina.

Ella echó mano a su daga, pero ya no la tenía, así que apretó el puño y lo blandió ante él.

–Si lo intentas, te quedas sin mano.

–¿Solo sin una mano? Tss, tsss…. Vaya, parece que hay alguien que está suplicando esa azotaina…

–Alguien se está preguntando por qué pensó que podía ser buena idea pasar el rato contigo.

–Es fácil. Eres adicta a mi enorme…

Ella se irguió y se preparó para atacar.

–A mi enorme ingenio –dijo él, intentando no sonreír. Tomarle el pelo siempre había sido una fuente de diversión. Para él.

Ella se pasó la melena por encima del hombro, hacia atrás.

–No te preocupes, guerrero. El ingenio puedo conseguirlo en cualquier parte.

Al oír aquello, a Lazarus se le quitaron las ganas de sonreír. Cualquier tipo al que se le ocurriera enseñarle su «ingenio» tendría que vérselas con él.

No. Lo que tenía que hacer era darle la mano y despedirse de ella. «Voy a dejar que se marche».

Una vez tomada aquella decisión, se concentró en las heridas de Cameo que peor aspecto tenían.

–Tienes muchas heridas, pero me voy a asegurar de que te cures antes de irte. Así no te quedarán cicatrices.

Cameo se quedó sombría, como dolida. Lazarus se dio cuenta y estuvo a punto de derrumbarse. ¿Acaso ella quería quedarse con él?

Ella reaccionó rápidamente y sacó las uñas.

–No te preocupes por curarme. Lo de las vendas me parece una cursilada.

–Sí, me preocupo, porque de lo contrario, no te curarás.

Entró al baño del dormitorio y sacó el ungüento que se hacía con hielo de hada invernal.

Lazarus no lo había guardado para Cameo, claro que no. ¿Ayudar a la única fémina que podía hacerle daño? ¡No! Hacer algo semejante habría sido una estupidez.

«Entonces, ¿qué es lo que estás haciendo ahora?».

Nada. Solo, asegurarse de que ella vivía lo suficiente como para poder volver a casa. Nada más.

Tuvo que contener un gruñido. Después, volvió a la habitación y se arrodilló delante de aquella belleza de pelo oscuro. Su olor embriagador lo envolvió, y se le hizo la boca agua. Tal vez le robara un beso, un solo beso, antes de comenzar a curarla. Le había prometido que retomarían las cosas donde las habían dejado, y él siempre cumplía sus promesas...

El resto del mundo desapareció cuando se inclinó hacia ella...

A Cameo se le cortó la respiración, y eso enloqueció aún más a Lazarus. Sin embargo, también le devolvió a la realidad.

¡Maldito fuera su atractivo!

Dirigió su atención a cualquier parte, menos a su preciosa cara... ni a sus caderas perfectas... ni a sus largas piernas, con las que ella le había rodeado una vez la cintura... Le limpió las heridas y le aplicó el ungüento.

—Tengo que enviarte a casa —dijo, con la voz enronquecida.

—Cuando nos separemos —respondió ella, con suavidad—, yo no voy a volver a casa. No lo haré hasta que encuentre a la diosa del Más Allá y...

¿Y qué? Si iba a buscar a otro hombre, él estaba dispuesto a...

A nada.

—Cambias muy rápidamente de estado de ánimo —le dijo ella—. ¿Tienes la menstruación?

Lazarus contuvo una carcajada y, por si acaso, intentó entrar en su mente de nuevo. Estuvo a punto de gruñir de alivio, y a causa de la sensación de triunfo, cuando se dio cuenta de que ella había bajado sus defensas.

Cameo también estaba buscando la caja de Pandora.

Lazarus se sintió culpable. ¿Debía admitir que había estado a punto de encontrarla? La última vez que habían estado juntos, la caja estaba a pocos centímetros de ellos.

Él había impedido que ella intentara apoderarse de la caja, impidiendo de ese modo que los guardianes que la custodiaban despertaran y Cameo muriera. Si ella hubiera muerto, su espíritu habría quedado para siempre atrapado en los reinos de los espíritus.

Y él se habría quedado para siempre con la llave de su propia destrucción.

Así pues, la había alejado de la caja y había pensado en volver por el artefacto más tarde, en cualquier momento. En realidad, había sopesado la idea un par de veces, pero… ¿para qué iba a alterar el funcionamiento de las cosas?

Ignoró aquel sentimiento de culpabilidad, guardó silencio y siguió examinando los recovecos de su mente. Vaya, vaya, así que ella también tenía secretos: la muy fresca no le había mencionado la caja porque no confiaba en él, y no sabía cuál sería su reacción ante Tristeza. Creía que él buscaría una manera de acabar con ella.

Lazarus siguió ahondando en su cabeza. Ella…

Gritó de furia y de horror, y lo echó de un empujón brutal de su mente. Después, erigió sus barreras.

Cameo alzó un puño como si fuera a golpearlo. Sus miradas quedaron atrapadas mientras él le agarraba la muñeca. Lazarus volvió a notar la delicadeza de sus huesos, tan diferentes a los de él, y el calor y la suavidad de su piel. Notó su pulso, que latía salvajemente contra la palma de su mano…

–Ya sé que estás poseída por un demonio –le dijo–. Siempre lo he sabido, y no me importa. Yo no soy un ser humano con una visión limitada de las cosas. Soy el Cruel e Insólito.

Ella se relajó visiblemente, y en su rostro se reflejó la sorpresa.

Aquella sorpresa debía de tener un sabor delicioso en sus labios.

Lazarus notó que el cosquilleo de sus piernas empeoraba. Con aquella mujer, el placer y los malos augurios siempre irían de la mano.

La soltó y se puso en pie.

—Quédate aquí. Voy a enviar a una sirvienta para que te ayude.

Cada vez que ella se movía, se le abrían las rasgaduras de la camisa, y Lazarus estuvo a punto de atisbar sus pechos.

«Quiero tener esos pechos en las manos. Sus pezones en la boca…».

—Te voy a traer las dagas y las botas. Después, te llevo con tu amiga —añadió, con la voz enronquecida.

—¿Está aquí?

—Sí.

«Sal de aquí mientras puedas», se dijo, y se marchó de la habitación a toda prisa, dando un portazo al salir.

Se dirigió a los dos soldados que guardaban la puerta.

—Que nadie entre en esta habitación y que nadie toque a la chica. Si se marcha, que uno de vosotros la siga y que el otro vaya a avisarme.

—Sí, señor.

Lazarus continuó su camino. Envió a la habitación de Cameo a la primera sirvienta con la que se encontró, después de darle instrucciones claras. Quería que le curara las heridas y que pusiera unas esencias específicas en su baño.

Al torcer una esquina, abrió la mente y revisó todo el palacio con el pensamiento. Por fin, dio con lo que estaba buscando: a Rathbone, el Único.

Aquel desgraciado lo estaba esperando en la sala del trono.

Cuando entró en el salón, despidió a los guardias para quedarse a solas y mandó cerrar las puertas. No vio al leopardo que había robado a Cameo, pero notó su oscura presencia.

Como Cameo, Rathbone había erigido una barrera para ocultar sus pensamientos.

–Vamos, muéstrate. Sé quién eres, y lo que eres –le dijo. Se había dado cuenta de la verdad con solo verlo.

El leopardo apareció en una nube de humo, con una gran sonrisa que dejaba a la vista sus afilados colmillos. Se acercó a Lazarus lentamente, y su forma fue cambiando hasta que se convirtió en un hombre muy musculoso con el pelo negro y largo, los ojos como diamantes y la piel tan oscura y roja como la sangre.

No llevaba camisa, pero sí unos pantalones de cuero. Tenía miles de tatuajes, más, incluso, que él mismo, que tenía toda la piel cubierta. Sin embargo, mientras que él tenía tatuados rosales llenos de espinas, que representaban a los que había encontrado en el Jardín del Horror Perpetuo, calaveras, que representaban a los enemigos que había matado, y mariposas y serpientes del cielo, que representaban a sus seguidores, Rathbone tenía tatuado siempre lo mismo: un ojo humano, cerrado.

Extraña elección. Una elección característica.

Lazarus había supuesto bien: se trataba de Rathbone el Único, uno de los nueve reyes del inframundo. Se había ganado aquel sobrenombre siendo siempre el último hombre que abandonaba las batallas en las que luchaba. Podía adquirir cualquier forma, fuera grande o pequeña, de animal, humano u objeto inanimado.

Lazarus había oído contar que, en una ocasión, se había convertido en el puño de la camisa de otro hombre, y le había obligado a golpear a toda su familia antes de golpearse a sí mismo.

—Tienes que responder por muchas cosas, guerrero —le dijo, mientras cruzaba los brazos sobre el pecho.

—Para ti, majestad —respondió Rathbone, encogiéndose de hombros—. Yo siempre tengo muchas cosas por las que responder.

—Quiero que me des las dagas y las botas de Cameo ahora mismo.

—¿Y engañar al vendedor que me las compró? Qué vergüenza.

—¿Prefieres engañar a mi mujer?

Cuando se le escaparon aquellas palabras, maldijo interiormente. «Mi mujer». Acababa de declarar algo que le proporcionaba munición a cualquiera que deseara su destrucción. Además, acababa de demostrar que no había hecho un buen trabajo a la hora de resistir el atractivo sexual de Cameo.

Tal vez aquel desgraciado no se diera cuenta.

Rathbone sonrió con astucia. Por supuesto que se había dado cuenta. Sin embargo, guardó silencio al respecto.

—Sé por qué estás en mi reino —dijo Lazarus.

—Vamos, dímelo.

—La guerra entre Hades y Lucifer se está recrudeciendo.

Aquel era el motivo por el que Lucifer no dejaba de enviar emisarios. Cada líder de un ejército inmortal debía elegir bando.

—¿Para quién luchas tú?

—Con quién, querrás decir. Lucho con Hades. También lo hacen todo los Señores del Inframundo.

Eso significaba que Cameo luchaba para Hades. Así pues, si él se ponía del lado de Lucifer, su obsesión también se convertiría en su enemiga.

«¿Y no lo es ya?».

Lazarus caminó alrededor de Rathbone como si fuera un depredador decidiendo el destino de su presa. Rathbone permaneció inmóvil. Ni siquiera se dio la vuelta. Sin embargo, no era necesario que lo hiciera, porque mientras Lazarus se movía, los ojos que tenía tatuados en la piel fueron abriéndose y siguieron todos sus movimientos.

Lazarus sintió una punzada de envidia. Qué poder tan singular...

—Dile a Hades que le transmitiré mi decisión a finales de esta semana —dijo.

Aparte de los asuntos personales, solo le importaba una cosa: ¿Quién de los dos adversarios le acercaría más a la venganza?

Rathbone inclinó la cabeza.

—Muy bien.

—Y ahora que eso ya está resuelto...

Lazarus lanzó su daga sin previo aviso. La hoja se clavó en el torso de Rathbone y salió por su espalda, llevándose el hígado clavado en la punta.

—Le prometí a Cameo que castigaría a cualquiera que le hiciera daño. Acabo de cumplir mi promesa.

Rathbone hizo un gesto de dolor, pero, después, sonrió.

—El primer órgano es gratis. El siguiente te va a costar muy caro.

—Así que ya sabes que habrá un siguiente. Muy bien, excelente. Nos entendemos.

Se oyó una carcajada que reverberó por las paredes del salón. Lazarus estaba acostumbrado a intimidar a sus enemigos, y no tenía ni idea de cómo actuar con aquel.

—Creo que me caes bien —dijo Rathbone—. Creo que seremos grandes amigos.

—Yo no necesito amigos —dijo Lazarus, aunque, algunas veces, anhelara tener a alguien en quien poder confiar, alguien que lo apoyara—. No me desagradas, pero te sacaré todos los órganos, uno por uno, si vuelves a robarle a Cameo.

—Ahora sé que me caes bien. Si alguna vez me necesitas...

—Yo no necesito a nadie.

—Pero, si alguna vez me necesitas...

—Eso no va a suceder.

—Di mi nombre —insistió Rathbone.

Después, se desvaneció en el aire.

Lazarus se mantuvo inmóvil con los puños apretados. Le estaba costando respirar, porque tenía que contener su mal humor y su lujuria.

Ahora que el rey se había marchado, ya no tenía ninguna distracción de Cameo y su magnetismo. Ella estaba allí, en su casa. La mujer con la que siempre compararía a las demás. La fiebre de su carne, el dolor de sus huesos.

La debilidad que tenía que suprimir de un modo u otro.

Capítulo 5

«Segundo paso: amenaza... y cumple tu amenaza».
Cómo lograr la victoria
Subtítulo: *Salvo con los amantes*

Cameo permaneció sentada en la cama mientras una mujer a quien no conocía se movía por el baño. El rechazo todavía le golpeaba la mente como una pelota de metal con púas.

«No te odio. Pero tampoco me gustas».

Lazarus le había contado lo que había sucedido entre ellos, pero, en vez de liberarla de las ataduras de Tristeza, le había echado otra cadena al cuello. Aquel hombre la había besado y la había acariciado, y le había dado placer. Que ella supiera, era el primero en hacerlo. Además, no tenía problemas con Tristeza. Y, sin embargo, estaba impaciente por librarse de ella.

«Tu destino es estar a solas conmigo», le dijo Tristeza. El veneno goteaba de cada una de sus palabras e impregnaba toda su mente.

El destino no podía ser tan cruel. El destino...

Podía ser mucho más cruel aún. Giró los hombros

y bajó la cabeza. Vio un rayo de esperanza: por muy horrenda que fuera su vida, las cosas siempre podían ir peor.

Al menos, las heridas habían dejado de dolerle cuando Lazarus le había aplicado el ungüento. La carne había empezado a unirse de nuevo. Él tenía razón: no le quedarían cicatrices.

Claro que, cuando él le aplicaba el ungüento, había empezado a picarle el orgullo. Sus roces eran impersonales, duros, y su expresión era de repugnancia.

Oyó un suave sollozo que llegaba desde el baño, y se puso tensa. «Nunca falla», pensó. Ella no había pronunciado ni una sola palabra y, sin embargo, Tristeza se las había arreglado para infectar a la otra mujer.

«Pobre sirvienta», le dijo el demonio, con la voz llena de tristeza. «Tu presencia es una tortura para ella».

Cameo no estaba dispuesta a aceptar que tuviera la culpa de eso. Ella no era la responsable de los sentimientos de los demás.

«¿Crees que no? Tú eres la que me ha traído a este reino».

Muy bien. Tal vez debiera irse de allí. No tenía ningún motivo para esperar a que volviera Lazarus. Podía encontrar a Viola sin su ayuda. Se bañaría, se quitaría aquella ropa sucia y rota y se pondría otra. Y, después, se alejaría de Lazarus. Él sabía demasiadas cosas de ella, mientras que ella sabía muy poco de él, y aquella desigualdad era muy fastidiosa.

¿Qué tipo de dirigente era? ¿Duro, o justo? ¿Cómo trataba a su gente? ¿Tenía novia en aquel momento, o novias?

Clavó las uñas en el colchón. ¿Prefería él la monogamia, o tenía miedo del compromiso?

La sirvienta de pelo rubio apareció delante de ella.

–El baño está preparado, señorita. Si quiere lavarse... Por favor, pase por aquí.

Antes, Cameo recopiló unas cuantas cosas que podían servirle de armas.

Las armas eran las mejores amigas de una chica.

Eligió un atizador de la chimenea y les arrancó las colas de diamantes, o, más bien, las dagas perfectas, a las serpientes del cielo talladas a mano.

Y, para compensarse a sí misma por sus problemas, se regaló ambos pares de ojos de rubí.

Ya estaba preparada para enfrentarse a cualquier cosa, y entró en el espacioso baño. Había una cabina de ducha con las paredes de cristal y una pequeña alcoba que acogía la bañera. De la superficie del agua salía un vapor perfumado con rosa, bergamota y azahar...

Cameo pestañeó de la sorpresa. Aquellos eran los aceites esenciales de su jabón favorito. ¿Casualidad?

Tenía que serlo. No era posible que Lazarus se hubiera dado cuenta de cuáles eran sus olores preferidos. Y, mucho menos, que hubiera recreado la mezcla.

«No te odio. Pero tampoco me caes bien».

En aquel momento, la sirvienta rubia intentó quitarle la camisa. Cameo gruñó y se apartó de ella. Ya estaba bien. Hasta que quisiera que la apuñalaran o la decapitaran, no iba a permitir que ningún extraño se situara a su espalda.

Le hizo una señal a la rubia para que se marchara, pero, por desgracia, la sirvienta no lo captó, porque se había quedado inmóvil en su sitio, con la cabeza agachada. Cameo la empujó suavemente para echarla, pero ella, después de tambalearse, clavó los talones en el suelo.

¿Acaso le había ordenado Lazarus que la espiara? La muchacha debía de tenerle mucho miedo a su ira.

Cameo se resignó a su presencia y, sin perderla de vista, se desnudó sin soltar las armas. Subió los peldaños que había hasta la bañera caminando hacia atrás, se metió en el agua y puso las armas en el borde de la pila, a su alrededor.

Con un suspiro de deleite, se sentó en el banco de obra de la bañera, donde varios grifos de chorro empezaron a masajearle la espalda.

La rubia volvió a sollozar y le estropeó el momento.

Tristeza le dio unas patadas a Cameo en el cráneo, y un recuerdo le consumió la mente.

—Puede que te mate y le regale tu cabeza —había dicho ella. Estaba sentada en la espesura de un bosque, mirando al guerrero.

¿Ella le había amenazado? ¿Por qué? Demonios... ¿Acaso esperaba el demonio poder exacerbar sus sentimientos hacia Lazarus?

Y ¿qué había querido decir ella con eso? Regalarle su cabeza... ¿a quién?

«Juliette», le dijo Tristeza. «La arpía que lo tuvo esclavizado».

Al demonio le encantaba racionarle los detalles que previamente le había robado, y solo le daba la información justa para causarle un torbellino mental.

—Y puede que yo te corte la lengua y le haga un favor al mundo —había respondido Lazarus.

Vaya, ¿se había atrevido a amenazar a Cameo?

Obviamente, sí. Al menos, ella había apretado los dientes de irritación en vez de tener miedo, y le había dicho:

—Y puede que yo te destripe solo para reírme.

—Y puedo que yo te apuñale y me haga un favor a mí mismo.

Oh, sí. Se atrevía a amenazarla. Sin embargo, lo hacía con una expresión divertida, no de furia.

Cameo se había puesto en pie de un salto y le había hecho un gesto para que se acercara a ella.

—¿Quieres hacer esto, guerrero? Porque yo estoy lista. En cualquier momento, en cualquier lugar.

Él también se había puesto en pie. Su cuerpo se había desplegado con gracilidad, con una exhibición fascinante de fuerza...

—No me estarás desafiando, niña. Perderías.

¿Niña? Ella podía hacerle pedazos.

—Pues yo tengo una opinión distinta —dijo ella—. Con respecto a ambas cosas.

No le había atacado. Había estrechado su pecho contra el de él y se había deleitado con su dureza.

Claramente, la atracción le había afectado al cerebro. Pese a todo, quería sentir sus brazos alrededor y su respiración cálida en la nuca.

—Entonces, haz lo peor que puedas —le había dicho ella—. Pero no te quepa duda de que yo también haré lo mismo.

Entonces, el recuerdo comenzó a desvanecerse. ¡Nooo! Cameo intentó retenerlo. ¡Tenía que saber más! ¿Qué era lo peor que él podía hacer? ¿Qué era lo que había seguido a su última amenaza? ¿Se habían pedido disculpas el uno al otro, o se habían separado?

Se le quedó la mente en blanco y, con un grito de frustración, dio un puñetazo al borde de la bañera.

La sirvienta rubia sollozó.

Cameo se hundió aún más en el agua. El hecho de no saber los detalles de su vida la mataba. Y, sobre todo, porque el taimado demonio solo le revelaba algunas partes de su pasado que estaban fuera de contexto para obligarla a especular por qué, qué y cómo.

Se lavó de pies a cabeza mientras seguía preguntándose por Lazarus. Él había afirmado que ella se había retorcido entre sus brazos y le había pedido más. Si alguien podía volver su mundo del revés, era aquel hombre. Lazarus era la belleza y la fuerza envueltas en una sensualidad abrasadora y sazonadas con un poco de fiereza.

Cuando terminó, recogió sus armas y bajó de la bañera. La sirvienta se acercó apresuradamente a secarla, pero ella le arrebató la toalla de las manos y se secó. La tela no era de algodón ni de seda, sino de algo mil veces más suave.

La sirvienta le entregó ropa limpia y Cameo se vistió sin quejarse, pese a que la ropa interior era un sujetador con diamantes incrustados y una braga diminuta. Después, con una ceja enarcada, señaló otra prenda.

–Son unos pantalones cortos –dijo la sirvienta, y se tapó la boca con la mano para ocultar una risita.

«Qué tonta por no haberme dado cuenta», pensó ella. Aunque algunos la consideraran chapada a la antigua, para ella unos pantalones cortos debían cubrir algo más que las nalgas.

Se dirigió hacia la puerta, pero la muchacha rubia se colocó delante de ella y le señaló el tocador. ¿Acaso quería hacerle un peinado, o qué? En el fondo, Cameo quería decir que sí. Sabía que era tonta, pero quería que, al verla, Lazarus se quedara boquiabierto.

El problema era que, para eso, la rubia tendría que ponerse detrás de ella, a su espalda, y...

Bueno, ¿y qué importaba? ¿Qué guerrera no sería capaz de defenderse de una sola persona?

Cameo dejó una daga en el tocador, a plena vista, y se sentó en la silla.

La muchacha, temblando, levantó un cepillo. Al pasar los minutos, Cameo fue relajándose... hasta que el espejo que tenía enfrente se movió.

Ella gritó y se levantó de un salto. La sirvienta retrocedió desconcertada.

Cameo señaló el cristal licuado, y unas ondas se dispersaron por la superficie.

–El espejo fue de la diosa de los Muchos Futuros –dijo la sirvienta, con suavidad–. Es tema de muchas leyendas... y pesadillas.

Siobhan, la diosa de los Muchos Futuros. La más joven de las Erinyes o Furias.

Era griega, y había vivido bajo el reinado de Zeus. Se decía que la diosa había sido maldecida después de su décimo sexto cumpleaños y había tenido que pasar la vida en una prisión de cristal.

Cameo había conocido a la chica adolescente. La había visto una sola vez, antes de que la maldición recayera en ella. Siobhan era una belleza de pelo tan blanco como la nieve y piel tan negra como la noche. Miró a Cameo de pies a cabeza y le espetó:

–¿Siempre vas con la frente arrugada? La risa es la mejor medicina, a no ser que tengas diarrea.

Al sentarse en la silla, Cameo tuvo una punzada de temor, o del demonio, o suya, no estaba segura. De cualquier modo, se abstuvo de volver a mirar aquel espejo.

Prisión de cristal... espejo... si la diosa estaba encerrada dentro...

«No quiero saber qué nueva tristeza me espera».

Durante la siguiente media hora, la sirvienta le cepilló el pelo a Cameo, se lo secó y le hizo una complicada trenza que ella nunca podría repetir. Después, le espolvoreó algo brillante sobre la cara.

–Es polvo de estrella –le explicó–. Es muy caro.

¿En quién, exactamente, se gastaba Lazarus su dinero? ¿En su amante favorita? ¿Acaso ella estaba recibiendo las sobras?

Se sorprendió al sentir aquellos celos. Ella no tenía ningún futuro con aquel hombre, así que no tenía por qué malgastar aquella emoción con él.

—Una bruja vende este maquillaje en la ciudad —prosiguió la rubia. ¿Estaría parloteando para distraerse de la tristeza que ella irradiaba?—. Es una loca. Todo el rato está haciéndose cumplidos a sí misma. Y tiene una mascota que es un demonio. La criatura...

Cameo se agarró al borde del tocador. Haciéndose cumplidos a sí misma... una mascota que es un demonio... No podía evitarlo, tenía que hablar.

—¿Sabes dónde puedo encontrar a Viola, la guardiana del Narcisismo, y a Princess Fluffikans?

La rubia se echó a llorar.

Cameo se levantó, la tomó por los hombros y la zarandeó.

—Concéntrate. Supera la tristeza y dime lo que quiero saber.

Entonces, la muchacha sollozó con más fuerza, entre jadeos. Cuando se calmó, le dio unas coordenadas que caían más allá del bosque.

—¿Esta ropa no tiene más partes? —preguntó. Sin esperar respuesta, se dirigió al armario.

La muchacha rubia estalló nuevamente en sollozos.

—Vete —le dijo Cameo, con exasperación—. Déjame a solas.

No tuvo que decírselo dos veces. La sirvienta se marchó en un abrir y cerrar de ojos.

«Es la historia de mi vida. Siempre estoy mejor a solas».

Rebuscó por todos los cajones y, al final, encontró

una falda que se ataba a la cintura. Si alguien la confundía con una dama de la noche, bueno, ese alguien moriría.

Salió de la habitación, y se quedó asombrada al comprobar que la sirvienta no la había dejado encerrada. No hubiera importado, porque ella era capaz de abrir cualquier cerradura. Había perfeccionado aquella habilidad para poder escapar de los Cazadores.

Sin embargo, muy pronto supo por qué no la habían encerrado; a ambos lados de la puerta había un soldado haciendo guardia, en el pasillo.

Los dos alzaron los ojos hacia el techo, como si tuvieran miedo de mirarla.

—Milady... —dijo el más alto de los dos.

—Me llamo Cameo —respondió ella, sin pensarlo. Los títulos nunca le habían gustado.

Los dos guardias se estremecieron. Uno de ellos se echó a llorar. Ella apretó las muelas.

—Si no volvéis a vuestra habitación... —dijo el llorón.

—No, no voy a volver.

—Entonces, debo ser vuestra sombra.

El más alto salió corriendo, como si no soportara seguir oyendo su voz.

Tristeza se carcajeó de placer, y ella sintió una ira muy familiar. ¡Cuánto odiaba al demonio!

—¿Y si yo no quiero una sombra? —preguntó.

El llorón tragó saliva.

—Son órdenes del rey.

¿Lazarus pensaba que iba a robarle la plata? ¿Que iba a huir? ¿Y pensaba que bastaría con solo un guardia para impedirle que se marchara si ella decidía hacerlo?

¿Por qué no utilizarlo?

—Debo protegeros con mi vida —añadió él.

Ah. Bueno.

—Pues llévame a la salida. Además, necesito un mapa del bosque. Voy a visitar a una amiga, a la mujer cuya mascota es un demonio de Tasmania.

Cameo no estaba deseando, precisamente, volver a ver a Fluffy. Aquella bestia era del tamaño de un perro pequeño, tenía los dientes afilados, el pelaje negro y pinchudo y un temperamento explosivo. Además, cuando estaba estresado emanaba un olor hediondo.

El guardia intentó disimular un escalofrío. Qué progreso más delicioso, pensó ella, irónicamente.

—Sé de quién estáis hablando. Son una pareja horrible. ¿Estáis segura de que...? Bueno, no importa. No tenéis necesidad de responder. Os llevaré a su morada.

Entonces, se situó delante de ella, con cuidado de no rozarla, y la condujo escaleras abajo hacia una puerta trasera.

El jardín le quitó la respiración. La luz de la luna se mezclaba con la de varias filas de antorchas e iluminaba un río que serpenteaba por una rosaleda espectacular.

Entre los rosales había estatuas de tamaño natural, masculinas y femeninas. En cada una se representaba un grado distinto de terror y lamentos. A algunas de las estatuas les faltaban miembros. Otras tenían posturas defensivas.

El artista había hecho un trabajo asombroso capturando todas las emociones humanas. Desde las arrugas de los ojos, a la sombra de las pestañas. Las estatuas tenían incluso huellas dactilares. Ella nunca había visto un trabajo con tanto detalle. ¿Habría heredado Lazarus aquel jardín del rey anterior, o habría coleccionado aquellas piezas para su propio disfrute?

Cuando vio que una multitud de mariposas se posaba sobre una de las estatuas, se quedó paralizada. El corazón se le aceleró y empezó a golpearle con fuerza las costillas.

«Lo entiendo. Se avecina un gran peligro. ¡Déjame en paz!».

—Cuántas mariposas —dijo el guardia, con reverencia—. Qué belleza.

Para distraerse, Cameo dijo:

—Un grupo de mariposas se llama caleidoscopio.

«Un grupo de hombres se llama migraña».

El guardia se encogió, y ella se sintió aún peor. Se apresuró para escapar de aquella zona, pero, de nuevo, se quedó paralizada. En aquella ocasión, se le formó un nudo en el estómago.

En lo alto de un par de picas había dos cabezas. La carne ya estaba putrefacta.

¿Era cosa de Lazarus?

¡Por supuesto! ¿Quién otro se habría atrevido?

¿Y qué habrían hecho las víctimas para merecer un castigo tan macabro?

Tuvo ganas de preguntarle al guardia cuáles habían sido los motivos, pero permaneció en silencio. Si hacía aquella pregunta, estaría admitiendo que Lazarus no le había explicado sus decisiones. Además, sería una falta de respeto hacia él cotillear sobre sus decisiones.

De todos modos, eso debería darle igual, porque ella no iba a volver a ver a Lazarus.

—Si queréis llegar antes de que anochezca a casa de la bruja, será mejor que continuemos —le dijo el guardia.

Ella lo siguió y, al poco rato, habían llegado junto a un grupo de mujeres que estaban podando los rosales, y que llevaban el mismo sujetador y los mismos pantalones cortos que Cameo. Cuando vieron al guardia, dejaron caer las tijeras de podar al suelo y se agacharon a recogerlas, de modo que revelaron una abertura oculta en el centro.

Vaya. Aquellas mujeres le daban una nueva dimensión a la frase «ven y tómalo». ¿Acaso estaban en la tierra de la pornografía diseñada especialmente para disfrute de Lazarus? ¿Probaba él aquellas delicias regularmente?

El guardia no pudo disimular la tienda de campaña de sus pantalones.

—Deprisa, deprisa, va a anochecer —dijo ella y, al instante, la tienda se desmontó—. Clase gratis del día de hoy: las distracciones pueden matarte.

Él se puso en marcha. Estaba desesperado por escapar de ella. Siguieron caminando por los jardines durante un kilómetro y medio y llegaron a un muro dorado. El guardia abrió la única puerta, la atravesó y desenvainó la espada.

Cameo tuvo la sensación de que había una amenaza y posó las manos en ambas dagas de diamante.

Demasiado tarde: una flecha le atravesó la sien al guardia.

Lo primero que pensó Cameo fue: «¿Lo ves? Las distracciones pueden matarte». Y lo segundo: «¡Estúpidas mariposas!».

Mientras él se desplomaba, ella se agachó.

Se oyó un grito de guerra, y entre los árboles aparecieron las amazonas, mirando a Cameo con los ojos entrecerrados.

Capítulo 6

«Tercer paso: demuestra tu fuerza. Cuanto más sanguinarios sean tus actos, mejor».
Cómo lograr la victoria
Subtítulo: *Salvo con los amantes*

Lazarus atravesó el Jardín del Horror Perpetuo acompañado por un contingente de soldados. Las mariposas dirigían la marcha; eran como su camino de ladrillos amarillos personal.

Les agradecía su ayuda. Había vuelto a experimentar aquella sensación de desconcierto, pero mucho más intensa que antes.

Uno de los guardias que estaban custodiando la habitación de Cameo le había informado de su marcha y de su intención de encontrar a Viola, la pesadilla de su reino. «¿Marcharse sin decir adiós? ¡No!».

Aquella diosa poseída por un demonio llevaba semanas arrasando su territorio, robando armaduras, artefactos y todo lo que le apetecía. Él no se había vengado ni una sola vez, ni siquiera había intentado detenerla, porque tenía miedo de hacerle daño y causarle más tristeza a Cameo.

Ella estaba en deuda con él, e iba a pagarle. Después, podrían despedirse.

Oyó un grito de guerra y aceleró el paso. Las ramas de los árboles se apartaban de su camino como si tuvieran miedo de tocarlo. Los insectos carnívoros se escondían.

Unos aullidos femeninos resonaron al otro lado de la puerta del jardín.

Él bajó las defensas mentales para analizar lo que estaba ocurriendo más allá. Unas amazonas habían atacado por sorpresa y habían matado a uno de sus soldados. Cameo estaba ilesa.

Sintió un gran alivio.

Cuando llegó junto a ella, se detuvo. Estaba rodeada por el enemigo, pero las amazonas estaban de rodillas, tapándose los oídos con las manos. Y, demonios, su mujer estaba para comérsela. Llevaba un pequeño sujetador y unos pantalones cortos, que debían de ser los más pequeños del mundo, cubiertos con una falda envolvente y transparente. Aquel atuendo realzaba sus pechos respingones y su cintura estrecha. Era una fantasía sexual convertida en realidad.

—… un setenta y nueve por ciento de posibilidades de que os apuñalen una vez en la vida. O que os maten. Lo que sea —estaba diciendo. La tristeza emanaba de ella y creaba un perfume asfixiante. Aunque sujetaba dos dagas, una en cada mano, tenía aspecto de estar muy deprimida, tanto como para matar a sus oponentes… o matarse a sí misma—. Salvo cuando me desafiáis, claro. Entonces, el porcentaje es del cien por cien.

La luz de la luna la envolvía y acariciaba su piel inmaculada. Irradiaba un brillo suave, y su belleza era sobrenatural, etérea. Llevaba el pelo negro recogido en una trenza que resaltaba la delicadeza de sus rasgos.

Lazarus sintió un deseo salvaje, tan fuerte, que si la tierra empezara a desmoronarse en aquel momento, no le importaría. Moriría con una sonrisa. Y con una erección.

«No, ahora no es oportuno», se dijo. Trató de establecer contacto telepático con Cameo, pero ella tenía las barreras firmemente erigidas.

—Quien a fuego mata, a fuego muere —dijo ella.

Las amazonas gimieron aún más, sin darse cuenta de que los soldados de Lazarus se estaban colocando a su alrededor, aunque aquellos soldados gemían y gruñían al mismo volumen que ellas.

—Tienes razón, cariño —anunció él—. Las amazonas van a morir.

No solo habían matado a uno de sus soldados, que estaba bajo su protección, sino que habían amenazado a su mujer. Si no les administraba un castigo adecuado, estaría invitando a otros a que violaran sus leyes.

Cameo se giró hacia él.

—Lazarus.

Sus ojos de plata líquida lo hipnotizaron, lo mantuvieron cautivo con más fuerza que las ataduras de Juliette. Su decisión de dejarla marchar se debilitó.

«Quédatela. Disfruta de ella una y otra vez...».

Su mente se rebeló, y el cuerpo empezó a dolerle. Quería odiar a aquella mujer. Si no la dejaba marchar, ella lo destruiría igual que su madre había destruido a su padre. Incluso en aquel momento, sintió un cosquilleo y un calor en las venas de las piernas.

La debilidad era una bestia insidiosa que no podía ignorar. Typhon la había ignorado, y había terminado derrotado por su peor enemigo.

—Por lo menos, esta vez te acuerdas de mí. Vamos progresando —le dijo.

Ella entrecerró los ojos.

—Puedes marcharte. La situación es-tá-tá bajo control.

¿Acaso estaba a punto de llorar?

Lazarus tuvo ganas de asesinar a aquel demonio.

No, no podía matar al demonio sin acabar también con Cameo.

De todos modos, debía actuar. Sin Cameo, no habría debilidad.

Sus dedos se crisparon sobre la empuñadura de la daga.

¿No volver a experimentar la alegría de su olor, de sus besos? ¿No volver a deleitarse con sus caricias? Aquella perspectiva le causaba horror.

Apartó la mirada y se fijó en las amazonas.

—¿Por qué estáis aquí, provocando mi ira?

Una de las bellezas negras se calmó lo suficiente como para poder responder.

—La reina Nethandra... Vuestra proposición de matrimonio...

Su ira se encendió de nuevo.

—Un momento —dijo Cameo.

Se acercó a él, moviendo las caderas. Mientras las amazonas y sus hombres lloraban, el dulce perfume de aquella mujer lo envolvió y puso a prueba su capacidad de control.

—¿Le has propuesto matrimonio a esa reina? ¿Cuándo? ¡Dímelo! Si te has acostado conmigo mientras estabas comprometido con otra...

¿Acaso su rayito de sol estaba celosa?

Lazarus tuvo un sentimiento de posesión que estuvo a punto de abrasarlo.

–No estoy comprometido con nadie. Solo envié un emisario para preguntar por la disposición de Nethandra a unir su casa con la mía.

Durante una fracción de segundo, la expresión de Cameo se volvió de alivio, y él se sintió triunfal.

–Bien –dijo ella, con un fingido aire de indiferencia–. Si me hubieras convertido en una cualquiera que se acuesta con el hombre de otra, habría tenido que destriparte.

Adorable.

–¿Es que crees que puedes vencerme?

Ella se encogió de hombros.

–Creo que mis métodos normales no funcionarían contigo –dijo ella, en voz tan baja que nadie podía oírla–, pero hay otras formas de derrotar a un hombre.

–Eso es cierto –dijo él, también muy bajo–. Desnúdate, y caeré de rodillas ante ti.

Esperaba que ella hiciera caso omiso de sus palabras, o lo maldijera. Sin embargo, Cameo susurró:

–Gracias a ti, ya estoy prácticamente desnuda. Adelante, arrodíllate.

Él sonrió.

–Prácticamente no es lo mismo que completamente, ¿no?

–Cierto. Tú eres un completo idiota.

Él dio un paso hacia ella.

–Pero te gusto así.

Tanto las amazonas como los guardias se quedaron mirándolo. Él apretó los puños y se dirigió a las guerreras:

–Si vuestra reina hubiera querido de verdad formar una unión conmigo, habría protegido a mi gente. Habría considerado mis fuerzas una extensión de las suyas.

La líder del grupo inclinó la cabeza con vergüenza.
—He cometido un error.
—Si tú desearas una unión —le dijo Cameo, en un murmullo—, considerarías sus fuerzas como una extensión de las suyas y perdonarías el error de sus emisarias.
¿Cómo? ¿Acaso Cameo quería que él se casara con la reina?
Lazarus se pasó la lengua por los dientes y chasqueó los dedos. Sus hombres desarmaron a las amazonas, que no opusieron resistencia. Extraño.
Lazarus abrió la mente y... soltó un resoplido. Como no habían conseguido vencer a sus soldados, tenían planeado derrocarlo desde el interior de su casa, valiéndose de un veneno que le habían comprado a Viola.
«Buena suerte», pensó él.
—Han tragado bolsas de veneno —dijo—. Las tienen atadas con unas cuerdas a los dientes.
A las amazonas se les escapó un jadeo colectivo de horror.
—Quitadles las bolsas cuanto antes —ordenó Lazarus—. Y llevadlas al calabozo. A todas, salvo a su líder —añadió. Se volvió hacia ella, y le dijo—: Cuéntale a Nethandra lo ocurrido. Si sus disculpas me agradan, la permitiré vivir. Si no...
No terminó aquella frase, porque sabía que la imaginación podía ser más terrorífica que una amenaza.
—Aquí nos separamos —dijo Cameo, y dio un paso atrás, aumentando la distancia que los separaba.
«No estoy dispuesto a perderla. Todavía no», pensó él.
—Voy a acompañarte hasta la morada de la diosa... y al portal de vuelta a casa.

Lazarus solo había pasado una vez por aquel portal. Después de que Cameo volviera a casa por primera vez, y el deseo que sentía por ella hubiera ensombrecido su sentido común.

—Gracias, pero me las arreglo perfectamente yo sola —dijo ella—. No es necesario que pierdas el tiempo con alguien que te desagrada.

Todavía estaba molesta por eso, ¿no?

—Para abrir el portal debe derramarse la sangre. Hay que hacer un sacrificio. ¿Sabes qué clase de sacrificio? —le preguntó, y movió la cabeza—. No, cariño. No vas a poder arreglártelas sola.

De repente, los pensamientos de Cameo resonaron por su mente. No... no... aquellos tenían que ser los pensamientos del demonio.

«Él nunca ha pensado en pedirte que seas su novia. Tú no eres el juguete de nadie».

Cameo estaba de acuerdo con el demonio, y él se enfureció. ¿Cómo se atrevía alguien a pensar algo negativo de aquella mujer, incluso ella misma? Él la había visto luchar, y sabía que tenía muchas habilidades. Sus enemigos debían tener cuidado. Y era inteligente; ni siquiera él podía engañarla. Era increíblemente bella. Nadie podía comparársele.

¿Por qué había pasado el demonio una conversación tan deprimente al otro lado del escudo mental de Cameo?

La respuesta era fácil: para infundirle tristeza también a él.

Tristeza era incluso peor de lo que él pensaba, y aquel era otro motivo para despreciar al demonio. «Podría matarlo en pocos segundos...».

Aquella idea calmó a Lazarus, aunque también lo desconcertara. También podría matar a Cameo en pocos segundos. Ella no estaba segura, y él quería que lo estuviera.

¡Tonto!

Ella ladeó la cabeza.

—¿Por qué me estás mirando así?

—¿Cómo? ¿Como si tuviera hambre, y tú fueras un bufé libre de postres?

—Sí —dijo ella, malhumoradamente.

—Porque eres un bufé libre de postres. Eres un premio que honraría a cualquier hombre.

Ella agitó un puño delante de su cara, un movimiento que él adoraba. Su ira siempre le entusiasmaba.

—Deja de leerme el pensamiento.

—Deja de proyectarlo —replicó él. Comenzó a caminar por un camino enlosado, y miró hacia atrás para decirle—: Es por aquí.

Cameo salió corriendo tras él. Caminaron uno junto al otro, y su cercanía fue una agonía y un placer al mismo tiempo. El camino estaba jalonado de antorchas, y su luz suave y dorada la iluminaba y le confería un brillo irresistible.

Sus ojos eran como un mar de fuego plateado, y el calor de la noche coloreaba sus mejillas de un rosa exquisito. Tenía los labios carnosos y rojos, exuberantes; eran una tentación como ninguna, y una clase especial de tortura.

—Solo para que lo sepas —dijo ella—, puede que te haya deseado alguna vez, pero, ahora, no me gustas.

—¿Puede que? —repitió él, con petulancia, y se echó a reír—. Tu pasión estuvo a punto de quemarme vivo.

Ella empezó a tartamudear de indignación, pero su pérdida de memoria no le permitía refutar lo que él acababa de decir.

Para aumentar su enfado y acabar con el resto de

su tristeza, se puso en cabeza y apartó del camino una rama llena de flores. Justo cuando ella iba a pasar, la soltó, y los pétalos suaves golpearon a Cameo en el pecho.

Lo fulminó con la mirada.

–Lo has hecho adrede.

–No es necesario que me castigues. Tu voz ya es castigo suficiente.

–¡Se acabó!

Cameo se lanzó hacia él, le agarró del cuello y tiró con toda la fuerza de su cuerpo. Entonces, se enroscó en él con la habilidad de una serpiente del cielo. Su peso y el impulso de su cuerpo derribaron a Lazarus.

Aquella acción fue inesperada, y por eso funcionó, claro.

Cameo rodó sobre él y le obligó a tenderse de espaldas. Se puso a horcajadas sobre su pecho y le colocó una de las dagas de diamante en la carótida.

Él experimentó una erección instantánea. Nadie lo había tirado nunca al suelo.

¿Necesitaba más pruebas de que ella solo iba a debilitarlo?

Su erección desapareció al instante.

Ella enarcó una ceja con cara de petulancia.

–¿Qué decías?

Qué seguridad y qué astucia. ¿Había alguna mujer más bella?

Con las manos así ocupadas, ella no podría detener lo que él hiciera con las suyas…

Debería resistirse. Un hombre no debía jugar con la tentación. Aquella relación no podía acabar bien.

Pero, en aquel momento, no le importaba.

La agarró por la cintura y gruñó al notar el contacto con su piel.

—Qué suave —murmuró—. Eres perfecta.

Su erección se recuperó en un instante.

Ella soltó un silbido de rabia y le clavó un poco la punta de la daga. Hizo brotar una gota de sangre.

Entonces, se quedó boquiabierta.

—Estás sangrando. Y te late el corazón... Noto los latidos contra el muslo. No lo entiendo. Estás muerto. Tú moriste, ¿no es así?

—Sí, morí. No sé qué es lo que me diferencia de los demás muertos, pero tampoco se me considera uno de los vivos.

De lo contrario, habría vuelto al mundo de los mortales cuando había atravesado el portal.

Recordaba que, de niño, su padre le decía: «Somos los últimos descendientes de Hydra. Nuestra raza no puede morir. No puede morir por medios justos y, mucho menos, por medios injustos.

Hydra era la primera bestia acuática de sexo femenino que había nacido en el mundo. Su veneno era tan tóxico que incluso su aliento podía ser letal. Su cuerpo podía regenerar los miembros cortados, incluso las cabezas, en pocos segundos».

«¿Por qué yo no?».

Lazarus le acarició el vientre a Cameo con los pulgares, y dibujó un círculo alrededor de su ombligo.

—Todavía sangro, sí —dijo, y bajó la voz—. Y soy capaz de expulsar otros fluidos.

—Déjalo ya —le ordenó ella, con la respiración entrecortada.

—¿Que deje de darte placer? —preguntó Lazarus, y deslizó los dedos hacia arriba, por su estómago, hasta que llegó a la parte inferior de sus pechos.

Bajo la tela de su sujetador, se le endurecieron los pezones.

—Sí. No —dijo ella, y se cubrió los pechos con el brazo libre—. Deja de enredar en mi mente.

—¿Y si me dedico a enredar con tu cuerpo?

Una noche. Quería pasar una noche con ella. Su padre había pasado cinco años con su madre antes de que los cristales empezaran a retardarlo en la batalla. Lo cierto era que Typhon solo visitaba a su obsesión cuando las necesidades de su cuerpo le superaban, pero Lazarus pensó que, por una sola noche, no iba a sufrir muchos daños.

Por la mañana, se despediría de ella.

—No —dijo Cameo.

Él siguió ascendiendo y tomó sus pechos en las palmas de las manos.

—Exquisita —dijo, ardiendo de lujuria—. Mira lo intensa que es tu reacción ante mí.

A ella se le puso la carne de gallina, y el color de sus mejillas se intensificó. La presión de la daga cedió.

—¿Sabías que el veintiuno por ciento de las mujeres no puede llegar al orgasmo?

—Debe de ser el veintiuno por ciento con las que yo no me he acostado. Soy un donante de orgasmos.

—Entonces, ¿admites que eres un mujeriego?

—Admito que he tenido una juventud disoluta. Es ese momento en el que cualquiera con falda… o pantalón… o pantalón corto… o desnudo, puede valer.

Ella se humedeció los labios.

—¿Y tú las complaciste a todas?

—Muchas veces.

—¿Seguro? Porque muchas mujeres pudieron fingirlo.

—Se te olvida que es imposible ocultarme la verdad. Yo puedo leer el pensamiento. ¿Quieres ponerme a prueba, cariño?

—Quiero...

Cameo se inclinó hacia delante y aplastó sus pechos contra el de Lazarus. Él notó sus pezones duros como pequeños capullos de flor y los latidos de su corazón, que estaba acelerado.

«La vida. Ella es la vida».

«Es mi vida».

¡No! Solo una noche. Nada más.

Ella lo besó, y sus respiraciones se mezclaron. Él inhaló su esencia como si fuera la última bocanada de oxígeno de la que disponía.

—Lazarus —susurró Cameo.

Él sintió un deseo tan caliente como la lava.

—Quiero a Lazarus. Eso es lo que has dicho. No acepto retiradas.

Ella se estremeció, pero, rápidamente, se puso tensa.

—Yo no voy a acostarme con un hombre a quien no le gusta. No necesito más motivos para odiarme a mí misma.

—Entonces, no te acuestes conmigo —dijo él—. Todavía, no—. Puedo hacerte llegar al orgasmo con la boca o los dedos. Lo que tú prefieras.

La expresión de Cameo se volvió sombría, y él no tuvo que leerle la mente para saber por qué. El demonio había protestado.

—Concéntrate en mí —le ordenó a Cameo, suavemente. Cuando ella volvió a mirarlo a los ojos, él le tomó la cara con ambas manos y le acarició los pómulos con los dedos pulgares—. Si quieres ser feliz, tendrás que luchar firmemente contra Tristeza. No vas a conseguir la victoria por accidente.

Ella dejó caer la daga y le sujetó las muñecas con los dedos.

—¿Y crees que no lo sé? ¿Crees que no llevo siglos luchando a todas horas contra él?

—Entonces, si quieres conseguir un resultado distinto, tendrás que hacer algo distinto.

—¿Qué? ¿Qué puedo hacer? —le espetó ella.

Él... no estaba seguro.

En los ojos de Cameo brilló la furia, pero, acto seguido, se reflejó un gran desconsuelo.

—Si me acuesto contigo, te olvidaré. Una vez más, tú sabrás cómo soy cuando estoy en medio de la pasión que siempre he querido experimentar, pero yo no sabré nada de ti. Perderé otra parte de mí misma. Perderé los recuerdos que otras personas dan por sentados. Pensamientos que me darían calidez durante las noches de invierno, cuando estoy sola. Siempre sola.

Él tuvo una punzada de dolor en el corazón.

—Cameo...

Se oyó el crujido de una rama. Alguien se estaba acercando.

El sentimiento de protección de Lazarus le hizo olvidar su deseo. Rodó, colocó a Cameo bajo su cuerpo y se preparó para atacar y defender.

Capítulo 7

«Cuarto paso: estudiar al enemigo. Es decir, estudiar a todo el mundo».
Cómo lograr la victoria
Subtítulo: *Salvo con los amantes y sus familias*

Cameo ardía. ¡Oh, cuánto ardía! Todas sus células vibraban deliciosamente.

¿Aquello era la excitación? ¿La verdadera excitación, sin rastro del veneno de Tristeza?

Sí. Tenía que serlo. Un verdadero milagro. Era la primera vez que sentía algo así.

«Necesito más de esto. ¡Ahora!».

Lazarus quería acostarse con ella. Le había acariciado los pechos. La había mirado con una expresión posesiva, de deseo brutal. Sin embargo, darle una respuesta afirmativa al guerrero era lo mismo que dársela a Tristeza. Después de las relaciones sexuales, Lazarus se separaría de ella, seguro.

Él no le había prometido nada acerca del futuro ni se había disculpado por haberle dicho que ella no le agradaba. El demonio borraría otra vez sus recuerdos, y ella perdería otra parte de sí misma. No, gracias.

El calor y el deseo pasaron, por fin, y ella sintió frío y un vacío interior.

Lazarus también debía de haber perdido su deseo, porque la había tendido sobre el suelo y se había colocado sobre ella, pero ella ya no sentía su erección entre las piernas.

—Necesito que te calles, cariño —le susurró él, aunque ella no hubiera dicho ni una palabra.

—Estás pensando en voz alta —le dijo él, con exasperación—. Vamos, cállate.

Ay, ¿cómo podía haberse olvidado de que él podía leer el pensamiento?

Con un gruñido, ella erigió sus barreras mentales. Entonces, oyó el crujido de una ramita, y se puso muy rígida.

Oyó unas voces femeninas, y sacó la daga de diamante al mismo tiempo que Lazarus sacaba una daga llena de púas. El murmullo se hizo más audible, hasta que Cameo distinguió las palabras.

—... tantos problemas! Lo digo en serio. La tía Vie tiene una buena vida aquí, y este asunto de hacer de canguro se lo va a estropear todo.

Aquella voz casi le causó entusiasmo. Casi.

—Es Viola —dijo Cameo, y sintió un solo atisbo de alivio antes de que Tristeza le inundara el corazón de tristeza.

Lazarus se relajó y suspiró. Entonces, se puso en pie y ayudó a Cameo a hacer lo mismo.

Las ramas se movieron y se separaron y, entre ellas, apareció una mujer de un metro sesenta centímetros de estatura, con el pelo rubio y largo y los ojos del color de la canela. Estaba tan sexy como siempre, con un vestido negro de lentejuelas. El escote descendía en forma de uve hasta el ombligo de la mujer, que tenía un piercing, y el bajo del vestido le llegaba hasta las rodillas. En un lateral tenía una abertura que dejaba a la vista casi todo su muslo.

Aunque Viola era la guardiana del Narcisismo, no tenía nada que ver con la caja de Pandora. Sin embargo, al abrir la caja habían escapado más demonios que los ladrones que podían albergarlos, y aquellos demonios necesitaban satisfacción.

¿Qué mejores huéspedes que los inmortales que estaban aprisionados en el Tártarus? Aquellos prisioneros no podían huir, no podían esconderse.

Cameo no sabía el motivo por el que Viola estaba en la prisión en aquel momento. Viola no se lo había contado.

Al verla, la diosa se detuvo en seco. No se sorprendió, tan solo se irritó.

—Una utiliza su tiempo libre para conseguir un escondite perfecto, para que los perdedores no sigan intentando robarle el cuerpo y ¿cuál es la recompensa? —preguntó. En cada mano tenía agarrado a un niño cubierto de barro—. ¡Mira quién se ha atrevido a aparecer en mi puerta!

Cameo se sobresaltó como si la hubieran golpeado. Aquellos niños eran Urban y Ever, sus ahijados mellizos. Su padre era Maddox, el guardián de la Violencia. Su madre era Ashlyn, una mujer humana que se había vuelto inmortal gracias a su vínculo con Maddox.

Urban tenía el pelo negro y los ojos violeta de su padre, mientras que Ever tenía el pelo del color de la miel, ondulado, y la misma mirada brillante de su madre. Tanto el niño como la niña tenían poderes extraordinarios, aunque aún no se conocían todas sus capacidades.

Cameo se acercó rápidamente y abrazó a los niños.

Abrió la boca para hacer preguntas; ¿qué hacían allí? ¿Cómo habían llegado? La última vez que los había visto, estaban en Budapest con sus padres. Sin embargo, cerró la boca y se quedó callada. Por desgracia, hasta los niños lloraban al oír su voz.

Entonces, Lazarus se puso a su lado e hizo las preguntas que ella no podía hacer. Ninguno de los niños respondió, y Viola los zarandeó a los dos un poco.

—Si no empezáis a hablar, yo empiezo a dar azotes —les dijo.

—¿Sabes cuántos soldaditos de juguete entran en el inodoro antes de que se atasque? —preguntó Urban, sin amedrentarse—. Doce. Entran doce.

Ever miró al suelo y le dio una patada a una piedrecita.

—Mamá y papá están muy preocupados por ti, tía Cam. Mientras arreglaban el inodoro, nosotros hemos usado la Vara Cortadora para venir a verte.

Cameo se puso una mano en el corazón.

Lazarus se quedó asombrado.

—Sois niños. ¿Quién os ha enseñado a utilizar la Vara Cortadora?

Urban se cruzó de brazos.

—No te conozco y no tengo por qué decirte nada. Piérdete.

Viola se pellizcó el puente de la nariz como si ya hubiera llegado al límite de su paciencia.

—Para ser unos mocosos, son muy inteligentes. Vigilan a sus tíos y a sus tías valiéndose de la Vara Cortadora. Y aquí están.

Vaya. Los niños tenían que aprender una lección, y si ella tenía que hacerles sollozar, lo haría.

—Venir hasta aquí ha sido una irresponsabilidad. Vuestros padres deben de estar locos de preocupación.

¿Y si os siguieran a través de la Vara Cortadora? ¿Y si acabaran en un reino diferente? Podrían resultar heridos. ¡O peor aún!

Ever se inclinó hacia delante y vomitó.

¡Mierda! Vomitar era una lección demasiado dura.

Urban, a quien le caían lágrimas por las mejillas, le pasó un brazo por los hombros a su hermana.

—Ay —murmuró Lazarus, con una sonrisita—. La tía Cam es muy estricta.

Ella ignoró el sentimiento de culpabilidad... y la necesidad de apoyarse en él, de esconder la cara en el hueco de su cuello.

Viola se atusó el pelo. Ella no tenía lágrimas en los ojos porque, al igual que Lazarus, no reaccionaba al oír la voz de Cameo. O ella ya sentía una tristeza abrumadora, o disimulaba su tristeza detrás de un velo de amor propio. De cualquiera de las dos formas, Cameo decidió que era su nueva mejor amiga.

—Mamá y papá no saben que hemos usado la Vara Cortadora —dijo Urban, entre lágrimas—. Yo oculté nuestros actos incluso al tío Torin.

Torin, el guardián de la Enfermedad y un antiguo novio de Cameo, era quien vigilaba todas las idas y venidas de la fortaleza de Buda. Era necesario ser muy habilidoso para ocultarle algo.

—No es posible que sepáis cómo...

—Yo sí lo sé —dijo el niño—. Además, eres una hipócrita. Tú viniste aquí y causaste una gran preocupación en nuestros padres.

Bien, ya no podía seguir ignorando la culpabilidad. Sabía que sus amigos iban a preocuparse, pero de todos modos se había ido a buscar a Lazarus, porque estaba desesperada por recuperar sus recuerdos y, secretamente, esperaba poder crear otros nuevos.

¡Y todo para nada! A él le desagradaba.

—Les he dicho a los pequeños monstruos que son tontos. Porque yo soy lista. La más lista de todos, sin duda —dijo Viola.

Entonces, Cameo les ordenó a los niños que se taparan los oídos para que no pudieran oírla. En cuanto obedecieron, le preguntó a Viola:

—¿Dónde estabas? Desapareciste y solo nos dejaste una nota en la almohada, que decía «No esperéis despiertos». ¿Por qué has vuelto al reino de los espíritus?

—Puede que aquí den mejor servicio —respondió Viola, atusándose el pelo de nuevo—. Tal vez mis verdaderos amigos estén aquí.

—Yo he decidido que tú eres mi mejor amiga, así que te aguantas.

Viola movió una mano delante de la cara de Cameo.

—Tú sí que sabes cómo bajar el ánimo, ¿no?

Ella asintió. La verdad era la verdad.

Lazarus se interpuso entre ellas. Le vibraba un músculo bajo el ojo.

—Te quedaría muy bien una mordaza, diosa —le dijo a Viola, en tono de furia.

Eh... ¿por qué se había enfadado tanto?

Viola movió las cejas de un modo sugerente.

—¿Es una invitación, guerrero? Porque acepto.

«Oh, no, claro que no».

Cameo sintió una terrible envidia. Aunque Viola albergara a Narcisismo, irradiaba la sexualidad de una mujer normal. Flirteaba con gracia y podía sentir la felicidad. Y podría darle a un hombre como Lazarus el puro placer, algo que ella era incapaz de hacer.

En aquel momento, Ever soltó un gruñido.

—Me estoy cansando de tener los oídos tapados.

Urban dio unas paraditas de impaciencia en el suelo.

Cameo alzó un dedo para pedirles un minuto más.

Miró a Lazarus con severidad y le preguntó:

—¿Viola también está en la lista de candidatas para casarse contigo?

Viola asintió.

—Por supuesto que sí. Yo estoy en la lista de todo el mundo.

Él soltó un resoplido desdeñoso.

—Con que tú me lo digas, la atravesaré con la espada. Y, antes de que tus celos te digan que estoy tirándome un farol para disimular que la deseo, quiero que sepas que yo solo deseo a una mujer, y tiene el pelo negro y los ojos plateados.

A Cameo se le pasó el acceso de envidia y comenzaron a temblarle las rodillas. Tal vez no le cayera bien a Lazarus, pero él la deseaba.

Entonces, con la voz entrecortada, dijo:

—Tenemos que llevar a los niños al portal. ¿Está muy lejos?

—A tres días de aquí, en dirección contraria. Debemos volver al palacio, y saldremos al amanecer.

—Pero...

—No podemos llevar a los niños por el bosque de noche —dijo Viola—. De veras. Me sorprende que las plantas no hayan intentado comernos todavía.

Lazarus se enorgulleció.

—Las plantas me temen. Y con razón.

Maravilloso guerrero. Su fuerza era una tentación seductora para ella.

«Ya estoy ardiendo por él».

«Pero estoy sentenciada, ¿no? Él no es para mí».

Mientras iban caminando, Lazarus le preguntó a Viola:

—¿Y tu mascota? Princess Fluffy, o lo que fuera que me mordió la mano la primera vez que nos vimos.

—¿Te vengaste? —le preguntó Cameo.

Urban y Ever se echaron a llorar, y Cameo se encogió. Claro, los niños ya no se estaban tapando los oídos. Era mejor que cerrara la boca.

Lazarus les lanzó a los niños una mirada de enojo, como si estuviera protegiendo sus sentimientos. Sin embargo, Cameo pensó que tenía que estar malinterpretándolo todo.

—Podría haberme vengado —dijo—. Con facilidad. Sin embargo, decidí perdonarlo.

—¿Por qué?

—Tengo mis motivos —respondió él.

—Que, seguramente, son una idiotez —dijo Viola—. En cuanto a Fluffy, está persiguiendo a una bestia horrible que llevaba semanas siguiéndome. Están jugando al escondite.

Los niños también habían decidido empezar a jugar, tirando y agarrando en el aire una pequeña piedra. Urban la lanzaba primero, y salían llamas de las yemas de sus dedos.

Ever tenía la habilidad opuesta: creaba hielo, y podía apagar las llamas.

Eran opuestos en muchas otras cosas, pero también eran las dos mitades de un todo. Se completaban el uno al otro.

Cameo miró a Lazarus y vio una pequeña vena plateada que brillaba a la luz de la luna en su bíceps. Se dio cuenta de que deseaba acariciarla cuando ya había estirado el brazo para hacerlo.

Él, sin volverse en dirección a ella, le agarró la muñeca. Se creó un arco de electricidad entre ellos, y a Cameo se le aceleró el corazón.

Él emitió un gruñido grave que resonó entre los árboles. Los pájaros alzaron el vuelo, piando como protesta, y las hojas se arrugaron.

—Nada de tocarnos en público —dijo Lazarus, y la soltó.

—¿Por qué? —le preguntó ella. Hacía unos minutos le había dicho que la deseaba, y ahora, ¿no quería que ella lo acariciara delante de otra gente?

«Se avergüenza de ti». Tristeza lanzó una sombra oscura sobre sus pensamientos, y le causó tanta pena que se le llenaron los ojos de lágrimas.

Lazarus siguió caminando con la espalda rígida, a grandes zancadas. Cameo y los demás lo siguieron por la rosaleda, pasaron junto a las estatuas y entraron al palacio. Los niños dejaron de jugar y de reírse.

Su tristeza ya se estaba expandiendo y afectando a los de alrededor, y eso aumentó todavía más su dolor.

Viola abrió los brazos y gritó:

—¡Por fin estoy aquí! Podéis admirarme.

Lazarus los acompañó, a los niños y a ella, a una espaciosa habitación.

—Descansad —les dijo—. Ahora os traerán comida.

Cerró la puerta antes de que pudieran protestar. Mientras dos guardias salían rápidamente de entre las sombras para custodiar la puerta, él recorrió el pasillo, torció una esquina y se detuvo ante la puerta de Cameo.

Irradiaba tensión y un calor delicioso. A ella le costó respirar, como si estuviera intentando inhalar melaza.

—Invítame a pasar —le pidió Lazarus, con la voz enronquecida.

—¿Por qué? Hace un segundo no podías soportar que te tocara.

—No es cierto. Estábamos en público, y estabas a punto de tocar... una herida.

«No se avergüenza de mí».

–Lo siento, Lazarus. No lo sabía.

Él dio un paso hacia ella e invadió su espacio personal.

–Quiero pasar una noche contigo, cariño. Desde el atardecer hasta la salida del sol, quiero hacerte gritar de placer.

La descarada sexualidad de su petición dejó a Cameo alucinada. No tenía ninguna duda de que cumpliría su promesa: tenía los ojos oscuros brillantes de lujuria y de desafío.

«Debes negarte». Pero… ¿por qué?

Por su desagrado hacia ti. Porque iba a perder los recuerdos.

Bueno, en realidad, ¿solo tenía aquellas dos razones?

«Solo necesitaba una».

–No –dijo, con la voz quebrada.

Sin perder un segundo, Lazarus la tomó de las caderas y la apretó contra la puerta.

–Entonces, ven a cenar conmigo. Dame una oportunidad para que te convenza.

Tristeza silbó de rabia.

Cameo se mordió el labio.

–¿Por qué me deseas?

¿Por qué no iba por Viola, que era mucho más segura?

–El deseo es una bestia mucho más insidiosa que tu demonio.

En otras palabras, él no quería desearla. ¡Y ella no podía reprochárselo!

Debería encerrarse en su habitación y acabar con aquella locura. El problema era que solo ganaría una o dos horas. Lazarus era un guerrero, y huir de él solo serviría para incitarlo a la batalla. Después, iría por ella con mayor fervor.

¿Qué daño podían hacer una cena y una conversación? Él no conseguiría doblegar su voluntad. Ella también era una guerrera, ¿no?

—Sí —susurró—. Voy a cenar contigo.

Capítulo 8

«Quinto paso: Planear un ataque. Desecharlo y planear otro. Desechar ese y actuar sin plan alguno. Si te sorprendes a ti mismo, sorprenderás a tu enemigo».

Cómo lograr la victoria
Subtítulo: *Salvo con los amantes y sus familias*

A Cameo le latía el corazón con fuerza contra las costillas mientras Lazarus la guiaba hacia el dormitorio. Al entrar, se quedó tan asombrada que se detuvo en seco.

Demonios. Lazarus lo tenía todo planeado.

Los sirvientes estaban encendiendo velas por todas partes. Habían llevado una mesita redonda a la habitación, y sobre el mantel había varias bandejas de deliciosa comida. A ella se le hizo la boca agua.

Tristeza llevaba muchos siglos restringiéndole el apetito, sin embargo, empezó a rugirle el estómago. Aquella era una señal de hambre que no estaba acostumbrada a sentir. Normalmente, cuando no estaba con sus amigos, tenía que ponerse una alarma en el teléfono móvil para que no se le pasara la hora de la comida.

«¿Que nunca iba a doblegar mi voluntad? Qué tonta soy».

—Tú no eres ton... —empezó a decir Lazarus.

Ella erigió sus barreras mentales y le puso un dedo sobre los labios.

—Si respondes a mis pensamientos otra vez, me iré a cenar sola.

Él le mordisqueó el dedo, clavándole los dientes blancos y rectos en la carne. Ella apenas notó dolor... pero se le escapó un jadeo cuando él lamió el mismo lugar. Sus células vibraron, y un calor lánguido la consumió.

—¡Fuera! —ladró él, sin apartar la vista de ella.

Los sirvientes salieron rápidamente de la habitación y, con una sonrisa, él la llevó hacia la mesa. Sacó una silla y se la ofreció caballerosamente.

—Por favor, siéntate.

Cameo suspiró y tomó asiento.

Entonces, él se sentó frente a ella y le llenó el plato de carne de cangrejo con una salsa de mantequilla, verduras al vapor y un estofado que olía sospechosamente a...

—¿Doritos?

—En los Juegos de las Arpías, te comiste una bolsa de patatas con sabor a queso mientras animabas a tu amiga, así que he pedido que te prepararan un plato especial —respondió él, y se encogió de hombros como si nada—. Uno de mis empleados tenía una receta —dijo, con los ojos muy brillantes—. ¿Estás impresionada?

—Sí —dijo ella, a regañadientes, y brindó con él—. Sí lo estoy.

Él se había fijado en ella antes de que se conocieran. ¿No era eso maravilloso?

Al brindar con la copa de vino tinto, ella añadió:

—Así que supongo que me decepcionarás durante el resto de la cena.
—Pues supones mal. Yo nunca decepciono a nadie.
—No, seguro que no —refunfuñó ella.
—Parece que estás celosa. ¿Estás celosa?
—Parece que estás esperanzado. ¿Estás esperanzado?

La suave carcajada de Lazarus fue más embriagadora que el vino.

—De postre hay tarta de chocolate. Me han dicho que los mortales piensan que es mejor que el sexo.

Umm... Chocolate. Pese a su falta de apetito, algunas veces ella deseaba el chocolate como si fuera lo único que podía proporcionarle felicidad.

—Bueno, pues te presento a tu competidora. Tengo la tentación de pasar la noche con la tarta... —le dijo a Lazarus.

—En ese caso... —respondió él, y levantó una tapa redonda, bajo la cual apareció la tarta en cuestión. Lazarus le clavó su cuchillo en el centro—. Por desgracia, esta tarta acaba de morir asesinada.

Ella se rio... No, porque Tristeza se tragó el sonido antes de que tuviera posibilidad de salir de entre sus labios, y ella se quedó apagada.

—Cuando llegué a tu reino —le dijo, para pasar de la felicidad a un tema más importante, por su propio bien—, un hombre se dio cuenta de que estoy viva, y no muerta. ¿Cómo es posible?

—Cuando un vivo pasa a través de la Vara Cortadora, su cuerpo se convierte en una especie de traje. Está ahí. Los muertos pueden verlo, pero el espíritu resplandece a través de él.

Interesante.

—¿Cuántos vivos hay...?

–No, ahora me toca a mí –dijo él–. Has mencionado que deseas encontrar la caja de Pandora. ¿Qué tienes pensado hacer con ella?

–Todavía no lo he… decidido –admitió Cameo. No tenía claro cuál podía ser la mejor solución.

Podía destruir la caja y condenarse a sí misma a pasar la eternidad con Tristeza, sin ninguna esperanza. Podría abrir la caja y liberarse del demonio, pero eso supondría su propia muerte y la de todos sus amigos.

Se decía que cualquiera que estuviese poseído por un demonio moriría en cuanto se abriera la caja, porque esta absorbería a los demonios, y los demonios se habían convertido en un órgano más de sus huéspedes. Un órgano canceroso, pero necesario. Sin él, quedaba un hueco en sus cuerpos, una herida abierta. Sus amigos y ella se desangrarían.

Kane, el antiguo guardián de Desastre, había demostrado que los poseídos podían recuperarse de aquella herida, pero siempre y cuando el amor llenara el hueco del mal. Una especie de trasplante.

El amor lo conquistaba todo.

Pero ¿quién podía amar a una mujer como ella?

–Me sorprende que no hayas elaborado un plan para deshacerte de la caja de Pandora –le dijo Lazarus, con una mirada severa–. Alguien puede utilizarla como arma contra ti y todo aquel a quien quieres.

¿Cómo explicar su deseo egoísta de librarse de Tristeza sin parecer… bueno… egoísta?

–Keeley, la novia de Torin…

–El guardián de Enfermedad, con quien tú saliste una temporada. Sí –dijo él, asintiendo secamente–. Los conozco a los dos.

¿Estaba celoso? No, no. No podía ser. Ningún hombre había envidiado nunca a otro que tuviera una relación con ella. Y, menos, un hombre que solo deseaba pasar una noche con ella y pensaba olvidarla a la mañana siguiente.

«Eso es porque no puede tolerar pasar un minuto más en tu presencia...».

¡Estúpido demonio!

—Continúa —le dijo Lazarus, con los dientes apretados.

—Pues sí —dijo ella—. Salí con él. No duramos mucho y, ahora, él está con el amor de su vida. Pero... bueno, lo que quería decir es que ella es la inmortal más poderosa que he conocido. Más que tú, incluso.

—Yo no estaría tan seguro. No me has visto en acción.

Cameo notó un escalofrío tan delicioso como sus caricias, y el calor le recorrió las venas. En la batalla, Lazarus tenía que ser una visión magnífica, espada en mano y con la sangre de sus enemigos salpicada sobre la piel.

—Bueno, de todos modos —dijo ella, con un suspiro—, Keeley me dijo que hay otro ser dentro de la caja.

Lazarus bebió su vino y asintió.

—Sí. La Estrella de la Mañana.

Ella abrió unos ojos como platos y dejó el tenedor en el plato.

—¿Qué sabes tú de eso?

Keeley decía que la Estrella de la Mañana podía ser la salvación de todos los Señores del Inframundo.

Lazarus sonrió con petulancia.

—¿Te gustaría comprarme esa información?

—¿Acaso te parece bien que me prostituya contigo?

—Claro que sí. Es muy divertido adoptar personajes.

Qué mente tan pervertida. ¿Por qué a ella le resultaba tan sexy en aquel momento?

—Pues a mí no me parece bien. Además, ahora me toca preguntar a mí. ¿Por qué vas a casarte con una mujer a la que tal vez no quieras?

Él fingió que se apuñalaba a sí mismo en el corazón.

—Vaya, tú sí que sabes estropear el momento.

¡Exacto!

—Tengo pensado casarme con una mujer a la que no quiero porque su ejército se unirá al mío y, juntos, podremos vengarnos cuando mis enemigos entren en el reino de los muertos.

—¿La venganza te importa más que el placer?

—Para mí, el placer definitivo es la venganza.

La dureza de su tono de voz convirtió aquellas palabras en un juramento.

Un juramento que ella debería tener en cuenta.

Se le hundieron los hombros por la decepción. Tal vez hubiera sentido esperanza... tal vez hubiera creído que él era quien iba a ayudarla, incluso salvarla. Después de todo, él soportaba su voz y la consideraba atractiva.

Sin embargo, nunca la elegiría a ella, ¿verdad? Ella solo sería una conquista sin importancia y fácil de olvidar. No lucharía por ella si se olvidaba de él. Cuando se olvidara de él.

«¿Quién iba a luchar por ti?», le preguntó Tristeza.

—Esta noche no vas a tener suerte —le dijo, suavemente—. De hecho, lo mejor será que te vayas.

Antes de que ella empezara a llorar.

Viola, la diosa de la Otra Vida, hija secreta del amor entre unos padres a los que se negaba a nombrar, y una mujer con una actitud dura ante la vida, se cruzó de brazos y miró con severidad a Urban y a Ever. Aquellos dos habían interferido en sus planes de esconderse del monstruo que la seguía, robar unos poderosos artefactos que llevaban siglos perdidos y reunir los diferentes reinos de los espíritus. ¡Aquel era su derecho de nacimiento!

¿De qué le servía ser reina, si no tenía reino?

—Deja de mirarnos así —le espetó Ever.

—¿Cómo? ¿Como si fuerais unas desagradables criaturitas? Bueno, pues para que os enteréis, eso es lo que sois: unas desagradables criaturitas —respondió Viola, y se estremeció.

Pese a su falta de experiencia en el cuidado de cualquiera que tuviera menos de doscientos años, estaba segura de que tenía dominado aquel asunto de hacer de canguro.

Los niños se sentían atraídos por ella, aunque no quisieran. No podían evitarlo. Nadie podía evitarlo. Incluso podría haber seducido a aquel impresionante Lazarus, si lo deseara. Pero ¿qué mujer en su sano juicio deseaba a un hombre que miraba a otra como si fuera la única entrada al cielo?

Ella, no.

Ya había pasado por eso, y había sufrido.

Ever, la pequeña mocosa, le dijo:

—Eres una persona espantosa. ¡Te odio y quiero a mi mamá!

Bajo la muralla de amor propio que Narcisismo había erigido a su alrededor, Viola gritó:

«¡Ya sé que soy horrible! Huid de mí ahora mismo. No miréis atrás. Soy vuestra peor pesadilla, cariño».

—Id —dijo, y frunció los labios, moviendo los dedos—. Id a ver cuántos soldaditos de juguete hacen falta para atascar el inodoro aquí. La tía Vie tiene cosas muy importantes que hacer. Y, sí, mis palabras tienen un mensaje oculto: vosotros no sois importantes para mí.

«No podéis serlo».

En cuanto empezaban a importarle la gente, los animales, los lugares o las cosas, los perdía. Princess Fluffikans era la excepción, y solo porque un pedazo de su propio corazón latía en el de él, literalmente. Amar a Fluffy era como amarse a sí misma.

Ever, la muy pilla, se puso las manos en las caderas.

—Somos más importantes que nada en el mundo. Mamá siempre nos lo dice.

Narcisismo pateó el cráneo de Viola, señal de que estaban entrando en zona de peligro. Había que tomar medidas inmediatamente.

Viola se inclinó hacia Ever y se apoyó las manos en las rodillas.

—Estoy segura de que todas las madres les dicen eso a sus hijos. Es una ley y, aunque esto te resulte difícil de aceptar, es mentira. Hasta que no seas capaz de defender a la tía Vie de una legión de admiradores, no eres más que una molestia.

Urban la miró con la cabeza ladeada y con mucha seriedad.

—Puedo quemarte hasta que te mueras.

—Te equivocas. Lo único que puedes hacer es prenderme fuego —dijo Viola—. Por desgracia para ti, lo único que haría yo sería darte las gracias por ayudarme a entrar en calor en un día frío.

—Tú no eres inmune a mis llamas. Nadie lo es.

Ella le dio una palmadita en la coronilla.

—Vaya, mira quién habla como una persona mayor.

Él apretó los dientes como si la estuviera mordiendo, con una ferocidad parecida a la de su padre.

—Ten cuidado —le dijo ella—. Si me rompes un dedo, tendrás que comprármelo.

–¿Qué significa eso? –preguntó Ever en un tono molesto–. Dices tonterías.

–Lo que es una tontería es esta conversación –respondió Viola–. Y, ahora, ¿vais a destrozar algo, o no?

La niña movió los brazos con exasperación.

–Pues claro.

Urban miró a Viola con algo parecido al afecto...

–¿A ti te gusta la destrucción?

«Otro que ha caído bajo mi hechizo por lo absolutamente increíble que soy».

Ella le dio un suave golpecito bajo la barbilla.

–Sí, por supuesto, ¿es que no le gusta a todo el mundo?

–No –respondió él, y añadió–: Me caes bien.

–Lógico. A ti, y a todo aquel que me conoce. Y, seguramente, a gente que no me conoce, también.

–No es posible que te caiga bien –le dijo Ever a su hermano–. A ti no te cae bien nadie, excepto yo y, a veces, papá y mamá.

–Bueno, pues ahora, ella también –afirmó Urban, y se volvió hacia Viola–. Y yo también te voy a caer bien a ti.

–No, gracias, niño.

No se trataba solo de que perdiera a la gente, los animales, los lugares y las cosas que le gustaban, sino de que también presenciaba su destrucción. Narcisismo le exigía que se dedicara solamente a él, y castigaba a todo aquel que se atrevía a ser su competidor. Así pues, para salvarle la vida al niño, le dijo:

–Tú eres un niño. A mí solo me caen bien los hombres.

Ever le dio un puñetazo a su hermano en el hombro y dejó unos cuantos cristales de hielo en su camisa. Viola disimuló una sonrisa tras su mano. Aquella pequeña fierecilla tenía genio.

Casi compadecía al hombre del que se enamorara Ever. No solo tendría que sobrevivir al hermano de la niña, a su padre, a sus tíos y a sus tías, también tendría que sobrevivir a Ever.

Sin duda, a ese hombre le parecería un gran honor. Ever iba a ser una belleza incomparable a la desearían todos aquellos que la vieran.

Narcisismo rugió de rabia y le dio una patada en el cráneo a Viola.

«Yo soy incomparable. ¡Yo! Nadie más».

Ella se quedó pálida.

—Si vais a quedaros conmigo, tendréis que acostumbraros a mi increíble atractivo —les dijo a los niños—. Soy irresistible, y siempre lo seré. La edad no importa.

El demonio ronroneó para demostrar su aprobación, y ella suspiró de alivio.

—Bueno, ¿qué estaba diciendo antes de que me interrumpierais con tan mala educación?

—Que eres la persona más maravillosa de la Historia —respondió Ever, con desdén.

Claro.

—Pues sí, lo soy.

Hizo una pausa para observar el anillo que llevaba en el dedo pulgar. El antiguo propietario se había resistido con uñas y dientes cuando Viola se lo había robado. Hasta que Fluffy se había comido sus órganos internos.

El anillo tenía el poder de transportarla de un reino de los espíritus a otro, sin la Vara Cortadora. La herramienta perfecta para la huida.

Oyó un jadeo de sorpresa y horror, y se dio cuenta de que Ever y Urban estaban mirando a una ventana, y que sus cuerpecillos estaban muy tensos. Se colocó delante de ellos para enfrentarse a la amenaza, fuera cual fuera.

Entonces, ella fue la que jadeó de espanto.

Las dos hojas de la ventana, enormes paneles de cristal, se habían abierto. Entre ellas había un hombre alado. Aunque era algo grotesco, también era exquisito. Tenía los rasgos faciales muy afilados, pero fuertes y curtidos, y su pelo largo y negro era sacudido por un viento que ella no podía sentir. Tenía los ojos azul pálido, casi blancos. Sus músculos eran muy grandes, muy definidos. Su piel era de color azul, más oscuro que sus ojos, pero muy claro de todos modos. Parecía un demonio de hielo, y ella se debatió entre la admiración... y el rechazo.

Parecía que tenía las alas infectadas por el mal. Los extremos estaban teñidos de negro, y las venas que las recorrían de arriba abajo eran gruesas y duras como la piedra.

Él la señaló con una uña negra y enroscada, y dijo una sola palabra:

–Repudiada.

Su voz era dura, como sus rasgos.

A ella se le aceleró el corazón. Narcisismo permaneció callado, por increíble que fuera. ¿De reverencia? ¿De repugnancia? ¿O, quizá, por miedo?

El intruso solo llevaba un taparrabos, y su cuerpo perfecto quedaba a la vista. Iba descalzo, y tenía las uñas de los pies tan negras como las puntas de las plumas de las alas.

–Eh... creo que voy a pasar –le dijo Viola–. En otras palabras, no, muchas gracias.

–Repudiada –repitió él. Un segundo después, se lanzó hacia el aire y desapareció en el horizonte oscuro.

Fluffy entró por la ventana de un salto, mostrando todos los dientes y rugiendo sobrenaturalmente. ¿Acaso tenía la intención de morder al... Enviado? Los Enviados eran asesinos de demonios. Tal vez aquel hubiera ido hasta allí para asesinarla a ella. En vez de eso, lo que ocurrió fue que Fluffy derrapó por todo el suelo y chocó con la pared.

–¡Mi niño! –exclamó ella. Corrió hacia él y lo abrazó. Con el paso de los siglos, él se había convertido en su mejor amigo, en el único ser vivo en quien confiaba–. Has perseguido al malo que me perseguía a mí. ¡Y lo has ahuyentado!

–¿Qué…? –preguntó Urban, señalando la ventana–. ¿Qué era eso?

Mientras ella le acariciaba el pelaje a Fluffy, movió una mano con un gesto desdeñoso.

–Otro admirador mío, estoy segura –dijo. Sin embargo, la inquietud se había apoderado de ella.

Al ser la diosa de la Otra Vida, algunas veces tenía premoniciones sobre el dolor y la muerte de otras personas. Y, en aquel momento, ¡tenía una premonición sobre sí misma! Aquel hombre…, fuera quien fuera, formaba parte de su futuro, e iba a hacerle más daño de lo que nunca le habían hecho en la vida.

Siobhan, la diosa de los Muchos Futuros, observó a Cameo a través del muro de cristal de su prisión, el espejo que le había servido de hogar durante demasiado tiempo ya. Algunos lo llamaban «espejo mágico». Muchos habían acabado con pueblos enteros por tener la oportunidad de mirarse en él.

¿Y ella era la mala? ¿Solo por haber causado doce guerras pequeñas? ¡Hipócritas!

Bueno, el pasado era el pasado, y el futuro la estaba aguardando. Se estaba gestando una guerra en los reinos inmortales. Hades contra Lucifer. Incluso ella tendría que tomar partido.

¿A quién quería engañar? Ya había tomado partido. De niña se había enamorado de Hades con solo verlo. Se había convencido de que solo era un incomprendido y de que ella podría cambiarlo, y le había pedido que se casara con ella. Él era un guerrero malo y enorme, pero le había dicho: «Claro, niña. Ya tendremos una cita dentro de cuatro mil años».

Durante la década siguiente, su amor hacia él había crecido. Era un hombre fuerte y habilidoso y, para ser sincera, su lado oscuro atraía a una parte secreta de sí misma.

Al final, no había podido esperar más. Había vuelto a verlo de adolescente, pensando en que ya tenía edad suficiente para estar con él. Y pensando en que él iba a aceptarla.

En vez de eso, su amante y él se habían reído de su patético intento de seducción. Ella se había sentido humillada y enfadada, y le había arrancado el corazón a la mujer.

Ooh, vaya. Había sido un accidente.

Entonces, siguiendo órdenes de Hades, una poderosa bruja la había maldecido y condenado a vivir para siempre dentro del espejo.

Siobhan se había pasado los últimos cuatro mil años atrapada detrás de aquel cristal, se había convertido en una mujer que no podía tocar a nadie.

Solo por medio de la manipulación de aquellos que se miraban al espejo había podido escapar al inframundo. Sin embargo, a medida que pasaban los siglos, soñaba más y más con volver y destrozarle la vida a Hades.

De nuevo había manipulado y maquinado, hasta que había terminado en el Reino de Grimm y Fantica, una tierra gobernada por un famoso socio de Hades.

¿Iría allí de visita el rey del inframundo? ¿La recordaría? ¿Sentiría su presencia detrás del cristal?

No culpaba a la bruja de su situación. Aquella mujer solo estaba cumpliendo órdenes del amo. Era Hades el que merecía conocer el horror del confinamiento y el horror de ver cómo el mundo seguía su curso sin que él pudiera participar en nada.

Se merecía cambiar su sitio por el de ella.

Sabía que la venganza corrompía de un modo nefasto. De hecho, uno de los finales que pronosticaba para Lazarus y para su deseo de destruir a Hera y a Juliette era la destrucción de todo lo que él amaba, personas y cosas. De un árbol venenoso solo podía crecer la fruta venenosa y, sinceramente, no había peores venenos que la amargura, el odio y la pena.

Y aquellos venenos se habían generado en ella por la falta de contacto, consuelo y camaradería.

Su lema era «Elabora una estrategia. Ponla en práctica. Golpea».

El problema era que, aunque podía ver el camino futuro de los demás, el resultado definitivo de sus elecciones... no podía ver el suyo.

Sin embargo, no era necesario tener un don mágico para saber que necesitaba liberarse. Para conseguirlo, tenía que ayudar a otra gente a enamorarse. Cada vez que tenía éxito, se restaban cien años a su condena, y cada vez que fracasaba, se sumaban cien años más.

«Piensas que entiendes las cosas del corazón», le había dicho Hades. «Pues demuéstralo».

¿Debería intentar ayudar a Lazarus el Cruel e Insólito? Era tan obstinado que ella lo había quitado de la lista de candidatos al conocerlo, pero, con Cameo allí, lo estaba reconsiderando.

Cameo tenía muchas elecciones y muchos resultados posibles.

Muerte. Mucha muerte. Traición. Tristeza. Rabia.

La felicidad no era más que un atisbo que desaparecía rápidamente.

Victoria, derrota.

Oscuridad, luz. Lágrimas. Carcajadas. Un campo de mariposas vibrantes.

Todo se entremezclaba.

Empezó a dolerle la cabeza y se aclaró la mente.

¿Decidiría Cameo quedarse con Lazarus al final? ¿Haría todo lo que fuera necesario por salvar su relación?

Siobhan se concentró en la guerrera que se movía rápidamente por la habitación, preparando las herramientas que había pedido a los sirvientes después de que Lazarus se marchara: dos cinceles, yunques, una lima y una escofina. Quería a sus amigos, moriría por defenderlos. Buscaba la alegría.

«Me recuerda a la chica que yo era».

Antes, ella habría hecho cualquier cosa por ganarse a Hades. Si Cameo y ella se parecían...

Decidido.

«Sí, la ayudaré».

Capítulo 9

«Paso seis: acaba con tu enemigo y con todos ellos a los que ama y, después, celebra tu triunfo».
Cómo lograr la victoria
Subtítulo: *Salvo con los amantes y sus familias*

Lazarus pasó una noche muy mala. Tal vez, la peor de su vida. Mucho peor que en una ocasión en la que una mujer le había dado un beso envenenado que le había causado una gran debilidad. Lo había atado mientras él no podía defenderse y le había cortado los cuatro miembros.

Resultó que era una asesina enviada por viejos enemigos de su padre.

Habría conseguido matar al hijo del Monstruo de no ser porque había cometido dos errores. El primero, creer que por cortarle los brazos y las piernas lo había dejado indefenso. El segundo, provocarlo con un segundo beso. Un adiós.

El orgullo, el hecho de creer mentiras sobre uno mismo para aumentar el valor de uno mismo, a menudo era el preludio de una desagradable caída.

Cuando la mujer había levantado la cabeza, al terminar el beso con una sonrisa de malicia, él le había arrancado la tráquea con los dientes. Ella era la que se había desangrado hasta morir, y él había sobrevivido. Después, se había envenenado una y otra vez hasta que había conseguido la inmunidad.

Al pensar de nuevo en que Cameo lo había echado de su habitación, soltó una maldición, y se levantó de un salto. Una mosca empezó a revolotear a su alrededor y, por muy rápido que diera manotazos para matarla, ella conseguía esquivarlo. Con exasperación, se fue al baño, se dio una ducha y se puso una camisa de manga larga y los pantalones de cuero de batalla. Como de costumbre, iba a dormir completamente vestido.

Los pantalones tapaban los cristales que le cubrían las piernas desde los muslos a las pantorrillas. Las mangas de la camisa le cubrían los cristales que habían empezado a crearse en sus bíceps.

La debilidad se había extendido. No, no solo se había extendido, sino que se había acelerado. Estaba cambiando más rápidamente que su padre.

Lazarus empezó a darle puñetazos a un saco de boxeo que tenía en una esquina. Se le rompieron los nudillos y le salió sangre, pero continuó golpeando la bolsa hasta que explotó. La arena saltó a todas partes.

¿Deseaba a Cameo más de lo que su padre había deseado a su madre? ¿Era ese el problema?

No podía estar seguro. Su mente se negaba a analizar nada que no fuera la talla del sujetador de Cameo. Todos sus pensamientos giraban en torno a una cuestión: «¿Cómo me la llevo a la cama?». El hambre le corroía por dentro. Era insaciable. La obsesión lo tenía dominado.

Tenía que poseerla. Una vez, solo una vez. Después, podría dejar que se marchara, y su cuerpo estaría a salvo de la debilidad.

Se metió el puño americano de diamantes y el colgante de la daga en el bolsillo y se acercó a la ventana a mirar hacia el Jardín del Horror Perpetuo. Estaba a punto de amanecer.

Les esperaba un viaje de tres días, y él debía aprovechar hasta el último minuto para su propio beneficio. Estaba seguro de que podía ganarse el premio. Había empezado y terminado guerras en menos tiempo.

La mosca volvió a revolotear a su alrededor, y él se mantuvo inmóvil, escuchando atentamente... ¡Zas!

¡Demonios! Había fallado.

Lazarus se pasó una mano por el pelo. Tenía agarrotados los hombros. Ella le había puesto dos objeciones: la primera, que había puesto la venganza por delante del placer, y, la segunda, que ella se olvidaría de él.

Con respecto a la primera duda, podría calmar sus recelos, pero, con respecto a la segunda... había un problema.

Lazarus había investigado. Sabía que dos de sus hermanos habían sobrevivido a la pérdida de sus demonios. Kane, el antiguo guardián de Desastre, y Aeron, el antiguo guardián de la Ira.

Lazarus no estaba seguro de cómo se había recuperado Kane, pero sabía que la Verdadera y Única Deidad, el líder de los Enviados y los ángeles, le había concedido un cuerpo nuevo a Aeron, una nueva morada para su espíritu. Claro que Aeron se había casado con una Enviada, así que el regalo tenía sentido. Cameo era soltera y, si él se salía con la suya, iba a permanecer así durante el resto de la eternidad.

«¿Mi sentimiento de posesión es más importante que su felicidad? Voy a dejar que se marche».

Empezó a pasearse de un lado a otro. Necesitaba verla. ¿Estaría dormida? ¿Estaría soñando con él?

Abrió la mente y, al verla moviéndose por el dormitorio, tuvo una erección. Había unas herramientas colocadas por la mesa donde habían cenado. Cameo estaba fabricando una pequeña daga. Ya había hecho dos cascos y dos piezas de armadura para el pecho, todo ello de una talla pequeña. Él se dio cuenta de que eran para los niños. Cameo temía que los atacaran de camino al portal, y aquello era un acto de prevención.

¿Se había quedado despierta toda la noche?

Qué mujer tan inteligente, su obsesión. Y qué talento tenía. Su trabajo era tan magnífico que lo dejó asombrado.

Antes de que se separaran, quería que ella le fabricara una espada, un arma que atesoraría durante toda la eternidad que iba a pasar a solas.

Cuando amaneció, a Cameo le ardían los ojos y le temblaban los brazos de la fatiga. Por lo menos, había conseguido terminar las armaduras de los niños con todos los conocimientos que había reunido con ayuda de Alex.

Alex... Al pensar en él, sintió una tristeza muy familiar.

«Ignórala».

Proteger a Urban y Ever era más importante que cualquier desconsuelo suyo.

Se dio un baño y se puso ropa limpia. Sus botas de combate y sus dagas estaban sobre el buró, y eso fue una agradable sorpresa. Los guardias debían de haberle llevado las cosas cuando habían ido a entregarle las herramientas, y eso significaba que Lazarus había cumplido su promesa de devolverle sus objetos personales.

Notó una calidez muy peligrosa recorriéndole las venas.

«¡Ignórala!». Se puso las botas y se prendió las dagas a los tobillos. Además de las armaduras, había fabricado un frasquito metálico para el carísimo ungüento con el que Lazarus le había curado las heridas. Se lo colgó del cuello con un grueso cordel de cuero. Las serpientes del cielo no le tenían demasiado cariño y, si decidían atacarla, debía estar preparada.

Se cepilló el pelo y se hizo una coleta. Se pellizcó un poco las mejillas al vérselas pálidas. En realidad, no le importaba demasiado su aspecto. Bueno, antes nunca le había importado, porque, después de todo, en cuanto abría la boca, la mayoría de los hombres huía como si ella fuera un residuo tóxico.

Sin embargo, Lazarus era distinto. Él ponía la venganza por delante de todo, incluso del placer, como si fuera fácil de olvidar. ¡Desgraciado! Ella haría cualquier cosa por experimentar y recordar el placer. Bueno, pues que la mirara a ella y deseara algo que no podía tener. Que lo reconcomiera el deseo y que no encontrara alivio.

¡Que padeciera lo que ella padecía diariamente!

«O que te demuestre que está mejor sin ti…».

Ella tomó una bocanada de aire, bruscamente, porque el demonio acababa de golpearla en donde más le dolía: en la esperanza.

Alguien llamó a la puerta, y ella se sobresaltó. ¿Era Lazarus, que había ido a buscarla?

–Adelante.

La sirvienta rubia entró en la habitación, y Cameo se llevó una decepción.

—Es el desayuno, por cortesía del rey.

Dejó una bandeja en la mesilla, después de apartar sus herramientas, y comenzó a destapar varios platos. Había tarta de chocolate, magdalenas y flan, con una taza de chocolate caliente para acompañarlo todo.

Las mejillas se le sonrojaron de placer. Lazarus era letal para su determinación.

¿Cómo iba a conseguir resistirse a él?

Cameo despidió a la sirviente con un gesto. Ojalá pudiera ser una persona normal y decirle «gracias».

Cuando se quedó a solas, devoró la comida. Sin embargo, toda aquella dulzura solo sirvió para enredarle más la cabeza. ¿Cuál era el motivo por el que la venganza era la prioridad de Lazarus?

Antes de utilizar la Vara Cortadora por segunda vez, Cameo había hecho preguntas. Hera, la reina destronada de los griegos, había luchado contra Typhon, el padre de Lazarus. Ambos habían cometido atrocidades, pero, al final, Hera había matado a la madre de Lazarus y, después, había aprisionado a su padre. Era lógico que la odiara.

Hera llevaba encerrada en el Tartarus desde que los Titanes habían tomado el control del tercer cielo, sin poder hacer nada por defenderse, muerta de hambre y recibiendo las palizas de los otros inmortales presos en aquella cárcel. ¿Había pagado sus crímenes? ¿Había sufrido lo suficiente?

¿Cuándo terminaría el ciclo del mal?

Juliette la Erradicadora había tenido a Lazarus esclavizado durante siglos. Cameo recordaba haberlos visto juntos en dos ocasiones. Cuando parecía que Juliette iba a perder los estribos por algo, él le daba unas palmaditas en la mano para calmarla. Era el único que podía hacerlo. Cuando ella lo agarraba de la nuca y lo estrechaba contra sí para que la besara, él no le negaba el beso. No, la besaba con igual fervor que el que ella demostraba.

Cameo se puso celosa. En esos momentos, Lazarus deseaba a la arpía. Tal vez se hubiera comprometido para siempre con ella si Juliette se lo hubiera pedido, o tal vez no. Ahora, sin embargo, quería castigarla.

Con qué rapidez podían cambiar los sentimientos de un hombre. Pero, claro, los sentimientos eran inestables e impredecibles y, si no se les ponían barreras, llevaban al desastre. Tristeza se lo había demostrado una y otra vez.

La lujuria era inestable e impredecible. Y, sin embargo, cuando Lazarus la abrazaba, ella quería que la besara.

Él le había ofrecido una noche en su cama. Tal vez debiera aceptar.

Tal vez él la dejara alucinada. Tal vez ella tuviera que fingir que lo estaba pasando bien. De todos modos, cuando todo pasara, lo olvidaría. Por algún motivo, Tristeza despreciaba a Lazarus y, a juzgar por su comportamiento anterior, no iba a permitir que ella retuviera ningún recuerdo.

¿Tal vez su pérdida de memoria fuera algo positivo en aquella ocasión?

«¿Y si el guerrero te da lo que siempre has querido?», le preguntó Tristeza, acariciándole la mente como si fuera una mascota. «Puede que te permita tener recuerdos suyos... si lo matas después de haberte acostado con él».

Ella se atragantó. ¿Matar a Lazarus? ¿Matar a un amante a sangre fría solo por retener los recuerdos de un orgasmo?

–¿Tan desesperado estás por que acabe mi relación con él?

Ella había matado muchas veces, cierto, pero siempre en la batalla. Nunca iba a sopesar el ofrecimiento del demonio. Además, Tristeza no tenía honor. Aunque ella cumpliera su parte del trato, el demonio le arrebataría los recuerdos.

–Qué tonto eres –le dijo ella, en voz alta–. Has cometido el error de enseñar tus cartas. Él te da miedo porque puede hacerme feliz.

Tristeza soltó un silbido de rabia para negarlo, pero, de repente, Cameo lo vio todo con claridad.

«Lazarus puede hacerme feliz».

Se había quedado aturdida, y se sentó en el tocador, ante el espejo. En el cristal aparecieron unas ondas que distorsionaron su reflejo. A ella se le escapó un jadeo al darse cuenta de que la diosa de los Muchos Futuros estaba allí encerrada.

Sintió esperanza. ¿Y si le esperaba un futuro brillante?

–Enséñamelo, por favor –susurró.

El cristal le mostró dos imágenes. Lazarus aparecía en ambas, con heridas y cortes, delante de dos árboles altísimos y tomado de la mano de Cameo. Los dos estaban observando a Viola y a los niños, que entraban en un espacio brillante y desaparecían.

El portal que llevaba a casa.

La Cameo de la imagen permanecía junto a Lazarus.

La Cameo de la vida real observó el otro lado del cristal; allí, Lazarus la alejaba de los árboles y, después, la llevaba a su palacio, donde pasaban semanas hablando, conociéndose, dándose placer el uno al otro.

Él le presentó la felicidad a su cuerpo, pero nunca le quitaba la ropa. ¿Por qué?

–Así, o de ninguna otra manera –le había dicho.

Así, o de cualquier otra manera. Después de todo, tal vez no quisieran cosas tan diferentes. Para él, ella sonreía. ¡Podía sonreír! Silbaba una cancioncilla alegre e iba dando saltitos por los pasillos. Sin embargo, su sueño, que se había hecho realidad, se había convertido en una pesadilla para Lazarus. Cuanto más alegre estaba ella, más se enfadaba él. Al final, la miraba como si la odiara.

Él la devolvía al portal y le ponía medio corazón negro en la mano. Cuando ella caminaba hacia delante, de espaldas a él, él alzaba una espada como si fuera a golpearla. En el espejo, ella permanecía ajena a su maliciosa intención.

En el presente, Cameo se quedó espantada. ¿Él se convertía en su enemigo?

La Cameo de la vida real exhaló un suspiro de alivio al ver que él se daba la vuelta sin hacerle daño. Ella, por su parte, arrojaba el corazón negro al portal.

El reloj empezó a contar el tiempo que restaba para que el portal se cerrara: uno o dos minutos. Ella entró, y la luz de sus ojos se apagó. Porque Tristeza le permitió guardar el recuerdo de Lazarus, pero el recuerdo de su abandono. De la felicidad que ella no había podido conservar.

En el otro lado del espejo empezó a desarrollarse un destino diferente. Lazarus se empeñaba en que Cameo pasara una noche con él y volviera a casa al amanecer. Ella decía que no. Discutían, y él la besaba con tanta intensidad que a ella le temblaban las rodillas, en el futuro y, también, en el presente. Después, ella se separaba de él, entraba en el portal y...

El espejo se volvió oscuro, sin decirle si retenía los recuerdos o no.

No, no, no. Cameo agarró el marco dorado y lo agitó.

—¿Qué pasa después? ¡Enséñamelo!

Pasó un minuto. Y otro. Pero no ocurría nada. ¡Maldición!

¿Hasta qué punto eran fiables aquellas visiones? ¿Acaso no tenía más opciones? Si ella se marchaba poco después que Viola y los niños, ¿volvería después con Lazarus? ¿Iría él a buscarla?

Tristeza le dijo, con arrogancia: «Acuérdate de que los muertos no pueden atravesar el portal. Y, aunque pudieran... ¿decidiría él quedarse contigo, o matarte?».

Cameo se masajeó las sienes. Sabía muy poco sobre aquel hombre, no sabía nada de sus deseos ni de sus motivaciones. ¿Qué ocurriría si se separaban en el portal? ¿Algo mejor que amarlo y, después, perderlo? ¿O algo mucho peor?

«¡Tengo que ver el resto de la segunda visión!».

Cameo pensó en las opciones que tenía. No podía robar el espejo y sacarlo del palacio. ¿Tal vez un pedazo? ¡Sí! Tomó la almohada y le dio un puñetazo al cristal con todas sus fuerzas. Volvió a hacerlo una y otra vez.

Sin embargo, no ocurrió nada. No apareció ni una sola grieta, y ella sintió frustración, ira e impotencia.

«Supongo que estoy sola. Como siempre».

Capítulo 10

«La cobardía es una enfermedad. Mátala antes de que te mate a ti».

~~Cómo lograr la victoria~~
~~Subtítulo: Salvo con los amantes y sus familias~~
Vive a tu manera, demonios

–Rathbone –dijo Lazarus.

Estaba sentado en su trono, tamborileando con los dedos en los brazos del asiento. Debería estar de camino, porque ya había amanecido y los niños ya habían atascado dos cañerías. Sin embargo, la presencia de una visita no deseada lo había mantenido en casa.

–Vamos, muéstrate.

Bsss, bsss…

¿Otra mosca? Oh, no. Otra, no. La mosca. En el centro de la sala, la mosca se transformó en un hombre. Lazarus se irritó.

«Tenía que habérmelo imaginado».

Rathbone, muy sonriente, abrió los brazos.

–¿Me llamabas?

Lazarus apretó los dientes.

–¿Por qué te has quedado aquí?

–Puede que quisiera decirle a todo el mundo que he pasado la noche en la cama con Lazarus el Cruel e Insólito.

–Nadie se lo creería al ver que puedes seguir andando.

–Ah, entonces, ¿eres un amante muy entregado?

–Mucho –respondió Lazarus–. Has estado espiándome.

–Es evidente. Soy el maestro del espionaje –respondió Rathbone, con los ojos de diamante llenos de diversión–. Pero... ¿quién eres tú para hablar, si te dedicas a leer el pensamiento de los demás?

Lazarus se dio cuenta de que, hasta que no le jurara fidelidad a uno de los dos reyes que estaban en guerra, tendría que soportar aquellas molestias una y otra vez. Sin embargo, él quería que terminara. Mantuvo la mirada de Rathbone mientras abría su mente hacia la del otro hombre...

A Lazarus se le escapó un rugido, y rompió la conexión.

Rathbone no se inmutó.

–Te he permitido que atisbaras los horrores que he sufrido durante mi vida. Si intentas leerme el pensamiento otra vez, te dejaré que lo veas todo.

Hasta aquel día, Lazarus pensaba que sabía lo que era la tortura. La había soportado muchas veces. Sin embargo, la verdad era que no sabía nada. Lo que había experimentado aquel guerrero... Sintió un nuevo respeto por él.

–Cuida de esa mujer –le dijo Rathbone, que ya no tenía una expresión divertida–. Es aliada de Hades y, por lo tanto, aliada mía. Queremos que esté protegida.

«Ella es... mía».

No. ¡No! No podía reclamar como suya a la mujer que provocaría su destrucción.

—Quieres que tenga protección. ¿Y no quieres nada más?

¿Acaso Rathbone deseaba a Cameo en su lecho?

—¿Y echar por tierra tu única oportunidad de conocer el amor verdadero? —preguntó Rathbone, y chasqueó la lengua—. No.

—¿El amor verdadero? Yo no he dicho nada sobre el amor, verdadero o falso. El amor debilita.

—El miedo debilita. El amor da fortaleza —replicó Rathbone, sin pestañear—. Algún día, tu mujer se cansará de tu rechazo y buscará consuelo con otro hombre. Espero poder ser una mosca que está en tu habitación cuando descubras lo que has perdido, pero me conformaría con ser el hombre a quien ella acepte en su cama cuando te hayas marchado.

«Sí quiere acostarse con ella», pensó Lazarus. Un rugido reverberó en su pecho, tan fuertemente, que tuvo la sensación de que estaba sangrando por dentro.

«Calma. Contrólate». Cuando llegara el día del que hablaba Rathbone, él ya habría dejado marchar a Cameo. Nada de ataduras, ni cristales, ni puntos vulnerables.

—Entonces, compartimos la misma esperanza —dijo—. A las moscas se las aplasta a menudo.

Rathbone se echó a reír, pero se puso serio al instante.

—Tu mujer odia a Tristeza y quiere liberarse de él con todas sus fuerzas. Tú puedes ayudarla.

Aquel desgraciado no podía saber nada de la caja.

—Vamos a suponer que me importa. Dime, oh, gran sabio, ¿cómo puedo ayudarla?

—¿Cuándo me he convertido yo en tu asesor? Encuentra tú mismo la respuesta —respondió Rathbone y, con un guiño, desapareció.

Lazarus permaneció en el trono. Estaba seguro de que le había mentido. No había forma de liberar a Cameo del demonio sin que perdiera la vida. Así pues, él no iba a cambiar sus planes. Solo pasaría una noche con ella.

No era su opción preferida, pero era la única.

Después, la dejaría marchar con una advertencia: «No vuelvas».

Y no se sentiría culpable. Seguiría con su vida.

El primer día de viaje transcurrió sin incidentes. Nadie los atacó y no hubo ninguna rama hambrienta ni insectos asesinos que se les acercaran. Cameo se quedó casi decepcionada. Estaba deseando pelear.

Cuando se alejaban del palacio de Lazarus, las sirvientas que se agachaban los habían perseguido. Tal y como ella sospechaba, ya habían disfrutado de la cama de su rey, y pensaban que tenían derecho a que les diera un besito de despedida.

Lazarus se había puesto rojo y les había ordenado que volvieran al palacio sin darles ningún beso. Mientras tanto, ella solo quería asesinarlas. «¡Es mío! Y no lo voy a compartir».

Sin duda, las visiones del espejo le habían enredado la mente. Se había visto a sí misma haciendo el amor con él, gritando de placer, así que era normal que se sintiera un poco posesiva.

«También lo he visto pensando en matarme. ¿Por qué no siento ira al respecto?».

Bueno, todo el mundo tenía sus defectos. Y el hecho de querer asesinarla era algo que les ocurría frecuentemente a los inmortales, e incluso a los seres humanos.

Viola se había pasado varias horas flirteando descaradamente con los soldados, y Urban se había pasado las mismas horas quemando a los soldados. Parecía que ningún otro hombre tenía derecho a hablarle ni sonreírle a la diosa. Ever apagaba aquellas llamas rápidamente con su hielo.

Las pocas veces que Urban se había acordado de que era un niño pequeño y no un acosador, se había dedicado a quejarse del casco que le había hecho ella.

—Me duele el pelo —dijo, por enésima vez.

—Muy pronto montaremos el campamento y podrás quitártelo —le dijo Cameo. El sol ya se estaba poniendo.

Su voz produjo escalofríos a todo el grupo.

Durante una de las paradas para ir al baño, Lazarus había observado las armaduras y las armas que había fabricado Cameo.

—Son increíbles —le dijo—. Tienes una habilidad insuperable.

Ella había estado a punto de ruborizarse.

—¿Dónde aprendiste?

—En una forja de la Edad Media.

Alex le había...

Cortó aquel pensamiento, porque no quería que Tristeza tuviera la oportunidad de inundarla de tristeza. Ni de que Lazarus pudiera leerle la mente.

—Ahí hay una historia —comentó él.

—Sí, pero es para otro día.

—Tenemos poco tiempo —dijo él, mirando hacia delante, y ella notó un pinchazo en el pecho.

¿Cuándo había querido algún hombre quedarse con ella?

—Creo que deberías haber hecho la armadura de magnesio inyectado con nanopartículas de carburo de silicio —dijo Ever—. Es tan ligero como el aluminio y tan fuerte como el titanio.

Cameo la miró boquiabierta.

Viola sonrió encantada, mientras Fluffy corría alrededor de su caballo.

—Tú, pequeño monstruo, compartes mis aficiones. El magnesio inyectado con nanopartículas de carburo de silicio tiene el ratio más alto entre fuerza y peso.

Mientras ellas dos charlaban de metales, Cameo buscó a Lazarus con la mirada. Él iba montado en un enorme caballo alado, con la cabeza alta, los hombros erguidos y la espalda rígida. Era admirable. A su alrededor cabalgaban cien soldados que creaban un escudo humano para proteger a los niños.

Les sobrevolaba una bandada de serpientes del cielo. Las bestias iban y venían a su antojo, y le lanzaban miradas asesinas a Cameo.

En más de una ocasión le cayó una gota de un líquido corrosivo en la cara, y no por accidente. Las quemaduras estaban demasiado bien situadas.

—¡Ay! —exclamó, cuando le cayó una gota en la punta de la nariz—. Ya está bien. Haz algo con tus mascotas antes de que tome una rama —gritó, mirando al cielo.

Se oyeron sollozos desoladores por parte del grupo. Ella apretó los labios, y Tristeza se echó a reír.

«Me pregunto cuántos suicidios habrá esta noche...».

Ella hizo lo que pudo por ignorar al demonio, y se aplicó ungüento en la nueva herida.

Lazarus miró con severidad al cielo y gritó unas cuantas palabras que ella no entendió. Sin embargo, las serpientes del cielo sí lo entendieron. Muchas bestias rugieron y aletearon frenéticamente.

—Quieren que mueras y poder chapotear en tu sangre.

—Pues es un sentimiento mutuo —dijo ella, en voz baja, con la esperanza de que nadie la oyera.

Él se quedó pensativo.

—Tal vez las serpientes del cielo quedaran conformes si yo... te diera una azotaina.

¿En serio?

—Ni se te ocurra...

Él le pasó un brazo alrededor de la cintura, y a ella se le escapó un jadeo. Lazarus la levantó del caballo con facilidad. Tenía mucha fuerza. Sin embargo, empezó a temblar. Cameo, temiendo que la dejara caer, se aferró a él. Entonces, Lazarus la colocó sobre su silla, delante de él. Al sentir que su calor y su olor la envolvían, Cameo tuvo un escalofrío.

Tristeza le clavó las garras en el cráneo y le causó descargas de dolor en las sienes. Por supuesto, no iba a permitir que disfrutara del paseo.

O tal vez sí. Lazarus frotó su mejilla contra la de ella. Eso la distrajo y la deleitó.

Él se echó a reír suavemente.

¡Demonios! ¡Se había olvidado de erigir las barreras mentales!

—¿Y bien? —preguntó ella—. ¿Vas a darme la azotaina, o no?

—¿Quieres que te la dé?

—¿Y tú, quieres perder una mano?

—Como si tú fueras a malgastar uno de los pocos medios capaces de darte placer.

A ella se le escapó todo el aire de los pulmones.

—A ver si lo adivino: los otros son tu otra mano, tu boca y...

—Y todo lo demás de mi cuerpo. Mi voz... mi olor... demonios, incluso mi mente. Acéptalo, cariño. Tú anhelas todo el pack.

«Sí. Lo anhelo de verdad».

—¿Y la parte que no has mencionado, la más importante...?

Vaya... eso era adentrarse en un camino peligroso. Era hora de cambiar de tema.

—No importa. ¿En qué idioma has hablado con las serpientes del cielo?

Él le permitió el cambio sin protestar.

—El idioma de Typhon, mi padre —dijo él, y su aliento le acarició la mejilla a Cameo—. Tú, cariño mío, eres exquisita. Resistirse a la tentación de tocarte ha sido duro. Muy, muy duro.

Ella tuvo un escalofrío.

—Ahora me estás tocando. No te has resistido.

—Y todavía tienes que darme las gracias.

Una parte de ella quiso reírse, pero la mayoría tuvo ganas de llorar. Y su persona al completo lo deseaba.

Había llegado el momento de cambiar de tema nuevamente.

—¿Cómo llegó a tus manos el espejo de la diosa de los Muchos Futuros?

—Lo heredé con el palacio. ¿Por qué?

—¿Has visto tus futuros?

Lazarus se puso más rígido.

—¿Y tú?

—Sí. He visto dos posibilidades. En la primera, tú y yo volvíamos al palacio y nos acostábamos juntos. ¡Enhorabuena! Era estupendo. Después, tú me acompañabas al portal y pensabas en matarme, pero, al final, te alejabas sin decir adiós.

Él posó las palmas de las manos en sus muslos, y ella se quedó sin aliento.

—Así que mantuvimos relaciones sexuales, y estuvieron muy bien —le susurró Lazarus al oído—. De nada.

—Ya, pero... ¿por qué ibas a querer matarme? —le preguntó ella, con la voz temblorosa—. Tú no eres como los demás. No reaccionas negativamente al oír mi voz.

—Estoy seguro de que me diste algún motivo. Pero, después, me alejé sin hacerte daño, ¿no? ¿Me vas a recompensar?

—No, no hay recompensa para ti —respondió ella.

—Muy bien, ¿cuál fue la segunda visión?

—En la segunda visión, volvía a casa el mismo día que los demás.

—¿Y?

—Y nada más. El espejo se quedó negro.

—No me extraña que yo prefiera la primera visión. Las cosas que puedo hacerte antes de que te vayas... —Lazarus apretó suavemente las rodillas contra los flancos del caballo. El animal extendió las alas y los ocultó a los dos del resto del mundo, mientras él le acariciaba la mejilla con la nariz—. Puede que debamos hacer caso omiso del espejo y crear un camino nuevo, pasar toda la noche juntos como yo he querido hacer desde el principio. ¿Te gustaría probar un poco del placer que te voy a proporcionar?

¡Sí! No. ¿Tal vez? Cameo se humedeció los labios. Tuvo la tentación de decirle que sí, pero... ¿contentarse con un aperitivo cuando podía tener todos los platos de la comida?

—Tengo que advertirte una cosa —dijo ella. Si no podía resistirse al atractivo de Lazarus, debía hacer todo lo posible por asegurarse de que él se resistiera al suyo—. Tristeza me dijo que podría retener mis recuerdos de ti si te mataba. Te odia.

El demonio silbó de rabia.

«¿Cómo te has atrevido a decírselo?».

—¿Que él quiere que muera? —preguntó Lazarus, encogiéndose de hombros—. Que se ponga a la cola.

—¿No te molesta, ni te sorprende?

—Los demonios odian a la gente y aman la destrucción. Me sorprendería caerle bien.

–Pero… él puede hacerte daño –admitió ella–. Lleva siglos animando a la gente a que se suicide. Una vez me convenció a mí para que me quitara la vida. O seis veces. Bueno, doce.

Él se puso muy rígido, tanto como el acero.

–¿Has intentado suicidarte doce veces?

Ella tragó saliva y asintió.

–La tristeza era demasiado grande como para poder soportarla.

Cada una de aquellas veces, sus amigos la habían encontrado rota y ensangrentada, y su consternación y dolor había aumentado sus problemas, como si rompieran un corazón que ya estaba roto.

«No puedo ganar nunca».

Lazarus la sujetó con más fuerza, como si temiera que fuese a salir volando como un globo.

–No necesito ningún espejo para saber lo que hay en tu futuro más inmediato. Vas a tener un orgasmo.

Trazó un camino de fuego hacia arriba… Ella dejó de respirar, y notó un temblor en el vientre, un dolor entre las piernas. Sin embargo, él se limitó a jugar con la cintura de sus pantalones cortos.

–¿Quieres tener un orgasmo? –le preguntó, susurrándole al oído–. Dame una noche.

A Cameo se le puso el vello de punta.

–¿No quieres pasar semanas de disfrute sexual, como predijo el espejo? ¿Por qué solo una noche? –le preguntó, suavemente–. Explícamelo. No lo entiendo.

Él suspiró.

–Tú quieres recordarme, cariño. Lo que yo quiero es recordarte bien.

¿Qué significaba eso? ¿Acaso Tristeza podía estropear sus pensamientos si ella estaba cerca de él?

¡Ay! Eso le dolió y, sin embargo, debería haberlo

sabido. La verdad era la verdad. Pero... ¿acaso el hombre de sus sueños no pensaba que mereciera la pena alguna dificultad por ella?

—Yo entro en una habitación y puedo aguarle la fiesta a todo el mundo —le espetó—, pero tú, con abrir la boca, puedes hacer lo mismo.

Él respondió pasándole la lengua por el borde de la oreja.

—Hablando de fiesta... Me estoy invitando a mí mismo a la que hay dentro de tus pantalones.

¡Demonios! La excitación que sintió acabó con la ira que sentía.

—Ya basta. No hay ninguna...

—Pero la va a haber —dijo él, y subió las manos hasta que le tomó ambos pechos.

A ella se le endurecieron los pezones, y él le rozó los picos, enviando una descarga de fuego al centro de su cuerpo.

Ella onduló las caderas y su trasero se topó con la erección larga y endurecida de Lazarus. Oh, Dios, el placer era increíble y...

Se enfrió al instante, cuando el demonio la inundó de tristeza.

Lazarus le masajeó los pechos y ella, mentalmente, supo que todavía era delicioso. Pero, física y emocionalmente, el placer permaneció fuera de su alcance.

—Puedes dejarlo —le dijo—. Podría fingir que lo estoy pasando bien, pero no nos estaría haciendo un favor a ninguno de los dos.

Él se echó a reír en voz baja.

—Necesito que me prometas una cosa, cariño.

—¿Qué?

—Que vas a estar muy, muy calladita la próxima vez que mueva las manos. ¿De acuerdo?

—Mira, escucha...
—Prométemelo —insistió él.

No iba a dejarlo, así que, con un suspiro, ella se giró y lo miró a los ojos.

—De acuerdo. Te lo prometo.

Él sonrió y la obligó a darse la vuelta, le acarició el lóbulo de la oreja con los dientes y deslizó las manos hacia abajo... hasta que se detuvo en su cintura.

—No estarás intentando contener un gemido, ¿verdad?
—No, ni un poquito.
—Ts, ts. Te he dicho que estuvieras callada.
—¡Me has hecho una pregunta!
—¿Y ahora? —preguntó él, y pasó un dedo por su piel, rozándole el ombligo—. ¿Estás conteniendo un gemido ahora?

Ella notó un cosquilleo y un dolor, y pensó: «Sí, sí, va a ocurrir...». Pero, una vez más, aquellas gloriosas sensaciones desaparecieron.

—No.

—Sigues hablando —dijo él, con un suspiro—. Mi cariñito no es muy receptivo. Estoy desanimado —añadió, en tono de diversión.

Ella apretó los dientes, y dijo:

—Unos cuantos gemidos y gruñidos no quieren decir nada. No he tenido un orgasmo, botarate.

—¿Unos cuantos gemidos y gruñidos? Eres adorable.

—Y tu pequeño experimento ha terminado.

—Qué mal genio. Alguien, y no voy a decir nombres, necesita tener un orgasmo.

Durante siglos, ella había deseado desesperadamente experimentar algo de lo que millones de mujeres disfrutaban diariamente. Y, ahora, ¿él pensaba que tomarle el pelo era buena idea? ¿Después de no haberle dado lo que le había prometido?

Cameo se enfureció.

—Tienes muy sobrestimada tu habilidad. ¡Y tu opinión de ti mismo!

—Aquí está la bruja que estaba esperando —dijo él, y deslizó la mano entre sus piernas, por debajo de sus pantalones cortos. Entonces, introdujo un dedo en su cuerpo.

Cameo sintió una descarga de felicidad, y soltó un jadeo.

—Tu ira debilita al demonio —ronroneó él— y me da la oportunidad de actuar.

Mientras hablaba, iba moviendo su dedo grueso y bello hacia dentro y hacia fuera de su cuerpo. Su erección le presionaba entre las nalgas y aumentaba las deliciosas sensaciones.

—Más —dijo ella, y se inclinó hacia atrás. Apoyó la cabeza en su hombro y le ofreció un acceso más fácil—. Quiero más. Por favor.

Él retiró la mano, pese a que ella le clavó las uñas en la muñeca para mantenerlo en su sitio.

—Alguien acaba de romper su promesa.

—¿Qué haces? Por fin estabas consiguiendo algo. ¡Sigue!

Él se lamió el dedo, mirándola con los ojos oscuros como obsidianas.

—¿Es que no es obvio, querida? Te estoy castigando, te estoy dejando en un estado de tormento. Vas a recordar la sensación de tener mi dedo dentro de ti y, muy pronto, me rogarás que vuelva.

Juguetear con una mujer hasta que le diera una rabieta nunca había sido uno de los objetivos vitales de Lazarus. Hasta Cameo.

Después de darle su versión del dedo, ella volvió a su caballo. Él contuvo la sonrisa; quería que su deseo por él creciera y se intensificara. En poco tiempo, Cameo iba a convertirse en una olla hirviendo de lujuria. Y, con suerte, el vapor crearía una barrera contra el demonio.

Además, Lazarus quería vengarse. Cameo le había mantenido fuera de su mente todo el día.

La siguiente vez que la miró, estaba tan agotada que ya no sentía ira; iba encorvada sobre la silla. Su adrenalina había disminuido por completo.

—¡Alto! Vamos a pasar la noche aquí.

Toda la procesión se detuvo. Lazarus desmontó y le dio una palmada de agradecimiento al caballo en la grupa.

Montaron las tiendas, y Viola y los niños ocuparon la más grande por insistencia de la diosa. Cuando Cameo intentó seguir al trío, Lazarus la tomó de la mano y se la llevó a su tienda. Estaba tan cansada que, cuando llegaron, ella se desplomó sobre un grueso lecho de pieles y se quedó dormida. Su bello cuerpo quedó laxo.

—Vaya... —murmuró él—. ¿Y no voy a poder tocarla ni un poco en toda la noche?

Se tendió junto a ella, con cuidado de no rozarla. Se ocuparía personalmente de su protección. Al instante, su olor a rosas, bergamota y azahar lo envolvió. Su mente se abrió y buscó una conexión con ella. Nunca había estado tan vulnerable, y él se odió por su forma de actuar, pero le resultó imposible cerrar la mente.

«Tengo que saber más de ella».

Las imágenes que vio lo perturbaron. Tristeza la acosaba incluso en sueños, llenándole el corazón de recuerdos que, seguramente, ella detestaba: las veces que había recibido heridas físicas. Los insultos de la gente. La muerte de sus amigos. La traición de aquellos en quienes confiaba.

Ella empezó a moverse con inquietud. No podía calmarse. Pobre Cameo.

Y pobre de él. La deseaba con pasión. Qué no hubiera dado por desnudarla, por hundirse en su cuerpo, por notar sus uñas clavándosele en la espalda y las piernas rodeándole la cintura...

«Ya soy adicto a ella».

Fuera cual fuera el motivo, el destino había decidido que ella era su obsesión. O, tal vez, lo había decidido algo tan simple como la química. De cualquier modo, el resultado le complacía. Cameo había encontrado una vía directa a la compasión que él nunca había sentido por ninguna otra persona. Su lengua afilada y su rapidez mental le divertían. El amor que ella sentía por sus amigos y su familia le causaba envidia.

Quería ser el único a quien ella acudiera para obtener consuelo.

«Lo que quieres no es lo que necesitas».

Cuando llegara el momento, la dejaría marchar, tal y como había planeado. No importaba lo que aquel espejo maldito le hubiera mostrado a ella. Porque...

Los cristales se le habían extendido por los brazos y las piernas. Tenía cientos de ríos brillantes que brotaban de las venas endurecidas.

Cameo era más peligrosa de lo que nunca hubiera sospechado, porque le complacía. Porque debilitaba algo más que su cuerpo: debilitaba su determinación.

Si no tenía cuidado, ella conseguiría lo que sus enemigos no habían conseguido nunca: lo destruiría por completo.

Capítulo 11

«Todo el mundo puede traicionarte una vez. Todos cometemos errores. No, no, es una broma. Nadie puede traicionarte. Ten siempre un verdugo en plantilla».

Vive a tu manera, demonios

–Despierta, cariño. Desayuna.

Cameo pestañeó y abrió los ojos. Le dolía el cuerpo, pero eso era algo normal. El demonio se había infiltrado en sus sueños y la había obligado a dar vueltas, con el cuerpo tenso, hora tras hora.

Después de observar lo que la rodeaba, arqueó la espalda y estiró los brazos. Estaba en una tienda hecha de pieles, sobre un lecho de pieles y, a pocos metros, ardía una pequeña hoguera. El humo ascendía hacia la abertura del techo.

Olía a huevos revueltos con mantequilla, y se le hizo la boca agua.

Lazarus estaba completamente vestido, y tiró de su mano para ayudarla a ponerse en pie. La soltó al instante, como si quemara. Tenía el ceño fruncido; claramente, estaba molesto por algo.

¿Le habría clavado Tristeza sus colmillos aquella noche a él también?

Lazarus le entregó una servilleta y un plato de huevos revueltos. De color verde.

—Vaya, ¿sin jamón?

—Aquí no hay cerdos, lo siento.

—¿Y qué tipo de huevos son estos? —le preguntó ella. Tomó un bocado y gimió de deleite.

Él sonrió.

—De serpiente del cielo.

¡Vaya! ¿La criatura más desagradable del reino ponía aquellos huevos tan suculentos? Tomó otro poco, lo tragó y preguntó:

—¿Va a hacer que me explote el intestino?

—Solo las ingles. Es afrodisíaco.

—Vaya, pues que vivan las explosiones de ingles —dijo ella, y empezó a comer como si no hubiera comido desde hacía años. Después de dejar el plato limpio, se limpió los labios con la servilleta.

Lazarus la observaba con una intensidad salvaje, y ella se estremeció.

—Pregúntame lo que quieras —le dijo él, mientras se sentaba enfrente—. Te contestaré con sinceridad, de veras.

¿Acaso era él el que necesitaba una distracción para no pensar en sus ingles?

¿Qué haría si ella se sentaba en su regazo?

«¡Tienes que resistir la tentación!».

Además, Lazarus acababa de hacerle un regalo. ¿Aprender más sobre él? ¡Sí, por favor!

¿Qué podía preguntarle? Ah...

—¿Por qué estás tan empeñado en vengarte de Juliette? Algunas veces, parecía que te gustaba. A pesar del hecho de que te hubiera esclavizado.

A él le brillaron los ojos.

—Hizo algo más que esclavizarme. Antes de que fuera tuya, la Vara Cortadora era suya. Ese artefacto puede hacer algo más que abrir los portales a otros reinos. Puede cortar los lazos entre el espíritu y el alma. Ella lo utilizó para quitarme la voluntad, y me obligó a que pensara que la deseaba. Pero el efecto era temporal. Cuando yo le leía la mente, recuperaba mi verdadera voluntad... y ella me cortaba las manos para impedir que la matara. Así ganaba tiempo suficiente para poder quitarme el libre albedrío otra vez.

Cameo sintió horror, y Tristeza aprovechó para ocupar casi toda su mente. La atacó con descargas de desconsuelo, y a ella se le llenaron los ojos de lágrimas.

Lazarus se quedó muy rígido y capturó una de aquellas gotas que caían por sus mejillas.

—¿Por cortesía del demonio, o tuya?

—De los dos —respondió Cameo, y se sonó la nariz con la servilleta.

—Eres demasiado buena y tierna —dijo él.

—No, claro que no. Lo que pasa es que... has sufrido. No me extraña que permitieras que Strider te decapitara —dijo.

Cameo saltó hacia él, lo abrazó y escondió la cabeza en el hueco de su cuello. Mientras él se relajaba, la abrazó también.

—Lo siento —le dijo ella.

Cuando volviera al mundo mortal, iría en busca de Juliette y castigaría a la arpía en nombre de Lazarus.

—Ni se te ocurra desafiarla —le ordenó él, apretándola entre sus brazos—. Podría hacerte mucho daño. O algo peor.

Así que él le había leído la mente otra vez. Sin embargo, a Cameo no le importó.

—No me va a vencer —dijo.

—Cameo...

Ella se puso en cuclillas y rompió el abrazo. Después, se concentró en otro asunto.

—Si la Vara Cortadora puede separar el espíritu del alma, ¿puede también separar a un espíritu de un demonio?

Tristeza empezó a gritar obscenidades. No tenía ningún deseo de dejarla escapar. Destrozarle la vida era mucho más divertido.

Lazarus la agarró por los hombros y la zarandeó con la fuerza suficiente como para acallar al demonio.

—Ni se te ocurra intentarlo —le dijo, con un rugido—. Si la Vara Cortadora consiguiera hacer tal cosa, tú morirías. No puedes vivir sin el demonio.

—No, no puedo. En este momento, no puedo —dijo ella, y ladeó la cabeza, observándolo con suma atención. Estaba sintiendo algo que debía de ser felicidad.

«¡Mi primera vez, y es algo glorioso!».

—Pero no te preocupes, no voy a consentirme a mí misma morir antes de encontrar la caja de Pandora y asegurarme de que mi familia esté segura para toda la eternidad.

Él comenzó a relajarse.

—¿Por qué te molesta la idea de que yo muera? —le preguntó ella, y Lazarus se puso rígido de nuevo—. No soy nada más que una posible aventura de una noche, ¿no?

—No. Sí —dijo él. Se puso en pie de un salto y comenzó a caminar de un lado a otro. Se pasó la mano por el pelo, y añadió—. Me estoy tomando muchas molestias para salvarte la vida, cariño. Lo menos que puedes hacer es vivirla.

—¿Eh? ¿Por qué dices que me estás salvando la vida?

—En este reino, los vivos son presa fácil. Si no te hubiera puesto bajo mi protección, las serpientes del cielo ya habrían acabado contigo mil veces. Además, los ciudadanos podrían haberte matado también para hacerse con tu cuerpo. Quieren poseerlo y atravesar el portal.

Ella se irritó por su falta de confianza.

—Me subestimas si crees que soy presa fácil para alguien. Además, incluso Viola y los niños han conseguido sobrevivir sin tu ayuda.

—Estás equivocada. Juliette pudo conmigo. Conmigo. ¿Por qué piensas que tú...? ¡Ay!

Sin decir una palabra, Cameo le había lanzado una de sus dagas, y la punta se le había clavado en el hombro.

De la herida brotó un río de sangre. Ella sabía que él tenía corazón y pulso, pero aquel recordatorio tan crudo la dejó asombrada.

¿Acaso Lazarus había vuelto a la vida y podía atravesar el portal con ella? Sintió una gran emoción.

—No —dijo él, que le estaba leyendo la mente—. No puedo.

Su emoción murió de repente.

—Yo no soy tú. Podría vencer a Juliette con los ojos vendados y las manos atadas a la espalda.

Él frunció los labios y le devolvió el arma ensangrentada.

—Parece que bajo la fachada de gatita ruge una tigresa. Me alegro.

Urban entró en la tienda sin avisar e interrumpió el siguiente rugido de Cameo. Al ver a Lazarus, el niño suspiró de alivio.

—Quiero hacerle a la diosa Viola un regalo como prueba de mi afecto. ¿Qué les regalan los hombres a sus mujeres?

Qué adorable.

—Urban, cariño, tú eres demasiado pequeño para cortejar a una mujer. No puedes...

El niño se estremeció, y ella cerró los labios.

—La cabeza de un enemigo siempre es un buen detalle —dijo Lazarus.

¿Cómo? Cameo negó vehementemente con la cabeza.

—¿Es eso lo que vas a hacer tú por ella? —inquirió Urban—. ¿Le vas a regalar la cabeza de un enemigo?

—No. Yo voy a regalarle el corazón de un *automaton*.

Cameo no supo si darle las gracias. Los *automaton*, a veces llamados Colossi, eran medio animal u hombre y medio metal.

—De hecho, me voy a ausentar durante el resto del día —dijo, y se abrochó dos espadas cortas a la espalda con unas correas—. Para poder atravesar el portal hay que hacer un sacrificio y, para que puedan pasar cuatro personas, hay que hacer un sacrificio grande. Los *automatons* son tan grandes como para que pase un ejército.

—Voy contigo —dijo ella.

«¿Por qué?», le preguntó Tristeza. «Eres una mujer. El sexo débil. Lo único que vas a conseguir es ser un lastre».

Mentiras, solo mentiras. Ella estaba entrenada. Había derrocado a reyes. Había resistido torturas interminables. La habían derribado, pero había vuelto a ponerse en pie. Y esa era la verdadera fuerza.

—No —dijo Lazarus—. Voy a ir solo.

Ella lo miró a los ojos y elevó la barbilla. Seguramente, Lazarus era capaz de derrotar a un *automaton* sin su ayuda, pero ella no iba a permitir que arriesgara la vida sin arriesgar también la suya.

Viola entró en la tienda seguida de Fluffy.

—Ya estoy harta de escuchar a escondidas en la puerta. Yo puedo transportar a todo el grupo al territorio de los *automatons* y después al portal, y todo hoy mismo.

Cameo se levantó de un salto, con el corazón en un puño.

¿Separarse de Lazarus aquel mismo día?

¡Era demasiado pronto!

—No —dijo Lazarus. ¿Estaba pensando lo mismo que ella?

—Hola, Viola —dijo Urban, e hizo una elegante reverencia—. ¿Qué tal estás?

La diosa lo miró con extrañeza y le hizo un gesto para que se apartara.

—¿No te parece evidente? Estoy tan maravillosa e increíble como siempre.

—¿Cómo puedes llevarnos hasta el portal? —le preguntó Cameo, ignorando a Lazarus. Cuanto más tiempo pasara en su presencia, menos resistencia tendría. Cuanto antes se separaran, mejor.

—Soy la diosa del Otro Mundo. Conozco muchos atajos en los reinos de los espíritus —dijo Viola, y movió los dedos para que el anillo que llevaba en el pulgar refulgiera con la luz de la mañana—. Puede que esto me permita saltar entre reinos, situarnos a todos en territorio *automaton* y, después, justo delante del portal. ¿Quién sabe?

Lazarus dio un paso hacia ella. Su actitud era amenazante.

—Quiero el anillo. Dámelo ahora mismo.

Viola se encogió y retrocedió, pero Princess Fluffikans y Urban se colocaron delante de ella de un salto para cortarle el paso a Lazarus.

—El anillo es mío —dijo la diosa—. Lo he robado justamente.

—No me obligues a cortarte la cabeza —le dijo Urban a Lazarus—. Estoy dispuesto a hacerlo sin dudar.

El demonio de Tasmania chilló. Era una criatura nocturna, y la mañana no era su amiga.

—Nadie le va a cortar la cabeza a nadie, y nadie va a robarle las joyas a nadie. Y todo el mundo va a llamar a la puerta de la tía Cam antes de entrar, pase lo que pase. ¿Entendido? —dijo Cameo, y se cruzó de brazos—. Viola, concéntrate en mí y no en tu propio reflejo en el anillo. Buena chica. Ahora, dime una cosa. ¿Has tenido el anillo durante todo el tiempo? ¿Por qué no lo habías dicho antes? ¿Puedes utilizarlo para llevarnos a casa?

—Sí. Lo he tenido todo el tiempo, y no había dicho nada porque sabía que Lazarus el Avaro y Egoísta intentaría quedárselo. Y, no. Solo puedo utilizarlo para trasladarnos a otros reinos de los espíritus.

—Dame el anillo voluntariamente —añadió él—. Considéralo un pago por matar al *automaton*.

Viola se atusó el pelo.

—Lo voy a matar yo misma, gracias. Tengo una habilidad impresionante. Y siempre puedo utilizarlo a él de escudo —dijo, y señaló a Urban—. Yo saldré viva y volveré a casa. Vosotros podéis explicarles a sus padres por qué ha muerto su hijo.

—¡Eh! —exclamó Ever, que entró en la tienda con las mejillas coloradas—. ¡Yo soy la única que puede usar a mi hermano de escudo!

—Si te doy el anillo —le dijo Viola a Lazarus, ignorando a la niña—, tú me dejarás aquí. Ese es el problema. Yo quiero ver el hogar de los *automatons*.

Lazarus abrió los brazos, como si él fuera el último hombre cuerdo del universo.

—Entonces, quieres morir.

—Si le das el anillo, Viola, podrás venir con nosotros

–intervino Cameo–. Enseguida vas a salir de los reinos de los espíritus, así que no lo vas a necesitar más. ¿No te parece? Urban, Ever, dejad de llorar. Vosotros os quedáis aquí con los guardias. Los adultos nos vamos a hacer cosas de adultos.

Después, miró a Lazarus.

–Tú. Ayúdanos a conseguir lo que necesitamos, y te diré adiós.

Cameo se lavó los dientes con un cepillo y pasta que le dio Lazarus, y se bañó en una tina que él lleno de agua helada. Después, se puso una camiseta y unos pantalones vaqueros que le prestó Viola.

Parecía que Viola había utilizado el anillo para abrir el portal la noche anterior y había ido a recoger cientos de camisetas que ella había confeccionado unas semanas antes para dárselas a todo el mundo del reino. Cada camiseta tenía un mensaje distinto, pero todos significaban lo mismo:

Amo a Viola.

Equipo Viola.

Si no puedo tener a Viola, prefiero la muerte.

Salí con la diosa del Otro Mundo y lo único que conseguí fue esta increíble camiseta.

Lazarus se pasó el tiempo mirando su nuevo anillo, de mal humor por... Cameo no estaba segura de por qué. ¿Acaso estaba enfadado por tener compañía durante su misión de caza del *automaton*?

¿O no quería que ella se marchara?

Aquel pensamiento le provocó algo como una descarga eléctrica y, por una vez, nada de lo que pudiera hacer Tristeza le afectó. Su sangre continuó hirviendo, sus huesos, vibrando.

Cameo salió de la tienda y se reunión con Lazarus, Viola y Princess Fluffikans. El sol brillaba con fuerza en el cielo; afortunadamente, las serpientes del cielo revoloteaban sobre ellos y, con sus enormes alas, les proporcionaban sombra.

Los guardias estaban buscando a los niños, que habían decidido jugar al escondite, por todo el campamento. Cameo no sintió preocupación, porque oyó sus risas de alegría desde algún lugar, y eso le dio a entender que todo iba bien.

Además, Viola le había ordenado a Urban que vigilara a su hermana, que no se alejara de las tiendas y que no matara a nadie. Él había accedido.

—Por ti, querida mía, cualquier cosa —le había dicho a la diosa.

—... os quedaréis aquí —estaba diciéndole Lazarus a un grupo de hombres—. Los protegeréis con la vida, si es necesario.

En aquel preciso instante, una mariposa voló por el campamento y se posó en el hombro de Lazarus. De repente, Cameo tuvo un sentimiento de angustia.

Aquel día iba a ocurrir algo horrible.

—Haced lo que os dice, proteged a los niños con vuestra vida —les dijo a los guardias—, o yo misma os sacaré la espina dorsal por la boca.

Se oyó un coro de llantos.

Lazarus la miró con admiración y, también, con un poco de ira. Se acercó a ella y la mariposa levantó el vuelo.

—¿Y ahora les das órdenes a mis hombres?

Ella se mantuvo firme.

«Fui creada para la guerra. No me voy a rendir ante él ni ante ningún otro hombre».

—Ahora, y siempre.

—¿Estás segura de que quieres ir conmigo? —le preguntó él—. Si resultas herida, yo me llevaré un disgusto.

—No te preocupes. No voy a perderme nuestro beso de despedida.

Él se inclinó hacia ella, y sus narices se tocaron.

—Sabes que soy un hombre vengativo, pero, de todos modos, te empeñas en provocarme. O eres demasiado valiente, o eres boba. Y yo sé que quiero algo más que un beso. Quiero una noche.

—Yo me marcho a casa —dijo ella.

Por el momento. Después, tendría que volver por tercera vez a los reinos de los espíritus para seguir buscando la caja de Pandora.

¿La llevaría esa búsqueda nuevamente al reino de Lazarus?

—Los demás pueden atravesar hoy mismo el portal, pero tú puedes irte mañana.

—Lo siento, pero…

—No digas que no. Y no me hagas esperar por un beso. Dámelo ahora.

Entonces, Lazarus la miró como si ella fuera la única mujer del universo. La única mujer a la que podía ver, a la que había deseado en la vida. Así, con tanta facilidad, acabó con sus inhibiciones y su aprensión, y dejó libre la intensidad de su deseo. No podía negarse a Lazarus, pero ayudarle tampoco era inteligente.

—Si lo quieres —dijo, con la voz entrecortada—, tómalo tú.

Él la agarró por la nuca y la estrechó contra su cuerpo. Justo cuando ella jadeaba, él apretó la boca contra la suya y pasó la lengua entre sus labios. Y, como su olor, su sabor invadió todos los sentidos de Cameo. Era oscuro y dulce como un buen vino, y más embriagador que la ambrosía.

En sus brazos, ella se sentía viva.

Sintió una pasión tan ardiente que no pudo contener los gemidos, y tuvo que aferrarse a él para permanecer erguida.

Él la besó sin reservas, como si quisiera devorarla, como si tuviera pensado disfrutar de ella para siempre.

Cuando aquella pasión y aquel placer chocaron con la tristeza del demonio, ¡ganaron! Cameo se quedó asombrada. Clavó las uñas en los hombros de Lazarus. Qué fuerte. Qué viril.

«¿Cómo voy a separarme de él?».

Aquel beso prosiguió como si fuera imparable, hasta que Cameo oyó un suspiro femenino de irritación.

En aquel momento, Lazarus la soltó y dio un paso atrás. Tenía una expresión de furia, y le espetó:

–Las distracciones matan.

Un momento... ¿Acaso la culpaba a ella de aquel beso?

–Yo creo que ya está bien –estaba diciendo Viola–. ¿Podemos marcharnos ya? Voy a llegar tarde a una cita muy importante.

Lazarus se limpió los labios con el dorso de la mano, como si, de repente, Cameo le resultara repelente. Se concentró en sus hombros.

–Si a los niños les ocurre algo, será mejor que salgáis corriendo. Aunque no os serviría de nada, porque yo os perseguiría.

Tristeza se echó a reír, y Cameo se encogió...

¡No! No iba a ceder en aquella ocasión. Irguió la barbilla y los hombros. Lazarus le había proporcionado un gran placer y había mitigado los efectos del demonio. Podía perdonarle aquel comportamiento tan grosero, fuera cual fuera el motivo.

Él se volvió hacia Viola y le dijo:

—Explícame cómo se utiliza el anillo.

—Lo siento —dijo la diosa, y extendió la palma de la mano—. Necesito enseñártelo.

Él abrió y cerró la boca. Después, soltó una maldición y le entregó el anillo.

—Como sea una trampa...

—¿Por qué iba a engañarte? —inquirió Cameo—. En este momento todos tenemos el mismo objetivo.

Viola le sopló un beso a su mascota.

—No hay motivo para preocuparse. Mamá volverá enseguida.

Movió la mano por el aire, con el anillo puesto, y se abrió una rendija en el paisaje. Era una abertura entre un reino y otro, tan amplia como para que Lazarus pudiera pasar cómodamente. Cameo y Viola lo siguieron. Después, la grieta se cerró.

De repente, los tres estaban en un páramo estéril. El calor era insoportable, y Cameo empezó a sudar. El suelo estaba carbonizado, y salía humo de unas grietas rojas. El cielo estaba lleno de nubes que derramaban una sustancia aceitosa y negra.

Viola se acercó a un peñasco y se sentó para mirarse las uñas.

—He decidido quedarme aquí. Id sin mí.

¿Cómo? Se había empeñado en ir y, de pronto, ¿quería perderse la acción?

Lazarus se le acercó, le quitó el anillo sin miramientos y siguió hacia delante. Cameo corrió para alcanzarlo y caminó a su lado. Aquella tierra quemada se convirtió muy pronto en un sendero empedrado.

—¿Has luchado alguna vez contra un *automaton*? —le preguntó a Lazarus.

—De niño, mi padre me tiró en mitad de una horda. Literalmente. Me dijo que no volviera a casa sin llevar un pedazo de metal y me tiró desde el lomo de una serpiente del cielo.

—¡Eso es espantoso, Lazarus!

—No. Así es la vida. Mi pasado me convirtió en el hombre que soy ahora. Fuerte y valiente.

—¿Y humilde?

Él asintió.

—Mi humildad es uno de mis rasgos preferidos.

Ella estuvo a punto de sonreír.

—¿Le harías tú algo tan cruel a tu hijo?

—Yo no voy a tener hijos.

—¿Porque no puedes, o porque no quieres?

—Creo que porque no quiero. Y tú, ¿quieres?

Ella se imaginó como madre, y a Lazarus como padre. Él sería muy protector con sus hijos. Les tomaría el pelo cuando lloraran hasta que convirtiera su llanto en risa.

A ella se le encogió el corazón de anhelo.

—Yo sí —admitió—. Algún día. Pero solo si me libero del demonio.

Llegaron hasta un grupo de árboles retorcidos y, con la ayuda de Lazarus, las ramas le golpearon suavemente las mejillas. ¿Una bromita suya? ¿O una forma de mantenerla alerta y evitar que estuviera triste?

«Me está ayudando», pensó.

Ojalá pudiera quedarse con él. Pero, gracias al espejo, Cameo sabía que lo perdería si se quedaba.

Sin embargo, ¿qué ocurriría después de que ella se marchara?

¿Volvería, como tenía pensado hacer? ¿Encontraría él una manera de atravesar el portal? ¿Podría hacerlo?

Ojalá el espejo le hubiera mostrado el final de la segunda opción.

Siguió caminando, asegurándose de pisar por donde había pisado Lazarus. Al final del camino, se detuvieron. Lazarus tenía una mano en el bolsillo y hacía tintinear algo. Con la otra mano, la mantuvo a su lado. Ella se estremeció mientras observaba el terreno: era una montaña hendida por la boca de una caverna.

—Siento solo una presencia en la cueva —le susurró—, pero muy poderosa —añadió, e hizo una pausa. Después, sonrió con picardía para irritarla—. La mía es mayor.

—Y, como yo soy aún más poderosa que tú, esa bestia no tiene ni la menor posibilidad contra mí.

Él soltó un resoplido.

—¿Estás diciendo que tú eres más poderoso que yo?

—No, no estoy no diciendo que tú eres más poderosa que yo, que es distinto.

Qué gracioso.

Él entró en la cueva con la daga en la mano, y ella lo siguió de nuevo. A medida que avanzaban a oscuras, empezó a oler a algo fétido. Cameo se tropezó con varios miembros cercenados en diferentes estados de putrefacción.

«No vas a sobrevivir a la batalla que se avecina», le dijo Tristeza. «Te echaré de menos».

«Ignóralo», se dijo Cameo. «Sigue».

Lazarus se pegó a una pared rocosa antes de torcer una esquina, y Cameo hizo lo propio. Empezaron a oír ruidos de absorción y arañazos.

Se veía una luz al final del pasillo. Era una antorcha. Giraron otra esquina y descubrieron que las paredes estaban llenas de antorchas que iluminaban el camino a una enorme cavidad llena de láminas y fragmentos de metales diferentes, acero, titanio, tungsteno... que tenían un ligero brillo, como si fueran algo místico.

De repente, se oyó un rugido por toda la cavidad,

y una bestia enorme cayó desde el techo y se quedó posada en un montón de metales. Tenía un fémur en la boca, como si fuera un cigarro. Era un fémur humano. Buscaba algo a su alrededor con sus ojos rojos.

A ella se le aceleró el corazón. Era el *automaton* de un grifo, con el cuerpo, la cola y las patas traseras de león, y la cabeza, las garras delanteras y las alas de un águila.

La criatura abrió el pico para graznar, y ella se dio cuenta de que tenía dientes. Tenía púas de metal desde la parte superior de la cabeza a la cola y, también, por el cuello y la mandíbula. La carne que poseía era una mezcla de plumas y pelaje. Parecía que sus alas estaban hechas de miles de espadas soldadas una con otra.

Con un solo movimiento, podría cortar cualquier cosa en dos.

—¡Sorpresa! —gritó alguien a su espalda—. He venido a ayudar... y a llevarme los metales.

Cameo se giró y vio a Viola, que había entrado muy sonriente en la cueva.

—Shh...

El grifo rugió brutalmente y echó a volar hacia ellos.

Lazarus echó a un lado a Viola y a Cameo, de un empujón, y ellas se golpearon contra uno de los montones de metal. Algunas piezas les cayeron encima, y Cameo gritó.

No le extrañaba que Lazarus no se hubiera quejado de su compañía; desde el principio había pensado en incapacitarla.

Se oyó otro rugido y un enorme aleteo. Un gruñido.

Lazarus estaba luchando solo contra el grifo. Cualquier otro día podría haber vencido, pero aquel día se le había posado una mariposa en el hombro.

Tenía que ayudarle.

−Vaya, ¿te parece manera de dar las gracias? −preguntó Viola−. Hubiera preferido unas flores.

Cameo se liberó del peso que había caído sobre ella y se puso en pie, con una daga todavía en la mano. Lazarus se había subido en uno de los montones y el grifo le sobrevolaba escupiéndole veneno. Lazarus se apartó de los escupitajos y lanzó la daga. La hoja se clavó en la garganta de la criatura y salió por el otro lado, con la tráquea enganchada en una de las púas.

Aquella herida habría acabado con cualquier otro ser, pero el grifo agitó la cabeza con furia. Se lanzó hacia Lazarus y le mordió la muñeca. Después, lo lanzó al otro lado de la cavidad.

«Si hieres a mi hombre, mueres», pensó Cameo, y se metió en medio de la lucha.

Capítulo 12

«El miedo no es tu aliado y no te servirá para estar a salvo. El miedo es el primer estadio de la destrucción propia».

<del>Vive a tu manera, demonios</del>
Verdades eternas para todos los hombres

Lazarus había cometido varios errores tácticos, todos ellos muy graves.

Había hecho lo que pensaba desde un principio: esconder a las mujeres bajo una pila de acero. Había obligado al grifo a concentrarse solo en él mientras abría la mente para leerle los pensamientos a la bestia, todos ellos erráticos, oscuros y viles, para poder predecir todos los movimientos que hiciera contra él. Sin embargo, había subestimado la determinación de Cameo y su propia debilidad, que iba en aumento. Pensaba que la lucha iba a terminar rápidamente, así que no le había dado los regalos que, en aquel momento, le quemaban en el bolsillo. Esperaba que ella se mantuviera junto a Viola y la defendiera.

En vez de eso, Cameo atacó al grifo con una rapidez asombrosa.

Pasó junto a la bestia y le lanzó una cuchillada a los tobillos. En cuanto ella aterrizó, rodó y se irguió.

El pie de la bestia cayó al suelo, y el grifo emitió un graznido agudo que estuvo a punto de hacer estallar los tímpanos de Lazarus. Al mismo tiempo, la rabia lo consumió. A través de su conexión con la bestia, sintió la quemazón de aquel sentimiento en todas las células del cuerpo.

El grifo había sentenciado a Cameo a una muerte sangrienta.

Lazarus gritó «¡No!» y saltó hacia ella con la intención de protegerla con su cuerpo, pero el grifo dio un aleteo y, con una de las alas, le dio tal golpe que estuvo a punto de partirlo en dos. Trató de alcanzar también a Cameo con la otra ala. Ella se apartó de un salto, pero del extremo del ala se desplegaron unas hojas afiladas de metal que le cortaron el estómago.

Lazarus lo vio con espanto, y ella gruñó de asombro y dolor. Temblando, Cameo dejó caer las armas al suelo y se agarró las heridas abiertas. Los órganos y la sangre cayeron al suelo mientras le fallaban las rodillas.

No. ¡No!

El grifo se deleitó con la escena y el olor de sus heridas. Dio unos mordiscos al aire e inhaló profundamente.

Lazarus perdió el control y se convirtió en una pesadilla.

Por primera vez en su vida, le brotaron colmillos de las encías y le crecieron garras de las uñas. Sus venas ardieron como si tuviera lava en ellas, incluso donde se habían extendido los cristales.

De niño, él había presenciado mil veces aquella transformación en su padre, que se hacía invencible. Y, durante todos los años que había pasado esclavizado por Juliette, había rezado por que le sucediera.

Lazarus era hijo del Monstruo.

Mientras él se lanzaba hacia delante, el grifo trató de morderle el cuello a Cameo, pero ella, milagrosamente, consiguió rodar a un lado. La criatura le clavó los dientes en el hombro, y ella gritó de dolor.

Lazarus agarró un puñado de pelaje y hundió las garras hasta el hueso. Dio un salto y cayó delante de Cameo, y aprovechó el impulso para partirle la espina dorsal en dos al grifo.

A la criatura se le quedó colgando la cabeza. Sin embargo, eso no le impidió lanzar todo su peso contra Lazarus. Él estaba esperando aquella acción, así que pudo clavarle las afiladas garras en el pecho y arrojarlo al otro lado de la cueva.

Lazarus se teletransportó y recibió al grifo en su aterrizaje clavándole los colmillos en la parte vulnerable del cuello. Agitó la cabeza y le arrancó la tráquea, y el suelo se llenó de salpicaduras de aceite negro.

¡Más!

Lazarus le hizo trizas las alas metálicas con las garras, que cortaron las escamas con tanta facilidad como si fueran mantequilla.

«Cuidado, necesitas el corazón».

Sacó el órgano muerto y marchito y lo dejó a un lado. Después, le destrozó la cara y el resto del cuerpo, que se deshizo en miles de piezas.

Al principio, el grifo se resistió y luchó desesperadamente, pero fue perdiendo líquido negro y, con él, las fuerzas. Al final, dejó de moverse.

—¡Me quedo con esto! —gritó Viola—. Y con esto. Y con esto, esto y esto. ¡Ah! Cameo, ¿has visto esto? Voy a llorar de alegría. Puedo fabricar una armadura que nos protegerá a Fluffikans y a mí de todo el mundo.

Lazarus miró a Cameo. Ella había conseguido introducirse todos los órganos de nuevo en el torso, y su carne estaba en proceso de curación.

Él sintió alivio al ver que iba a curarse. Y, a partir de aquel momento, ella sabía la verdad: que él podía defenderla de cualquier peligro.

«Pese a mi debilidad, estoy más fuerte que nunca».

Se quedó asombrado. ¿Significaba aquello que podía quedarse con Cameo?

—Por aquí, Lazarus —le dijo Viola—. Ven a ayudarme. Es lo menos que puedes hacer, ya que te he prestado mi anillo, ¿no? Estás en deuda conmigo.

—El anillo es mío —dijo Lazarus.

No podía acercarse a Cameo así, sobre todo, si ella estaba tan frágil. Respiró profundamente y se concentró en un único pensamiento para calmarse: aquel mismo día iba a besar a su mujer. Iba a terminar lo que habían empezado...

La rabia dejó paso a la excitación mientras pensaba en sus manos y su boca, en sus preciosos labios rojos, suaves y carnosos. Aquella mujer estaba hecha para él, y solo él iba a llevarla al éxtasis.

Tenía que demostrárselo.

Poco a poco, se le aclaró la visión. El sabor amargo del grifo se desvaneció, y sus colmillos y garras penetraron de nuevo en la carne.

Al instante, su debilidad regresó. Se le contrajeron las venas y los ríos de cristal se extendieron.

Apretó los puños.

No, no podía quedarse con Cameo.

—¿Lazarus? —dijo ella, con la voz enronquecida.

Él recogió su daga de púas y se acercó a ella. La

levantó suavemente del suelo, estrechándola contra el pecho.

«Pronto tendré que separarme de ella, así que debo disfrutar mientras pueda».

Ella se relajó con un suspiro.

—¿Sabes que tienes carne de grifo debajo de las uñas?

Él soltó un resoplido.

—¿Te refieres al accesorio más necesario en los reinos de los espíritus?

—Lo siento. Quería ayudar, no ser un estorbo. Creía que estabas sentenciado, y no quería... Lo siento.

¿Sentenciado? Lazarus intentó entrar en su mente.

Ella se puso muy tensa, pero, después, exhaló un suspiro.

—Está bien. Haz lo que quieras.

Cameo le dejó paso franco a sus pensamientos, y él se sintió posesivo y satisfecho.

Vio una parte de su vida. Antes, una mariposa se le había posado a él en el hombro, y a ella le había entrado pánico. Durante los siglos de vida de Cameo, las mariposas se habían convertido en una señal de catástrofe inminente.

Lazarus pensó que aquello tenía sentido, puesto que cuando la había poseído el demonio, le habían marcado la piel con una mariposa.

Lazarus había visto aquella marca en los compañeros de Cameo, pero nunca se la había visto a ella. Debía de estar escondida bajo su ropa...

«Voy a pasar la lengua sobre cada centímetro de esa marca».

—Las mariposas se ven atraídas por mí —le explicó él—. Siempre ha sido así. Siempre me han ayudado; para mí no son una señal de catástrofe.

Ella frunció el ceño.

—¿Y por qué las atraes?

—Deben de ser hembras.

A ella se le escapó una carcajada. Entonces, abrió unos ojos como platos de la sorpresa que se llevó.

Él tuvo ganas de darse puñetazos de orgullo en el pecho. «La he hecho reír», pensó. Y, ahora, debía calmar sus miedos.

—Las mariposas son señales de éxito, cariño. Si alguna sale con demasiada facilidad de su capullo, tendrá las alas débiles. Debe luchar para salir, o nunca tendrá la fuerza suficiente para volar. Pero, como vuela, te lleva su fuerza.

—¿Eso crees?

—Lo sé.

En una rara muestra de afecto, ella le dio una palmadita en el pecho. Aquel sencillo gesto estuvo a punto de hacer que Lazarus cayera de rodillas.

Llevaba mucho tiempo deseándola y, en aquel momento, la tenía entre sus brazos, en su reino. «¡Tómala!».

No. Allí no, y tampoco en aquel momento.

La llevó hacia Viola, que llevaba tantas piezas de metal que no podía erguirse a causa del peso.

—No vas a poder atravesar el portal.

—Entonces, voy a crear un portal aquí mismo, gracias —dijo Viola, y agitó la mano después de que Lazarus le cediera de nuevo el anillo. No consiguió abrirlo, así que se puso a tartamudear—: ¡No-no funciona!

Él dejó a Cameo en el suelo y le quitó el anillo del dedo a Viola.

—Deberíamos volver al sitio por el que hemos entrado —dijo—. Parece que allí las costuras que mantienen unido el reino son más maleables que aquí.

—¿Me llevas? —le preguntó la diosa, abanicándolo con las pestañas.

—Ni...

Cameo le lanzó una mirada suplicante.

—Ella te presta su anillo favorito. ¿No deberías ayudarla?

Viola sonrió y se puso una mano sobre el corazón.

—Esa sabiduría que estás demostrando es maravillosa, Cameo, pero no tanto como mi nuevo titanio. ¡Mirad! —exclamó, mientras acariciaba una lámina de metal.

Debía mantenerse firme y, por lo menos, fingir que tenía defensas contra su mujer guerrera.

—El anillo es mío para siempre —dijo él—. Pero llevaré a la diosa porque tú me lo has pedido muy dulcemente. Aunque espero que me compenses.

Cameo sonrió y, aunque la sonrisa no duró apenas, había sido una sonrisa. A él se le hinchó el pecho de orgullo por segunda vez. Se estaba haciendo adicto a su diversión, y quería más. Quería una sonrisa incontenible o una carcajada.

—A ver si lo adivino —dijo ella—, ¿tengo que pasar la noche contigo?

Entonces, él le acarició la mandíbula y le dijo al oído:

—No digas tonterías, cariño. Yo nunca sería tan inconcreto. Te exigiría que pasaras la noche conmigo... desnuda, impaciente por recibir mis caricias.

Cuando él alzó la cabeza, ella tenía los ojos muy brillantes y las mejillas enrojecidas.

—¿Y si digo que no?

—Entonces, la diosa irá andando.

Ella tenía la respiración entrecortada, y aquello complació a Lazarus. El deseo que Cameo sentía por él había crecido, y a él le resultaba cada vez más fácil atravesar la tristeza con que el demonio la inundaba. Ella quería pasar la noche con él.

—Yo... —dijo Cameo.

Empezó a caer polvo del techo de la cavidad y, de repente, se oyeron miles de rugidos.

—Oh, oh. Más *automatons* —dijo Viola.

Muchos más. Lazarus captó sus pensamientos, que eran una mezcla de odio, maldad y rabia. Habían sentido la muerte eterna de su congénere y querían venganza.

—¡Deprisa! —exclamó Cameo—. No estamos en condiciones de luchar más.

—Yo puedo luchar contra cualquiera y salir victorioso —dijo él.

Sin embargo, Lazarus sabía que si se producía otra batalla, Cameo correría un gran peligro, y no estaba dispuesto a permitirlo. Rápidamente, recogió el corazón del grifo y tomó de la mano a Cameo para salir corriendo. Cuando salieron de la caverna y dejaron atrás la montaña, Viola tomó velocidad y se puso en cabeza, sin que el peso de los metales ni su volumen fueran una molestia para ella. Sus ganas de vivir a su manera debían de ser más fuertes que cualquier limitación física que pudiera tener.

La diosa no era tan débil como él había pensado.

—Más deprisa —les ordenó él, poniéndose delante de Viola. En la selva, la gacela más lenta era devorada.

Pese a las heridas, Cameo corría con una elegancia innata.

Mientras corrían entre unos árboles abrasados y esquivaban sus ramas retorcidas, Viola decidió ponerse a canturrear una canción cuya letra no recordaba. Él pensó que iba a abrir los brazos y ponerse a bailar. Con el engaño al que la sometía Narcisismo, ella debía de pensar que nadie iba a intentar hacerle daño nunca, puesto que todos la consideraban demasiado valiosa como para dañarla.

Algún día, alguien iba a demostrarle que estaba equivocada, y ella sufriría mucho.

Cuando llegaron a la zona de peñascos en la que habían salido del portal, Lazarus estaba sudando, y le ardían los pulmones.

A su espalda había una nube oscura de humo que avanzaba por el cielo directamente hacia ellos.

Lazarus movió la mano y acarició el anillo tal y como había hecho Viola un poco antes. Le había leído la mente, y sabía que tenía que pensar en el reino en el que deseaba entrar.

Unas descargas eléctricas cortaron el paisaje y crearon una grieta. Él agarró a Cameo y tiró de ella, y la diosa los siguió. El portal se cerró tras ellos.

Se sintieron aliviados. Lo habían conseguido; habían escapado.

Se detuvieron a tomar aire.

—Vaya —dijo Viola—. Ha sido...

Se abrió otro portal y los grifos entraron por él.

—Maldita sea —masculló Cameo.

Lazarus la agarró con fuerza, corrió hacia delante y silbó. Un segundo después, se oyeron los siseos de sus serpientes del cielo, que se acercaban revoloteando en horda.

—¡Atacad! —les ordenó.

—¿Pueden ganar tus mascotas? —le preguntó Cameo, entre jadeos—. Los grifos las superan en número.

—Sí, pueden. Y ganarán. Pobres grifos.

Capítulo 13

«No hay segundas oportunidades para matar a primera vista».
Verdades eternas para todos los hombres

Cameo notó un cambio en Lazarus en cuanto divisaron a los soldados. Sus emociones más suaves desaparecieron, y volvió a ser un hombre sin rastro de vulnerabilidad. Ella lo había aprendido durante la lucha con el grifo: si Lazarus decidía atacar, su oponente no sobreviviría.

Nunca, en toda su vida, había visto una ferocidad, una rabia ni una brutalidad parecidas. ¡Y había vivido con once inmortales poseídos por demonios!

¿Sería consciente Lazarus de que sonreía mientras hacía trizas al grifo?

Ella se había quedado absorta contemplando su belleza. Los tatuajes de los brazos tenían un brillo de vida y vitalidad, y Cameo tuvo el anhelo de ver el resto de su cuerpo desnudo. Se movía con tanta rapidez y tanta destreza, fluía de una manera tan grácil, que parecía que se deslizaba por el agua.

Si podía administrar una violencia semejante sin

forma corporal, ¿qué conseguiría hacer si alguna vez volvía a la tierra de los vivos?

A sus órdenes, los soldados recogieron las tiendas en tiempo récord.

—¡Montad! —gritó.

Después, metió el corazón del grifo en una bolsa y subió a su caballo alado.

Cameo le ofreció la mano, y él tiró de ella y la sentó en la montura.

Notó un dolor lacerante en el estómago y el hombro, pero se tragó el gemido. No debía hacer que él se sintiera mal, como siempre hacía Tristeza con ella, cuando lo único que quería Lazarus era ayudarla.

—¿Dónde están los niños? —preguntó Viola, con una expresión preocupada.

—Tu futuro marido está aquí, diosa —dijo Urban, que se acercó al trote en su caballo.

Ever apareció tras él.

—Este encaprichamiento que tienes da repelús, hermano —le dijo.

—Es cierto —le dijo Viola, aunque exhaló un suspiro de alivio al verlos—. No quiero parecer engreída, pero yo solo estaría dispuesta a casarme... conmigo misma.

—Yo conseguiré que cambies de opinión —insistió el niño.

Que Dios ayudara a las mujeres cuando aquel crío se hiciera adulto.

Urban y Ever habían estado apartados del mundo desde su nacimiento, debido a los dones que poseían. Además, cuando se enfadaban, les brotaban cuernos de la cabeza y les crecían zarpas. Su piel bronceada se convertía en escamas de colores, y los ojos se les ponían de un rojo luminoso. Al ser tan pequeños, no podían controlar bien aquella transformación.

–Tienes el anillo. Puedes usarlo para llevar a todo el mundo hasta el portal. Yo os veré allí –dijo Viola, y les hizo un gesto para que avanzaran–. ¡Marchad! ¡Ahora! –exclamó. Después, se volatilizó, antes de que nadie pudiera protestar.

–Viola puede teletransportarse –dijo Lazarus–. Bueno es saberlo.

Siempre recopilaba información sobre los demás, por si acaso alguien se convertía en su enemigo, supuso Cameo, y se dio cuenta de que estaba empezando a conocerlo.

–No quiero utilizar el anillo estando tan cerca los grifos –dijo él.

–Sí, estoy de acuerdo.

Mientras él dirigía la marcha, Cameo decidió observar la batalla. Para ello, se giró sobre el lomo del caballo y se sentó sobre los muslos de Lazarus, a horcajadas. Al mirar hacia el cielo, dejó escapar un jadeo.

Las serpientes del cielo y los grifos colisionaron con tanta fuerza que el aire explotó e hizo vibrar la tierra. Los colmillos chocaron, y las garras cortaron. Los grifos utilizaron sus alas con hojas cortantes de metal. Las serpientes del cielo agitaron las colas como si fueran látigos, para azotar, para rodear morros, cuellos o miembros, para tirar de ellos y romperlos.

Antes, la gravedad de la amenaza había mantenido a Tristeza en silencio, pero, en aquel momento, el demonio pidió atención.

«Las serpientes del cielo te odian, pero luchan para protegerte solo porque Lazarus lo ha exigido. Muchas van a morir hoy, y las que sobrevivan te echarán la culpa. ¡Y con razón! Cuánto más va a desearte Lazarus entonces, ¿eh? Algún día, mirarás atrás y comprenderás que este es el momento en el que has cambiado sus afectos por la seguridad».

Ella sintió una inmensa tristeza.

«Las serpientes también lo están protegiendo a él», respondió.

Tristeza le lanzó una imagen a la mente: la última escena que ella había visto en el espejo. Lazarus, alejándose sin mirar atrás.

La pena que sentía se multiplicó.

—¿Me estás guardando las espaldas, literalmente? —le preguntó él, en un tono divertido.

—Sí, señor, sí. La sargento Cameo, de servicio.

—¿Qué tipo de servicio? —preguntó él.

Ella se dio cuenta de que estaba erecto, y de que su miembro le rozaba el cuerpo excitado con los movimientos del caballo al galope.

Cameo gimió sin poder evitarlo.

—Eres preciosa, cariño —le dijo él, y le mordió el lóbulo de la oreja.

¿Preciosa, ella? Nunca nadie la había descrito así. Se derritió contra él, y notó su barba áspera en la mejilla. Se le hincharon los pechos por él, y se le endurecieron los pezones. Un calor increíble la invadió, un calor lánguido y seductor.

«Con qué facilidad te seduce. Él solo quiere una noche, nada más...».

Cameo agarró las empuñaduras de sus dagas. ¡Los demonios siempre lo estropeaban todo!

—Dime —le ordenó suavemente Lazarus—, ¿cómo me ha anulado Tristeza esta vez?

—¿Por qué no me lees la mente, como de costumbre?

—Porque sospecho que tienes una bomba dentro.

Los caballos galopaban cada vez más rápidamente,

y el fragor de los cascos era ensordecedor. Ella vio a un hombre que apareció en medio de la horda de serpientes del cielo. Las criaturas lo ignoraron. Él se lanzó en picado entre los grifos y, con las alas, cortó miembros de aquellos que se cruzaban en su camino.

Llevaba taparrabos. Tenía unos músculos más grandes que los de Lazarus y era de dos colores; la mitad superior, de color zafiro, y la inferior, esmeralda.

Extendió sus largas alas emplumadas, las plegó y volvió a lanzarse entre las bestias. Llevaba un hacha pequeña en cada mano.

—¿Quién es él? —le preguntó.

Lazarus miró hacia atrás y frunció el ceño.

—No lo sé. Pero le perdonaré la vida, ya que no está haciéndoles daño a mis mascotas.

Cierto. Tanto los grifos como las serpientes trataban al recién llegado como enemigo, le mordían y le lanzaban cuchilladas.

—Me pregunto por qué te está ayudando —dijo ella.

—O a ti. Puede que sea otro emisario de Hades.

—¿Otro?

Él ignoró su pregunta, y dijo:

—Puede que quiera transmitirles a las serpientes una sensación de seguridad falsa, pero no importa. También lo derrotarán a él.

—¿Por qué estás tan seguro?

—Mi padre las entrenó a ellas exactamente igual que a mí.

Entonces, ¿las habían dejado en situaciones difíciles para que se defendieran por sí mismas?

—Sé que la reina Hera...

—Antigua reina Hera —le espetó él—. La han despojado del título.

—Cierto. La antigua reina escondió a tu padre, ¿no?

—Sí.

—Cuéntamelo —le pidió ella, frotándole la mejilla con la suya—. Por favor.

—Mi padre... perdió la movilidad. Podía andar, aunque con dificultades, pero no sujetar una espada. Ella bajó y mató a mi madre mientras él y yo mirábamos, y mi padre no pudo hacer nada por evitarlo. Mis palabras tampoco sirvieron de nada. Después, ella se llevó a mi padre.

Cameo sabía que diciéndole que entonces él solo era un niño no iba a aliviar su sentimiento de culpabilidad.

—Ya no eres un niño —le dijo—. Eres un hombre, el más fuerte que conozco.

Hubo una pausa. Después, Lazarus respondió, con los dientes apretados:

—Soy como mi padre.

—¿En qué sentido?

—Soy... Mira, no quiero hablar más de esto.

—Yo recuerdo que la reina detestaba a los machos de las especies. ¿Por qué iba a cargar con tu padre?

Cameo había oído los rumores. Zeus había encerrado a Hera en su torre, la había esclavizado y la había fecundado. Cuando, por fin, había conseguido someterla, se había casado con ella y la había liberado. Sin embargo, en los años siguientes, Hera había demostrado que no había sido sometida acostándose con todo hombre que el rey de los griegos considerara amigo o enemigo. Había hecho tratos con otras reinas poderosas para asegurarse de que los hombres más poderosos de los mitos y las leyendas perdieran todo aquello que les era querido.

¿Acaso el formidable Typhon y su mujer habían contrariado a la reina?

–No sé. Tal vez como trofeo –respondió Lazarus.

Ella apoyó la cabeza en su hombro y lo abrazó para consolarlo.

–Lo siento.

–La relación de Typhon con mi madre lo debilitó.

Cameo percibió amargura y, quizá, también una acusación, en su tono de voz. ¿Acaso pensaba que ella lo debilitaba?

Esa idea podía ser la causa de que él le pidiera una noche y nada más. Para ganárselo, tenía que demostrarle que le fortalecía.

¿Era cierto? ¿Podría demostrárselo?

–Hera no quería hacerle daño a un niño –prosiguió él–, o, al menos, eso dijo, pero sabía que yo me iba a convertir en hombre algún día. Con la Vara Cortadora, me quitó una parte del espíritu, y eso significaba que el propietario de la Vara Cortadora tendría el poder de controlarme. Cuando yo crecí, ella le dio a Juliette la Vara. Le dio a la arpía una parte de mí, como si yo fuera una propiedad.

–Lo siento –susurró ella, con los ojos llenos de lágrimas.

–Voy a castigar a esas dos mujeres –dijo él, con odio y ferocidad–. Yo también me quedaré con un trofeo.

El demonio ronroneó con deleite al darse cuenta de que la necesidad de venganza era otra forma de tristeza. Siempre y cuando Lazarus permaneciera obsesionado con lo malo que le habían hecho, nunca vería lo bueno.

«Pobre Cameo. Nunca eres la prioridad de nadie. Solo eres la consolación».

«¡Yo no soy su consolación!».

Pero... ¿no lo era? Lazarus nunca pondría sus necesidades por encima de su deseo de venganza. Con él, ella siempre ocuparía el segundo lugar, si acaso ocupaba alguno. Y eso sí que era deprimente.

Por una vez, Lazarus no trató de sacarla de su mal humor, y eso fue preocupante para Cameo.

«¡Vamos! Lo que él piense de mí no importa. Gracias al anillo de Viola nos vamos a separar muy pronto. De hecho, tal vez no volvamos a vernos nunca».

Sin embargo, aquellos argumentos no consiguieron alegrarla.

A medida que el grupo avanzaba, lo único que se oía era el ruido de los cascos de los caballos y las respiraciones jadeantes. Por fin, se alejaron lo suficiente de la batalla, y de los grifos, que seguramente intentarían seguirlos, como para abrir un nuevo portal. Uno que los llevara directamente al portal de camino a casa.

Lazarus abrió el portal y todo el contingente lo atravesó. Cameo y él fueron los últimos en pasar.

—Ya estamos aquí —dijo él, con una voz monótona.

¿Ya?

Ordenó detenerse a sus hombres, desmontó y ayudó a Cameo y a Ever a desmontar también, antes de bajar la bolsa que contenía el corazón del grifo y ponérsela al hombro.

Viola apareció, tal y como había prometido, sin los metales robados, con Princess Fluffikans en brazos.

Urban rechazó la ayuda de Lazarus y bajó de un salto al suelo. Le hizo una reverencia a Viola.

—Majestad…

—Te estás pasando un poco, niño —le dijo ella, dándole un golpecito en la barbilla.

—No soy un niño, soy un guerrero.

A Cameo le llegó una vaharada de aire fétido, y arrugó la nariz. Estaban en un terreno seco y gris. Había árboles sin hojas y sin vida, y unos quince animales diferentes en un suelo ensangrentado, en diferentes estados de descomposición. Unas criaturas pequeñas y deformes estaban comiéndose los huesos.

Viola arrugó la frente con desconcierto.

–Hay algo raro. Bueno, no importa. He pasado por cosas peores.

Ever aplaudió y empezó a correr con los brazos abiertos.

–¡Mirad! ¡Un cachorro! ¿Puede venir con nosotros, por favor?

–Ever –dijo Cameo–. ¡Alto!

Lazarus entrelazó los dedos con los de ella y se los apretó suavemente. Tenía la otra mano en el bolsillo, y estaba tintineando algo que tenía allí.

–La niña está bien, te lo prometo. Por lo menos, físicamente. Cualquiera habría salido corriendo en dirección contraria.

Él la llevó hacia delante y… el paisaje cambió en un abrir y cerrar de ojos. A Cameo se le escapó un jadeo. Allí, el sol brillaba en un cielo azul y glorioso. Los árboles eran altos, frondosos, de color ámbar. El color de la felicidad, como los ojos de Lazarus. Ella respiró profundamente. El aire tenía un olor limpio y fresco.

Los animales muertos habían desaparecido.

Ever dio una patada en el suelo.

–No es justo. Quiero mi cachorro.

–La tía Katarina te va a encontrar el perro perfecto –le dijo Urban–. Te lo prometió, ¿no te acuerdas?

–¿Cómo es posible esto? –le preguntó Cameo a Lazarus. Sabía que él era el responsable.

–Ya sabes que tengo la capacidad de leer la mente. Y también puedo… afectar a las mentes. Puedo crear ilusiones.

—Entonces, ¿tú creaste ese paisaje de putrefacción?
—Sí.

Claro, porque, ¿quién en su sano juicio querría continuar?

—¿Dónde está el portal? —le preguntó ella. «No me lo digas. No quiero ir».

Él señaló dos altísimos árboles. Entre sus troncos, el aire brillaba como una tela con polvo de diamante.

A ella se le quedó seca la garganta. La visión se había hecho realidad.

—Vamos a mandar a tus amigos a casa —dijo Lazarus, caminando hacia el portal.

«¿Estará pensando en quedarse conmigo?».

Debía de ser así. Sus palabras implicaban que ella iba a quedarse en el reino, y a Cameo se le aceleró el pulso.

Él sacó el corazón del grifo de la bolsa, y desenvainó una de las dagas que llevaba a la cintura. Cortó el órgano en dos partes, y de las cámaras manó un líquido negro.

Unas manos brillantes salieron del portal y agarraron una de las mitades. El aire brillante onduló con más fuerza. Lazarus guardó la otra mitad en la bolsa. ¿Para que ella la utilizara al día siguiente?

—Bueno, pequeños horrores —dijo Viola, mientras dejaba a Princess Fluffikans en el suelo y aplaudía—. ¿Preparados para volver a casa?

Ever hizo un mohín.

—Sí, supongo que sí.

Urban se encogió de hombros.

—Si es obligatorio...

—Sí, lo es —dijo—. Seguramente, vuestros padres no habrán dejado piedra sin levantar en todo Budapest para encontraros.

Viola entrelazó los brazos con Ever y Urban y miró a Cameo.

–Dale a Lazarus un beso de despedida de mi parte... y con lengua. Yo lo haría –dijo, y le guiñó un ojo. Después, caminó hacia delante.

Los tres atravesaron el portal, seguidos por Fluffy, y se desvanecieron.

Cameo se echó a temblar cuando Lazarus se giró hacia ella y la miró apasionadamente.

–Quédate. Solo una noche más.

–Yo...

«Quiero quedarme. Lo deseo con todas mis fuerzas».

Deseaba pasar noches llenas de placer, mañanas eróticas y días felices. Y no le importaban las consecuencias. Gracias al espejo, sabía exactamente lo que iba a ocurrir si ella recorría aquel camino.

Cuando Lazarus y ella se separaran, tal vez Tristeza le permitiera conservar los recuerdos, como había hecho en la primera visión. O tal vez los borrase, con la esperanza de que ella cometiera de nuevo el mismo error. Que sintiera curiosidad por un inmortal llamado Lazarus, que podía ser la llave de su felicidad.

Y, además, estaba el camino desconocido. Pasar una sola noche con él. ¿Qué ocurriría después?

No sabía si le esperaban la humillación, el rechazo y el peligro...

Sin un gran riesgo, no había recompensa.

«Voy a tirar el dado. Voy a seguir el camino de la segunda visión».

Había cosas que ella quería hacer en el mundo de los mortales. Cosas para Lazarus.

–No –dijo, en voz alta, agitando la cabeza–. No me voy a quedar ni una sola noche.

Había cosas que ella quería hacer en el mundo de los inmortales. Cosas para Lazarus.

Ella posó las manos en sus mejillas. Con la luz del sol iluminándole el rostro, era un hombre de gran belleza. Tenía los ojos muy oscuros, de mirada burlona, y unas pestañas tan negras que parecían azules. Sus pómulos eran altos y afilados, y la nariz, estrecha. Tenía unos labios hechos para besar. Para besarla a ella.

–Podría obligarte a permanecer aquí –le dijo a Cameo–. Puedo retenerte hasta que se cierre el portal.

–Y yo podría usar tu corazón para volver a abrirlo.

Él sonrió durante un segundo.

–Lo nuestro no ha terminado, cariño. De un modo u otro, volveré a verte. Te encontraré. Siempre te encontraré.

Él le espetó aquellas palabras, pero, de todos modos, ella adoró oírlas. Le deleitaron tanto como desagradaron a Tristeza.

Cameo alzó las manos y jugueteó con el pelo de Lazarus.

–Puede que vuelva… a buscar la caja.

Él negó con la cabeza.

–La caja no está aquí.

–No puedes saberlo con…

–Sí lo sé. No está escondida aquí, te lo juro.

–Los rumores…

–Los rumores dicen que la caja está en uno de los reinos de los espíritus. Hay miles.

Vaya. Entonces, todo había terminado.

–¿Me vas a echar de menos?

–Sí.

Cameo sintió una gran satisfacción… que acabó al instante. Aquello no podía ser el final.

–Voy a hacer un pacto contigo. Si encuentras la manera de atravesar el portal, te recompensaré. Te besaré –le dijo, acariciándole el centro del pecho– donde tú desees.

A él se le dilataron las pupilas.

–Bésame.

Sí. Ella se puso de puntillas y lo besó. Él abrió la boca sin titubeos, enredó su lengua con la de ella, la saboreó como si fuera un buen vino y la reclamó. Succionó y mordisqueó, le acarició los brazos con las manos, y bajó hasta sus caderas y sus nalgas.

Tiró de ella con fuerza y la estrechó contra su cuerpo. Ummm... Estaba erecto y no lo disimuló. Cada deslizamiento de su lengua le ofrecía una pista de la satisfacción que podía sentir, y le mostraba un atisbo de dicha.

Y... y... la felicidad brilló dentro de ella, pura e incandescente, como una única llama en un mundo de oscuridad. La luz que ella siempre había anhelado, pero que siempre le había sido negada. La dulzura que nunca había conocido, ni siquiera con Alex.

Lazarus no se hacía ilusiones sobre quién era ella, ni sobre lo que era. La conocía, y ella le gustaba tal como era. Solo por eso, él también le gustaba a ella.

Tristeza luchó contra ella y la inundó de tristeza. Acabó con toda su lujuria.

Cameo gritó, interrumpió el beso y dio un paso atrás.

Lazarus intentó agarrarla, pero ella se alejó aún más.

–Lo siento.

–Cameo –gruñó él–, tú eres mía, y yo quiero lo que es mío.

Qué posesivo. Ella se estremeció, y los escalofríos ahuyentaron a la tristeza. «Bienvenida de nuevo, lujuria».

Sin embargo, no quería más besos que alimentaran sus sueños y la volvieran loca. Se obligó a sí misma a caminar hacia atrás, aumentó la distancia entre ellos y se acercó al hueco que había entre los troncos de los árboles.

—Creo que tu beso me ha dejado embarazado —dijo él—. Será mejor que te quedes hasta que lo sepamos con seguridad.

—Si me deseas, tendrás que venir a buscarme.

—Quédate.

La tentación era enorme. Si se quedaba, tendrían un presente, pero, tal vez, no tendrían futuro. «Yo quiero un futuro. Esta es mi única esperanza».

Otro paso hacia atrás.

—Acuérdate de tu recompensa.

Él la siguió, con una expresión de agonía.

—No se me va a olvidar. ¿Y a ti?

Ay… ¿Qué pasaría si se olvidaba de él?

—Es un riesgo que tenemos que asumir.

—¿Por qué?

—Porque yo quiero algo más que una noche.

—No puedes tenerlo —dijo él, y apretó los puños—. Quédate. Déjame que sacie todos tus deseos antes de marcharte.

Ella sintió otra descarga de lujuria, y casi le fallaron las rodillas. Tuvo que hacer el esfuerzo más grande de su vida, pero agitó la cabeza, tomó la otra mitad del corazón de la bolsa que llevaba Lazarus, le lanzó un beso y atravesó corriendo el portal.

Capítulo 14

«No pidas nunca. Exige».
Verdades eternas para todos los hombres

Lazarus se quedó allí parado durante un largo rato, sin que sus hombres lo vieran. Sentía tanta lujuria que le estaba afectando al pensamiento.

No le había dado los regalos a Cameo. El gesto de dárselos habría marcado demasiado el final. Sin embargo, ella se había marchado de todos modos.

Aunque no sin pedirle que fuera a buscarla.

Aquello era imposible, por mucho que él deseara pasar una noche con ella. Se merecía esa noche con ella. Se la había ganado dentro de la caverna, al matar al grifo. Pero no iba a conseguirla.

Solo iba a tener recuerdos de Cameo.

Y, pronto, ella no tendría recuerdos de él.

Le dio tal puñetazo al tronco de uno de los árboles, que dejó un agujero en la madera.

Podría haber matado a Cameo en cualquier momento. Debería haberla matado, puesto que era la única causa de su debilidad. Sin embargo, la había ayudado, y había ayudado a sus seres queridos. La había salvado de los grifos. La había besado, le había proporcionado placer. Su único placer, el primero.

Tuvo un enorme sentimiento de posesión.

Debería haberla seducido. Deberían haberse consumido el uno al otro.

Maldito demonio. Lazarus acarició la empuñadura de su daga.

Sabía dónde estaba escondida la caja de Pandora, pero no se lo había dicho a Cameo. Si él se apoderaba de la caja, Cameo se vería obligada a volver al Reino de Grimm y Fantica. Volvería a verla. Tal vez, incluso, podría amenazar al demonio: «Deja que retenga sus recuerdos, o te mato».

Una amenaza que nunca podría llevar a cabo.

Por otro lado, Cameo podría utilizar la caja para hacerse daño a sí misma.

«Yo la protegeré, incluso de sí misma».

Se puso muy tenso. Su plan era sólido, y conseguiría atraerla para que volviera. Cameo se... disgustaría cuando descubriera su engaño. No, no engaño... solo había dejado de mencionar la verdad. Eso no era lo mismo. Además, él conseguiría que olvidara su enfado a base de placer.

Algún día, ella se lo agradecería.

La cautela atemperó su entusiasmo. Aquel no era su mejor momento. Solo con pensar en ver de nuevo a Cameo, le ardieron las venas. Los cristales se le extendieron por los hombros, piernas y... ¿pecho? Oh, sí. Un calor insoportable le abrasó la zona superior al corazón. Tenían que ser los cristales... y no el sentimiento de culpabilidad por no contarle a Cameo nada de la caja.

Hizo algunas tentativas de movimiento, notó una ligera resistencia y frunció el ceño. No estaba al cien por cien de su capacidad, pero tampoco padecía una inmovilidad fuerte.

Movió el anillo por el aire, frotó el metal con el dedo pulgar y pensó en el Reino de las Calaveras, regido por Hilda, la Mortífera.

Hilda era una esfinge, prima de los grifos. Tenía cara humana, cuerpo de león y alas de águila.

Lazarus conocía bien a Hilda. Sus padres, que eran igual de atroces, habían sido amigos, así que ellos dos habían pasado muchos años juntos. Sentían desagrado el uno por el otro.

El anillo vibró, y las corrientes eléctricas que atravesaron el aire como los rayos crearon un nuevo portal. Lazarus lo atravesó, y la abertura se cerró tras él.

Aquel era un escenario extraordinario. Paredes lisas de color beige con algunos cuadros impersonales. Un archivador, un escritorio y una vitrina de cristal. Una pequeña caja blanca sobre una de las baldas, que parecía fabricada de falanges y metacarpos.

Aquella caja irradiaba un poder familiar que acarició a Lazarus. Observó la calavera humana que estaba junto a la caja. Frunció el ceño. Los dientes estaban afilados como si fueran puntas de navaja. Tenía algo que…

No importaba.

—Manifiéstate, Manhilda. ¿O prefieres que te llame Hildabeast?

Ella apareció delante de la vitrina. Era un monstruo. Había aumentado de tamaño y había desarrollado músculos sobre los músculos que ya tenía. Tenía bigote y barba negros, y unos carrillos exagerados. Tenía hinchadas las venas del cuello.

Y, rodeándole el cuello, llevaba un collar de púas de metal.

Ponerle un collar a una esfinge era lo mismo que esclavizar a una esfinge. Su amo podía obligarla a hacer cualquier cosa. Pero... ¿quién le había puesto el collar? Muy pocos inmortales tenían la fuerza suficiente como para vencer a una esfinge.

Lazarus sabía el motivo por el que la habían esclavizado, aunque no supiera quién: su amo la estaba obligando a custodiar la caja de Pandora.

Llevaba un escudo que le cubría el pecho, y unos brazaletes de cuero en cada muñeca. Eran sus únicos adornos. Poseía cuatro patas, y podía caminar como animal o como ser humano, según su preferencia.

La mayoría de la gente, cuando la miraba, solo veía a un hombre delgado con ojos rojos. Una ilusión.

–Hola, Lazarus –dijo ella, y se irguió sobre las dos patas traseras. Tenía una estatura de unos dos metros treinta centímetros–. Nos volvemos a ver.

La primera vez que él había estado allí, Cameo iba a su lado. Él le había contado a su obsesión, tan solo, que la bestia le había derrotado en una pelea. Sin embargo, no le había dicho que en aquel momento él solo tenía cuatro años.

–Buenas noticias –respondió él–: Esta es la última vez que vamos a vernos. Vas a morir hoy mismo. A menos que quieras entregarme la caja de Pandora, claro.

–¿A ti, el que impide que los demás me encuentren y me liberen? No te la entregaría ni aunque me lo ordenaran.

Durante su segunda y última visita, Lazarus había proyectado una ilusión propia para esconder la caja a aquellos que iban en su busca, porque sabía que podían utilizarla contra Cameo. Aunque sus amigos no iban a hacerle daño intencionadamente, ¿para qué iba a arriesgarse?

Aquel era el verdadero motivo por el que mantenía alejado a Cameo de lo que ella más deseaba. El demonio la deprimía y, algún día, ella podía intentar acabar con su vida nuevamente. Y, si tenía la caja, podía hacerlo en pocos segundos, antes de que nadie pudiera impedírselo.

«Si ella muere, se reunirá conmigo en la vida del más allá... para siempre...».

Podía olvidar el hecho de que ella sería su destrucción. Quería que Cameo viviera una vida de ensueño.

–¿Estás disgustada porque no has tenido a nadie a quien matar y comerte? –le preguntó él–. Pobrecita Hildabeast.

Ella se pasó la lengua por los colmillos ensangrentados.

–Voy a disfrutar mucho devorándote a ti. Recuerdo que tus órganos tenían un sabor muy dulce.

En una sola ocasión, ella había conseguido encadenarlo y morderle el torso. Al contrario que otros niños inmortales, que habrían muerto después de perder todos los órganos vitales, él se había regenerado y había sobrevivido.

«No puedes morir nunca». Aquellas palabras de su padre reverberaron en su mente.

–¿Quién consiguió ponerte el collar? –le preguntó, en un tono calmado.

–Algunas preguntas no pueden contestarse.

Así pues, su amo le había impuesto el silencio sobre la caja. Eso significaba que iba a ir a buscarla. No tenía importancia; él mataría al amo con tanta facilidad como a la esclava.

Sacó las dagas de sus fundas y dio un paso hacia delante. Sin embargo, topó con una pared transparente y, con el ceño fruncido, dio golpes con las dagas en la barrera para crear alguna fisura. Las armas se doblaron, pero la pared permaneció intacta. Hildabeast sonrió con petulancia.

—¿Quieres pasar? Entonces, contesta a esto: El hombre que lo hace no lo necesita. El hombre que lo compra no lo va a usar. El hombre que lo usa no sabe que lo está usando. ¿Qué es?

Uno de sus estúpidos acertijos. Ningún hombre podía acercarse sin haber acertado primero el que ella planteara. Aquel era uno de los motivos por los que las esfinges eran tan excelentes perros guardianes.

Pensó en la adivinanza, y se dio cuenta de que era muy fácil. Hilda debía de querer pelear con él.

—La respuesta es «ataúd» —dijo Lazarus—. Lo que tú vas a necesitar hoy.

Oyó un fuerte silbido y notó una ráfaga de aire caliente. La barrera había desaparecido.

Hilda lo miró con una alegría oscura.

—¿De verdad crees que vas a poder vencerme?

—Sí —respondió él.

Con su propia sonrisa petulante, Lazarus arrojó al suelo las dagas estropeadas y se dirigió a su oponente. Lo harían cuerpo a cuerpo. O más bien, mano contra pata.

Sin previo aviso, ella le lanzó un zarpazo. Él lo esquivó, pero se puso en el camino de la otra garra. Sintió un enorme dolor en el abdomen y se quedó inmóvil por un momento. Como cualquier depredador, ella aprovechó su parálisis para atacar, atrapando la parte posterior de sus muslos y tirando.

Lazarus cayó al suelo con un fuerte golpe y vio las estrellas.

En vez de lanzar su siguiente ataque, como hubiera hecho cualquier ser cuerdo, ella se quedó mirándolo fijamente y se llevó los dedos hacia la boca. Lamió la sangre de Lazarus, y dijo:

—Deliciosa.

Él se sintió humillado y furioso.

—Eres idiota. Tenías que haberme matado cuando has tenido la oportunidad. Ya no vas a tener otra.

—¿Seguro que ya estás listo para recibir más?

Lazarus se puso en pie de un salto. En aquella ocasión, cuando ella lo atacó, él se inclinó hacia abajo, sacó otras dos dagas y se las clavó en los pies.

El rugido de dolor de Hilda rebotó por las paredes e hizo vibrar toda la habitación. Le clavó las garras en la espalda, pero él ignoró aquel nuevo dolor y rodó hacia un lado. Cuando ella intentó darle otro zarpazo, él la agarró por las muñecas, le barrió los pies y cruzó los tobillos por detrás de su nuca.

Entonces, rodó hacia atrás y tiró de ella con tal fuerza que la hizo volar por encima de su cabeza. De los pies de la esfinge cayeron las dos dagas. Él terminó encima de ella, sujetándola contra el suelo con las rodillas. La expresión de Hilda era de furia absoluta.

Él sonrió y le dio un puñetazo en la mandíbula. Ella comenzó a dar sacudidas, pero no consiguió quitárselo de encima. Entonces, extendió las alas y lo envió al otro lado de la habitación. Lazarus estaba inundado de adrenalina y apenas notó el impacto. Se levantó de un salto y escupió una pluma. Ella se puso a cuatro patas.

Giraron en círculo, enfrentados. A cada paso que daba la esfinge, dejaba una huella ensangrentada en el suelo.

—Hay algo diferente en ti —le dijo a Lazarus—, pero ¿qué?

Si ella notaba los cristales, su debilidad, él tendría que...

No, no tenía importancia. Hilda iba a morir aquel día.

Le sopló un beso.

—Ya no soy un niño, sino un hombre. No tan hombre como tú, claro, pero todo el mundo tiene su cruz.

Su tono despreciativo tuvo el efecto que él deseaba. Hilda se enfureció y se arrojó hacia él con los colmillos y las garras preparados. Él recogió las dagas que habían caído al suelo y se agachó. Hilda pasó por encima de él, y Lazarus le clavó la daga en la armadura y cortó su cuerpo desde el esternón al pubis. Con la otra daga, le cortó una de las alas.

Sangre y órganos llovieron sobre él. Se oyó un grito de dolor mientras ella caía sobre la alfombra. Él actuó rápidamente, porque sabía que la esfinge iba a regenerar todo lo que había perdido, y se arrojó sobre ella. Tomó su cara con ambas manos, piel con piel.

Ella abrió mucho los ojos al comprender cuál era su intención. Luchó contra él con todas sus fuerzas. Estaba tan resbaladiza por la sangre que se soltó. Se lo quitó a patadas de encima.

Él volvió y la derribó de nuevo mientras ella intentaba sentarse. Hilda le dio un puñetazo en la cara y una patada en los testículos, y a él se le escapó todo el aire de los pulmones.

Cuando ella intentó ponerse de pie, él le dio una patada en la mandíbula. Sin piedad. Ella volvió a caer al suelo, y él volvió a sentarse sobre ella y a sujetarle la cara, clavándole las uñas en las sienes.

—Esto va a ocurrir —dijo él, rugiendo—. Acéptalo como un hombre.

—Si lo aceptara como un hombre —rugió ella—, estaría llorando.

Le apartó las manos de un golpe, arrancándose sus

uñas de la carne. Aunque rugió de dolor, rodó hacia un lado y le pegó una patada en el pecho. Sin embargo, no tenía fuerzas, y su golpe solo lo envió hasta la mitad de la habitación.

Cuando ella consiguió ponerse en pie, él se acercó y le dio una patada en los tobillos. Hilda volvió a caer, moviendo los brazos como aspas. En cuanto aterrizó, él se colocó sobre ella. Ella luchó con puñetazos, mordiscos y zarpazos.

Él tenía los ojos llenos de sangre. ¿Suya, o de ella? Hilda le mordió un hombro y le arrancó un pedazo de carne y hueso. El dolor lo atravesó, y rugió hacia el cielo.

La rabia se apoderó de él. Lazarus elevó la cabeza y le clavó los dientes en la parte más vulnerable del cuello, y le arrancó la tráquea. Ella jadeó para intentar tomar todo el aire que le fuera posible. Él rodó por última vez y terminó sobre ella, clavándole las rodillas en el torso y agarrándola por las mejillas.

Con la pulsación de un interruptor mental, el calor salió de él y fluyó hacia ella. Era un calor muy intenso. De repente, Hilda estaba empapada en sudor. Su carne comenzó a volverse de piedra...

Al principio, ella forcejeó. A medida que su piel y su pelaje se endurecían y sus colores se volvían grises, sus movimientos se ralentizaron...

«Desgraciado», le dijo, moviendo los labios, cuando se petrificaba la última parte de su ser.

Que Lazarus supiera, aquel proceso no podía invertirse, y eso suponía que había vencido.

Se dejó caer al suelo, con alivio. Aquel proceso siempre lo dejaba agotado, y ese era el motivo por el que solo utilizaba aquella habilidad cuando no tenía ninguna compañía.

—Te lo dije —murmuró, con la voz ronca.

Aquella estatua, con su expresión de agonía, la boca abierta y el ala rota, torcida en un ángulo extraño, con el torso abierto en dos, ocuparía un lugar de honor en su jardín.

«Ya solo me queda por hacer una cosa...».

Tambaleándose, se puso en pie, atravesó la habitación y se situó justo enfrente de la vitrina. El poder que emanaba de la caja lo acarició de nuevo, y su sangre empezó a burbujear.

Se quitó los restos de la camiseta, se envolvió el puño con la tela y rompió el panel de cristal de un puñetazo.

Los añicos atravesaron el algodón y le hicieron mil heridas diminutas que comenzaron a sangrar de inmediato.

Se preparó para lo que pudiera suceder y estiró las manos hacia la caja... pero se quedó inmóvil. El poder no provenía de la caja, sino de la calavera que estaba a su lado. ¿Por qué tenía los dientes afilados como puntas de navaja... si no estaba protegiendo algo muy importante?

Al meter la mano en aquella boca, las mandíbulas se cerraron y le clavaron los dientes en la muñeca. Él soltó un silbido de dolor, pero no tiró de la mano. Tocó un pequeño objeto con los dedos, y un poder puro fluyó por su cuerpo. Todas sus heridas se cerraron de repente.

Aquel era el mismo poder que había experimentado las pocas veces que se había cruzado con Kadence, la diosa de la Opresión. A su muerte, se habían utilizado sus huesos para fabricar la caja.

Con satisfacción, tiró del objeto para sacarlo, pero los dientes de la calavera siguieron clavados en su carne. Aunque los incisivos le estaban inyectando veneno, no le importó. Fue desclavándose pieza por pieza y dejándolas caer al suelo. Después, examinó la pequeña joya que había extraído.

Estaba hecho de huesos, como la caja. De nudillos y dedos. Y, sí, eran de Kadence. Los huesos estaban hechos trizas y los pedazos habían sido soldados y teñidos de rojo para que parecieran una manzana.

Una manzana. La tentación original. Pero...

¿Aquello era la infame caja de Pandora?

Los otros Señores del Inframundo recordaban una caja como la que estaba en la vitrina.

Había una posibilidad: que quien hubiera fabricado aquella caja la hubiera rehecho después de ser abierta. Una buena estrategia. ¿Qué mejor modo de esconderla? Sin embargo, ¿quién había fabricado la primera caja? ¿Y por qué?

Los Señores creían que dentro todavía quedaba un ser vivo, la Estrella de la Mañana. No era un demonio, sino una criatura con el poder de destruir a Lucifer y su maldad con un solo roce. Podría liberar a los Señores de sus demonios sin arrebatarles la vida.

Lazarus había investigado. Algunos decían que la Estrella de la Mañana era un Enviado, el mejor asesino de demonios de la historia. Otros decían que era descendiente de unos seres celestiales llamados Luces de Estrella, tan brillantes que el sol se echaría a llorar de envidia si los viera. Y otros sugerían que era un *jinni*, un ser que concedía deseos.

El siguiente problema era una paradoja: a él le encantaría utilizar la Estrella de la Mañana, pero, para hacerlo, tendría que abrir la caja. Cameo moriría antes de que él pudiera utilizar la Estrella para salvarla.

¿Existía la salvación para ella?

Hablando de su obsesión, ¿cómo iba a enviarle un mensaje? Él tenía lo que ella anhelaba.

Lazarus puso el colgante en una cadena que llevaba al cuello y se puso los restos de la camiseta para ocultarlo bajo la tela. Abrió un portal hacia el Reino de Grimm y Fantica con el anillo y arrastró a Hilda al otro lado. Terminó frente al portal que llevaba al reino mortal. A Cameo.

Sintió algo como un tirón que lo atraía hacia aquella puerta, pero se mantuvo inmóvil. ¿Acaso era la caja de Pandora, que estaba intentando alcanzar a los demonios?

No, eso no podía ser. La sensación se había originado en sus venas. En el cristal. No lo entendía, pero esperaba lo peor, y retrocedió.

Sus hombres estaban justo donde los había dejado, y las serpientes del cielo, junto a ellos. Habían caído árboles, pero también los grifos. Sus cuerpos estaban hechos pedazos entre los árboles.

—Buenos chicos y chicas —dijo.

Después, les pidió una cuerda a sus soldados y ató a Hilda a la silla de su caballo, con cuidado de que la cuerda trenzada no se enredara con las alas del corcel. Montó.

—Tú, tú y tú —dijo, señalando a los más fuertes de entre sus hombres—. Acampad aquí. Cuando vuelva la mujer del pelo negro, protegedla con vuestra vida y escoltadla hasta el palacio. El resto… a casa.

Lazarus colocó a Hilda en el Jardín del Horror Perpetuo, junto a un trol que había entrado en un pueblo cercano y había matado a los hombres para llevarse a las mujeres.

Quedó satisfecho con la elección del lugar, y entró a su palacio. Ningún sirviente salió a recibirlo; de hecho, reinaba un silencio espectral. Él sacó dos dagas y torció una esquina. Entró al salón y halló los cuerpos de los soldados y de los sirvientes por encima de los muebles y por el suelo.

Por fin, una respuesta de las amazonas a las que había capturado. Las bolsitas de veneno solo eran un señuelo. Ellas ya habían convertido su sangre en veneno… para otros.

Lo habían engañado. Había hecho lo que ellas querían que hiciera.

Además, sentía otra presencia, la de alguien a quien había advertido que se mantuviera alejado.

–Rathbone –gritó, y se encaminó a grandes zancadas a la sala del trono.

El hombre estaba sentado en su trono, relajadamente, y solo había una señal de su impaciencia: que tamborileaba con los dedos en el brazo del asiento.

–Vaya, aquí estás –le dijo–. Vivo y coleando. Y casi sin camiseta. ¿Acaso quieres seducir a todas las damas?

–¿Qué haces aquí?

–Proteger a tu gente durante tu ausencia. De nada –dijo, y señaló el otro extremo del gran salón–. Contempla.

Lazarus se dio la vuelta y vio a las amazonas suspendidas en el aire.

–Escaparon e intentaron dar un golpe –dijo Rathbone, sonriendo sin humor–. Su reina tiene planes para ti: convertirte en su esclavo mediante un matrimonio.

Lazarus apretó la empuñadura de sus dagas. «¿Esclavizarme a mí? ¡Morirá!».

–Ocuparán sitios bien visibles en mi Jardín del Horror Perpetuo al final del día –dijo. No le dio las gracias a Rathbone, porque habría sido como admitir que había necesitado su ayuda. No era cierto. Él podría haber recuperado su palacio sin problemas.

El miedo de las amazonas llenó el aire de un olor acre. Las mujeres lucharon colectivamente contra la sujeción de Rathbone... y fracasaron.

—Excelente. Entonces, me voy —dijo Rathbone, y se puso en pie—. Pero me temo que tengo que oír tu decisión. La guerra ha empezado. El hijo ha lanzado un ataque sorpresa contra uno de los hogares del padre, y todos aquellos que estaban en su interior han muerto o han sido capturados.

Una derrota siempre era difícil de aceptar, pero al principio de una guerra era devastadora. La motivación de los soldados se hundía.

—Está bien —dijo él—. Lucharé junto a Hades —dijo. Y lo haría por Cameo. «Solo llevo unas horas separado de ella, y ya la echo de menos como si hubiera perdido un miembro»—. Sin embargo, no voy a alterar mis planes. Voy a pasar un mes poniendo mi casa en orden —añadió. Recuperando a su mujer. Hasta que no pasara su noche con ella, sería un inútil.

—Eres necesario ahora.

—¿Y qué? Puede que la guerra haya empezado, pero no va a terminar pronto. Pon a tu mejor luchador al final, para asegurarte la victoria.

Rathbone frunció los labios, pero asintió.

—Creo que debo advertirte de una cosa: Hera ha escapado del Tartarus. La reina griega está libre.

Lazarus se puso tenso. Fuera del Tartarus, Hera era presa fácil. Por fin, la venganza estaba a su alcance.

—Antigua reina —dijo, con una calma asombrosa. No quería revelar nada.

—¿Vas a darle caza? —le preguntó Rathbone.

—Sabes que no puedo salir de los reinos de los espíritus —dijo él.

Rathbone ladeó la cabeza.

—¿Tú eres Lazarus, el hijo único del Monstruo?

—Sí.

—Pues, entonces, no sé tal cosa.

La gente sufría tragedias todos los días. Lloraban, sollozaban y, un día, al despertar, descubrían que su dolor se había mitigado misteriosamente. Cameo llevaba siglos sufriendo un dolor constante. Ahora, sin Lazarus, sufría aún más.

Solo llevaba dos días en casa, y ya lo echaba de menos como si le faltara un miembro.

En parte, quería olvidar a Lazarus, y se odiaba por ello. Lamentaba el horror de haber perdido la memoria durante tanto tiempo, y de haber perdido la paz que tendría sin ella. El único motivo por el que Tristeza le había permitido recordar era el de tener la seguridad de que ella no conociera la paz. Nunca.

Pero ¿importaba? Otra parte de sí misma solo quería volver con el guerrero.

Una noche. Solo una noche.

Una noche con él sería mejor que mil noches sin él, ¿no?

Cada vez que pensaba en volver, el demonio la amenazaba con hacerle perder la memoria, pese a la visión que había tenido.

«No puedo perder los recuerdos de Lazarus. Soy su mujer».

Necesitaba una distracción y, al recordar cómo había tratado a Lazarus Juliette la Erradicadora, supo lo que tenía que hacer.

Le envió un mensaje a su amiga Gwen, la arpía consorte de Sabin, el guardián de la Duda. Cuando le llegó la respuesta, sintió una descarga de impaciencia. Hizo una bolsa y metió en ella sus armas favoritas.

Mientras corría por el pasillo, oyó risas y vítores desde abajo, desde el salón.

Cuando Urban y Ever se habían reunido con sus frenéticos padres, y los ánimos se habían calmado, todos los que no estaban en el inframundo ayudando a Hades se habían puesto a celebrarlo con una fiesta, un karaoke malo y mucha bebida. Vino de ambrosía para los adultos, y zumos para los niños.

Como en todas las fiestas, Cameo se había quedado mirando a cierta distancia, porque no quería estropearle la alegría a los demás.

Fue hacia la habitación de Viola. Quería que la diosa la acompañara.

—La caja de Pandora está en juego. Repito. La caja de Pandora está en juego —dijo Torin, por los altavoces que había repartidos en el palacio—. No se trata de un simulacro. Danika ha pintado una nueva escena, y Keeley ha podido utilizar los artefactos para entrar en la oficina donde se guardaba la caja. Ya no está allí.

El ruido alegre de la fiesta cesó al instante. Cameo se quedó paralizada.

Danika era El Ojo que Todo lo Ve, y podía ver el cielo y el infierno, además del pasado y el futuro. Pintaba las cosas que veía.

Keeley trataba los dibujos de Danika como mapas y los utilizaba en conjunción con otros tres artefactos: la Jaula de la Compulsión, la Capa de la Invisibilidad y, por supuesto, la Vara Cortadora.

Se oyeron gritos desde distintas partes de la fortaleza.

—¿Tenemos la caja?
—¿Está dentro la Estrella de la Mañana?
—La caja no está en nuestra posesión, no —dijo Torin, y todo el mundo se puso a gruñir—. Se la han llevado. Las mujeres la están buscando, y la van a encontrar. No vengáis a mi puerta a repetirme las preguntas. Mis respuestas no van a cambiar. Os he dicho todo lo que sé.

Se oyeron murmullos desde la cocina, y a Cameo se le aceleró el corazón. ¿Quién tenía la caja? ¿La abriría? ¿Estaban todos destinados a morir?

Si sus días estaban contados, pensó con una sensación de urgencia, quería pasar una noche con Lazarus, quería el placer que él le había prometido.

Cuando los inmortales poseídos por los demonios de la caja de Pandora morían, sus espíritus terminaban dentro de un reino prisión. Baden, el antiguo guardián de Desconfianza, y Pandora, la antigua dueña de la caja, habían podido salir de allí solo convirtiéndose en esclavos de Hades. No, gracias.

El hecho de preguntarse lo que podía haber sido... fantaseando por no haber tenido a Lazarus dentro de ella... eso sí sería una verdadera tristeza.

Cameo había dejado a Lazarus con la esperanza de que él hallara la forma de entrar al mundo mortal. Se dio cuenta de que había sido un error. Un error que solo ella podía corregir.

Nuevo plan: «Encuentra a Juliette y lucha contra ella, y vuelve con Lazarus».

Se puso en movimiento y pasó junto a una habitación llena de perros del infierno. Baden se había casado con una mujer que adiestraba a perros del tamaño de un caballo. Los adiestraba, pero no los domesticaba.

Los perros tenían colmillos muy afilados, y miraron

a Cameo con desconfianza. Siguió caminando y, al torcer la esquina, se topó con William el Eterno Lascivo, el hijo de Hades.

Desde que la chica de la que estaba enamorado se había casado con otro, William se había vuelto loco. Según las mujeres de la casa, él era el motivo por el que Hades había perdido la primera batalla contra Lucifer.

Él la fulminó con la mirada. Tenía los ojos más azules que el mar.

—Mira por dónde vas, Tristeza.

—Claro. Y tú, vigila el tono de voz —le espetó ella—. ¿Por qué tienes esa cara? ¿Por qué no estás luchando por tu chica? El tiempo es corto, y...

Él se estremeció, y ella cerró los labios. Lazarus toleraba su voz, pero muy pocos tenían esa fuerza. Mientras estuviera allí, tenía que callar.

—El cobarde de su marido la ha escondido de mí —dijo él, y le dio un trago a una botella de whisky medio vacía. Se limpió los labios con el dorso de la mano y añadió—: ¿No te han dicho nunca que tienes la voz de la muerte?

—Sí, todo el mundo.

—Bueno, pues la tienes —respondió él, sin darse cuenta de que ella le había respondido afirmativamente—. Ahora, apártate de mi camino antes de que tenga que apartarte yo.

Pese a su amenaza, la rodeó al ver que ella se quedaba inmóvil.

La rozó con el hombro y, al sentir el dolor que emanaba de él, Tristeza se puso a ronronear de deleite.

A Cameo se le cayó una lágrima.

—William —dijo.

Él se estremeció, la ignoró y se marchó.

Ella siguió su camino, suspirando, y estuvo a punto de chocar con otro guerrero.

Sabin, el guardián de la Duda, la miró con cara de pocos amigos.

—Sé lo que estás pensando, y te prohíbo que te marches. Te necesitamos con nosotros para buscar la caja.

—¿Que me lo prohíbes? —inquirió ella, con indignación—. Dime que estás de broma.

El enorme guerrero de pelo negro, con los rasgos tan curtidos por la batalla como los de William, la irritó.

—Sabes que no tengo sentido del humor, Cam. Vamos —dijo él. La llevó por el pasillo y la obligó a entrar en su dormitorio—. Vamos a hablar de esto en privado.

La bella Gwen estaba frente a la cama sin hacer, mordiéndose el labio. Tenía el pelo pelirrojo y llevaba una diminuta camiseta de tirantes y unos pantalones cortos muy cortos, más cortos que cualquier prenda que Lazarus le hubiera dado a ella.

Sabin la señaló con un dedo acusador.

—Acabamos de recuperarte. Nosotros no…

Cameo le dio un puñetazo en la cara.

Al ver que a él se le movía la cabeza hacia un lado, violentamente, y le salía sangre del labio a Sabin, Gwen soltó una exclamación admirativa. La arpía adoraba a su marido, pero también adoraba el poder femenino.

En los cielos, Zeus había nombrado a Sabin general de su ejército. También a Lucien. Ellos mandaban, y ella tenía que obedecer. Y, en el mundo mortal, seguían mandando. ¡Pues ya no! Ella iba a tomar las riendas de su vida.

—Buen gancho. Has mejorado mucho, me has dejado impresionado —dijo él, frotándose el golpe con dos dedos–. Pero Juliette es un gran problema. No necesitamos más problemas ahora.

–Ha hecho daño a un amigo y lo va a pagar –replicó Cameo. Sin embargo, como sabía que Sabin se iba a poner como un basilisco si mencionaba su plan de volver con Lazarus, aunque solo fuera una noche, no dijo nada más.

–Un amigo. Te refieres a Lazarus, el hombre al que decapitó nuestro amigo. Por favor, dime que la mujer a la que he entrenado no es tan tonta como para eso.

A Cameo se le llenó la mente de dudas. «¿Y si Lazarus solo quiere estar contigo para castigar a Strider? ¿Y si se está acostando con otras? ¿Y si…?».

Ella alzó los brazos.

–Haz el favor de ponerle una mordaza a tu demonio. Ahora mismo.

–Lo siento –murmuró Sabin.

–Mira, sé que estás preocupado por mí, pero soy una mujer adulta –le dijo ella, dándole unas palmaditas en la mejilla–. Te quiero mucho, incluso cuando eres tan tonto. Y voy a volver enseguida.

Después de haber pasado una noche con Lazarus, perdida en un océano de pasión.

–Sí, pero ¿volverás entera?

–No te prometo nada.

–Si atacas a Juliette –le advirtió Gwen–, toda la familia Eagleshield se te echará encima.

–Sé cuáles son los riesgos, y no me importa.

Lazarus le había dicho a Urban que el mejor regalo que le podía hacer a una mujer que le gustara era la cabeza de un enemigo. Cameo iba a regalarle a él algo mucho mejor: las manos de Juliette.

Él vivía por la venganza, y ella se la regalaría.

–Cameo…

—Me voy, y es definitivo —dijo ella, y salió de la habitación.

Para su sorpresa, Viola la estaba esperando en el pasillo, vestida con un mono de cuero y preparada para la batalla. Princess Fluffikans bailoteaba entre sus tobillos.

—¿Todavía piensas ir a buscar a Juliette Eagleshield? —le preguntó Viola.

¿Cómo lo sabía ella?

Bueno, no hacía falta poder leer el pensamiento de los demás. Torin tenía micrófonos y cámaras de seguridad por todas partes. Además, conocía bien a Cameo. La había visto en sus momentos más bajos y la había ayudado a recoger los pedazos. Pese a que su relación había fracasado, él la quería, y quería lo mejor para ella. Supiera o no supiera que ella había pensado en hablar con Viola, había actuado en consecuencia.

—Sí...

Cameo se sobresaltó y no terminó la frase. Una mariposa acababa de entrar revoloteando en el pasillo y se posó sobre el hombro de la diosa. Una señal de desastre inminente.

O de éxito inminente, según Lazarus.

Respiró profundamente, y decidió que aquella señal, buena o mala, no tenía importancia. Lo que tenía importancia era su objetivo, y no podía echarse atrás.

Asintió.

—Sí, por supuesto que sí.

Capítulo 15

«Sé un monstruo al que teman los otros monstruos».
Verdades eternas para todos los hombres

Lazarus volvió al portal y envió a sus soldados a casa. Quería estar a solas con su locura.

El mundo mortal estaba a cinco pasos. Sus enemigos estaban allí. Cameo, también.

Llevaba tres días sin ella, y ya no lo soportaba más. La última vez que se habían separado, la separación le había hecho daño, pero se las había arreglado. En aquella última ocasión, no se las estaba arreglando. A cada segundo que pasaba estaba más sombrío.

No dejaba de pensar en lo que le había dicho Rathbone. ¿El guerrero pensaba que él podía pasar al otro lado del portal sin acabar en el vacío? ¿Por qué? ¿Cómo? Nada había cambiado. Él...

No, no era cierto. Habían cambiado muchas cosas. Su alianza con Hades. ¿Lo había fortalecido? El portal tiraba de él. ¿Por qué? La manzana que colgaba de su cuello... Tal vez hubiera un ser vivo atrapado dentro de él. ¿Otra fortaleza más? El espejo mágico. Como le había revelado varios futuros posibles a Cameo, se lo había llevado hasta allí. Tal vez tuviera el poder de reunirlo con su mujer, tal vez no.

Estaba lo suficientemente desesperado como para probar cualquier cosa.

Sin embargo, sus venas seguían llenándose de cristales. Muy pronto no podría seguir ocultándoles la transformación a los demás. Una cierta debilidad.

Por otro lado, si terminaba en el vacío, perdería un tiempo precioso. Otro inmortal podría conquistar su reino y robar su ejército y, cuando él regresara, tendría que perder aún más tiempo luchando contra el nuevo rey.

De todos modos, si terminaba en el mundo de los mortales, tendría que renunciar a su ejército.

Se mordió la lengua hasta que notó el sabor metálico de la sangre. En ese caso, tendría que casarse con alguna reina más pronto que tarde, porque no habría una forma más rápida de recuperar el poder perdido.

¿Merecía la pena correr un riesgo tan grande por conseguir una oportunidad de venganza? No. Podía esperar, tal y como siempre había pensado, a que Hera y Juliette murieran y terminaran en los reinos de los espíritus.

Inmortales muy poderosos morían todos los días. Él mismo era la prueba.

¿Y Cameo? ¿Valía la pena correr el riesgo, teniendo en cuenta que no podía quedarse con ella para siempre?

No tuvo necesidad de reflexionar sobre la respuesta. Sí. Por Cameo valía la pena correr cualquier riesgo. Resultaba irónico: ella era la guardiana de Tristeza, pero solo ella podía hacerle feliz.

Lazarus agarró el espejo con una mano, metió la

otra en su mochila y sacó un corazón de amazona recién extraído.

Cameo y Viola entraron en el club Downfall codo con codo. Aquel bar para inmortales estaba situado en el tercer nivel de los cielos, donde a menudo chocaban el bien y el mal. Los propietarios eran tres Enviados. Las paredes y el suelo eran de finas nubes blancas, y eso permitía a los clientes admirar el cielo negro y las estrellas brillantes más allá del edificio y por debajo de él. Era un fenómeno asombroso, ya que aquellas nubes eran sólidas al tacto.

Olía a licor, a sexo y a perfume. Habían intensificado el calor, ya fuera para fomentar la ingesta de bebidas o para que la gente se desnudara. Probablemente, las dos cosas.

Cameo vio los espejos del techo y gruñó. Cada demonio tenía una serie de defectos, y mirarse en todos los espejos era uno de los de Narcisismo. Cada vez que Viola veía su propio reflejo, se quedaba obnubilada. Cualquiera podría atacarla y ella no se daría cuenta, no reaccionaría hasta que fuera demasiado tarde.

—No mires hacia arriba —le dijo Cameo—. Por favor.

—¿Por qué? —preguntó la diosa, e intentó mirar hacia arriba.

Cameo le pellizcó la barbilla y la miró a los ojos.

—Hazme caso.

—Hay un espejo, ¿verdad? —preguntó la diosa, y se mordió el labio—. No creo que pase nada por echar una miradita… soy tan guapa…

—Claro, mírate. Vuélvete vulnerable para todos los del club. Te convertirías en una piñata para inmortales. ¡El sueño de cualquiera!

Viola se estremeció.

–Está bien, está bien. Nada de miraditas. Hemos venido a ligarnos a un tío bueno y…

–¡No! A buscar a Juliette, la arpía. Nada de tíos buenos.

Además, nadie podía tentarla. Siempre compararía a cualquiera con Lazarus, y Lazarus no tenía comparación.

Viola movió las cejas al ver a un cambiaformas oso.

–Bueno, ¿ni un solo tío bueno? –preguntó. Fluffy estaba sentado a sus pies, gruñendo a todos los que pasaban a su lado–. Tengo ganas de distraerme un poco.

–No, ni uno solo –respondió Cameo.

Un desconocido la miró, apartó la mirada y, después, con un sobresalto, volvió a mirarla. Se pasó la lengua por los labios como si estuviera saboreando sus besos.

En realidad, no la deseaba. Desde el día anterior, cuando había tomado la determinación de pasar una noche con Lazarus, el deseo había empezado a brillar en su interior. Y, en aquel momento, estaba irradiando aquel deseo, además de la tristeza. Los hombres con los que se había cruzado habían respondido con entusiasmo.

Cuando aquel caminó hacia ella con una gracilidad que lo identificaba como vampiro, ella alzó una daga a modo de advertencia. Él sonrió con deleite, mostrándole los colmillos, y siguió caminando.

Ella dijo:

–¿Te apetece mantener una conversación sobre cosas profundas e importantes?

Cuando su voz le llegó, por encima de la música, él se estremeció y se alejó.

–Ya me parecía a mí –murmuró ella, disimulando

su dolor con una expresión de indiferencia. «Soy un repelente de hombres».

Tristeza se echó a reír.

«Seguro que Lazarus está contento de haberse librado de ti».

Ella tuvo que contener un grito de consternación. Al demonio le encantaba hacerle comentarios que ella no podía rebatir. ¿Se alegraría Lazarus de verla, o se daría cuenta de que estaba mejor sin ella?

Cameo hizo todo lo posible por bloquear los comentarios de Tristeza y miró a su alrededor. Había una banda tocando en el escenario de la esquina y, en la pista de baile, varones y féminas de todas las razas inmortales bailaban con una armonía viciosa. Muchos camareros atendían las peticiones de la barra, que estaba atestada.

Uno de los camareros, un hombre muy guapo con el pelo teñido de rosa, dejó caer un vaso al ver a Viola. Se quedó muy pálido.

–¿Lo conoces? –le preguntó Cameo a su amiga. El hombre tenía un aspecto inconfundible: Llevaba unas lágrimas de sangre tatuadas en las comisuras de los ojos, y un piercing de un anillo de acero en el labio inferior.

–Yo no diría que lo conozco. Diría que una vez lo destrocé –dijo Viola. Su tono de voz era de ligereza, pero tenía una mirada atormentada–. Seguro que no me guarda rencor.

Sin embargo, el camarero salió corriendo por una puerta trasera y desapareció. A los pocos segundos apareció otro hombre. Tenía unas alas de color blanco y dorado que se arqueaban por encima de sus hombros. Era un Enviado. Ella no lo conocía, pero, a juzgar por su pelo blanco, su piel de alabastro llena de cicatrices y por sus ojos rojos, se trataba de Xerxes. Era uno de los dueños del club.

Al ver a Viola, entrecerró los ojos.

–¿Lo conoces?

–No, por supuesto que no –dijo Viola, y se agachó para acariciarle las orejas a Fluffy–. Bueno, ¿qué estaba diciendo yo? Seguro que estabas atenta a cada una de mis palabras.

Cameo observó con temor mientras Xerxes buscaba a alguien con la mirada por todo el local, hasta que asintió casi imperceptiblemente a…

A otro Enviado que se abrió paso entre la multitud para dirigirse directamente hacia Viola. Cameo se quedó mirándolo con asombro. Parecía… Pero no podía ser… Tenía el pelo negro, los ojos de un azul intenso como el mar y unos rasgos que solo aparecían en las fantasías femeninas… Era exactamente igual que William.

No podían ser gemelos. Aquel parecía más joven y menos curtido por la vida. Además, tenía dos maravillosas alas blancas y doradas.

No era posible que William tuviera parentesco con un Enviado.

Se detuvo delante de Viola y sonrió exactamente igual que William, como un pecador.

–Hola, señoras. Soy Axel, el hombre de sus sueños.

Algo que William podría haber dicho.

Cameo lo saludó con un asentimiento. Aunque quería inundarlo a preguntas, no tenía ningún motivo para estropearle la noche.

–En realidad –dijo –, yo misma soy la mujer de mis sueños, y estoy feliz en una relación conmigo misma.

–Eso es muy interesante –dijo él. Le ofreció un brazo y ella lo tomó sin dudar, como si la admiración de aquel hombre fuera lo más normal del mundo–. Cuéntame más.

–Pues prepárate para quedar maravillado.

Los dos se alejaron, y su conversación quedó pronto ensordecida por la música. Pues vaya una ayudante.

–Viola –le dijo ella–. Es peligroso marcharse con desconocidos. No deberías...

Sin mirar atrás, la diosa le hizo un gesto con los pulgares hacia arriba. La gente que estaba a su alrededor empezó a llorar.

Cameo hizo girar los hombros. No iba a perseguir a su amiga como si fuera incapaz de defenderse. Viola no pondría en juego su propia seguridad.

Por su parte, ella se puso a buscar a su presa. Gracias a Gwen, sabía que Juliette estaría allí.

Y... vaya, había olvidado lo bella que era. Era alta y tenía el pelo oscuro y los ojos de color lavanda. Cualquier hombre podría embriagarse mirando aquellos ojos.

La arpía se tomó un chupito, alzó los brazos y gritó.

Llevaba una camiseta de tirantes de color morado y una minifalda, y aquella ropa dejaba a la vista los tatuajes de sus piernas. Eran símbolos que se entrelazaban en varios lugares de su piel y creaban la ilusión óptica de que sus piernas estaban cubiertas por un delicado encaje.

Cuando Juliette echó la cabeza hacia atrás y soltó una carcajada, Cameo sintió una punzada de envidia.

«¿Por qué iba a desearte Lazarus a ti, que eres una aguafiestas, y no a ella, que es alegre?

Cameo alzó la barbilla. La respuesta no tenía importancia. Juliette le había cortado las manos a Lazarus más de una vez y, aquel día, Cameo se las cortaría a ella.

Se dirigió a la arpía decididamente.

Xerxes se interpuso en su camino.

—Las peleas están prohibidas en el local —dijo. Sus ojos rojos relucían, tan desasosegantes como de costumbre. De cerca, sus cicatrices contrastaban marcadamente con la palidez de su piel, y era muy evidente que se trataban de marcas de garras.

No podía evitarlo. Tenía que hablar.

—¿Cómo sabes que quiero luchar?

Él se estremeció ligeramente y señaló su mano.

—Llevas una daga.

¿Sí? Oh, vaya. No recordaba haberla tomado.

Enfundó el arma.

—¿Satisfecho?

—No —dijo él. Y, moviéndose con una velocidad que ella no podía igualar, la despojó de aquella daga y de su gemela.

No importaba. Ella misma era un arma de pies a cabeza.

—Yo te las guardo hasta que te marches —le dijo él—. Así no tendrás tentaciones.

—Muy bien, pero que te quede clara una cosa: te voy a clavar esas dagas en los ojos si tus amigos o tú le hacéis daño a Viola.

Él se quedó sorprendido.

—No, no va a sufrir ningún daño.

Ella lo creyó. Los Enviados no podían mentir.

—Ni tú tampoco —añadió él—. A no ser que causes problemas aquí.

Entonces, se alejó entre la multitud.

Bueno. Pues había llegado el momento de causar problemas.

Por fin, llegó junto a las arpías. Con una voz llena de dolor y desesperanza, dijo:

—Juliette la Erradicadora.

Juliette se encogió, pero, rápidamente, enarcó una de sus cejas oscuras.

—Cameo, Madre de la Melancolía. Te sugiero que te vayas por ahí. Tu amigo mató a mi consorte.

—No era tu consorte. Era tu esclavo. ¿Y por qué me voy a ir? Lo que voy a hacer es fregar el suelo con tu cara.

La arpía se puso tensa, aunque se le habían llenado los ojos de lágrimas. En realidad, todas las arpías de la mesa se pusieron tensas. En total, eran seis, así que había seis pares de ojos llenos de lágrimas y de rabia clavados en ella. Buen comienzo.

—Vaya, parece que ahora que luchas con Hades tienes agallas. Pero estamos en distintos bandos, y tú crees que él puede protegerte. Pues no, no puede. No te confundas, te arrancaré los miembros y se los enviaré por correo a tu familia.

Los inmortales oyeron aquellas palabras y se arremolinaron alrededor de la mesa para presenciar la pelea. La música cesó de repente, y se hizo el silencio. La gente empezó a cuchichear.

—¿Lo estás grabando?

—¿No es esa Cameo, la guardiana de Tristeza? Cinco pavos a que estamos a punto de saber si la sangre es su mejor color.

—Yo vi una vez a Juliette sacarle la espina dorsal a un hombre por la boca. Cameo lo lleva claro.

¿Todo el mundo pensaba que la arpía iba a vencerla? Vaya. Aquello sí que era doloroso.

«Tu derrota será una humillación», le dijo Tristeza, y se echó a reír.

La tristeza estuvo a punto de ahogarla. ¡No! Allí, no. No en aquel momento. «Puedo hacerlo, y voy a hacerlo». Si controlaba sus pensamientos, controlaría sus emociones.

Tres Enviados llegaron hasta ellas después de apartar a la gente sin miramientos.

¿Nada de peleas en el local?

—Hipócritas —murmuró ella.

Bjorn tenía el pelo oscuro, la piel bronceada y los ojos de todos los colores del arco iris. Thane tenía el pelo rubio, lleno de rizos inocentes, pero en sus ojos azules había un brillo duro. Los tres irradiaban malicia. Se cruzaron de brazos y esperaron, como si desafiaran a Cameo y a Juliette a que alguna de las dos fuera la primera en asestar un golpe.

Cameo se mantuvo firme.

—Le hiciste daño a Lazarus —dijo, mirando a Juliette—. Ahora, yo te voy a hacer daño a ti.

La arpía entrecerró los ojos.

—Lazarus es mi consorte, en la vida y en la muerte. ¡Mío! Él no es nada para ti.

—¿Estás segura? Pues acabo de pasar una semana con él.

La arpía empezó a temblar de furia.

—¿Lo has encontrado en los reinos de los espíritus?

—Lo he encontrado... y lo he besado.

—¿Cómo? —gritó Juliette, y se abalanzó sobre ella.

Antes de que la arpía pudiera alcanzar a Cameo, algo negro chocó con ella y la lanzó hacia atrás. Cameo se dio cuenta de que era Fluffy. Le clavó las garras en la cara a Juliette, que gritó de dolor.

La gente se atemorizó y retrocedió. Alguien debió de pisar a alguien, porque se produjo una pelea. Los Enviados se pusieron en acción para detener lo peor de la violencia.

Una de las amigas de Juliette sacó un fino bastón de plata de su manga y lo blandió hacia Cameo. Ella, con buenos reflejos, lo agarró del extremo y, al mismo tiempo, lanzó un puñetazo que le rompió el pómulo a la arpía.

Viola apareció en una nube de humo rojo. Ya no tenía un aspecto angélico, sino demoníaco. Le habían crecido dos cuernos en la cabeza y tenía escamas rojas en vez de piel. Los ojos le resplandecían como dos rubíes radiactivos. Los colmillos y las uñas se le habían prolongado y resultaban letales. Emanaba un olor a azufre.

La diosa le cortó el cuello a la oponente de Cameo como si fuera de mantequilla. Hubo salpicaduras de sangre. La arpía se agarró los tejidos rasgados e intentó tomar aire, pero no podía.

Los Enviados dedicaron sus esfuerzos a Viola, pero no consiguieron detenerla. Era demasiado fuerte. Se abrió paso entre las arpías, lanzando zarpazos a todo aquel que estaba a su alcance. La mesa se cayó y los vasos se hicieron añicos.

Cameo aprovechó la oportunidad para atacar a Juliette, que todavía no había conseguido librarse del demonio de Tasmania. Pateó a la arpía en el estómago hasta que Juliette se inclinó hacia delante entre náuseas.

Fluffy la soltó, pero se llevó un pedazo de su oreja.

Cameo le dio una bofetada con el dorso de la mano en la mejilla ensangrentada y la lanzó contra la multitud.

Juliette, entre jadeos, empujó a otra mujer hacia Cameo, una sirena, y las derribó a las dos. Mientras trataban de levantarse, la arpía tomó un pedazo de cristal y saltó hacia Cameo.

El impacto volvió a empujar a Cameo hacia atrás. Cuando se golpeó con una mesa, Juliette le lanzó dos cuchilladas con el fragmento de cristal. Cameo consiguió esquivar ambos golpes. Tropezó con una silla, pero consiguió agarrar con fuerza a la arpía por la muñeca, evitando así que la desmembrara.

De repente, un brazo musculoso rodeó a la arpía por la cintura y tiró de ella, apartándola de Cameo.

—¡Suéltame! —gritó Juliette, forcejeando.

Thane no dijo una palabra. Se la llevó hacia un balcón, abrió las alas y salió volando hacia el cielo.

Aunque Cameo saltó para intentar alcanzarlos, sabía que no podía seguirlos. También a ella la sujetó alguien con un brazo musculoso, que estaba lleno de cicatrices. Xerxes. Bjorn, por su parte, había agarrado a Viola mientras Fluffy le atacaba los tobillos hecho una furia.

—Si no respetas nuestras reglas —dijo Xerxes—, conocerás nuestra ira.

—Si le haces el más mínimo daño —respondió alguien de voz masculina—, morirás.

A Cameo se le aceleró el corazón. El resto de su ser quedó inmóvil, vibrando de impaciencia.

Oh, sí. La gente se apartó, y Lazarus, con una expresión feroz, apareció ante ellos.

Capítulo 16

«Si haces algo fácil para ti mismo, se lo pones fácil también a tu enemigo. Por lo tanto, hazlo difícil. O, mejor aún, hazlo duro. Muy duro».

Verdades eternas para todos los hombres

El hombre que estaba sujetando a Viola se la entregó a un Enviado llamado McCadden como si fuera un saco de patatas. El camarero de pelo rosa la sujetó con fuerza y salió corriendo del local.

Sin alas, no podía salir del edificio, a menos que tuviera la capacidad de teletransportarse.

Justo antes de que McCadden torciera la esquina que llevaba a un pasillo de oficinas, Viola miró a Cameo. La bella muchacha había dejado de mirar a Lazarus para buscarla a ella con la mirada. Eso era una hazaña que requería fortaleza, teniendo en cuenta que el impresionante Lazarus había sido decapitado y que, sin embargo, en aquel momento, caminaba entre los vivos.

¿Acaso quería que ella la rescatara? Qué dulce.

«¿Habré conseguido hacer una verdadera amiga?».

Viola cabeceó, diciéndole a Cameo en silencio que

no lo hiciera, que iba a estar perfectamente. Estaba en deuda con McCadden y, por una vez, iba a pagar su deuda. Se enfrentaría a su ira en vez de usar su habilidad de desvanecerse. Porque… ¡Porque sí!

Cameo asintió.

Fluffy le mordió los talones a McCadden. Se negaba a perder de vista a su madre.

El Enviado la metió en una lujosa oficina. Entre los muebles había espacio suficiente como para que unas enormes alas pudieran pasar cómodamente. Él cerró la puerta de una patada, y ambos quedaron a solas.

Viola se zafó de su abrazo, se puso en pie y le dio la espalda, algo que no habría hecho normalmente. «No confío en nadie, salvo en mí misma». Bueno, y en Fluffy. Pero aquel hombre no iba a hacerle daño. Ella lo sabía.

Además, Fluffy la protegía. Se colocó a sus pies, mostrando los colmillos como advertencia.

–¿Sabes quién soy, diosa? –le preguntó McCadden, suavemente.

–Yo…

Narcisismo le borraba los recuerdos, como Tristeza a Cameo. Sin embargo, no borraba los buenos momentos para mantenerla atormentada a causa del arrepentimiento. Solo había borrado las cosas que ella había hecho para estropear la buenísima opinión que tenía sobre sí misma con el fin de mantener intacto su orgullo. Algo que ella había alabado una vez. «Si soy maravillosa, ¿por qué luchar contra ello?».

Tarde o temprano, el orgullo siempre llevaba a una caída muy dura.

Un día, Narcisismo se había dado cuenta de que la felicidad de Viola estropeaba la suya. Él solo se fortalecía cuando destrozaba a los demás. Disfrutaba de su poder solo cuando debilitaba a otros. Sentía que tenía el control solo cuando conseguía que otros perdieran el suyo. Y todo aquello incluía a su huésped.

Esa era la naturaleza de un demonio. De todos los demonios. Los demonios no eran algo que uno pudiera aceptar y aplacar. No eran peluches necesitados del amor de una buena mujer. Su maldad no podía utilizarse en provecho propio. Ellos destruían siempre. Devastaban, simple y llanamente. Y solo anhelaban más destrucción, más devastación.

A veces, cuando el último resto de orgullo de Viola se desvanecía, Narcisismo se debilitaba y se retiraba al fondo de su mente. En esos momentos, su presencia apenas era perceptible; ella recordaba las cosas que había hecho y dicho, y se le partía el corazón. Caía de rodillas y sollozaba, obligada a reconocer que, al ceder al mal, se había vuelto mala.

Sin embargo, el demonio siempre se recuperaba y el ciclo comenzaba de nuevo. Reconstruir a Viola, destruir a otros. Destruirla a ella. Una angustia que podía competir con la de Cameo. El renacer del orgullo.

Esta era una de aquellas veces en las que ella quería caer de rodillas y sollozar. Aunque, por supuesto, no iba a hacerlo en público, y menos si McCadden estaba presente. Aquel necio haría todo lo que estuviera en su mano para consolarla.

Y ella no merecía ningún consuelo.

–Sí –dijo–. Lo sé.

–Me alegro.

–No te alegres –replicó ella, intentando controlar su temblor–. Ya te he demostrado que soy tu desgracia.

Él no respondió, y ella se puso a caminar por el despacho. Era una estancia muy espaciosa con el techo abovedado, con estanterías enmarcadas en oro y con columnas talladas en forma de diferentes inmortales. Reconoció a Thane, a Bjorn y a Xerxes, pero no a una mujer a la que parecía que estaban devorando las llamas.

Obviamente, era una mujer fénix... ¿la esposa de Thane? Sí, sí, por supuesto. Se decía que el Enviado más angélico de todos estaba completamente enamorado de su feroz Elin. ¿Por qué no iba a erigir una estatua en su honor?

«Oh, ser amada de tal manera...».

«Yo te quiero así», le dijo el demonio.

¡Mentiroso!

—Lo que me has demostrado es que puedes ser mi caída —dijo McCadden, con la voz muy suave.

Lo había dicho literalmente. Él había renunciado a su lugar entre los Enviados, había permitido que le cortaran las alas de la espalda, había perdido su puesto en el ejército, había perdido su hogar, que le había sido asignado a otro... Y todo por tener la oportunidad de estar con ella.

Narcisismo se había alimentado de su adoración. Después de todo, los Enviados eran su aperitivo favorito, tal vez porque llevaban un pedazo de Amor en el corazón, un don heredado de su elevado linaje. Eran hijos de la Verdadera y Única Deidad, un ser más poderoso que los griegos, los titanes y que cualquier otra raza de inmortales. Los demonios despreciaban a la Verdadera y Única Deidad y a sus seguidores, y su mayor alegría era destruirlos.

Narcisismo utilizaba a Viola para hacer el trabajo sucio.

Ella era la diosa de la Otra Vida, y podía succionar la fuerza vital de cualquiera. Solo necesitaba que le dieran permiso, consciente o inconscientemente.

La noche que había conocido a McCadden, había notado que era presa fácil. Su familia lo había rechazado por un motivo que ella no había querido escuchar, y él estaba ansioso por recibir afecto. Ella le había sonreído con todo su encanto y, a las pocas semanas, él le había entregado toda su fuerza vital en bandeja de plata. Viola había alimentado a Fluffy con ella, y lo había mantenido con vida uno o dos siglos más.

«No me voy a sentir culpable, no me voy a sentir culpable, no me voy a sentir culpable».

Después, había dejado a McCadden abandonado a su suerte, con la seguridad de que no iba a volver a hablar con él.

«¿Cómo puede mirarme con tanta bondad?».

—Yo todavía te quiero —le dijo él.

Ella cabeceó con vehemencia.

—No puedes. Te sentencié a vivir en el infierno.

Él se dio un golpe con el puño en el pecho.

—Yo sé lo que siento.

A ella empezaron a arderle los ojos.

«No voy a llorar. Aquí, no».

—Los sentimientos cambian —susurró—. Además, mira adónde te han traído los tuyos.

Tuvo ganas de gritarle que se protegiera a sí mismo para no sufrir más. Ella solo iba a hacer lo que fuera mejor para sí misma y para su mascota y, por lo tanto, para el demonio.

Llevaba tanto tiempo sirviendo a Narcisismo, que él la había encadenado con unas cadenas invisibles. Ella era de su propiedad.

Así funcionaba el mal.

Al principio, la oscuridad del demonio solo era una semilla diminuta. Sin embargo, cuanta más atención le prestaba, cuanto más la regaba, más fuerte se hacía. Al final, había enraizado con fuerza en lo más profundo de su ser, y sus ramas y hojas no dejaban pasar la luz.

—Mi hermano ha jurado que te encontraría y que te quitaría lo que me robaste —dijo él.

—No queda nada —dijo ella.

Y era la verdad. Fluffy era mortal y, muy pronto, necesitaría otra infusión de poder. Viola iría a cazar otro Enviado. Cualquier inmortal podía valer, pero, eh, ¿por qué no matar dos pájaros de un tiro? Salvar a Fluffy y aplacar a Narcisismo.

Además, los Enviados tenían la fuerza vital más pura de todas.

—Siento darte una mala noticia, pero si tu hermano decide enfrentarse a mí, le haré a él lo mismo que te hice a ti.

«No puedo perder a mi niño. No puedo». Fluffy se había convertido en su mejor amigo, en su único consuelo... en su familia. Su familia con colmillos, llena de genio y de felicidad y excesivamente protectora.

Viola sabía que iba a odiarse a sí misma por hacerle daño a otro inmortal y que, seguramente, lloraría, pero haría lo que tenía que hacer sin vacilación.

McCadden apretó los puños, y ella se dio cuenta de que estaban empezando a crecerle garras de las uñas. Había comenzado su transformación. A menudo, los Enviados caídos del cielo se convertían en seres muy parecidos a los demonios a los que antiguamente daban caza.

—Mi hermano se llama Brochan —continuó él, como si ella no hubiera hablado—. Es... Era el mejor asesino de demonios de la historia. Ha acabado con hordas enteras. Es un ángel caído, sí, pero todavía tiene las alas. Escapó de los cielos antes de que pudieran cortárselas —dijo, en un tono lleno de envidia. Entonces, echaba de menos las alas. Ella no podía permitirse el lujo de sentirse culpable–. El mal lo ha infectado. Lo ha retorcido. Lo ha convertido... en un monstruo.

Caído... con alas... retorcido...

Monstruo.

Tenía que ser la sombra que la perseguía. El que la había llamado «repudiada».

Durante unos segundos, se le paró el corazón. Al menos, ahora sabía lo que aquella bestia de piel azul y ojos plateados pensaba hacer con ella: destruirla. Castigarla por los crímenes que había cometido contra su hermano.

Pero ¿por qué no la había golpeado ya? Había tenido muchas oportunidades y, sin embargo, se había limitado a darle advertencias.

Tal vez quisiera crear un falso sentimiento de seguridad en ella. Tal vez hubiera pensado hacerle a ella lo mismo que ella le había hecho a su hermano: obligarla a que le cediera el corazón, dejándola sin nada.

Debería sentir temor, pero lo que sentía era impaciencia por la batalla que se avecinaba.

–Si te quedas aquí –le dijo McCadden–, yo te protegeré de mi hermano. Y los demás, también. Lo han prometido.

«Vamos, rómpele el corazón de una vez por todas. Acaba con él, para que deje de cuidarte a ti y empiece a cuidarse a sí mismo».

–Los demás son tontos –le dijo ella. Al fin, lo miró a los ojos, pero endureció la expresión–. Pero tú eres peor aún. Quieres proteger a quien te hirió, al ser que te volverá a hacer daño, y les has pedido a tus amigos que hagan lo mismo.

«Sé cruel para ser buena». Era un lema tan engañoso como el demonio, pero era su lema.

—No lo dices en serio.

—Tú no eres el primer hombre que se enamora de mí, ni serás el último. Al menos, los demás tuvieron las pelotas de odiarme después. Te sugiero que hagas lo mismo antes de que te quite más hombría.

Él se echó a temblar... o empezó a vibrar de rabia. Dio un paso hacia ella, con agresividad, pero, en aquel momento, se abrió la puerta del despacho y entró la bestia, Brochan. Aterrizó entre ellos dos, mirando a Viola.

Fluffy rugió. Su cuerpecillo vibraba de furia.

Nunca había estado tan cerca de su acosador, solo lo había visto de lejos, a diferentes alturas. Allí, en un suelo llano, él se alzaba sobre ella como una fortaleza de músculos y hostilidad. Abrió las alas, que se extendieron de pared a pared. Tenía las puntas negras llenas de sangre y cenizas. Su rostro... Antes, ella pensaba que estaba entre lo grotesco y lo exquisito. Ahora lo sabía con certeza: era magnífico. Tenía las pestañas tan largas que se curvaban en los extremos. ¡Y pecas! Tenía tres pecas debajo del ojo izquierdo. Su barbilla tenía una hendidura adorable, que era, básicamente, una señal que decía «Lame aquí». Narcisismo comenzó a preguntarse si hacer que una criatura tan poderosa se enamorara de ella resultaría ser su mayor logro. Viola sintió las primeras chispas del pánico en el pecho.

Brochan estiró un dedo con una zarpa y la señaló.

—Repudiada.

McCadden agarró a su hermano por el hombro, pero Brochan se lo sacudió con facilidad y avanzó hacia ella.

Con el corazón golpeándole las costillas, Viola tomó en brazos a Fluffy y se desvaneció. Se retiró, aunque se hubiera jurado a sí misma que no iba a hacerlo.

Pero necesitaba tiempo para pensar cuál iba a ser su próximo movimiento.

Lazarus se esforzó por controlar su rabia, su estupefacción y su excitación.

Por fin, Cameo estaba a su alcance y, sin embargo, otro hombre se había atrevido a ponerle las manos encima. El sentimiento de posesión lo consumió, y notó que le ardían las venas mientras se le formaban nuevos cristales.

Decidió lidiar con la estupefacción en primer lugar. No quería obstáculos en el camino hacia su premio. Su mujer, y la muerte del Enviado que la sujetaba.

Lo había conseguido. Había entrado en el mundo de los mortales.

Al entrar en el portal, había experimentado una privación sensorial absoluta y había pensado que había perdido su apuesta. Aquel pensamiento había despertado a su monstruo interior; le habían crecido los colmillos y garras, y los cristales de sus venas habían empezado a palpitar. Sin embargo, mientras sus venas palpitaban, las luces habían empezado a vibrar y a hacerse borrosas. Segundos después, había caído hacia abajo y había aterrizado en un campo de flores silvestres. No había nadie alrededor, ni espíritu, ni humano, ni inmortal.

Con cautela, sin atreverse a albergar ninguna esperanza, había ido a una casa que él mismo había construido y escondido hacía siglos, situada en una isla de uno de los archipiélagos que había al sur de Nueva Zelanda. Un lugar al que no había podido acceder desde los reinos del espíritu.

Al ver su cabaña, cayó de rodillas al suelo. Sí, la

madera se había podrido y, sí, el tiempo y la vida silvestre habían dejado su huella, pero ¿qué importaba? Él estaba vivo. ¡Vivía después de haber sido decapitado! Su padre tenía razón. Viviría para siempre. No estaba seguro de cómo ni de por qué, exactamente, pero sospechaba que los cristales eran el catalizador. La forma en que habían palpitado...

No, era imposible. Los cristales eran su condena. Ellos no lo fortalecían; lo debilitaban, y un hombre débil no sobrevivía a nada. Sus movimientos ya eran más lentos que de costumbre, y su rango, más limitado.

Él había pensado: «Busca y seduce a Cameo. Mata a Juliette y a Hera antes de que sea demasiado tarde». Se había hecho invisible y había ido a Budapest. Había recorrido la casa de Cameo, una verdadera fortaleza, sin dejar de ser invisible para los ocupantes. Después de leer una mente o doce, descubrió que ella se había marchado muy temprano esa mañana. Entonces, él había escondido el espejo mágico en el dormitorio de Cameo y se había puesto en camino hacia una cacería propia.

Oyó unos murmullos que lo devolvieron al presente.

–Oye, ¿ese no es Lazarus el Cruel e Insólito?

–¡Tío! ¿No decían que le habían cortado la cabeza?

Lazarus tomó aire. Los olores allí eran mucho más fuertes que en los reinos de los espíritus. Detectaba notas de alcohol y ambrosía, una mezcla asfixiante de perfumes inmortales, el olor de la madera, el acero y el mortero utilizados para construir el club, y un aluvión de otras cosas que no podía identificar. Sin embargo, había tres cosas que sobresalían por encima del resto: rosas, bergamota y azahar.

Se endureció. Su erección se tensó contra la bragueta de su pantalón de cuero.

Su mirada se encontró con la de Cameo, y el resto del mundo desapareció. Allí estaba, la obsesión responsable de su dolor... y su placer. Solo habían pasado unos días, pero su belleza lo asombraba de nuevo como si la estuviera viendo por primera vez. Llevaba el pelo negro recogido en una cola de caballo alta que se balanceaba hacia delante y hacia atrás. Sus ojos de plata líquida ardían de dolor, sí, pero también de calor.

Ella lo atraía, sí, pero él también la atraía a ella. Al menos, estaban juntos en aquel lío. Sus labios de color rubí se suavizaron, como si estuviera preparándose para recibir su beso. «Ten la seguridad de que te besaré tan pronto como estemos solos, cariño. Y entonces, me cobraré mi recompensa...».

Mientras su cuerpo vibraba de necesidad, proyectó su mente hacia ella, cortándoles el paso a todos los demás. Si percibía demasiados pensamientos a la vez, podría quedar incapacitado. Ella tenía erigida su barrera mental.

¿Acaso Tristeza le había borrado los recuerdos?

Lazarus dio un paso hacia delante, preparado para la guerra. Dos cambiaformas de oso reaccionaron ante su agresiva actitud, se pusieron en su camino y gruñeron. Lazarus agarró a uno por la muñeca y tiró antes de que pudiera golpearlo, y lo hizo girar de modo que la espalda del bruto quedó contra su pecho, creando un escudo. El gemelo acabó golpeando a su propio hermano.

Mientras el que estaba en sus brazos caía al suelo inconsciente, Lazarus golpeó en la mandíbula al otro cambiaformas. Cuando cayó, Lazarus pasó por encima de él y siguió caminando hacia su mujer.

El Enviado soltó a Cameo, y ella corrió sin vacilar a través de la multitud, y de un grupo de arpías, para ponerse delante de él. Así pues, lo recordaba, y Lazarus sintió un gran alivio.

—Estás aquí, y estás vivo —susurró ella, y extendió una mano temblorosa para acariciarle la mandíbula con las yemas de los dedos. Aquella simple caricia lo conmovió; las sensaciones eran mucho más intensas ahora que tenía un cuerpo físico. El calor de su piel, su incomparable suavidad...

«No puedo separarme de ella. Nunca».

«¡Pero debo hacerlo!».

—Eres tangible para mí en el reino de los mortales y... —Cameo jadeó y se alejó de él—. ¿Estás lleno de electricidad? Me has causado un cosquilleo por todo el cuerpo.

¿Electricidad?

—El magnetismo animal es muy fuerte entre nosotros —dijo él—. ¿Te ha hecho daño alguien?

—No, yo era la que estaba haciendo daño hasta que los Enviados me aguaron la fiesta.

Hablaba en voz tan baja, que él tuvo que agudizar el oído para poder escucharla. Alguien... Seguramente, muchas personas, habían hecho que se sintiera mal por su voz. ¿Acaso nadie tenía ya agallas?

Él la tomó de la mano y estuvo a punto de estremecerse de placer. Su conexión era perfecta...

De nuevo, ella volvió a separarse de él, sobresaltada. Se frotó la palma de la mano como si la hubiera quemado.

¿El cosquilleo le resultaba doloroso?

¿Qué demonios podía ser?

La caja de Pandora. La llevaba colgada del cuello, oculta bajo la ropa, pegada a la piel. ¿Cómo podía habérsele olvidado? ¿Estaba utilizándolo a él como conductor el poder de la caja?

Se sintió culpable. Aquella mujer, su mujer, llevaba siglos buscando la caja de Pandora. Él tenía pensado utilizarla para atraer a Cameo a su reino, pero nunca dársela. Era demasiado arriesgado.

Sus amigos querían destruir la caja. Y, seguramente, Cameo también. ¿Qué ocurriría si la Estrella de la Mañana escapaba? ¿Se apropiaría alguien del poder de aquella criatura y, quizá, lo usaría contra Cameo? ¿Y si los Señores decidían ocultar la caja y Tristeza lograba convencer a Cameo de que se quitara la vida y asesinara a sus seres queridos?

Sí, demasiado arriesgado. Y demasiados interrogantes. Él no iba a mencionarle que tenía la caja.

Debería haberla dejado con el espejo, pero temía que los Señores notaran su presencia en la fortaleza, no se dieran cuenta de lo que era y la abrieran.

«Debo protegerla». Creó una ilusión. Cualquiera que lo mirara, vería a un hombre y una mujer separados unos cuantos centímetros, con las cabezas juntas mientras hablaban. En la realidad, le rasgó el bajo de la camisa a Cameo.

–¿Qué haces? –le preguntó ella.

–Luego te lo explico –respondió él. Al menos, le daría una versión rebajada de la verdad. Se sacó un colgante en forma de manzana por el cuello de la camisa, lo envolvió en la tela y volvió a ocultarlo, impidiendo así que entrara en contacto con su piel.

–Muy bonito –dijo ella–. Nunca hubiera pensado que te gustaban las manzanitas.

–¿Por qué no? Es la fruta prohibida, la fruta del pecado original.

Se preparó para lo que pudiera ocurrir y le tendió la mano. Ella titubeó ligeramente antes de aceptar. Cuando la tomó, exhaló un suspiro de alivio.

–Mejor –dijo, asintiendo.

Él también suspiró de alivio. Desactivó la ilusión y se dirigió hacia el Enviado junto a Cameo. Aquel tipo tenía que entender que había cometido un error, y que podía enfrentarse a ciertas consecuencias.

–No vuelvas a tocarla jamás, ¿entendido?

El Enviado sonrió sin humor.

–Ten cuidado, guerrero. No me importaría nada enfrentarme a ti.

Cameo se puso entre ellos.

–Me encanta este enfrentamiento tan viril, pero tienes que saber una cosa, Lazarus: Juliette estaba aquí. Thane se la ha llevado. Si nos damos prisa, los alcanzaremos.

Juliette estaba cerca. La venganza estaba cerca, por fin. Lazarus sintió rabia. Era el momento de crear una nueva estatua para el Jardín del Horror Perpetuo. Juliette Eagleshield iba a tener un lugar de honor.

Sin embargo, lo primero era lo primero. Él había ido hasta allí en busca de Cameo, había desafiado al tiempo, al espacio y a la muerte para estar con ella. Antes, la venganza era su prioridad, pero, en aquel momento, el placer de su mujer era lo que más importancia tenía.

Iba a seguir su plan original. Pasaría una noche con ella y, después, iría a cazar a Juliette.

En primer lugar, necesitaba una habitación. Derribó las barreras mentales de los Enviados. El llamado Xerxes tenía la cabeza llena de imágenes de maltrato y tortura que había tenido que soportar durante su vida, una vida demasiado larga.

Lazarus apretó los dientes y siguió examinándolo hasta que llegó al plano del club.

El Enviado sintió su intrusión y lo empujó con una fuerza parecida a la que había demostrado Rathbone.

—No se te ocurra volver a hacerlo... —dijo Xerxes, con furia.

—La sexta habitación de invitados del ala oeste estará ocupada el resto de la noche —dijo Lazarus.

Entonces, le apretó la mano a Cameo y se la llevó.

Cuando dejaron atrás la zona pública, quedó claro que todo el edificio estaba diseñado para confundir a los intrusos. Había guardias armados por los pasillos y delante de algunas puertas en concreto, pero ninguno hizo un movimiento contra ellos. Los Enviados podían comunicarse por telepatía, y Xerxes debía de haber transmitido sus bendiciones. Seguramente, porque ellos eran aliados de Hades y, por lo tanto, de los Enviados.

Cuando Lazarus llegó a su destino, abrió la puerta y le cedió el paso a Cameo. Ella pasó por delante de él, dejando un rastro de olor dulce. Él la siguió.

La puerta se cerró tras ellos.

Lazarus observó la estancia. Era una habitación pequeña, pero lujosa. Los muebles estaban fabricados con finura, y diseñados para los amantes. Había espejos en el techo, y la colcha de la cama estaba llena de pétalos frescos de rosa.

—Espera —le dijo Cameo, sujetándolo—. ¿Qué pasa con Juliette?

—Ella puede esperar. Tú y yo, no —dijo él, y le apartó las manos con delicadeza. Después, la besó.

Cameo aceptó el beso con entusiasmo y correspondió apasionadamente a sus abrazos, sin atisbo de tristeza. Era dulce, era su dulce favorito. Era embriagadora. Era su obsesión, su todo.

Le pasó la mano por la nuca y notó entre los dedos sus mechones de seda. Ella emitía pequeños maullidos, y él gruñó para demostrar su aprobación. Lazarus tenía todos los sentidos agudizados mientras la respiración de Cameo se mezclaba con la suya y se hacía imprescindible para su supervivencia. Era su salvación.

La excitación y la necesidad se apoderaron de él. Los cristales le hicieron daño y, tal vez, se extendieron aún más, pero no le importó.

La devoró con frenesí. Temía que su sed no se apagara nunca, que siempre necesitara más. En muchos sentidos, ella era su dueña. Él era mucho más esclavo de Cameo de lo que nunca había sido para Juliette.

Aquello debería haberle provocado pánico. Sí, sentía pánico. Sin embargo, no se movió. No podía separarse de ella. Era suya.

Ella interrumpió el beso y, entre jadeos, le dijo:

–Me has encontrado.

–Siempre te encontraré, cariño.

–Porque quieres acostarte conmigo –dijo ella. Su tono tenía un matiz de amargura… y mucha excitación.

–Sí. Así que, vamos a hacerlo, ¿te parece?

Capítulo 17

«Si tienes que pecar en exceso, que sea siempre por matar».

~~*Verdades eternas para todos los hombres*~~
Verdades eternas para hombres sin una mujer

Cameo se estremeció y tuvo la sensación de que una miel caliente le recorría todo el cuerpo. En un instante, el deseo que había tratado de dominar se liberó con una fuerza innegable. Se echó a temblar, y le hirvió la sangre. El vientre se le contrajo, y notó un dolor entre las piernas.

Tristeza protestó con un silbido de rabia, como si fuera un niño petulante. Le pateó la cabeza una y otra vez, provocándole un extraño cosquilleo en la mente.

«Voy a hacer esto. Voy a acostarme con Lazarus, e intentaré conservar los recuerdos. Ojalá él siga deseándome después».

Preferiría morir antes que olvidar cómo la había mirado cuando se habían reunido de nuevo, o la sensación que le producían sus manos acariciándole la carne y el pelo, o sus labios, besándola.

–Quítate la camisa –le susurró.

«Déjame ver por qué estoy arriesgando la vida y la cordura».

Él apretó la mandíbula.

—No. Mi ropa se queda donde está. La tuya va a desaparecer.

¿Estaba de broma? Sí, tenía que estar bromeando. Sin embargo, el espejo había predicho aquello. Siempre que hacían el amor en las visiones, él permanecía vestido.

—Ni hablar. Desnúdate.

—Las damas primero... los caballeros, nunca.

Lazarus trató de desabotonarle la camisa, pero ella le apartó las manos.

—Tanto monta, monta tanto... Si quieres ver lo mío, tienes que enseñarme lo tuyo.

—Está bien —respondió él. Se sacó la camisa por la cabeza y permaneció inmóvil mientras ella lo examinaba.

¿Por qué la resistencia? Era magnífico. Tenía los brazos y el pecho musculosos, y las formas creaban en su cuerpo unos valles sombreados que la hipnotizaron y alimentaron su deseo de tocar y explorar. Desde el cuello hacia abajo, su piel estaba cubierta de preciosos tatuajes de rosas con espinas, calaveras, insectos e incluso, mariposas. Tenía un piercing en cada pezón, y un rastro de vello oscuro debajo del ombligo, que descendía hasta desaparecer por debajo de la cintura de sus pantalones de cuero.

Perfección masculina.

A ella se le derritió el cerebro. Le explotaron los ovarios.

Bajo los tatuajes había unas líneas brillantes que se extendían por sus bíceps. Él las había llamado «heridas». Ahora eran más gruesas y más largas.

Mientras ella las miraba, él se las tapó con la mano. ¿Acaso le daba vergüenza? ¿O temía que le hiciera daño?

—Tendré cuidado con tus heridas —le aseguró ella.

Después, para calmar su inquietud, se fijó en los colgantes que llevaba: el anillo de Viola y la manzana que él había cubierto con la tela de su camiseta.

Cameo alargó la mano y... sintió una extraña corriente de poder en la piel. Se le aceleró el corazón al instante.

Fuera lo que fuera aquella sensación, Tristeza reaccionó con antagonismo. Sus gruñidos se convirtieron en maldiciones.

—¿Por qué has tapado el colgante? —le preguntó ella.

Él apartó la mirada.

—Es un artefacto muy antiguo. Peligroso.

—¿Qué tipo de artefacto?

Que ella supiera, la única manzana mítica pertenecía a Blancanieves, cuya historia era mucho más complicada de lo que pensaban los seres humanos... y mucho más verdadera.

—¿Para ti no es peligroso? —inquirió.

—Es un artefacto de vida y muerte —dijo él—. Y, sí, es peligroso para mí, pero da la casualidad de que a mí me gusta el peligro.

—¿Lo has utilizado para volver al mundo de los vivos? —le preguntó ella—. ¿Ahora eres Lazarus 2.0?

—Soy el Lazarus original. Lazarus 1.0, hecho carnal en todos los reinos. ¿Por qué hay que modificar la perfección?

Sí, ¿por qué?

—Estoy esforzándome por creer que eres real y que estás aquí de verdad. Antes estabas muerto. Y, si estás aquí, ¿se te puede considerar un zombi?

—Puede que sí –dijo él. Le miró los pechos y gruñó–: Pechosss...

Una risita... no. Tristeza mató aquella risita antes de que saliera de su garganta. ¡Estúpido demonio!

Aunque Lazarus se quedó decepcionado, siguió mirándole el pecho. Cuando a ella se le endurecieron los pezones, en sus ojos apareció una mirada depredadora.

—No te preocupes –le dijo él, con la voz enronquecida–, yo me encargo de todo.

—Estoy segura de ello. Tú, Lazarus, eres un calavera.

—Y no me arrepiento –dijo él. Le rozó un pezón con los nudillos, y le provocó corrientes de placer que fueron directamente al centro de su cuerpo. A su húmedo centro–. Este calavera ha terminado de hablar. Bésame –le ordenó a Cameo–. Y no seas delicada. Sé dura. No te contengas.

—Tus heridas...

—Bésame.

Sí. Le daba vueltas la cabeza debido al deseo que sentía. Se puso de puntillas y lo rodeó con los brazos. Sus labios se unieron con frenesí, y él exploró su boca con la lengua y la devoró con pasión. La dulzura de Lazarus entusiasmó a Cameo. Era el sabor del chocolate con un calor que iba a anhelar para siempre.

—Esta vez no quiero que te detengas después de un beso y de unas cuantas caricias –le dijo él–. Quiero ir más allá. Quiero mucho más.

Había llegado el momento de la verdad. Si le decía que no, él pararía y, seguramente, se marcharía. No habría aventura de una noche, ni tampoco un futuro.

—Sí –dijo Cameo–. Por favor.

Entonces, con una expresión de triunfo, Lazarus hizo que caminara hacia atrás hasta que tocó con las piernas el borde de la cama y cayó sobre el colchón, boca arriba. Ella tenía las uñas clavadas en sus hombros, así que Lazarus no pudo hacer otra cosa que seguirla.

A Cameo nunca le había gustado estar bajo el peso de un hombre. Se sentía atrapada y vulnerable. Sin embargo, con Lazarus, que era el epítome de la pura masculinidad, de la fuerza y la agresividad, se sentía completamente segura.

–La camisa, fuera. Ahora mismo –le ordenó él.

El pendiente envuelto en la tela de la camiseta le rozó la clavícula, y Cameo sintió una descarga de energía. Dio una sacudida, y Tristeza aulló.

–En serio, ¿qué es eso? –le preguntó a Lazarus.

Él palideció.

–Ya no hay nada, ¿lo ves? –respondió. Se quitó las cadenas y se las guardó en el bolsillo–. Ahora, vamos, cariño. Camisa, fuera. Enséñame lo que me he estado perdiendo. Estoy ansioso por probarlo.

Se negaba a contestar y cambiaba de tema. Otra vez.

Entonces, dejarían el tema para otro día, pero la próxima vez, no estaba dispuesta a aceptar sus evasivas.

Aquel día estaría dedicado al placer.

Cameo se quitó la camisa y se desabrochó el sujetador. El aire fresco le acarició los pechos, y los pezones se le endurecieron aún más. Lazarus apoyó el peso de su cuerpo en las rodillas y atrapó sus pechos con las manos, para acariciarlos y pellizcar las puntas duras.

–Lazarus…

–Son perfectos –dijo él.

Las oleadas de placer hicieron temblar a Cameo, y

aquellos temores se intensificaron cuando él agachó la cabeza para succionarle los pezones.

—No he olvidado mi recompensa —le dijo él, mientras descendía hacia su ombligo dejando un rastro de besos en su piel—. Tú me complacerás, pero solo después de que te haya llevado al éxtasis. Dos veces.

¡Dos veces! Tan solo una sería un sueño, pero ¿dos? Sí, por favor.

Pasó los dedos por su pelo de terciopelo, le acarició el cuero cabelludo, le urgió silenciosamente a que la probara en otro lugar. Las sensaciones que despertaba en ella... Demasiado, eran demasiado, pero Cameo sospechaba que se iba a quemar por dentro si él la dejaba en aquel momento.

El paso caliente de la lengua de Lazarus por la cintura de sus pantalones dejó un rastro de fuego y temblores. Él la miró a través de sus gruesas pestañas negras. Sus ojos eran como un cielo de medianoche con un millón de estrellas.

—Quiero estar contigo, Cameo. Quiero recorrer todo el camino. Di que sí.

A ella se le licuaron los huesos. «¡Sí! ¡Por favor!», gritó su corazón. Y, sin embargo, dudó. ¿Qué pasaría si no le complacía? ¿Y si Tristeza borraba sus recuerdos antes de que llegara al clímax? ¿Y si se acostaba con él, y él se marchaba después? Cameo deseaba más que nunca pasar tiempo con él, tener una relación real y no solo una aventura.

—No. Sexo, no —dijo, con la voz quebrada—. Podemos hacer cualquier otra cosa. Quiero hacer todo lo demás.

—¿Por qué? —le preguntó él, mientras le desabrochaba el botón de los pantalones—. ¿Sigues pensando que no te va a gustar?

–Sí.

No. Tal vez. ¿Y si detestaba el sexo? ¿Y si era una reina de hielo? Perdería toda esperanza.

Además, ¿y si él conseguía que ella llegara al orgasmo, pero ella no conseguía que él llegara al orgasmo?

En cuanto el placer desapareciera, Tristeza lucharía por controlarla. Cameo se convertiría en un cuerpo frío y seco bajo el de Lazarus. Él se quedaría disgustado con ella.

–Lo siento –dijo.

Mientras él lamía su ombligo, le acariciaba las piernas, detrás de las rodillas, rozando el pulso que allí latía. Contra su carne húmeda, él susurró:

–No te disculpes, cariño. Quieres lo que quieres, y yo tomaré lo que pueda conseguir –dijo. Deslizó una mano y le apretó una de las nalgas–. Avísame si te sientes demasiado triste como para continuar, ¿de acuerdo?

Entonces, le desabrochó por completo los pantalones y tiró de la tela hacia abajo con los dientes. Dientes que rozaron sus bragas empapadas...

Los huesos licuados de Cameo empezaron a arder.

–¡Lazarus! –gritó.

–No hay nada más dulce que tú. Creo que te va a gustar lo que viene ahora –dijo él.

No se molestó en quitarle las bragas, sino que lamió y succionó su cuerpo a través del fino encaje.

A ella se le arqueó la espalda sin que pudiera evitarlo y se le escapó un gemido. Temía arrancarle el pelo en medio de la excitación, así que se agarró al cabecero. Él siguió lamiendo y succionando y ella, sin poder contenerse, giró las caderas contra él.

–Lazarus, yo... No pares. No pares, por favor.

Y, por supuesto, Lazarus paró en aquel momento,

acabó con aquel dulce tormento antes de que ella pudiera llegar al final.

¡Aaah!

–¡Maldito seas por bloquear mi orgasmo!

Él sonrió con picardía y brutalidad a la vez. Era tan sexy, que Cameo pensó que aquella imagen iba a quedársele grabada para siempre en la mente. Ni siquiera Tristeza podría borrarla.

–Muy pronto me darás las gracias, Cameo.

Entonces, él se bajó la cremallera del pantalón y liberó su enorme erección. Mirándola apasionadamente, se acarició hacia arriba y hacia abajo.

–¿Confías en mí?

Ella se humedeció los labios y asintió.

–Sí.

–Entonces, confía en que no voy a tomar más de lo que me has ofrecido… por mucho que me ruegues lo contrario.

Se inclinó lentamente y metió el miembro en el interior de sus bragas, frotando sus partes más íntimas mientras ella gemía de sorpresa y embeleso. No entró en ella, pero consiguió apretarse contra su parte más sensible y dolorida.

Tomó sus nalgas para elevarla, y siguió frotándose contra su cuerpo, una y otra vez. La intensidad del placer que sintió Cameo era incomparable. Gimió su nombre, y él siguió acariciándola y aumentando su necesidad.

–Eres tan deliciosa, cariño. Haces que me sienta muy bien. Nunca me cansaría de ti.

Ella quiso darle una respuesta inteligente, pero no tenía aire en los pulmones. Además, su mente estaba en una nebulosa, sus pensamientos se habían fragmentado.

—¿Te gusta esto? —le preguntó.

A ella se le escaparon unas cuantas palabras incoherentes. No estaba segura de si le estaba pidiendo que se detuviera... o que continuara más rápido... ¡Sí, más rápido! El placer siguió aumentando, y ella arqueó las caderas y se estrechó contra él. Nunca se había sentido tan vacía. Lazarus tenía que llenarla... ¡por favor!

—Lazarus... No puedo... Necesito...

—Esto es lo que tendrás conmigo, Cameo. Éxtasis. Todas las veces.

—¿Todas las veces? —preguntó ella. ¿Acababa de ofrecerle él la relación que ella deseaba? «Nunca deberías confiar en un hombre durante el momento más apasionado»—. ¿Más de una vez, quieres decir?

—Más que muchas veces. Conmigo. Solo conmigo.

¡Sí, eso era lo que le había dicho!

—Esta noche —dijo él, inclinándose para atrapar el lóbulo de su oreja con los dientes—, voy a hacer que tengas mil orgasmos de mil formas diferentes.

«Esta noche», había dicho. Al asimilar aquellas palabras, las esperanzas de Cameo se diluyeron. Y, sin embargo, su felicidad física siguió aumentando. Era magnífico y terrible, exquisito y tortuoso a la vez. Iba a explotar, iba a hacerse añicos.

Estaba tan desesperada por sentir la liberación, que tomó sus propios pechos y se pellizcó los pezones. «¡Creo que voy a perder la cabeza!».

Se pasó las palmas de las manos por el estómago y descendió hasta que pudo acariciar el extremo húmedo de la erección de Lazarus. Él inhaló bruscamente.

—Me encanta acariciarte. Eres de un acero duro y caliente.

Él rugió.

—Mira a mi mujer, mientras toma lo que quiere. Es dueña de su propio placer, y del mío.

Qué orgulloso parecía.

Qué embriagador era.

Estaba tan perdido como ella en el placer, y ser consciente de ello destruyó lo que le quedaba de dominio sobre sí misma. Por fin, la presión de su interior explotó. Gritó cuando la satisfacción recorrió todos sus miembros y se concentró en el centro de su cuerpo. Tuvo escalofríos y, al final, los temblores la dejaron laxa como una muñeca de trapo.

Aquello era... ¡Oh, Dios! Vaya...

¿Cómo había podido vivir sin aquello?

Se embriagó con la visión de Lazarus, consumido por la lujuria y tenso. A ella se le curvaron las comisuras de los labios, siguieron elevándose hasta que... hasta que tuvo la sensación de que podía estar sonriéndole.

Él la miró. Un segundo más tarde, echó la cabeza hacia atrás y rugió hacia el techo.

Siobhan estudió su nuevo entorno, un dormitorio tan femenino como masculino. La cama era de matrimonio y tenía sábanas de color azul marino y un edredón marrón. Sin embargo, una sola tira de encaje de color crema adornaba los bordes. Había diferentes armas colgadas por las paredes, algunas modernas, algunas antiguas. Sobre el tocador había más armas que cosméticos.

La habitación personal de Cameo, sospechó ella.

Lazarus la había dejado allí y había desaparecido. No sabía que lo estaban siguiendo dos amazonas. La noticia de su último acto como rey de Grimm y Fantica se había difundido por todas las tribus, entre los vivos y entre los muertos. Había convertido a un contingente de amazonas en estatuas de piedra y, ahora, estaba sentenciado a muerte. De nuevo.

Pronto se daría cuenta, y lo mejor sería que destruyera a sus nuevas enemigas. Si las amazonas conseguían su objetivo y él moría antes de comprometerse con Cameo, ella se vería obligada a pasar otros cien años cautiva en aquel espejo. Y todo porque había decidido ayudar a la pareja y le había mostrado a Cameo dos posibles futuros. Ya no había vuelta atrás.

La maldición exigía que las parejas se formasen y, si ella fracasaba, sufría.

¿Cómo podía ayudar a Cameo?

¿Utilizando sus visiones para convencer a alguien de que redecorara la habitación y la hiciera más romántica? Ella adoraba el romanticismo, así que, tal vez, debería convencer a alguien para que redecorara la habitación a su gusto. De ese modo, habría un sofá de terciopelo morado, y las cómodas y otros muebles serían de ébano puro. La araña del techo tendría lágrimas de diamantes engastadas en oro. En vez de la monstruosa cama trineo que ahora utilizaba Cameo, habría una cama con dosel de estilo gótico. El armario estaría lleno de los mejores vestidos, confeccionados por las mejores modistas del mundo.

Sobre las cómodas descansarían sus adornos favoritos: un reloj de arena sostenido por las manos cortadas de su hermana. Una caja llena de venenos y un surtido de coronas.

La puerta se abrió de repente, y a ella se le cortó la respiración. ¡Un visitante! Un guerrero de pelo negro y ojos muy azules entró tambaleándose. Era hermoso, incomparablemente bello, a pesar de que tuviera las mejillas demacradas y barba de una semana. A pesar, incluso, de que su ropa estuviera hecha jirones y manchada de sangre seca.

—Cameo —dijo. O, más bien, balbuceó—. He venido a que me pidas disculpas.

Las imágenes del futuro del guerrero aparecieron en su mente y le enseñaron mucho sobre él. Era William de la Oscuridad, aunque sus amigos se referían a él como «el Siempre Excitado». Sus conquistas eran legendarias. Se había acostado con reinas y diosas, y había matado a reyes y dioses.

Era hijo adoptivo de Hades...

Ella soltó un bufido de indignación. ¿De verdad Hades había adoptado un hijo? ¿Cuándo? ¿Por qué?

Siobhan examinó las visiones en busca de información sobre la madre... una mujer rubia y menuda con la que parecía que William se había reunido por primera vez en... Ella no estaba segura de cuándo, porque los días, meses y años se confundían.

Un millar de imágenes nuevas se desparramaron por su mente, y ella se encogió. Todos los caminos llevaban a aquel hombre al mismo fin: la muerte.

Como ella, soportaba la pesada carga de una maldición. A diferencia de ella, él poseía un libro escrito en un código. Le habían dicho que el código lo liberaría, y él tenía esperanzas. «Si lo rescato de una muerte segura y le ayudo a enamorarse, podría quitarme otros cien años de pena». Y, entonces, por fin, sería libre.

La perspectiva era seductora, pero...

¿Ayudar al amado hijo de Hades? ¡Nunca!

Aunque... por la libertad, estaba dispuesta a hacer cosas mucho, mucho peores.

¡De acuerdo! Iba a ayudarlo. Pero ¿cómo? Antes de

marcharse, Lazarus la había rodeado con una ilusión impenetrable. William no podía verla... ¿verdad?

Él cayó de rodillas al lado de la cama, mirando al espejo. Se le cayó la botella de whisky de la mano, y lo poco que quedaba de licor se derramó por el suelo. El tormento y la esperanza luchaban entre sí y tensaban sus rasgos.

«Sabe quién soy», pensó Siobhan, con no poca sorpresa. Casi nadie lo sabía.

—Hay una chica. Se llama Gillian. Ella... —se frotó la cara con la mano, y continuó—: Era demasiado joven para mí. Era. Ahora ya no lo es. Los hombres que se suponía que tenían que protegerla la maltrataron y abusaron de ella, así que solo ha visto lo peor de nosotros, y yo quiero mostrarle lo mejor. Cuando más me necesitaba, yo me negué a vincularme con ella. No quería arriesgarme a convertirme en ser humano, o ver su amor por mí convertirse en odio. Esa es la única razón por la que ella trataría de matarme, tal y como dice la maldición, ¿no? ¿Porque me odia? Entonces, llegó otro hombre, le echó un vistazo y vio lo mismo que había visto yo desde el principio: un tesoro por el que valía la pena esperar. Hizo lo que yo no hice. Y, ahora, ella está unida a él en cuerpo y alma. Quiero matarlo, pero si le hago daño a él, le haré daño a ella también. Y a ella no puedo hacerle daño. Muéstrame mi final —gruñó—. Muéstrame quién va a matarme. Si lo sé...

Suponía que el hecho de saberlo le permitiría dejar marchar a Gillian. También suponía que Gillian era la única para él. Y lo era... si él elegía determinadas cosas. Si tomaba otras decisiones, habría otra mujer...

Pero, si él se enteraba de lo de la otra mujer, la mataría poco después de que ella le revelara su identidad, porque, en aquel momento, la mujer era una extraña para él. No significaba nada para él. No era nada para él... No, eso no era cierto. Para él, ella era peor que nada; era un obstáculo para alcanzar la felicidad eterna con Gillian.

¿Qué podía hacer? Si trataba de ayudarlo y fallaba...

Cuando vio que el espejo no le mostraba nada, William soltó una maldición y se puso de pie.

–Hades –dijo.

Aunque William pronunció aquella palabra suavemente, Siobhan se sintió como si le hubieran golpeado en el estómago.

¿Acudiría el rey del inframundo? ¿Podría ella enfrentarse por fin a su enemigo?

¡Sí! Hades apareció en medio de una nube de sombras, y a ella se le aceleró el corazón. Estaba más guapo, más alto y más musculoso que nunca, y no había derecho. Tenía el cabello negro como la tinta, igual que los ojos. Llevaba un traje de rayas que le sentaba perfectamente, y las únicas señales de su naturaleza indómita eran las estrellas que llevaba tatuadas en cada uno de los nudillos.

Ella golpeó contra la pared de la prisión, desesperada por alcanzarlo y sacarle los ojos.

–Como yo, tienes el poder de ver más allá de cualquier ilusión, ¿verdad? –le preguntó William a su padre.

–Sí, claro. Aunque la muñeca hinchable es un buen detalle.

–Cameo no tiene la capacidad de crear ilusiones –dijo William, y olisqueó el aire–. A mí me huele a Lazarus el Cruel e Insólito... y a los Señores del Inframundo les va a encantar la elección de pareja de su chica.

Hades continuó mirando fijamente al espejo, a Siobhan.

—Tienes razón en ambas cosas.

—Sé que el espejo es lo que creo que es. Veo el poder y la energía que irradian de él, pero no sé activarlo.

—De ella, no de él. Ella es quien decide quién ve algo y quién no —dijo Hades. Entonces, se teletransportó y apareció justo enfrente de ella, sobre el colchón—. Es la diosa de los Muchos Futuros, que todavía está atrapada dentro. Siento su presencia.

Ella golpeó el cristal con más fuerza aún. Él alargó la mano con la velocidad de un rayo y tocó el mismo punto que tocaba ella, y a Siobhan se le escapó un jadeo. Una corriente de calor penetró en su helada prisión y, cuando ella se estremeció, el cristal se agitó.

Las pupilas de Hades se dilataron de entusiasmo.

Zas, zas, zas. Cuánto le gustaría a Siobhan reemplazar su alegría por dolor.

—¿Estás de broma? —preguntó William, y levantó los brazos con exasperación—. ¿Te estás poniendo cachondo con un espejo? Dudo que le parezca bien a Taliyah.

¿Taliyah, la malvada arpía a la que ella había visto entrar y salir de los posibles futuros de William debido a su amistad con los Señores del Inframundo? ¿Hades estaba saliendo con ella?

¡Merecía sufrir!

—Taliyah lleva semanas sin hablarme —dijo Hades, en un tono cortante.

Buena chica.

De nuevo, Siobhan abrió su mente a los días y años venideros, pero, en aquella ocasión, por muy atentamente que buscara, no pudo ver nada. No vio ni un solo camino, y soltó una maldición. El futuro de Hades debía de estar tan entrelazado con el suyo que no podía ver nada de lo que le sucedía a él.

Bueno, bueno. Parecía que, por fin, su suerte estaba cambiando.

—¿Cómo se hizo Lazarus con el espejo? —preguntó William.

Hades se puso tenso.

—Lo averiguaré.

—Cameo es nuestra aliada. No podemos robarle nada si no queremos poner en peligro su lealtad y la lealtad de los otros Señores.

Hades se acarició la mandíbula con dos dedos.

—Tal vez le ofrezcamos un trato.

Sí, por favor, sí. ¿Sabría Hades cuánto lo odiaba ella? ¿Sospecharía que siempre iba a estar urdiendo su caída?

De repente, se oyó un alboroto en el pasillo, y los dos hombres se sobresaltaron. Era el ruido de unos niños corriendo, y los pasos de sus padres, que los perseguían.

—¡No vuelvas a echar más soldados de juguete al inodoro, Urban! —gritó una mujer—. ¡Va en serio!

Hades y William se miraron con determinación antes de teletransportarse y desaparecer. Siobhan se quedó sola... Pero no tenía que ser la diosa de los Muchos Futuros para saber que volvería a ver al padre y al hijo... y muy, muy pronto.

Capítulo 18

.

«Para asegurarte de que conservas tus capacidades, ~~comete un asesinato~~ proporciónale placer a tu mujer todos los días».

~~Verdades eternas para hombres sin una mujer~~
El arte de hacer feliz a tu mujer

El mundo, sacudido.

Lazarus se tambaleó mientras limpiaba a Cameo y se limpiaba a sí mismo. Se abrochó los pantalones antes de enganchar el broche de su sujetador y cubrir sus hermosos pechos. Una farsa necesaria. Con solo una mirada a su perfe8cción femenina, él volvería a abalanzarse sobre ella de nuevo... y de nuevo...

Le cerró los pantalones también a Cameo, pero dejó ambas camisas en el suelo, porque tenía la intención de disfrutar un poco más del contacto de su piel.

Debería irse. Había tenido un orgasmo, y había llevado al clímax a Cameo. Un milagro, según ella. Debía olvidarse ya de la pasión y recuperar la determinación de vengarse de Juliette.

Además, su prioridad debía ser detener las formaciones de cristal. La lava fluía por sus venas y lo quemaba, y le dolían los músculos. Todo eso eran señales de su crecimiento.

Aun así, se tendió en la cama junto a Cameo y la estrechó entre sus brazos. Su sonrisa lo desarmaba. Ya nunca volvería a ser el mismo. Ella tenía la cara iluminada, brillante de felicidad, y él no había visto nada más hermoso en ningún reino.

Se había hecho adicto a Cameo, y ya quería disfrutar de ella otra vez.

Sin embargo, antes tenía que hacerle algunas preguntas. Más tarde, exploraría cada centímetro de su hermoso cuerpo, vería y tocaría su tatuaje de la mariposa... vería y tocaría todo su cuerpo. No olvidaría nada. Y, entonces, ella lo bendeciría con otra sonrisa.

Tanto en la vida como en la muerte, había estado con muchas mujeres, pero ninguna había significado para él más que su obsesión. Con ella compartía algo que nunca había compartido con otra. Tenían un vínculo emocional.

—No sé cómo lo haces —dijo ella, con la voz rasgada y trágica—, pero consigues que todo mejore.

—Por supuesto que sí —respondió él.

—Bueno, una pequeña matización: mejoras casi todas las cosas.

—Lo siento, pero no se puede matizar.

En sus brazos, ella había sido Cameo, una mujer sin su demonio, feliz y satisfecha. Él nunca había visto nada más bello. Se le puso la piel sonrosada y brillante de salud y vitalidad, y de placer. Los ojos le brillaban como diamantes. Sus labios, hinchados de los besos, relucían.

«Eso me va a obsesionar de por vida».

—Me sorprende que hayas consentido en bajar la

guardia en un ambiente tan poco familiar para ti –dijo ella.

–¿Cómo te atreves? –preguntó él, en broma–. Yo no he bajado la guardia ni una sola vez.

Cameo enarcó una ceja.

–Entonces, ¿no le has dedicado toda tu atención a mi cuerpo?

A Lazarus se le escapó una carcajada, y se quedó asombrado de su ingenio.

–Vaya, es la primera vez que me ocurre. Me has arrinconado. Si digo que sí, me llamarás mentiroso. Y, si digo que no, tú me considerarás un mal amante. En cualquiera de los dos casos me metería en un lío.

–En realidad, no puedo acusarte de ser un mal amante cuando todavía estoy temblando de mi primer orgasmo –respondió Cameo, y le acarició el pecho con la mejilla–. He tenido un orgasmo de verdad. Uno real, no fingido.

–Ya me he dado cuenta, cariño. Además, no tenía intención de suspender mi experta seducción hasta que tú llegaras al clímax.

–Vaya, muchas gracias –dijo Cameo–. Aunque… ¡no sé si dártelas! ¿Cómo voy a vivir ahora sin un orgasmo al día?

Él estuvo a punto de atragantarse de la risa.

–¿No lo vas a tener?

–¡Exacto!

A él se le removió algo en el pecho, y su buen humor se desvaneció. ¿Y si ella se entregaba a otro hombre cuando se separaran?

–Eh, te has quedado rígido. ¿Qué te pasa?

–Puede que eche de menos tu sonrisa.

–Por favor, tú nunca has visto mi sonrisa.

¿Acaso ya lo había olvidado?

–Cariño, has sonreído después de tener el orgasmo.
–¿Yo? Yo, no. Yo no puedo sonreír.
–Sí puedes. Lo hiciste.

Sí, lo había olvidado. Pobre Cameo. Y pobre de él. ¿Cuándo iba a olvidarlo? ¿Y cómo iba a reaccionar él cuando lo olvidara?

El instinto de supervivencia hizo que pensara que se alegraría, porque, sin su obsesión, no habría debilidad.

El resto de su persona le gritó que asesinara al demonio.

Él sabía desde el principio que iba a perder a Cameo, y creía que lo había aceptado. Sin embargo, en aquel momento, acurrucado junto a ella, sentía rabia. ¿No volvería a acariciarla, a llevarla al éxtasis ni a ver su sonrisa?

¿No tendría la oportunidad de hacerla reír?

–¿Ha empezado ya el demonio a borrarte los recuerdos?

–No –dijo ella, con un suspiro–. Ojalá yo pudiera leer la mente de los demás. Podría leer la tuya después de que Tristeza los borrara. Podría recordar tus ojos.

Lazarus volvió a tener un gran sentimiento de culpabilidad. Él poseía el medio necesario para liberarla del demonio. Sin embargo, también era lo que podía matarla...

«No, no puedo arriesgarme», pensó, e intentó endurecerse. Además, ¿para qué iba a mencionar la caja de Pandora? Cameo y él iban a separarse muy pronto, y él nunca utilizaría la caja contra ella. La escondería en un lugar seguro para que nadie pudiera utilizarla nunca contra ella, ni siquiera la propia Cameo.

¿Y si ella hubiera encarcelado a Hera y a Juliette, y no se lo hubiese dicho nunca?

Aquella pregunta fue como un veneno inyectado directamente en su cabeza.

Mantener silencio sobre la caja era lo mismo. Si Cameo descubría su engaño, se sentiría herida y rabiosa, y querría vengarse. Con razón. Si descubría lo cerca que había estado de conseguir el objetivo más importante de su vida, y que él había sido quien la había traicionado...

No. ¡Por supuesto que no! Su silencio no era una traición, sino una forma de protección para Cameo.

«Haz preguntas, consigue respuestas, dale otro orgasmo y márchate».

Así tenía que ser su segunda oportunidad en la vida. Tenía que formar un nuevo ejército y atacar al clan Eagleshield. Eso iba a requerir tiempo.

—Dijiste que temías que nuestras relaciones sexuales no fueran buenas. ¿He calmado tus temores?

Ella trazó con el dedo una de las venas cristalizadas de su brazo.

—Primero, respóndeme a una pregunta. ¿Son estas heridas la causa por la que no quieres desnudarte?

¿Compartir su secreto, su vergüenza? ¿Su miedo de terminar como su padre, vencido, atrapado y escondido del resto del mundo?

Confiaba en Cameo, pero no en su familia. Si ella se lo dijera a algún amigo, consciente o inconscientemente, y ese amigo se lo dijera a otro, y así sucesivamente, muy pronto toda la comunidad inmortal conocería su vulnerabilidad.

Sin tener contacto con Cameo, los cristales permanecían estables. Solo cobraban vida en su presencia, y el daño que ella le causaba era permanente.

Se convertiría en objetivo de todos los vampiros, cambiaformas y brujas que quisieran hacerse un nombre. «Miradme, miradme. Soy el que acabó con el hijo único del Monstruo».

Juliette y Hera podrían utilizar su debilidad para atacarlo.

—Puede que me crea que estoy gordo —dijo él, al fin—. ¿Te parece que estos pantalones me hacen el culo gordo?

Las comisuras de sus labios se elevaron ligeramente, y él tuvo la esperanza de que sonriera... pero ella volvió a fruncir el ceño.

—Vamos, no bromees. ¿Es que quieres esconder un tatuaje feo? ¿El nombre de alguna exnovia tatuado dentro de un corazón? ¡Ah! ¡Ya sé! Llevas la cara de un hombre en el muslo. O un cohete que parece un pene.

—Estoy tomando nota para hacerme todos esos tatuajes. Son buenísimas ideas.

—Sí, pero ¿qué nombre vas a poner dentro del corazón?

—El mío. Siempre me he querido a mí mismo por encima de todo.

Ella lo abanicó con las pestañas.

—Tenemos mucho en común. Yo también me adoro.

Aquel intento de flirteo era adorable.

—Qué mentirosilla. Yo soy tu favorito, reconócelo.

—Cariño, tú casi no entras en el *top ten*.

—Dame nombres. Mañana por la mañana solo quedaré yo, y tendrás que ponerme el primero.

Ella soltó un resoplido. Después, se quedó callada. Después, se puso tensa. Sus defensas decayeron y, de repente, su mente se abrió a él. Su relación con Alex y el dolor que le había causado aquel hombre ocupaban todo su pensamiento, además de las torturas a las que la habían sometido los Cazadores.

La habían encerrado en una celda húmeda y maloliente y la habían encadenado a la pared, salvo en las ocasiones en las que la encadenaban a un potro y la descoyuntaban. Le habían quemado la piel con varas de hierro al rojo vivo, le habían cortado las extremidades mientras ella gritaba de dolor. Y, durante todo aquello, su demonio se reía. Se reía.

Lazarus tuvo que hacer un gran esfuerzo para controlar la rabia que sintió. «Calma, tranquilo».

Galen, el líder de los Cazadores, había participado en los interrogatorios. Quería obtener más información sobre los guerreros poseídos por los demonios. Cameo no se la había dado, por muchos huesos que le hubiera roto aquel tipo, ni por muchos cortes que le hubiera hecho en la carne herida... ni siquiera cuando él le había cortado la lengua.

Galen también era un guerrero poseído por un demonio; él era el guardián de los Celos y las Falsas Esperanzas. Según los rumores, los Señores del Inframundo acababan de aceptarlo de nuevo entre los suyos.

Lazarus sintió aún más rabia. Él no estaba tan dispuesto a perdonar, y añadió el nombre de Galen a su lista de venganzas. Aquel tipo iba a formar parte de su próximo Jardín del Horror Perpetuo.

En cuanto a Tristeza, Lazarus estaba deseando aprender a utilizar la caja para reírse cuando el demonio fuera arrancado de Cameo.

Continuó explorando sus recuerdos, y un extraño detalle captó su atención. ¿Por qué? Siguió la pista, y aterrizó justo en el centro de la memoria de Tristeza.

Comenzó a explorar los pensamientos del demonio, y tomó aire bruscamente. La malvada criatura no podía borrar los recuerdos de Cameo sin su permiso. ¿Y cuándo le había concedido ella ese permiso? Tristeza podía hacer algo más que borrar los recuerdos, podía distorsionarlos para que ella viera el pasado a través de una lente teñida por el dolor.

Lazarus había descubierto algo que Tristeza intentaba ocultar desesperadamente. Cameo no había amado a Alex, no de la manera profunda y romántica que ella creía. Le había encantado poder hablar con él sin provocar sus lágrimas. «Mi querida Cameo». Durante siglos había anhelado compañerismo, comprensión y adoración.

En realidad, Alexander solo había sido un pequeño vendaje colocado sobre la enorme herida de su alma. El humano no la había ayudado, pero tampoco la había herido. Hasta ese momento, ella nunca había experimentado algo mejor.

Aquello era muy triste.

Alexander era un hombre que buscaba a alguien, a cualquiera, a quien poder culpar de sus propias heridas. Cameo le había ofrecido consuelo y, al principio, el humano se había sentido agradecido, incluso en deuda con ella. Lazarus vio la gratitud en sus ojos. A medida que pasaban los días, las semanas y los meses, la tristeza de Cameo había alimentado la del humano. Él había seguido sufriendo y, al final, había llegado a considerarla el desahogo perfecto para su dolor.

El día en que los Cazadores se habían acercado a él con la historia de los demonios de la caja de Pandora, Alex ya estaba maduro para el reclutamiento.

—Lazarus, ¡ya basta!

Cameo irradió oleadas de tristeza y los inundó a ambos de dolor. Entonces, su mente se cerró y ella dio un respingo. Su pelo negro fue como una cascada que le cayó por los delicados hombros.

—Mi cabeza no es tu patio del recreo.

Al ver que ella bajaba las piernas de la cama, él la agarró por la cintura.

—No me voy a disculpar. Ahora te conozco mejor. Y me gustas aún más. Y no tienes nada de lo que avergonzarte. Los actos de Alexander revelan su debilidad, no la tuya.

Ella se echó a temblar.

—Mi pasado no es de tu incumbencia, a no ser que yo decida lo contrario. ¿O es que a ti te gustaría que yo explorara el tuyo sin tu permiso?

Él volvió a sentirse culpable.

—Tienes razón. Perdóname, cariño.

Poco a poco, ella volvió a relajarse contra su cuerpo.

—Te he contado que bastante gente se suicidó después de estar una temporada conmigo, ¿no?

—Sí.

—Cuando conocí a Alex, yo tenía la peor parte de la tristeza controlada y contenida, salvo cuando hablaba. Me permití albergar esperanzas, pero no debería haberme quedado con él. Y también debería mantenerme alejada de ti.

—¡No! —exclamó él, con una fuerza que no pretendía. Debía calmarse. Sabía que, aunque estuviera mejor sin su obsesión, también era más feliz a su lado—. Estás dejando que Tristeza hable en tu lugar.

—¿Y cómo voy a evitarlo? —preguntó Cameo—. Somos uno.

—No, sois dos seres distintos. Yo me siento atraído por ti, no por Tristeza. A él lo odio. Se queda con lo que me pertenece. Para mí, tú eres Blancanieves, y él es una mezcla de los siete enanitos que opera independientemente de tus órdenes.

Ella se relajó un poco, y volvió a amoldarse al cuerpo de Lazarus.

–Qué curioso. Yo también he pensado en Blancanieves. Tu manzana…

Él se puso rígido, y ella cabeceó y añadió:

–Pero yo no soy tan gentil y delicada como ella. De hecho, mientras estaba en tu reino, me comparé a mí misma con la mala del cuento. Y, por si no lo sabías, Tristeza no es una mezcla de los siete enanitos. Solo es Gruñón.

–Yo no he dicho qué enanitos. Es una mezcla de Ira, Pena, Depresión, Dolor, Desesperación y Melancolía.

Ella pestañeó con coquetería.

–Sé sincero. Lo que realmente quieres es convencerme de que tú eres el príncipe azul.

–Puedes llamarme lo que quieras, cariño, y yo te responderé con un beso.

Cameo sonrió, y Lazarus notó que se endurecía dentro del pantalón.

Ella le besó el esternón.

–Quiero liberarme de Tristeza, lo deseo con todas mis fuerzas. Y, ahora que he probado el placer… no puedo seguir viviendo mucho tiempo con el demonio. No puedo.

Él sintió pánico.

–No vas a hacerte daño a ti misma, Cameo.

«Debo sacarle el demonio. Él es el peligro».

¿Cómo?

–¿Es la orden de un rey? –preguntó ella, y él notó algo húmedo en los músculos del estómago. Una lágrima.

La orden la había dado un hombre, su hombre. Sin embargo, Lazarus dijo:

–Voy a encontrar la manera de ayudarte a que destruyas al demonio y permanezcas sana y salva. Hasta ese momento, me voy a quedar contigo para protegerte. Incluso de ti misma, si es necesario.

Lazarus sabía que no podía hacerlo, pero... se le había roto algo por dentro. Aquella lágrima...

Ella lo miró con los ojos empañados.

—Yo solo soy una aventura de una noche, ¿no te acuerdas? —le preguntó ella, fulminándolo con la mirada—. No quiero que te quedes conmigo porque tengas miedo de que me suicide.

Ella acababa de darle una salida fácil, una forma de despedirse en aquel momento, o dentro de una hora o, quizá, a la mañana siguiente... Debería marcharse sin mirar atrás. Cuanto más tiempo permaneciera a su lado, más movilidad perdería, y necesitaba estar en plena forma si quería vencer a Juliette y a Hera.

El tiempo ya no estaba de su lado en el mundo mortal. Allí, donde vivían Hera y Juliette, solo le quedaban cuatro semanas para tener que enrolarse en el ejército de Hades. Y la guerra iba a requerir toda su atención.

—Además —prosiguió Cameo—, voy a estar ocupada. Tengo que encontrar la caja de Pandora. Torin dice que alguien se la ha llevado.

El sentimiento de culpabilidad de Lazarus se elevó a la enésima potencia, pero su determinación siguió siendo firme. Nunca le daría la caja a aquella mujer. Si Tristeza la angustiaba hasta el límite, cabía la posibilidad de que ella utilizara la caja para facilitarse un final rápido y seguro.

—¿Y tiene alguna idea de quién es el culpable?

—Todavía no.

Ni nunca. Él iba a tomar todas las precauciones.

—Bueno, ¿qué te parece si buscamos de nuevo el placer? —le dijo, y se inclinó para mordisquearle un pezón—. ¿No deberías aprovechar esta oportunidad para usarme y abusar de mí? Y, a propósito, les voy a poner nombre a tus pezones. Este es Travieso.

Ella gimió y le pasó las manos por el pelo.

—¿Y el otro?

—El otro es Agradable. Y tú vas a recordar todo el tiempo que pasemos juntos... hasta el último segundo. Te lo juro.

—No creo que porque tú lo jures vaya a ser así.

—El demonio necesita tu permiso para borrarte los recuerdos.

Cameo se incorporó de golpe, separándose de él.

—¿Qué? Eso no puede ser. Yo nunca accedería a perder mis recuerdos —dijo. Sin embargo, cuando iba a continuar, se mordió el labio—. No, no lo haría —reiteró, aunque con menos fuerza—. ¿Y cómo puedes tú saber algo así?

—¿Tú qué crees? —le preguntó él, y la tomó de los hombros. La empujó hacia el colchón y se tendió sobre ella, aplastándola—. Tristeza te pone tan triste que tú le ruegas un nuevo comienzo.

Y eso significaba que Cameo se había liberado voluntariamente de los recuerdos que tenía de él.

Lazarus lo comprendía, pero no lo aceptaba.

Le separó las piernas y se acomodó contra ella. Dureza contra suavidad, necesidad contra necesidad. Entonces, le pellizcó la barbilla y la miró fijamente a los ojos.

—Cuando el demonio te inunde de tristeza, piensa en esto.

Ella se humedeció los exuberantes labios rojos.

—¿En ti encima de mí?

—No, cariño. En las cosas que te hago sentir.

Le acarició la punta de la nariz con la suya y, después, la mejilla, y le dio un suave mordisco en el lóbulo de la oreja.

Ella se derritió, y le preguntó:

—¿Me vas a dar otro orgasmo?

—¿Otro? ¿Solo otro? —preguntó él, y frotó su erección contra el cuerpo de Cameo—. Cariño, hoy te voy a dar tres orgasmos.

Ella soltó un jadeo de falso horror.

—No, no, por favor. Cualquier cosa, menos eso. Nada de eso, todopoderoso rey del Reino de Grimm y Fantica.

—Qué graciosa. Tú sigue hablando. Estás a punto de ganarte el cuarto.

—Yo te debo un beso especial, ¿no te acuerdas?

—Como si pudiera olvidarlo.

Ella abrió los labios para responder, pero él se tragó las palabras y metió la lengua en su boca.

—Lazarus —gimió, y le rodeó el cuello con los brazos.

Él estuvo a punto de aullar por la sensación de triunfo. Adoraba que ella se colgara de él.

—Voy a explorar hasta el último centímetro de ti —le dijo—. No voy a dejar ninguna parte de tu cuerpo sin acariciar. Y, después, tú podrás darme ese beso especial.

Alguien llamó a la puerta.

—Será mejor que os vistáis rápidamente —dijo Thane, a través de la puerta—. Juliette la Erradicadora ha vuelto con todo su clan.

Capítulo 19

«Nunca seas un perro ladrador y poco mordedor. Las dos cosas deberían ser igualmente terribles».
El arte de hacer feliz a tu mujer
Cómo convertirte en el monstruo que debes ser

Cameo se levantó de un salto. Tenía un millón de pensamientos diferentes, pero también se sentía como si Tristeza le estuviera pateando el cráneo. No, no era exactamente eso, porque no sentía dolor; era un cosquilleo, como si el demonio estuviera bailando en su córtex cerebral. Una sensación extraña que nunca había experimentado hasta aquel día, cuando Lazarus llegó al club.

¿Conciencia de su sensualidad? ¿Deseo?

¿Furia? La llegada de Juliette había interrumpido el camino hacia su segundo orgasmo.

Juliette se las iba a pagar.

Cameo se puso la camisa, temblando. Lazarus también se estaba poniendo la suya, pero sus movimientos eran cortantes y transmitían una rabia oscura que ella solo había percibido cuando estaban en la cueva del grifo. Él debería estar muy contento, porque uno de sus sueños iba a convertirse en realidad.

Cameo enfundó una de las dagas de Lazarus y comprobó que la pequeña pistola semiautomática que él llevaba en la bota estuviera cargada. Excelente.

—Espero que no te importe, pero te tomo prestadas estas dos —le dijo.

—Te las regalo. Son tuyas. Pero quédate aquí, por favor.

—Ni lo sueñes, querido —le dijo ella. Al ser la única mujer de un grupo de tipos fuertes y enormes, había oído infinitas versiones de aquella orden: «Quédate aquí»—. Tu antigua consorte tiene que aprender que soy una enemiga formidable. Y parece que tú también. Además, tiene que aprender que tu culo es mío.

—Cameo...

—No. No me des excusas para justificar que un hombre grande y fuerte tiene que proteger a una mujercita débil. Si quieres que me acueste contigo, tendrás que aceptarme a tu lado.

Él entrecerró los ojos mientras preparaba una daga.

—Tienes un corazón demasiado tierno.

—¿Estás hablando de mi corazón, o de alguno de los que tengo guardados en casa en frascos?

Él le sopló un beso.

—Sé lo que pretendes. Hablas así para que yo te vea como una guerrera en vez de como a una mujer apasionada, pero no va a...

Ella lo agarró de los testículos y se los retorció.

—Es que soy una guerrera.

—Funcionar —dijo él, con una voz muy aguda. Cuando ella lo soltó, él acarició sus valiosas posesiones—. Está bien. Puedes venir conmigo.

—Vaya, ¿me lo permites? Eres genial. ¡El mejor!

Él la ignoró.

—Si resultas herida, aunque solo sea un arañazo...

—Te enfurecerás, morirá gente, bla, bla, bla... No podemos dejar que tu aventura de una noche quede incapacitada para llevar a cabo sus deberes, ¿no?

—Claro que vas a llevar a cabo tus deberes, o la gente no solo va a morir: rogarán que los mate.

¿Cómo podía ser tan irritante y tan sexy al mismo tiempo?

—Dejemos de parlotear y vayamos al primer capítulo de *La búsqueda de la venganza de Lazarus*.

Él le clavó la mirada oscura durante una dichosa eternidad. Estuvo a punto de hipnotizarla. Después, salió por la puerta, y ella lo siguió. En el pasillo no había guardias, y los Enviados estaban echando a la gente a la calle. Todos estaban muy contentos de marcharse, porque nadie quería encontrarse con una arpía enfurecida. Y menos, con un clan entero.

Iba a haber una carnicería.

Cameo se acercó a una de las ventanas de la parte trasera, que daba a un jardín de rosas. Al borde de la rosaleda estaban las arpías, bien armadas. Habían rodeado el edificio, que estaba perfectamente iluminado por el brillo de las estrellas y la luna.

Juliette se puso un casco. El viento movió el bajo de su falda de cuero.

«Lazarus va a ser esclavo otra vez», dijo Tristeza, con un sollozo fingido. «Te va a echar la culpa a ti, te va a odiar».

—Hay más de cien arpías ahí fuera, y nosotros solo somos dos –dijo Cameo, mientras intentaba ignorar al demonio.

—Sí, lo sé. Pobres arpías –dijo Lazarus.

Se detuvo justo a su espalda, y le puso una mano en la cadera. Aquella extraña sensación, como un cosquilleo, comenzó de nuevo, y Cameo se estremeció de deleite.

Tristeza soltó un silbido de rabia, pero permaneció en silencio.

—Si desencadeno al demonio —dijo ella— puede incapacitar a todas las arpías por medio de la tristeza. Podemos vencerlas sin arriesgarnos a que nos hieran.

—Y seguro que también te incapacita a ti.

—Sí —admitió ella.

Y de una forma horrible. Si le cedía el control a Tristeza, el demonio la llenaría de tanta desesperación que ella querría morir. Después, solo el tiempo y un milagro conseguirían arrancarla de sus garras.

—No —dijo Lazarus—. Vamos a luchar.

¿No estaba deseando conseguir su venganza por el camino fácil? ¡Qué sorpresa!

«Más sexy que irritante», pensó Cameo.

—El club está vacío —dijo Thane, que se aproximaba a ellos. Las puntas de sus alas rozaban el suelo—. Las arpías me han dado un ultimátum: o mato a Cameo, o empezará una guerra. A mí no me gustan los ultimátums, así que he decidido empezar una guerra. Yo estoy de vuestro lado en esta batalla.

Junto a él estaba Bjorn y un Berserker de dos metros diez, el jefe de seguridad del club. Bjorn asintió, y el Berserker dio un paso adelante.

—Yo, también.

¿Dónde estaba Xerxes?

Ella pensaba que Lazarus iba a protestar. Aquella era su venganza, su batalla. Sin embargo, movió la cabeza con un gesto de gratitud.

Un momento, ¿había aceptado su ayuda para protegerla a ella?

Más irritante que sexy.

Ella no era un ser débil, e ¡iba a demostrarlo!

No había ni rastro de Viola ni del camarero que se la había llevado. Una pena. Habría sido agradable luchar junto a la diosa y a su peluda mascota. «Mis nuevos amigos».

«¿A quién quieres engañar? Tú no tienes amigos. ¿Qué vas a poder ofrecer?».

Tristeza quería deprimirla antes de la gran batalla para que pudieran derrotarla con facilidad. Era una táctica que había usado muchas veces. Sin embargo, en aquella ocasión, a Cameo le resultó más fácil ignorarlo.

—A propósito, habéis elegido el bando ganador —les dijo Lazarus a los demás—. He llamado a mis serpientes del cielo.

¿De veras? ¿Cuándo?

—Llegarán en cualquier momento —dijo él.

Y se oyeron unos graznidos agudos por todo el club.

Había unas doce serpientes del cielo sobrevolando el edificio. Sus alas membranosas se movían hacia arriba y hacia abajo y sus cuerpos enormes y brillantes irradiaban tensión. Tenían las colas enroscadas y preparadas para dar cuchilladas. A cada exhalación, en las ventanas de la nariz les surgían unas llamas azules.

Lazarus sonrió.

—Ya están aquí.

—Por supuesto, tú te harás cargo de los daños que sufra el edificio —le dijo Thane.

—Por supuesto —dijo Lazarus, y señaló a Juliette—. Envíales la factura a sus parientes.

La mitad del ejército de las arpías se dio la vuelta para pelear contra las serpientes y, la otra mitad, siguió concentrada en el club. Así pues, habían dividido las fuerzas. Aquella era una decisión peligrosa que ponía a las arpías en desventaja desde el principio. Sin embargo, él no les había dejado otra elección.

A Cameo le gustaba eso de él.

Xerxes apareció junto a Thane atravesando una puerta invisible. Extendió el brazo hacia Cameo, con unas dagas en la palma de la mano.

—¡Mis dagas! —exclamó ella. Guardó la que le había pedido prestada a Lazarus y tomó las suyas.

Un movimiento del exterior le llamó la atención y, al ver de qué se trataba, Cameo gruñó. Los grifos se habían unido a la fiesta. Estaban alineados frente a las serpientes, preparados para luchar del lado de las arpías.

—¿Cómo han llamado a los grifos? —preguntó.

—La noticia de mi hazaña se ha difundido muy rápidamente —dijo Lazarus, encogiéndose de hombros. ¿Estaba leyendo la mente de la arpía?—. Los grifos la encontraron.

Juliette sonrió.

—¡Lazarus! —gritó—. Estoy feliz de saber que mi consorte sigue con vida. Únete a mí, amor mío. Este enfrentamiento no es necesario. Nuestro destino es estar juntos.

Al oírla, Lazarus le gritó la maldición más obscena que Cameo hubiera oído en la vida.

—Juliette la Erradicadora es mía. Yo la mato —les espetó a los Enviados. Después, miró a Cameo—. Y tú...

—No te preocupes por mí —le dijo ella—. Te la dejo. Y, antes de que me ordenes lo contrario, quiero que sepas que sí voy a correr peligro, pero también voy a ganar.

—¿Habéis luchado alguna vez contra una arpía? —les preguntó a todos.

Bjorn dio un resoplido que quería decir algo así como: «¿Me estás tomando el pelo?».

—Llevamos miles de años viviendo, y las arpías no tienen límites. ¿Tú qué crees?

—Bien —dijo Lazarus—. Entonces, sabréis que tenéis que romperles las alas para debilitarlas.

Las arpías tenían unas alas muy pequeñas, y las movían con demasiada rapidez como para poder agarrarlas. Cameo nunca lo había conseguido, pero siempre había una primera vez para todo.

—Deja de preocuparte —le dijo a Lazarus—. Esto es pan comido.

Él le dio un rápido beso en los labios.

—Ten cuidado.

Después, se dirigió a los demás con frialdad.

—Estad preparados. En cuanto salgamos, las arpías nos dispararán sus flechas. Concentraos en ellas, y mis serpientes del cielo se encargarán de los grifos.

Los Enviados extendieron una mano, y una espada de fuego apareció en ellas.

—¡Matad! —gritó Lazarus, y atravesó la puerta lanzando afiladas astillas en todas las direcciones. Aquel movimiento fue tan inesperado para las arpías como para Cameo.

Todos lo siguieron y, tal y como había predicho Lazarus, las arpías lanzaron sus flechas.

«No puedes ganar», le susurró Tristeza a Cameo. «Vas a perder de un modo u otro. Aunque ganes la batalla, perderás a Lazarus, hoy o mañana. Se cansará de intentar alegrarte, como todo el mundo».

Cameo lo ignoró. La distracción mataba, y la tristeza debilitaba. Se concentró en la batalla. Al fin y al cabo, había sido creada para luchar. El mundo se volvió lento a su alrededor, pero su ritmo siguió siendo veloz a la hora de mover los brazos y doblar las muñecas. Las flechas impactaban con sus dagas y quedaban inutilizadas.

Las serpientes del cielo desataron una tormenta de fuego y elevaron la temperatura. Se formó una nube de humo por encima de las cabezas, y a Cameo comenzaron a caerle gotas de sudor por la espalda y las sienes.

Se oyó un fuerte grito de guerra. Las arpías se lanzaron hacia adelante y tres ávidas luchadoras se encontraron con Cameo a medio camino. Se preparó para el impacto y...

Fue Lazarus quien chocó con ellas y las derribó como si fueran bolos.

Aquello tenía que ser una broma.

Otras arpías saltaron por encima de sus compañeras caídas, con la mirada fija en Cameo. Afortunadamente, Lazarus estaba ocupado con... Cameo frunció el ceño. ¿Por qué se movía tan lentamente y permitía que las mujeres le clavaran las garras? ¿Era una estrategia para crear en las arpías una falsa sensación de victoria?

Fuera como fuera, no podía ayudarlo en aquel momento, porque la alcanzó un nuevo grupo. Bloqueó un mordisco y luego una cuchillada. La sorpresa les oscureció los ojos.

¿Acaso esperaban acabar con ella fácilmente?

Cameo decidió que no iba a ir por sus alas, porque, sin duda, esperaban aquel movimiento. Dio un rápido giro, cayó encogida y, desde el suelo, les pateó las piernas. Una de las arpías tropezó, y luego, otra. Cuando se cayeron, ella las apuñaló en el estómago.

Al principio, las mujeres no se dieron cuenta de que estaban heridas. Seguramente, la adrenalina que bombeaba por todo su organismo les había entumecido el dolor. Cameo permaneció agachada y, cuando las arpías intentaron ponerse en pie, probablemente pensando que iban a darle la puntilla mientras ella estaba abajo, se les derramaron los intestinos al suelo. Sus aullidos de agonía se oyeron por todo el campo de batalla.

Aquel era el momento idóneo: decidida a acabar con sus oponentes, Cameo dio un salto. Con rápidos golpes, apuñaló a una en el corazón y a la otra en el cuello. Sin embargo, su amiga consiguió clavarle las garras en la mejilla.

Le rasgó la carne, y Cameo notó una quemazón horrible, como si la hubieran sumergido en ácido. Le flaquearon las rodillas, y cayó el suelo. La arpía la siguió, enloquecida de rabia.

Cameo ignoró el dolor y hundió la daga en la tráquea de su atacante. La chica dio una sacudida antes de caer.

Grupo uno, terminado.

Percibió muchos sonidos distintos: los chasquidos de las llamas, gruñidos y gemidos, rugidos, el crujir de los huesos quebrados, aullidos… ¿Dónde estaba Lazarus? Se puso en pie con dificultad.

Entonces, recibió un duro golpe que la arrojó al otro lado del jardín.

Perdió el aliento y vio unos fogonazos de luz que la cegaron momentáneamente. Alguien le golpeó la mejilla con un puño muy duro y frío. Era un puño americano. Se le desencajó la mandíbula, y el cerebro rebotó contra su cráneo. Le salió sangre por las comisuras de los labios, y la inundaron oleadas de dolor.

«No te detengas. Sigue luchando». Se mantuvo tendida en el suelo y le pateó las piernas a su oponente. Al mismo tiempo, la arpía se inclinó para asestar el siguiente golpe. Perfecto. Cameo cruzó los muslos, atrapó el cuello de la arpía y rodó para colocarse boca abajo, derribando así a la arpía.

¡Crac! La arpía se golpeó la frente con una roca, y

la roca ganó. Aunque le arañó brutalmente las piernas a Cameo en un intento de levantarse, el golpe la había debilitado, y Cameo pudo ponerse de pie y golpearla con la bota en la cara.

Al cuerno, arpía.

Entre jadeos y aturdimiento, observó el campo de batalla. Las serpientes del cielo habían diezmado la manada enemiga, mientras que los Enviados habían derribado a un buen número de arpías, aunque sin matarlas. Bjorn y Xerxes estaban metiendo a las mujeres heridas en una jaula camuflada por piedras.

Juliette fue la única que se puso en pie. Bueno, no exactamente. Lazarus la tenía agarrada por la garganta, y ella agitaba las piernas en el aire. Ella le clavaba las garras con desesperación para intentar recobrar la libertad.

Él estaba manchado de sangre de la cabeza a los pies, especialmente por la entrepierna de los pantalones. Tenía la camisa, y una buena parte de la piel, hechas jirones. El odio le tensaba la piel de los ojos y la boca; era obvio que no toleraba a Juliette. Tenía los labios arrugados y mostraba los dientes con un gesto feroz.

A Cameo le pareció que la piel bronceada de la arpía se estaba volviendo de color gris.

Juliette miró desesperadamente a su alrededor, en busca de algo que poder utilizar en contra de su agresor. Al ver a Cameo, jadeó:

—La caja... Sé... quién... la caja...

Solo había una caja que tuviera importancia para ella: la caja de Pandora. ¿Sabía Juliette quién la tenía?

El corazón empezó a golpearle salvajemente en el pecho, y gritó:

—¡Lazarus!

Sin embargo, aún tenía la mandíbula dislocada, y no pudo pronunciar bien su nombre.

Lazarus no se percató de nada. ¿Su sed de venganza era tan enorme que había perdido la noción de todo lo demás, o no le importaba lo que ella tuviera que decirle?

—Lazarus —repitió ella, corriendo hacia él. Tropezó con un cuerpo, pero no cayó, y siguió corriendo—. Suéltala. Tienes que soltarla.

Si Juliette sabía quién tenía la caja, ella necesitaba que siguiera viva. Al menos, durante un rato.

Seguramente, la arpía estaba mintiendo para salvar el pellejo, pero no podía arriesgarse a no prestarle atención, teniendo en cuenta que estaba en juego la vida de sus seres queridos.

Chocó con él, pensando que solo iba a tambalearse, pero Lazarus cayó al suelo y Juliette se le escapó. La arpía rodó por el suelo y se levantó.

¡Nooo! Cameo se lanzó hacia ella, pero Juliette la esquivó y salió corriendo. Ella la persiguió, y llegaron al borde de la nube. La arpía tendría que detenerse y…

Juliette se lanzó al vacío y desapareció. Cameo derrapó y se detuvo antes de caer hacia la muerte.

Uno de los grifos recogió a Juliette en el lomo, y Cameo sintió un enorme alivio. Podrían volver a pelear, y tendría otra oportunidad de conseguir respuestas.

Las serpientes del cielo le lanzaron silbidos amenazantes, y Cameo recordó que eran sus enemigas. A las mascotas de Lazarus les encantaría castigarla… y a Lazarus, también.

Él rugió.

—¿Por qué, Cameo? ¡Dime por qué!

Ella cerró los ojos, apoyó la mandíbula en el hombro y se la colocó de un empujón. Cuando se le calmó un poco el dolor, respondió:

—¡Ya la has oído! Puede que tu consorte sepa dónde está la caja de Pandora.

—Nunca fue mi consorte —dijo él, deteniéndose a su lado y fulminándola con la mirada—. Y ella no lo sabe.

—¿Por qué estás tan seguro?

Su mirada se llenó de culpabilidad e ira. ¿Por qué?

—Lo sé, y ya está.

—Bueno, pues yo quiero hablar con ella antes de que la mates, ¿de acuerdo?

Una serpiente del cielo aterrizó tras él, y dio un graznido.

—No —gritó Lazarus. Sin dejar de mirar a Cameo, le dijo a la criatura—: No debéis hacerle daño. Nunca. Vosotras, no.

«Vosotras, no». Vaya, qué reconfortante.

—Yo me vuelvo a Budapest —le dijo Cameo—. Tú puedes venir conmigo o quedarte aquí. En este momento, no me importa. Bueno, sí, sí me importa. ¡Quédate! Cuando me cure de las heridas, voy a buscar a Juliette y charlar con ella. Y será mejor que siga viva. La seguridad de mi familia es más importante que tu venganza, ¿me has oído?

—Sí, creo que te ha oído todo el mundo —le espetó él.

Cameo lo rodeó rápidamente y les lanzó una mirada fulminante a la serpiente de fuego y a los Enviados.

—¿Algún voluntario para llevarme a casa, o empiezo a cantar una nana?

Los tres Enviados y su amigo el Berserker le rogaron que les concediera el privilegio. Y, vaya, la serpiente del cielo se postró para que ella pudiera tener un acceso más fácil a su lomo.

Tal vez los golpes hubieran acabado con su instinto de supervivencia, porque decidió marcharse con la serpiente. Por supuesto, el animal podía hacerla trizas en el aire, pero ¿y qué? Si se la comía, que se la comiera. Si la tiraba al vacío, que la tirara. Ella moriría o sobreviviría; en aquel momento no sabía muy bien qué prefería.

Antes de montar, le preguntó a Lazarus:

—¿Nos verán los seres humanos y les causaremos pánico?

—No. La serpiente se camuflará.

¿Podían camuflarse? La serpiente expulsó una nube de humo blanco por la nariz. La nube lo envolvió y lo ocultó.

—Vaya. Eso explica por qué has llegado tan lejos sin que te descubrieran —dijo ella.

—Cameo —le dijo Lazarus con aspereza, en un tono autoritario.

—No. Ya hemos terminado de hablar —respondió ella, y se acomodó en su medio de transporte.

—Voy a ir por ti —le dijo él—. Siempre iré por ti.

Eso ya se lo había dicho antes. La primera vez había sido una promesa dulce y reconfortante. Aquel día parecía una advertencia.

Capítulo 20

«No te disculpes nunca. Discúlpate siempre, pero solo con tu mujer».
~~Cómo convertirte en el monstruo que debes ser~~
El arte de hacer feliz a tu mujer

Hacía tres días que se había separado de Cameo, y Lazarus había llegado al límite.

Apretó los dientes, y sintió dolor en la mandíbula. Todavía no se había marchado del club Downfall porque, a causa de Juliette, no estaba lo suficientemente fuerte como para reunirse con su obsesión. Hacía el final de la batalla, la arpía le había arrancado un testículo con las garras. Él se movía con demasiada lentitud, y no había podido impedírselo.

Durante aquel tiempo, había fabricado una funda de cuero para la caja de Pandora, y la había forrado con una fina cota de malla para que fuera más resistente. El trabajo era impecable, pero no tan impresionante como el de Cameo.

Sorprendentemente, su separación de ella le dolía más que la pérdida del testículo. Ya debería haberse curado; sin Cameo, no empeoraba. Sin embargo, no había empezado a regenerarse hasta aquella mañana.

Fuera cual fuera el motivo, Juliette iba a pagar muy caro haberle encarcelado y haber provocado que él tuviera que pasar aquellos días separado de su mujer.

Echaba de menos a Cameo, su inteligencia y su ferocidad. Anhelaba sus besos dulces y su sabor. Quería oír sus ronroneos de excitación, y sentir sus uñas clavadas en la espalda. Soñaba con ella, incluso con su forma de luchar contra aquellas arpías…

Pero, por encima de todo, quería ver su sonrisa.

La veía como era, fuerte, inteligente y valiente, y muchas más cosas. Ella se merecía ser su compañera, no solo una bonita decoración a su lado.

El día anterior, él había llamado al Enviado de los ojos de arco iris, Bjorn. El mayor.

—¿Me das tu palabra de que esta conversación no saldrá de aquí? —le preguntó Lazarus.

—Sí, te la doy —le había respondido el Enviado. Los Enviados no podían mentir, así que acababa de obligarse a sí mismo a mantener su promesa.

Así pues, Lazarus había continuado.

—Llevas mucho tiempo viviendo. Tanto como yo. ¿Qué sabes de Hera? ¿Y de mi… padre?

—De tu padre, muy poco. De Hera y de tu madre un poco más. Hubo un tiempo en que fueron amigas.

¿Amigas? Aquello fue una sorpresa para Lazarus. ¿Cómo podía una amiga matar tan despiadadamente a otra?

—¿Y cuándo se hicieron enemigas?

—Cuando tu padre secuestró a tu madre.

¿Simplemente por celos? ¿Acaso Hera deseaba a Typhon? ¿Por qué?

Lazarus había cambiado de tema de conversación:

—¿Sabes si hay algún modo de liberar a Cameo de su demonio sin matarla?

Bjorn se dio un golpecito con los dedos en la barbilla.

—Un cascarón vacío se marchita. Por eso es por lo que ella morirá cuando el demonio sea retirado de su cuerpo. Si, después de eso, consigues revivirla, lo cual no está garantizado, su espíritu tendrá que ser curado y rellenado. Amor en el lugar del odio. Alegría en el lugar de la tristeza.

Eso tenía todo el sentido, pero era muy arriesgado. Ni Cameo ni él sabían amar. Y... ¿había conocido él, alguna vez, la alegría? ¿La verdadera alegría?

Sabía que debería separarse de ella rápidamente, pero cada vez le parecía más imposible hacerlo.

Le había dicho que la ayudaría a controlar al demonio. Le había dicho que la protegería, incluso de sí misma.

¡Tonto!

Aunque tenía más de mil años, y había experimentado lo mejor y lo peor de la vida, no tenía defensas contra Cameo. Su mera existencia la convertía en una enemiga para él. Sin ella, viviría, sería fuerte, un líder. Pero, sin ella, no viviría bien. Se había convertido en una necesidad, en algo esencial para su existencia.

¿Era así como se sentía su padre con respecto a su madre? ¿Enloquecido? ¿Había sido aquello el principio del fin para Typhon?

Lazarus se dio cuenta de que tenía que decidir: alejarse de Cameo para siempre, o quedarse con ella. Aceptar los cristales y el resultado final, una vida en las sombras, incapaz de pelear, o evitar los cristales y ganar sus guerras personales.

Si elegía la primera opción, no podía haber término

medio. Ya había cometido ese error al exigirle a Cameo que aceptara pasar una sola noche con él. A ella le habían hecho daño muchas veces, y necesitaba que su hombre le diera seguridad, merecía saber que era adorada. Solo así, él conseguiría ganarse su confianza y ella compartiría su cuerpo... y elegiría acordarse de que había sonreído.

A cambio, podía ayudar a Lazarus a llevar a cabo su venganza. ¿Qué mejor guerrera podía tener a su lado? Lo tendría todo, a su mujer y su venganza, antes de que los cristales lo invadieran por completo.

Siempre había un «pero». Si quería pasar lo que le quedaba de vida con Cameo, tenía que hablarle de la caja de Pandora antes de que ella desafiara a Juliette para que le diera una información que la arpía podía o podía no tener.

¿Y si usaba la caja para hacerse daño a sí misma?

Él podía destruir la caja y, simplemente, mostrarle los restos.

Entonces, ella lo odiaría.

¿Y la Estrella de la Mañana? La manzana colgaba de su cuello nuevamente. Él la tomó en el puño y la apretó. Si destruía la caja de Pandora, tal vez también destruyera la Estrella de la Mañana. ¿O, por el contrario, liberaría por fin al misterioso ser?

¿Podría salvar la Estrella de la Mañana a Cameo?

Si existía alguna posibilidad, él no podría destruir la caja. El riesgo pesaba más que la recompensa. Así pues, no podía decirle nada a Cameo, por mucho que ella mereciera saber la verdad.

«No puedo poner en peligro su bienestar. O su futuro». Ya no volvería a sentirse culpable. Ella significaba demasiado para él, y lo que hiciera, lo haría por ella.

Iba a protegerla, y punto.

Nuevo plan, nuevo movimiento. Mataría a Juliette antes de que Cameo tuviera la oportunidad de hablar con ella. Después, se dedicaría a buscar a Hera, la obligaría a decirle dónde estaba su padre y, por fin, mataría a la mujer que había asesinado a su madre y al hombre que la había esclavizado. Actuaría rápido. Y, después, pasaría el resto de sus días con Cameo, disfrutando de la felicidad que solo ella podía darle.

Un buen plan.

–Hola, Lazarus.

Aquella voz le resultaba familiar y provenía de algún lugar a su espalda. A Lazarus se le tensaron todos los músculos del cuerpo. Tomó una daga en cada mano, se giró y...

Se encontró de frente con Hera.

Lazarus proyectó una ilusión y ocultó su expresión de furia con una máscara de indiferencia. Borró todo rastro de la manzana que estaba bajo su camiseta y escondió las armas que llevaba prendidas al cuerpo. Que ella pensara que iba desarmado.

El tiempo había sido benigno con Hera; estaba más bella que nunca. Su pelo era como una cascada de musgo con flores rosas. Sus ojos eran un mapa aéreo de la Tierra, muy azules, con manchas verdes y marrones. Su piel era de un bello color siena.

Llevaba un vestido de pétalos de rosa y olía a flores dulces.

¡Una bruja como ella debería oler a azufre!

Él no esperaba que fuera a verlo. No esperaba que se acordara del niño al que había dejado huérfano. Mientras Lazarus se hacía un hombre, siempre había mantenido en secreto las intenciones que tenía para con ella.

–Hera. Llevo mucho tiempo soñando con verte otra vez.

—Te decapitaron. No creo que pudieras soñar y, mucho menos, vivir —respondió ella.

—¿No te has enterado? Yo no puedo morir.

—Supongo que tiene sentido. Después de todo, eres hijo de tu padre —replicó Hera, y frunció los labios—. Typhon. Un cerdo que ha conseguido librarse de la muerte... hasta el momento.

¿Sabía que acababa de confirmarle que su padre había sobrevivido?

—Tú mataste a mi madre. A tu amiga —dijo él—. ¿Quién es el peor de toda esta historia?

La rabia se apoderó del semblante de Hera. Entonces, él detectó un chasquido de poder parecido al suyo, al de su padre, y la expresión de la mujer se volvió calmada. ¿También tenía ella la capacidad de proyectar ilusiones?

—¿Sabes por qué he venido? —le preguntó a Lazarus.

—Sí. Para que yo te mate.

—Tienes la caja de Pandora. Mi caja. Mataste a mi esclava.

Lazarus se quedó sorprendido; Hilda era esclava de Hera.

—Sé que la caja está cerca —dijo ella—. La siento. No me mientas, Lazarus. Verás, antes de que me encarcelaran en el Tartarus, pasaba los días matando a hombres que podían ser una amenaza para el sexo femenino. Y se me daba muy bien. Contén la lengua y devuélveme la caja ahora, o pasarás a engrosar mi lista de indeseables.

—Tú misma has dicho que yo no puedo morir. Voy a elegir la opción C, que es hacerte pedazos.

—Pues que tengas buena suerte.

La venganza exigía que Lazarus matara a su enemiga. Que actuara inmediatamente. Sin embargo, no se movió. No debía empezar una lucha que no podía ganar. Estaba debilitado, y ella era poderosa, así que tenía que actuar con cautela.

—Qué hipócrita te has vuelto con la edad, ¿eh? —dijo él, y permitió que una sonrisa fría atravesara la ilusión—. Tú, la vengadora de las mujeres violadas, conocida por castigar a todo aquel que tomaba algo que no se le ofrecía, robaste la caja de Pandora e impediste que los demonios volvieran a su interior. Tú desencadenaste a esos demonios y los liberaste en el mundo. Llevan siglos saqueando y matando a seres inocentes.

Ella se rio con amargura.

—Tienes razón, soy hipócrita. Y se me castiga todos los días por mis decisiones. Y, ahora, ¿dónde está mi caja?

—¿Dónde está mi padre?

Ella enarcó una ceja.

—¿Acaso quieres salvarlo?

—Quiero matarlo.

Hubo una pausa llena de tensión. Después, ella repitió:

—¿Dónde está mi caja?

—¿Dónde está mi padre?

—He aprendido bien la lección, Lazarus. Fue un error dejarte con vida. Dime dónde tienes mi caja, o destruiré a tu familia, empezando por tus hijos.

—Yo no tengo hijos.

—Te salvé de que te convirtieras en una copia de tu padre. De niño te perdoné la vida. Estás en deuda conmigo.

—Me esclavizaste y le entregaste el cuidado de mi alma a una arpía. No te debo nada más que una muerte dolorosa.

—Qué palabras más valientes. O más estúpidas. No me obligues a desmembrar a Cameo como desmembré a Echidna.

¿Le había temblado la voz al final?

—¿Obligarte?

—Yo nunca he disfrutado haciéndoles daño a las mujeres.

—Si tocas a Cameo, yo...

—¿Qué? ¿Te congelarás como tu padre, que no puede moverse y está atrapado en una especie de crisálida? —le preguntó ella, con una risotada—. Hace poco tiempo fui a verlo. Qué destino tan trágico para un hombre que fue tan fuerte.

Y él iba a tener el mismo destino.

Lazarus ya se había resignado. Si se quedaba con Cameo, seguiría debilitándose. Tal vez fuera aquel el mejor momento para atacar. Tal vez ya no volviera a tener tanto poder.

Decidido.

Sin previo aviso, Lazarus se arrojó contra Hera. Le clavó el hombro en el vientre y rugió de satisfacción al oír su gruñido de dolor. La siguió en su caída al suelo, y ella se llevó la peor parte del impacto: la parte posterior de su cráneo se hizo pedazos.

A pesar de la herida, ella le golpeó la barbilla con la frente. Lazarus tuvo una descarga de adrenalina y apenas sintió dolor. Dio un codazo brutal, pero solo encontró el aire. Ella se desvaneció.

Él se puso en pie de un salto y esperó que regresara. Sin embargo, después de unos minutos, ella no había vuelto.

Nuevo plan: debilitado o no, volvería junto a Cameo aquel mismo día. En aquel momento. Juntos matarían a Hera y a Juliette. Después, buscarían a su padre y acabarían con su vida. Él confiaba en Cameo y admiraba su capacidad.

No necesitaba un ejército. Solo la necesitaba a ella.

—En marcha. Nuestra reunión familiar multitudinaria va a empezar —dijo Torin, a través de los altavoces de la fortaleza.

¡Maravilloso! ¡Genial! Cameo sabía de qué iban a hablar. O, más bien, de quién.

Cuando les había contado a sus amigos que tal vez Juliette supiera dónde estaba la caja de Pandora, todos habían sentido emoción y esperanza. La arpía se había convertido en el enemigo número uno de los Señores del Inframundo.

¿Le habría perdonado Lazarus que salvara a quien lo había atormentado durante casi toda su vida?

No. De lo contrario, ya estaría allí.

«Lo he perdido antes de tenerlo».

Todo el mundo entró en el salón: Torin, Keeley, Maddox, Ashlyn, Sienna, Sabin, Gwen, Gideon, Scarlet, Amun, Haidee, Danika, Kaia, Aeron y Olivia, una Enviada.

Lucien, Anya, Reyes, Kane, Josephina, Strider, Baden y Katarina estaban en el inframundo, con Hades.

Galen, un antiguo enemigo que se había convertido en amigo, entró en la habitación y se dejó caer en el sofá. Tenía los ojos muy azules, pero ensombrecidos en aquel momento, y el pelo completamente despeinado. Acababa de volver de una misión secreta... ¿para sí mismo? ¿Para Hades? Debía de haber fracasado.

Kaia, la arpía pelirroja, le dio un golpecito a Cameo con el hombro.

–Vamos, presta atención a esto. Todo el clan Eagleshield ha declarado la guerra por nuestra chica, Cameo. Esperan que los miembros del clan Skyhawk hagamos lo mismo, porque siempre hemos tenido un enfrentamiento con el hombre de Cam, Lazarus.

¿Cómo se atrevían los Eagleshields a intentar reclutar a sus amigos?

«Tú no tienes amigos», le susurró Tristeza.

«¡Sí los tengo! Sé que sí los tengo».

Se oyó un coro de abucheos.

–Por supuesto, nosotros nos negamos. Con dagas y puñales –dijo Kaia, y se oyeron vítores. La arpía hizo una reverencia a su público. Cuando la sala quedó en silencio, añadió–: Hace mucho tiempo, Lazarus destruyó uno de nuestros pueblos, pero hoy lo perdonamos oficialmente. Por Cameo, y porque nos gustaría tener la oportunidad de torturarlo lentamente. De formas no violentas –añadió, mirando a Cameo de reojo–. La muerte es demasiado rápida y demasiado permanente.

–Se dice que Lazarus ha vuelto de entre los muertos –dijo Gwen–. ¿Cómo es posible?

Todos miraron a Cameo.

–No lo sé. Ni él tampoco.

Sus amigos se encogieron al oír su voz. Peor aún, se encogieron más de lo normal.

«Te lo dije», le cuchicheó Tristeza, provocándola.

Ella apretó los labios. De todos modos, no tenía intención de hablar de los planes de Lazarus, porque eran un secreto que solo él podía compartir, si quería hacerlo.

–Preguntaré por ahí –dijo Sienna–. Alguien sabe algo –añadió. Era la nueva guardiana de la Ira, y administrar castigos se había convertido en su pasatiempo favorito. Hizo crujir sus nudillos, y afirmó–: Ese alguien va a cantar como un canario.

–¿Funciona todo el cuerpo de Lazarus? –preguntó Kaia.

¿Quería saber si le latía el corazón? Cameo asintió.

Kaia sonrió con malicia.

–¿Y de cuántos centímetros estamos hablando? Vamos, dímelo.

Cameo dijo, moviendo los labios en silencio:

–Concentraos, por favor.

–Entonces, ¿menos de doce? ¿Catorce? –insistió Kaia–. Juliette siempre alardeaba de que iba a guardar sus pelotas en una vitrina. Le cortaba uno de vez en cuando para recordarle a Lazarus quién mandaba. Le quitó uno durante la batalla. Me preguntaba si habría experimentado una disminución.

¿Había recibido una herida? Ella había pensado que la sangre de su pantalón era de sus enemigos.

¿Cómo había podido dejarlo solo?

Antes de que Tristeza pudiera utilizar la culpabilidad en su contra, ella se volvió hacia Aeron.

–Después de que tú murieras, la Verdadera y Única Deidad te dio un cuerpo nuevo. Él es el único que puede hacer algo así, ¿no?

Él había creado a los Enviados, a los ángeles e incluso a los humanos con barro.

¿Y a las otras especies?

Se decía que los ángeles caídos se habían unido a los seres humanos y habían creado a los semidioses: los Titanes, los Griegos y los Innombrables. Esos semidioses se habían reproducido también, y habían dado lugar a diferentes razas inmortales: cambiaformas, Berserkers, sirenas, ninfas y otras muchas. Otros semidioses se habían apareado con demonios y habían creado a las arpías, a los vampiros y a las brujas. Sin embargo, ninguno de aquellos seres sabía crear carne de la tierra, ni ninguna otra cosa.

–Que yo sepa, sí –dijo Aeron, con su característica voz ronca–. No sé cómo lo hizo. Yo me desperté en el cielo y ya estaba unido a mi nuevo cuerpo.

«Así que estamos como siempre. Asombroso».

Tristeza emitió su perfume venenoso de tristeza, y Sienna olisqueó el aire. Kaia y Gwen se habían dado la vuelta para enjugarse las lágrimas disimuladamente.

«Y aquí estoy yo, como siempre también. Haciendo que todo el mundo se sienta triste».

–Me marcho –dijo, y salió al pasillo con la cabeza agachada.

–Tenemos que hablar de la caja –le dijo Sabin.

Ella se detuvo y respondió:

–No te preocupes, Juliette Eagleshield me dirá todo lo que sepa antes de que le corte la cabeza.

Cameo bajó las escaleras. Por el camino, una mariposa pasó revoloteando a su lado, y ella ignoró la inquietud. Se encerró en su habitación y se sentó frente al tocador... donde estaba colgado el espejo de Lazarus.

Al principio, no tenía ni idea de que estuviera allí. Había visto una muñeca hinchable. Después, lo había tocado y la ilusión se había desvanecido. El cristal había aparecido ante sus ojos. Era un regalo de Lazarus. Se quedó conmovida por aquel detalle... y aterrorizada por lo que iba a ver.

La historia le había demostrado que a ella siempre le esperaba el dolor.

Se le cayeron las lágrimas por las mejillas, porque unas pequeñas penas empezaron a roerle el alma como un ratón que se hubiera encontrado un trozo de queso.

El arrepentimiento y la desazón se extendieron por su mente como cucarachas.

Pese a su explosiva despedida, echaba más de menos a Lazarus a cada minuto que pasaba. Echaba de menos sus caricias y su sabor, y sus carcajadas. No había mucha gente que pudiera hacerle reír; ella era una de esas pocas personas. Echaba de menos, incluso, sus comentarios irritantes.

Con él, se había sentido viva por primera vez desde el día en que la había poseído el demonio, había estado tan cerca de la felicidad que casi había podido reírse a carcajadas ella también.

«Lazarus te ha abandonado, no quiere saber nada de ti», le ronroneó Tristeza. «Tal vez te sintieras mejor si lo olvidaras».

¡Nunca!

Tal vez...

Lazarus creía que el demonio necesitaba su permiso para borrarle los recuerdos. Al principio, a ella le había parecido absurda aquella idea. El hecho de no recordar las cosas que había hecho y dicho era una tortura. Sin embargo, en aquel momento estaba sufriendo una tortura aún peor: recordar las cosas atrevidas que habían hecho Lazarus y ella y saber que nunca volvería a experimentarlas.

No, no. Perder los recuerdos sería aún peor, y no podía permitir que Tristeza la convenciera de lo contrario una vez que, por fin, había empezado a tener paz.

Ninguna paz podía compararse a lo que había sentido durante su primer beso. Los pequeños detalles eran muy importantes, tanto como los grandes: el brillo burlón de sus ojos oscuros cuando le tomaba el pelo y su voz enronquecida cuando ella le satisfacía. La forma en que las gotas de sudor caían por sus músculos.

Cameo se miró al espejo con desesperación.

–Muéstrame el futuro, por favor.

Para su sorpresa, el cristal se licuó, y aparecieron ondas desde la parte superior a la inferior. Al final, aquellas ondas se separaron y dejaron a la vista dos imágenes, una a la derecha y otra a la izquierda. En la primera, Lazarus apuñalaba a Hera con una versión en miniatura de la Vara Cortadora. Alguien había cortado la vara en dos y había empujado la punta hasta el centro para hacerle sitio a una daga retráctil. En la visión, ella misma aparecía presenciando el asesinato con una expresión de alivio. Él lo había conseguido. Se había vengado y había sobrevivido.

La escena cambió y reveló las consecuencias de la victoria de Lazarus: ella se estaba quemando, inmóvil, sobre una pira. Sus amigos la estaban rodeando con la cabeza agachada, tristes y llenos de dolor. Lo curioso era que aquellas emociones terribles todavía se las estaba induciendo ella.

–Si Lazarus mata a Hera, ¿yo muero? –le preguntó al cristal.

Se echó a temblar y miró la otra mitad del espejo. Entonces, se quedó espantada, puesto que se vio a sí misma ponerse delante de Hera para salvarle la vida. Sin embargo, en aquella ocasión era ella misma la que moría.

No tenía esperanza. Hiciera lo que hiciera, estaba sentenciada. A menos que pudiera cambiar el futuro.

¿Por qué iba ella a proteger a la diosa que había matado a la madre de Lazarus?

La escena cambió y le reveló las consecuencias de su elección: aquella vez, estaba tumbada en una cama, riéndose bajo una bandada de mariposas que revoloteaban sobre su cabeza.

Vaya, así que... ¿sobrevivía? ¿Y se reía? ¿De unas mariposas?

Tal vez no debiera intentar cambiar su futuro. Seguir la pista que le había dado el espejo la primera vez le había salido muy bien.

Pero... ¿mariposas?

«Si alguna sale con demasiada facilidad de su crisálida, se le debilitan las alas. Debe luchar para salir, o nunca tendrá la fuerza suficiente para volar».

Recordó lo que le había dicho Lazarus y se asomó por la ventana para mirar varias mariposas que se habían posado en el alféizar. ¿Y si aquellos insectos no eran un presagio del mal, sino de éxito? ¿Y si le señalaban la cercanía de Lazarus? Él le había dicho que las atraía.

Se le aceleró el corazón. ¿Acaso la había perdonado por haber pospuesto la ejecución de Juliette?

Podía ser, pero... Volvió al tocador y apoyó la frente en las palmas de las manos. Él la odiaría para siempre si le salvaba la vida a Hera. Por lo tanto, salvar a la diosa no podía ser lo que le proporcionara la felicidad.

Además, ¿y si perdía a Lazarus de todos modos? La primera visión le mostraba su muerte y, en la segunda, Lazarus no aparecía.

«Y, sin embargo, yo me estoy riendo. ¿Por qué?».

¿Estaba él cerca?

Demasiadas preguntas sin respuesta.

Alguien llamó a su puerta. El cristal se aclaró y reflejó el desorden de su habitación. Mejor, así estaba mejor.

Ella se puso de pie, con las piernas temblorosas, y dijo:

–Adelante.

Viola entró en la habitación seguida por su mascota, que le mordisqueaba cariñosamente los talones. Aquel día, Viola llevaba una camiseta en la que podía leerse *Estoy saliendo con una supermodelo: ¡Yo!* La camiseta tenía el cuello y el bajo desgastados. También llevaba unos pantalones cortos que tenían manchas de hierba, y unas botas de vaquera llenas de barro.

Fluffy llevaba un traje a juego.

Los dos habían vuelto a la fortaleza el día anterior. La diosa se había negado a hablar de lo sucedido en el club, y Cameo no la había presionado.

—Como soy tu mejor amiga —dijo—, me han elegido para que te dé las malas noticias.

Oh, no.

—¿Qué ha ocurrido? ¿Ha muerto alguien? ¿Quién ha muerto?

Tristeza se rio.

—Vaya —dijo Viola—. Te pones rápidamente en lo peor, ¿eh?

Ella respiró profundamente para calmarse.

—¿Qué ha ocurrido? —repitió.

—Gwen y Kaia acaban de dar con Juliette.

Viola se vio reflejada en el espejo y, al instante, abrió mucho los ojos y exhaló un suspiro de admiración. Caminó hacia delante, como si estuviera en trance, y extendió una mano para tocar el cristal.

—¡Oh! ¡Una belleza!

Cameo tomó una manta y la echó por encima del espejo antes de que Viola se perdiera completamente en la contemplación de su propio reflejo. Misión cumplida.

—¿Y por qué va a ser mala para mí la noticia de que han encontrado a Juliette? —le preguntó Cameo.

—¿Y quién ha dicho que es una mala noticia para ti? Es una mala noticia para ella. ¿Se me ha olvidado decirte que esa idiota te ha desafiado? Quiere evitar que las familias tengan que luchar y quiere enfrentarse directamente a ti. La ganadora se queda con Lazarus.

Cameo apretó los puños.

—Trato hecho. Pero Lazarus no es el peón de nadie. Él elegirá a la mujer con la que quiere estar.

«No será ella, y no serás tú», le dijo el demonio. «Ese tren ya ha pasado».

—A ella no le importa la libertad de decisión, así que tienes que prepararte. Ven —le dijo Viola, y salió de la habitación. Claramente, esperaba que Cameo la siguiera.

Ella salió detrás de su amiga caminando pesadamente. Entraron en la habitación de los artefactos, donde estaban guardadas la Vara Cortadora, la Jaula de la Compulsión, la Capa de la Invisibilidad y los cuadros que pintaba El Ojo que Todo lo Ve.

El poder ser percibía en el ambiente. Y el polvo. Había muchísimo polvo, y Cameo tosió.

Miró fijamente la Vara Cortadora. Tenía una barra central larga, de metal, y una punta con un orbe de cristal teñido. Con solo tocarla, acabaría en otro reino.

—¿Por qué hemos venido? —preguntó—. No quiero salir del mundo mortal.

Viola sacó un pedazo de tela de su bolsillo y cubrió cuidadosamente el orbe.

—Como sabes, me propuse aprender más sobre la Vara Cortadora mientras estaba atrapada en el reino de los espíritus…

—No estabas atrapada. Entraste voluntariamente por segunda vez. ¡Y tenías el anillo! —le recordó Cameo.

—Bueno, bueno, volvamos a La Vara Cortadora. Me da la sensación de que vas a necesitarla.

Mientras hablaba, Viola se inclinó e hizo girar una parte de la vara por unos surcos naturales que ella no había visto. Acortó la barra de metal y un pincho de metal muy afilado salió de la punta.

A Cameo se le encogió el estómago. La Vara Cortadora se había convertido en una versión en miniatura de sí misma, en la espada que ella había visto en el espejo. Así pues, era el artefacto que Lazarus iba a utilizar para matar a Hera... o a ella.

Así pues, el espejo sí le había mostrado dos futuros posibles y, ahora, ella tenía que elegir cuál prefería.

No tenía que pensarlo: el segundo. En la imagen del segundo, aparecía riéndose.

Pero ¿y Lazarus? Si ella era feliz, ¿destrozaría la felicidad de Lazarus?

Capítulo 21

«Tu reino no conocerá la paz mientras ~~tus enemigos sigan con vida~~ tu mujer esté disgustada».
El arte de hacer feliz a tu mujer

Lazarus entró en la fortaleza de Budapest como si le perteneciera. En realidad, para él era así. Había decidido ir por todas con Cameo, así que ella tenía que ir por todas con él: no había otro resultado aceptable. Lo que le pertenecía a él, ahora también le pertenecía a ella, y viceversa. Así pues, la fortaleza era suya.

Se detuvo en el vestíbulo. Podía ser que la cercanía de Cameo lo fortaleciera en algunos sentidos mientras que, en otros, lo debilitara, porque su testículo ya casi había terminado de regenerarse. Había sido un proceso muy doloroso que él no había revelado ni con sus palabras ni con sus actos.

–Bienvenido –le dijo una voz, a través de un sistema de altavoces. Aquella voz era la de Torin, el guardián de Enfermedad, que había salido con Cameo durante un tiempo. Aquel tipo iba a conservar la vida porque nunca había llegado a tocarla.

Torin tenía colocadas cámaras en todo el perímetro

de la fortaleza, así que ya sabía de su llegada. Lazarus había abierto la mente a los pensamientos de los residentes antes de entrar, y no había captado ningún deseo de atacarlo.

Tal vez, porque Torin había dicho:
—Tenemos un visitante. No lo matéis.

Lazarus subió a toda prisa hasta el segundo piso. Allí, vio a una mujer a la que había conocido hacía mucho tiempo: Keeley, la Reina Roja. Typhon lo había llevado a rastras al inframundo a que le presentara sus respetos.

Entonces, ella tenía el pelo rojo y los ojos marrones. Ahora, sin embargo, sus rizos eran de color rosa y tenía los ojos verdes como la hierba. Era imposible saber de qué color los tendría al día siguiente. Sus colores cambiaban con las estaciones.

La mujer estaba entrando y saliendo de varios dormitorios, metiendo cosas en una bolsa.

—Va a necesitar esto —dijo, refiriéndose a un jarrón— y esto —añadió, sacando de un tirón un clavo de la pared— y, lógicamente, ¡esto! —terminó, con un par de gafas de bucear en la mano.

Al verlo, sonrió distraídamente.
—Eh, hola, Lazy. Tenía que decirte... una cosa. Tengo que buscar el viejo tablero de corcho. Si tú buscas a mi chica, está en su habitación, preparándose para el desafío. ¡Buenas noticias! Ha aceptado.

¿Qué corcho? ¿Qué desafío? ¿Y qué había aceptado, exactamente?

Lazarus no se quedó a preguntar. Se puso a caminar rápidamente por un pasillo, y pasó por delante de una puerta abierta. Sabin, el guardián de la Duda, estaba en el centro del marco. Tenía una taza de café entre las manos, y se quedó mirándolo fijamente. No llevaba camisa, y tenía un enorme tatuaje de una mariposa en el costado derecho. La marca de su demonio.

—Si le haces daño a Cameo —dijo Sabin—, te corto la cabeza.

En otras circunstancias, Lazarus lo habría atacado sin avisar por haberlo amenazado. Sin embargo, dijo:

—Me parece bien.

Si le hacía daño a Cameo, se merecía todo el dolor que el guerrero quisiera infligirle.

Sabin se frotó los brazos y frunció el ceño.

—Noto algo diferente en ti. Me estás provocando... un cosquilleo.

Lazarus se pasó la lengua por los dientes. El guerrero notaba la caja de Pandora, pese a la funda de cuero que él le había hecho. Como Hera lo estaba persiguiendo, había tenido que llevarse puesto el colgante.

—Lo que sientes es seguramente atracción sexual. Lo siento, pero vas a tener que aguantarte.

La consorte de Sabin, Gwen, se acercó a él y le mostró los dientes a Lazarus.

—Yo siento algo parecido, pero prefiero utilizar tu calavera de retrete.

Gwen era una arpía del clan Skyhawk, pero él no sentía nada negativo hacia ella. Sabía muy bien que no se podía odiar a una raza entera por los pecados de uno de sus miembros.

En el vano de las demás puertas, que también estaban abiertas, esperaba un guerrero con intención de atemorizarlo. Aquello era de esperar, porque estaba saliendo con Cameo.

—Yo también siento un cosquilleo y, claramente, no es atracción sexual —le dijo Maddox, el guardián de Violencia, mirándolo con sus ojos violetas—. Puede que sea rabia. Si disgustas a Cameo, me divertiré jugando con tus órganos internos.

—Yo no siento tu nuevo atractivo, pero quiero saltar encima de tus huesos —le dijo Gideon, el guardián de la Mentira. Tenía aspecto de rockero, con muchos piercings y el pelo azul, del mismo color que sus ojos. No podía decir una sola verdad sin que su demonio le causara un dolor insufrible. El guerrero añadió—: Y, para tu información, Cameo no es como una hermana para mí. A mí no me importa nada que le hagas daño, y no pienso cortarte la cabeza si lo haces.

Una mujer morena, embarazada, abrazó a Gideon por la cintura y le sonrió dulcemente a Lazarus.

—Lo que quiere decir mi marido es que sí te cortará la cabeza y jugará al fútbol con ella —dijo, sin que su sonrisa vacilara.

Demonios, qué bien le caía toda aquella gente.

Amun, el antiguo guardián de los Secretos, estaba junto a su mujer, Haidee.

—Si le haces daño a Cam, te voy a cortar el cuello mientras duermes y voy a bailar sobre tu sangre.

Agradable.

Aeron, el antiguo guardián de la Ira, besó a su mujer, una Enviada de pelo negro, y miró a Lazarus a los ojos.

—Si fastidias a Cameo, no permitiré que vuelvas otra vez de entre los muertos cuando acabe contigo.

—Me ha encantado hablar con vosotros, chicos —les dijo.

Cuando llegó a la habitación de Cameo, entró sin llamar. Cerró la puerta con suavidad y notó una oleada de tristeza opresiva.

Ella no se percató de su presencia y siguió moviéndose apresuradamente de un lado a otro. Él pudo respirar por primera vez desde que se habían separado, pese a que ella tuviera un estado de ánimo tan sombrío. Por fin estaba en casa. La tensión desapareció, y la excitación ocupó su lugar.

—Quiero algo más que una sola noche contigo —le dijo.

Ella se dio la vuelta al instante. Se le sonrojaron las mejillas, pero tenía los ojos enrojecidos como si hubiera estado llorando.

Él gruñó.

—Lazarus. No sabía si iba a volver a verte.

—Dime lo que te pasa, cariño, y yo lo arreglo.

A ella se le cayeron las lágrimas y comenzó a temblarle la barbilla.

—Siento mucho haberlo estropeado todo. Te echaba de menos... Voy a perderte muy pronto. Tenemos muy poco tiempo para estar juntos, y... y...

Tristeza había utilizado su separación para acosarla. Lazarus apretó los dientes y agarró la manzana con la mano, aunque estuviera bajo su camiseta. Cada día anhelaba más matar a aquel demonio.

Pero no podía poner en peligro a Cameo.

—Si matas a Hera —le dijo ella, entre el llanto—, yo voy a morir.

Lazarus frunció el ceño.

—¿Cómo lo sabes?

—Me lo mostró el espejo.

—Pero... acuérdate de que el espejo muestra diferentes futuros —replicó él. Sin embargo, no podía soportar la idea de que ella muriera, y dijo—: Ahora que lo sé, tomaré medidas para que estés a salvo. Siempre me he negado a pedir ayuda, porque creía que necesitar ayuda era de débiles. Pero ahora te pido que me ayudes a encontrar a Juliette. Podemos matarla juntos y, cuanto más rápidamente, mejor. Si ella supiera dónde está la caja de Pandora, ya la habría utilizado para matarte. Cuando Juliette se esté pudriendo en su tumba, podemos concentrarnos en Hera. Si es necesario, la encerraremos para siempre. Y, cuando la hayamos derrotado, iremos a buscar y a matar a mi padre.

La esperanza se reflejó en los ojos de Cameo, pero desapareció y, al instante, volvieron a caérsele las lágrimas. Él se quedó desolado al verlo.

—¿Quieres matar a tu padre? Eso es muy triste. Sé que era un bruto, pero tienes que tener algún buen recuerdo.

De no ser por la tristeza de Cameo, a él le habría resultado divertido lo que le había dicho. Un corazón tan tierno para una guerrera tan curtida.

—Typhon esclavizó y violó a mi madre. Voy a celebrar su muerte.

—Oh, Lazarus. Lo siento mucho. No me extraña que quieras casarte con una reina para tener su ejército. Ejército que yo no puedo darte —dijo ella, sollozando—. Y, por mi culpa, has perdido un testículo…

—Tú sola eres un ejército, cariño —le dijo él—. Yo te dirigiré. Y a tus amigos.

Al oír aquello, a Cameo se le escapó un resoplido.

—¿Que tú me vas a dirigir? ¿Y a mis amigos? Vaya, qué honor. Todo el mundo se va a quedar encantado. Además, pronostico que no va a haber ni un solo problema con tu plan.

Él fingió que se quedaba asombrado.

—¿La Madre de la Melancolía acaba de gastar una broma?

—Pues sí, pero tiene mucho de cierto. En cuanto les des una orden a mis amigos, ellos se pondrán en fila para darte un puñetazo. A algunos les hará ilusión, incluso, darte una patada en el testículo.

—Creo que te agradará saber que mi otro testículo ya se ha regenerado. ¿Te gustaría darle un besito de bienvenida? —le preguntó él, mirándola de los pies a la cabeza y deteniéndose en sus lugares preferidos.

Ella se abrazó el estómago y, de repente, sollozó de nuevo.

—No debería dejar que mis labios se acerquen a tus joyas. ¿Es que no sabes que lo echo todo a perder?

Maldito demonio. Ya era hora de arrancar sus garras de las emociones de Cameo.

Lazarus suspiró.

—Tienes razón. Has destrozado una vida que tenía perfectamente organizada. Iba a casarme con una reina a la que no quiero y que, seguramente, ni siquiera me caería bien, y has destruido cualquier posibilidad de que llevara una existencia pacífica. Eres horrible. No tienes ninguna cualidad.

Ella se quedó boquiabierta.

—Bueno, seguramente, sí tengo alguna.

—Por favor. Te engañas a ti misma. Vamos, admítelo, y así podré darte un beso por lástima.

—No voy a hacer semejante cosa. ¡El beso por lástima dátelo a ti mismo!

Él no sabía cuánto tiempo más iba a poder contener la sonrisa; se acercó a ella y la abrazó.

—Vamos, acepta mi oferta y te daré un beso que te derretirá la ropa interior.

Ella se estremeció, y él notó sus pezones endurecidos contra el pecho. Se quedó inmóvil; todas las células del cuerpo se le incendiaron, y el dominio sobre sí mismo se evaporó. Cameo también se quedó inmóvil, aunque se le aceleró el pulso.

—Sospecho que me vas a dar ese beso de todos modos —susurró.

A él le encantaba que ella tuviera razón.

Lazarus tomó sus labios con fiereza, y ella acogió con deleite su lengua entre los labios. Sin embargo, no le devolvió la pasión, y eso era inaceptable. Lazarus abrió la mente para leerle el pensamiento y oyó gemir al demonio.

«Me vengaré».

Entonces, él tomó a Cameo en brazos y la llevó a la cama. Allí, la arrojó sobre el colchón.

—En este momento, somos las dos únicas personas del mundo —le dijo él, y se sacó la camiseta por la cabeza. Se quitó el colgante de la manzana y lo dejó en el primer cajón de la mesilla de noche de Cameo.

Más tarde, crearía una ilusión para esconderla mejor. Y no pensaba sentirse culpable.

Ella miró el cajón. Claramente estaba preguntándose algo.

—Todavía no me has dicho… —dijo Cameo.

—Concéntrate en tu hombre. O, mejor aún, en mi instrumento de delicias masculinas.

Ella lo acarició con la mirada y se humedeció los labios.

—Lo más grande que tienes… es el ego. Por ese motivo, yo no debería admitir esto, pero… qué demonios: eres increíblemente guapo.

—Tú eres increíblemente guapa —respondió él.

Con desesperación por conseguir cualquier contacto que le permitiera Cameo, Lazarus se tendió sobre ella. Ella pasó un dedo por el corazón que él tenía tatuado en el pecho y, después, bajó hasta su ombligo y dibujó un círculo alrededor. A Lazarus se le contrajo el cuerpo de deseo.

—¿Quieres tener otro orgasmo, cariño? —le preguntó él, con la voz enronquecida.

A ella se le cortó el aliento.

—Sí. Sí, de verdad. Pero, primero, quiero ver esos testículos que has mencionado. Tengo que inspeccionar la mercancía.

—Ya. Y ¿qué me vas a dar a cambio de mi cooperación?

—¿Qué te parece la oportunidad de sobrevivir a este encuentro?

—¿Y cuál es la otra opción? ¿Morir de placer?

—Si. ¡No! —exclamó ella, y le mostró el puño cerrado de forma amenazante.

Él se echó a reír y se puso de rodillas. Se desabrochó los pantalones despacio para aumentar la impaciencia y la necesidad de Cameo.

Ella tragó saliva.

—¿No llevas ropa interior?

—¿Para qué iba a molestarme? Sospecho que mi mujer me prefiere desnudo —dijo.

Apartó la tela y dejó que su erección se irguiera libremente. Se tiró de los testículos y, después, tomó la base de su miembro.

—¿Lo ves? La mercancía está perfecta. ¿Satisfecha?

—Sí, creo que estoy llegando a ese punto —respondió ella—. Sé que estás curado, pero voy a recetarte un poco de Cameo, y voy a ordenarte que la tomes dos veces al día.

Él le dio otro beso feroz y la devoró, y ella lo devoró a él, y el beso se escapó de su control rápidamente. A él se le derritieron las entrañas, y sintió el dolor del deseo en el miembro. Cameo era más adictiva que cualquier droga.

Con manos trémulas, la desnudó. Su mente casi no podía asimilar su belleza majestuosa. La piel de alabastro. Aquellos pezones oscuros que ya estaban endurecidos para él. Su delicada estructura ósea, que, por muy frágil que pareciera... Un engaño. No había una mujer más fuerte que ella.

Entre las piernas tenía una pequeña mata de rizos húmedos que le pedían atención. Y él no podía hacer otra cosa que obedecer... Se puso de rodillas y colocó las piernas de Cameo alrededor de las suyas. La mujer que decía no poder llegar al orgasmo estaba rosada y húmeda, y muy ansiosa.

Pasó el dedo por el centro de su hendidura e introdujo un dedo. A ella se le arquearon las caderas y se le escapó un grito. Cuando él sacó el dedo de su cuerpo, ella soltó un gemido de decepción.

—Voy a darte más. Dentro de un instante —dijo Lazarus.

La tendió boca abajo y tuvo una vista completa de la mariposa tatuada. Las antenas descansaban entre los omóplatos de Cameo, el tórax estaba perfectamente alineado con su espina dorsal y el abdomen terminaba en sus nalgas. Las alas superiores le envolvían las caderas, y las inferiores se le extendían por los muslos. Tenía mil colores, y el contorno estaba delineado en negro.

Él empezó a trazar la mariposa con la lengua y volvió a introducir el dedo en el cuerpo de Cameo. Notó un calor húmedo y gruñó de satisfacción. Ella jadeó, y sus paredes internas se contrajeron. Entonces, él introdujo un segundo dedo, y ella susurró su nombre.

—Lazarus... no pares, por favor.

—No, nunca —respondió él. Giró la muñeca y movió el dedo hacia el interior y el exterior.

Entonces, ella gritó. Lazarus no supo si era una petición o una maldición. Aceleró el ritmo de sus movimientos. Ella giró las caderas y movió la cabeza por la almohada, y los mechones de seda oscura se le enredaron. Se agarró a la sábana y se mordió el labio. Era la viva imagen de la pasión y la dicha.

Mientras movía los dedos con más y más rapidez, le acarició el punto más ardiente del cuerpo con el dedo pulgar, y ella se echó a temblar. Repitió la caricia hasta que ella gritó.

—¡Lazarus!

Llegó al clímax, y sus paredes internas le apretaron los dedos.

—Mi Cameo.

Cuando ella se quedó laxa, volvió a girarla y la tendió boca arriba. Irradiaba satisfacción y le dedicó una sonrisa desinhibida y lánguida.

Aquella sonrisa era... como un sueño.

Lazarus sentía una necesidad salvaje. Estaba a punto de llegar al clímax, y agarró su miembro al tiempo que le pedía:

—Acaríciame, cariño. Por favor.

Ella se pasó un dedo por los labios rojos e hinchados por sus besos.

—¿Con la boca, o con las manos? Después de todo, te debo una recompensa.

—Con la dos cosas —dijo él. Estaba dispuesto a aceptar cualquier cosa que ella le diera.

—Voy a comerte entero —le prometió ella, y él se puso tenso de deseo—. Pero solo si te quitas los pantalones.

Entonces, Lazarus sintió una punzada de pánico que mitigó su ardor.

—Te deseo ahora. Así, como estoy.

–Fuera –dijo ella, cabeceando. Sin dejar de mirarlo, se incorporó y se sentó. Sus pechos perfectos se mecieron y, por un momento, a él se le olvidó cómo se llamaba–. O no haré nada con mis labios, y tú desearás que no te hubiera crecido ese testículo.

–¿Por qué quieres que me quite los pantalones? –le preguntó él.

–Quiero verte entero –dijo ella, rogándoselo con los ojos luminosos–. Del mismo modo que tú me has visto entera a mí.

Sí, pero él había visto belleza y fuerza. Ella vería su vergüenza y su debilidad. Tendría que explicarle lo que le había ocurrido a su padre y lo que, un día, le ocurriría a él también. Tal vez Cameo se empeñara que se separasen; a cierto nivel, él le importaba, y querría que conservara la salud. Detestaría pensar que, cada vez que él se acercaba a ella, se erosionaba su bienestar.

Le consumió el miedo a perderla.

Calma. Debía mantenerse tranquilo. Ella estaba allí, entre sus brazos, viva y sana. La necesitaba como nunca había necesitado a nadie más, y estaba en deuda con ella, porque tenía la caja de Pandora. No podía correr el riesgo de hablarle del artefacto, pero sí podía enseñarle su vergüenza secreta. Si ella quería romper con él, encontraría la manera de hacer que cambiara de opinión.

–Está bien –le dijo, y se puso en pie, temblando. Se sacó las botas y se quitó los pantalones. Sus piernas quedaron desnudas, a la vista.

Durante unos segundos de agonía, ella lo miró bien. Los cristales se habían extendido desde las caderas a los tobillos, y cada uno de ellos brillaba recordándole a su odiado padre.

–Eres… magnífico –susurró ella, con algo que parecía reverencia–. Esas líneas… son como las que tienes en los brazos. Las que llamas «heridas». Si te tocara, ¿te haría daño?

—Me harás daño si no me tocas.

—Entonces, ¿por qué las escondes?

—Estas líneas... son las señales de un cambio que no puedo detener. Es el mismo cambio que experimentó mi padre y que, al final, lo llevó a la destrucción.

—¿Te refieres al día en que lo atacó Hera? No lo entiendo...

Y él no iba a aclarárselo. Al menos, no en aquel momento. El demonio utilizaría la información contra ella.

—Después —dijo Lazarus, y movió la mano hacia su miembro hinchado—. Yo he cumplido con mi parte. Ahora te toca a ti.

—Muy bien —dijo ella. Él se acercó a la cama y se tendió contra los almohadones. Ella se arrodilló entre sus piernas y se puso la mano en el corazón—. Dame un momento para que me recupere de esta romántica forma de seducirme.

Él la miró con el ceño fruncido.

En los ojos de Cameo apareció un brillo de diversión, y el pánico que sentía Lazarus desapareció. Su irritación, también. Lo único que se mantuvo fue su excitación. Ella se inclinó y le pasó la lengua por uno de los pezones. Él experimentó unas sensaciones puras que le cortaron la respiración.

Ella dejó un rastro de fuego con los labios en los músculos de su estómago.

—Dices que eres como tu padre. A él le llaman el Monstruo. ¿Es por el tamaño de su pene?

Lazarus se atragantó.

—¿Por qué preguntas eso?

—Porque el tuyo también es digno de un monstruo. Pensabas que me iba a asustar, ¿no?

–No. Lo que temía era tu reacción al verme las marcas de las piernas. Son...

–¿Letales para mis inhibiciones? Exacto.

–Yo... no sé qué decir en este momento.

–Vaya, será la primera vez que te ocurre algo así, ¿no? –respondió Cameo.

Entonces, lamió la vena cristalizada que iba desde su entrepierna a su rodilla.

Aquel contacto fue como una descarga eléctrica en su organismo, y Lazarus tuvo un escalofrío de placer.

Mientras ella seguía otra vena, alargó la mano y agarró el miembro de Lazarus. Él gruñó y se arqueó hacia su mano y, por fin, ella cerró los labios alrededor de su cuerpo. Lo succionó con fuerza, y él rugió. Aquel calor feroz... las profundidades sedosas y húmedas de su boca... Era demasiado como para sobrevivir y, sin embargo, no era suficiente para salvarlo. A Lazarus se le cayeron las gotas de sudor de la frente y se agarró con los puños a las sábanas. Dentro de él se combinaron el éxtasis y la presión, y lo atormentaron.

«Mi mujer. Mía. Nunca voy a separarme de ella».

Ella siguió succionándolo como si fuera un delicioso bocado. Como si nunca fuera a cansarse de él.

Era su dueña.

–¡Sí! ¡Sí!

Lazarus quería darle el mundo. Todos los reinos. Todas las joyas. Quería arrojar a sus enemigos a sus pies. Quería hacer el amor con ella todas las noches y despertarse con ella todas las mañanas.

Ella le rozó ligeramente el extremo del miembro con los dientes, y a él se le elevaron las caderas como si tuvieran voluntad propia. Ella gimió al notar su movimiento, y el sonido le provocó suaves vibraciones en el miembro a Lazarus, que, por fin, llegó a un éxtasis mucho más fuerte que el que nunca hubiera experimentado.

Cameo estaba acurrucada contra el costado de Lazarus. Se aferró a él. No quería soltarse.

«Creo que me estoy enamorando de él».

¿Y por qué no iba a enamorarse? Cada vez que había luchado en una batalla, ya fuera contra las amazonas, los cambiaformas oso o las arpías, él había comprobado en primer lugar que ella estuviera bien. Cuando Tristeza la había acosado, él había movido cielo y tierra para hacer que se sintiera feliz. Y se había asegurado de que ella tuviera un orgasmo antes de procurarse el suyo.

En muchos sentidos, ella estaba por encima de la venganza de Lazarus, y aquello la emocionaba. Tal vez tuvieran una oportunidad, después de todo.

¿Y las visiones?

El demonio le golpeó el cráneo, y ella sintió un cosquilleo bajo la superficie de la piel. Era un cosquilleo que había estado sintiendo desde la llegada de Lazarus. No entendía aquella sensación, como no entendía que Lazarus sintiera tanto temor por los ríos brillantes que surcaban sus piernas.

—Háblame de los cambios que experimentó tu padre —le dijo ella—. ¿Qué fue lo que causó su destrucción?

Él se puso tenso, pero respondió.

—Las líneas que ves en mis miembros... son cristales que me están matando lentamente.

Ella se incorporó de golpe.

—Pero... a ti no puede matarte nada. Al menos, durante mucho tiempo, no. Tu resurrección es prueba de ello.

–La destrucción no tiene que significar la muerte. ¿Cómo crees que Hera consiguió capturar a mi padre, que era el hombre más fuerte que existía? Porque él también había empezado a cristalizarse.

Ella se quedó helada.

–¿Cuál es la causa? ¿Hay algún modo de detenerlo?

–No importa –dijo él, y le acarició el pelo–. Yo ya he aceptado mi final. Tú también lo harás.

Ella cabeceó violentamente.

–Yo nunca aceptaré tu final.

Él le besó la sien y suspiró.

–Debes hacerlo.

–¿Igual que tú aceptaste el mío cuando te hablé de la visión?

–Eso es distinto. Tu final puede evitarse cambiando ciertos actos. Los cristales se extienden por mi cuerpo sin remedio y limitan mis movimientos. Y, al final, me cubrirán completamente.

¿Perderlo, ahora que acababa de encontrarlo? ¡Nunca!

–Tiene que haber un antídoto.

–No. Yo he agotado todas las probabilidades durante mi búsqueda. No existe ningún antídoto. Así pues, ahora he cambiado la dirección de mis esfuerzos. Me ocuparé de la destrucción de nuestros enemigos hasta mi último aliento.

«No ha dicho mis enemigos. No ha dicho tus enemigos. Ha dicho nuestros enemigos».

–Lazarus… –susurró Cameo. «No quiero seguir sin él»–. Podemos hablar con Torin y Keeley. Ellos pueden ayudarte…

–No. Solo acepto tu ayuda. Si hiciera lo contrario, estaría revelando mi debilidad a los demás. Me arriesgaría a que me secuestren, como a mi padre, a vivir para siempre paralizado pero consciente, sin poder cambiar de ningún modo mi destino. Y tú no vas a romper conmigo por esto.

—Por supuesto que no.

¿Por qué pensaba él algo tan horrible? Y... ¿de verdad no iba a aceptar ninguna ayuda? ¿Acaso su orgullo era tan grande? ¿No le parecía suficiente la recompensa de estar con ella?

—Pero yo voy a encontrar una forma de salvarte.

Ya había una idea que se estaba abriendo paso en su cabeza: la caja de Pandora... Supuestamente, la Estrella de la Mañana seguía atrapada en ella. ¿Y si aquel ser podía quitarle a Lazarus los cristales?

Para liberar a la Estrella de la Mañana, ella tendría que encontrar la caja y abrirla. Si lo hacía, se mataría a sí misma y a sus amigos. ¡Maldición! Tenía que haber otra manera...

—Espero que no te importe —dijo él—, pero ya he hecho planes para toda la semana. Primero iremos a cazar y a matar a Juliette. Después, iremos a cazar y a encerrar a Hera. ¿Lo ves? Si cambiamos los actos, el resultado es diferente. Tú vivirás. En tercer lugar, nos pasaremos todos y cada uno de los minutos que tengamos libres en la cama, creando recuerdos para toda una vida.

Cameo se dio cuenta de que tenía que convencerlo para que hablara con Keeley, la mujer más longeva de toda la creación, y con Torin, el mejor investigador del planeta.

—No. En realidad, yo voy a atacar a Juliette. Quería decírtelo antes, pero me distrajiste. Ella me ha desafiado a un duelo y dice que la ganadora se quedará contigo.

Él se puso muy tenso.

—No va a haber duelo. Yo seré quien aseste el golpe mortal.

Al menos, no había presupuesto que iba a ganar Juliette.

—Creía que habías dicho que íbamos a trabajar juntos.

—Sí. Yo daré las órdenes, y tú las acatarás.

—Tú sueñas, neandertal. Yo llevo varios siglos organizándome la agenda sin el ministro de Defensa.

—Es una pena. Yo llevo siglos soñando con matar a la arpía.

Cameo ahuecó su almohada.

—Antes estabas solo. Ahora me tienes a mí. Por lo tanto, tienes que poner al día tus sueños.

—Sí, te tengo a ti —dijo él, y le acarició la mejilla con la nariz—. Y me gusta que te guste. Que admitas abiertamente que eres mía.

¿Estaba intentando distraerla?

—Vas a darme tu bendición. Vas a verme luchar contra tu enemiga en tu nombre. Vas a animarme mientras le pateo el culo. Es un regalo que vas a hacerme... ya que yo te he hecho el regalo de mi presencia.

Él apretó los dientes.

—Vaya, parece que alguien ha estado mucho tiempo con Viola.

—Pues sí. Me cae muy bien. Tal vez me apetezca ser como ella cuando crezca.

Lazarus se pellizcó el puente de la nariz.

—Te das cuenta de que lo que me pides va contra todo lo que pienso, ¿no?

—Sí.

—Y, sin embargo, me lo pides.

—Te equivocas —dijo ella—. No recuerdo habértelo pedido. Porque, ¿qué más gano yo con nuestro trato? Tu lista de tareas solo te beneficia a ti. ¿Y mi lista? Hablar con Juliette, encontrar la caja de Pandora. Liberar a la Estrella de la Mañana. Y tal vez, solo tal vez, salvarte a ti.

«Porque no quiero recordarte solo para tener que vivir sin ti».

—No te puedes fiar de nada que te diga una arpía —dijo él. Soltó un gruñido, y ella se dio cuenta de que no le preguntaba nada sobre la Estrella de la Mañana. Debía de haber oído los rumores—. Sí he mencionado que nos pasaríamos el tiempo libre en la cama, ¿no? Los orgasmos deberían ser tu número uno en una lista de diez.

—Los orgasmos son el número dos.

—Bueno, por lo menos, están en la lista —dijo él, y se pasó una mano por la cara—. Debería haberme emparejado con una mujer más débil.

—Tú ya te has emparejado con mujeres más débiles. Todas con las que has salido antes que yo.

Cameo se sentó sobre él. En su rostro ocurría algo extraño. ¿Se le estaban levantando las comisuras de los labios? ¡Estaba a punto de sonreír! Aquel era un milagro que solo Lazarus podía hacer.

Tristeza se encargó de petrificar los músculos de su boca, y el impulso de sonreír se desvaneció.

—Bueno —dijo ella, y suspiró—. Dame tu bendición.

Él le tomó las mejillas con las manos grandes, fuertes, encallecidas.

—No confíes en ella.

—Por supuesto que no.

Sin embargo, estaba decidida a explorar cualquier pista que pudiera llevarla a la caja.

Lazarus miró al techo, como si estuviera pidiendo que alguien le concediera paciencia.

—Cuando me miras así, cariño, no puedo negarte nada. Tienes mi bendición.

Capítulo 22

«Si verdaderamente eres el rey de tu castillo, tu mujer es la reina. Trátala como tal».
El arte de hacer feliz a tu mujer

Lazarus mantuvo a Cameo en la cama hasta el último segundo. Cuando no pudo posponer más lo inevitable, la teletransportó a una lejana parte de Alaska. Era un bosque rodeado de montañas heladas y, supuestamente, territorio neutral para las arpías. Ellos fueron los primeros en llegar.

El duelo empezaría dentro de una hora, y tenían tiempo suficiente para estudiar el terreno, revisarlo para asegurarse de que no hubiera trampas y para aprovechar las ventajas.

Él levantó dos tiendas, una junto a la otra, puesto que cuatro de las amigas de Cameo se habían empeñado en ir para obligar a las Eagleshields a respetar las reglas: Kaia, Gwen, Keeley y Viola. Él se sentía... en deuda.

Una sensación extraña. Sobre todo, porque él seguía creyendo que matar a Juliette era trabajo suyo. Su privilegio.

Apretó los puños. Tendría que ser a su manera. Él entendía mejor que la mayoría el modo de vida de las arpías. Los clanes eran depredadores. Cuando sentían debilidad en el otro, atacaban. De un modo u otro, Cameo iba a tener que demostrar su fuerza, o las Eagleshields la verían siempre como un blanco fácil. Y, entonces, la acosarían eternamente, aunque Lazarus decapitara a Juliette antes de la pelea.

—¿Tienes algún ritual antes de la batalla? —le preguntó a Cameo.

—Sí. ¿No lo tiene todo el mundo?

—Pues hazlo —le dijo él. La besó todo el tiempo que pudo, hasta que su cuerpo le pidió que hiciera más—. Quiero echar otro vistazo por si hay trampas.

—Señor, sí, señor.

Él salió de la tienda y recorrió los alrededores del campamento a un kilómetro y medio de radio. Cada vez que exhalaba una bocanada de aire, se formaba una neblina ante su cara. Tal vez aquel territorio fuera neutral. No había minas, ni pozos ocultos, ni enemigos camuflados y listos para atacar.

Una vez satisfecho, volvió al campamento y descubrió que ya habían llegado algunas Eagleshields. Estaban bebiendo cerveza y subiéndose a los árboles, y lo saludaron cuando las vio.

—Juliette ha traído una silla de montar —le gritó alguien—. Tiene pensado cabalgarte a base de bien esta noche.

A él se le puso roja la visión. «Sigue andando». Si mataba a una arpía en aquel momento, su clan alegaría juego sucio después.

Entró en la tienda y recogió sus cosas.

Se colgó la caja del cuello.

Se colgó el anillo que le había dado Viola.

Las joyas que había conseguido para Cameo, al bolsillo.

Aquellos objetos le llenaban de culpabilidad, cada vez más. Si Cameo descubría alguna vez que tenía la caja, lo despreciaría. Nunca se lo perdonaría.

Sin embargo, él podía enfrentarse a su odio, pero no a su muerte.

Había un problema: algo que no podría hacer sería defenderla cuando se hubiera convertido en cristal por completo y, si alguien le robaba la caja y la utilizaba contra Cameo...

Lazarus soltó una maldición. Quizá debiera entregarle la caja a alguno de los Señores del Inframundo, con la condición de que Cameo nunca la viera ni la tocara, ni supiera nada de ella.

Amun, el antiguo guardián de los Secretos, había perfeccionado el arte de mantener silencio. Durante el tiempo que había permanecido poseído, no podía decir una sola palabra sin dejar escapar incontables confidencias, así que siempre estaba callado.

¿Podría confiar en él?

Quizá. Probablemente, sí. A menos que Amun también tuviera tanto sentimiento de culpa que terminara contándoselo a sus amigos. Entonces, Cameo se enteraría.

Él no estaba dispuesto a correr ningún riesgo con la vida de Cameo. Si iba a pasarse toda la eternidad paralizado, como las estatuas que él había creado, entonces, tenía que saber que Cameo vivía, y que vivía feliz.

–¿Por qué te paseas de un lado a otro? –le preguntó Cameo. Estaba calmada y tenía una actitud fría, aunque su tono de voz era tristísimo.

Él la miró. Estaba sentada frente a la hoguera de la

tienda, afilando una espada que él no conocía. Parte de la empuñadura estaba cubierta por un paño negro.

–¿Estás nervioso por mí?

–No. Tú vas a ganar.

Lazarus se sentó a su lado. Se quitó la cadena del anillo y se la puso en el cuello. Si ella moría aquel día...

No. No podía morir. Él no estaba preparado para perderla.

¿Estaría preparado alguna vez?

Aunque así fuera, tenía que prepararse para lo peor. Tal vez el anillo fuera su único medio para salir del reino de la prisión. Le escondió el colgante bajo la camisa.

«Si ocurre lo peor, la encontraré. Siempre la encontraré».

–Si piensas que voy a ganar –le dijo ella–, ¿por qué...?

–Siempre hay que tener un plan B –respondió él. Se metió la mano en el bolsillo y sacó el puño americano de diamantes–. Esto es para ti. Hazme un favor y mánchalo con la sangre de Juliette.

A ella le tembló la mano al ponerse aquella arma tan bella.

–Gracias por el regalo, y por confiarme tu ira –le dijo Cameo–. No te voy a decepcionar.

–Claro que no. Eres la guerrera más fuerte que conozco.

Ella dejó la espada a un lado y se sentó en su regazo. Su fragancia exuberante lo envolvió mientras Cameo le peinaba el pelo con los dedos.

–¿Vas a guardarme rencor por haberte arrebatado tu venganza? –le preguntó.

Él la agarró de la cintura y la dirigió contra su miembro erecto. Ambos tomaron aire bruscamente.

−He esperado mucho tiempo para matar a Juliette, lo he soñado, lo he anhelado.

Ella lo tomó de la barbilla con dos dedos e hizo que ladeara la cabeza, y lo miró a los ojos.

−No has respondido a mi pregunta.

Porque no tenía respuesta. Solo sabía que no podía evitar que luchara sin hacerle daño. Así pues, no iba a detenerla.

Él disfrutó de su visión, de la suavidad de su piel, de aquella increíble conexión que tenían. Entonces, pasó los dedos entre su pelo y tomó un puñado de su cabello.

−¿Por qué estás tan empeñada en que hablemos cuando podríamos estar besándonos?

Ella entrecerró los ojos.

−¿Y por qué usas los besos para interrumpir todas las conversaciones personales?

−Contigo, estoy dispuesto a utilizar cualquier excusa para que nos besemos.

Entonces, posó sus labios en los de ella, y a ella se le escapó un jadeo.

−No deberíamos −susurró Cameo, deliciosamente escandalizada−. No tenemos tiempo. Hay gente fuera, y nos oirían.

−Siempre hay tiempo. Y que nos oigan.

«Que nos oiga Juliette. Que lo sepa».

Era una forma de vengarse muy insignificante, pero, si servía para alterar a la arpía, mejor. El sexo para la ganadora haría que la victoria de Cameo fuera mucho más dulce.

Él se arrodilló entre sus piernas y le desabrochó la cremallera del pantalón. Deslizó un dedo por el borde de sus bragas y apartó la tela, y dejó a la vista el patio de juegos más rosado y delicioso que hubiera visto nunca.

Ella gimió su nombre. Él inclinó la cabeza y lamió su cuerpo, y ella gritó su nombre.

Aquella mujer era dulce por todas partes. Lazarus no se contentó con lamer. Succionó y mordisqueó, y ella se retorció contra él, incluso comenzó a canturrear su nombre. Él se deleitó al oír que la tristeza desaparecía de su voz, al oír la pasión.

Estaba dispuesto a renunciar a su venganza por aquello. ¿Cómo iba a sentir rencor hacia Cameo?

—Voy a poseerte cada día que estemos juntos. Así —susurró él, contra su cuerpo.

—Sí —respondió Cameo—. ¡Sí!

Él oyó unos pasos fuera de la tienda. Le quedaban unos quince segundos para que abrieran la solapa de la entrada. Gruñó de frustración.

Entonces, la devoró. Ejerció una fuerte presión con la lengua y la llevó a un clímax rápido y brutal. Mientras ella disfrutaba de las convulsiones de placer, él le colocó la ropa y la ayudó a incorporarse. El pelo oscuro le cayó a Cameo por los hombros, enredado.

Justo a tiempo.

—¡Hola! —exclamó Kaia, después de asomar la cabeza por la puerta—. Está a punto de sonar la campana.

Cameo hizo un esfuerzo por calmarse. Tenía las mejillas sonrojadas y brillantes, y los labios, ligeramente hinchados de mordérselos.

La pelirroja le guiñó un ojo a Lazarus.

—Motivando a nuestra chica como es debido, ¿eh?

Cameo enrojeció aún más.

—Algo así —dijo él.

Kaia tenía motivos para odiarlo. De niña, ella lo había liberado de las cadenas de Juliette. Él, que estaba enloquecido de ansia por huir, había asesinado a muchos de sus amigos en su escapada. Sin embargo, no le había servido de nada, puesto que estaba tan debilitado que Juliette lo había encontrado y castigado muy poco después.

Pero... unos años más tarde, Juliette le había ordenado que destruyera a Kaia y a Strider por cualquier medio, cuanto más sangriento, mejor. Lazarus estaba esclavizado bajo el poder de la Vara Cortadora, y habría perseguido y acosado a la pareja eternamente. Por suerte, había conseguido liberarse y permitirle a Strider que lo decapitara para que la pareja consiguiera vivir feliz.

Había pagado con creces su deuda hacia Kaia.

Lazarus tomó a Cameo de la mano y la ayudó a ponerse en pie. Ella enfundó su nueva espada en una funda que llevaba a la espalda.

Por instinto, él la estrechó contra su cuerpo.

—No pienses en mí cuando estés ahí fuera. Concéntrate en la tarea y gana. Nada más y nada menos.

Aunque una parte de él habría preferido ver sufrir durante horas a Juliette, otra parte prefería que Cameo estuviera a salvo y volviera cuanto antes a sus brazos.

—Además, si la matas en menos de cinco minutos, te recompensaré —le dijo a Cameo.

Ella lo miró seductoramente.

—¿Con tus manos o con tu boca?

—No seas tonta. Con el pene.

Ella emitió un gemido de aprobación y él se inclinó para darle un beso en los labios. Ella se derritió contra él y sus lenguas se acariciaron, y... de repente, ella se apartó de él.

—Juliette va a estar muerta dentro de cinco minutos, te doy mi palabra —le dijo, entre jadeos—. Procura tener la cremallera bajada y el monstruo preparado.

Con la cabeza alta, salió de la tienda.

Él sacó dos dagas y la siguió. El aire frío le golpeó las mejillas. Todo el clan Eagleshield había llegado ya, y había cientos de arpías congestionando la zona.

Las amigas de Cameo aparecieron de entre las sombras y la precedieron. Su grupo avanzó con un aire amenazador, y él se sintió orgulloso.

A cierta distancia, las arpías habían formado un círculo y comenzaron a abuchearlos.

—Fuera de nuestro camino —les ordenó Keeley—. Soy la Reina Roja, y los cuerpos explotan en mi presencia.

—Bueno, déjalos que se queden —dijo Viola—. Así puedo utilizar sus cráneos para hacer bolsos de diseño.

Kaia y Gwen no dijeron una palabra; se limitaron a apartar a empujones a las que se quedaban paradas. Cameo llegó al centro del círculo, donde esperaba Juliette.

Al ver a su antigua guardiana, Lazarus sintió un arrebato de ira. Como en los viejos tiempos, ella llevaba un peto de bronce, unas muñequeras de cuero y un taparrabos a juego, y protecciones de bronce en las piernas. ¿Cuántas veces la había vestido y desvestido?

Cameo llevaba un mono de cuero negro con refuerzos de cota de malla en las zonas más vulnerables del cuerpo: el corazón, el estómago, los bíceps, los muslos y las pantorrillas. Aquellas partes de protección eran más ligeras que la voluminosa armadura de Juliette. Además, las había fabricado ella misma, y la factura era impecable.

Mientras caminaba, fue haciéndose una trenza. Lazarus pensó en que, más tarde, él desharía aquella trenza, le agarraría los mechones de pelo y la besaría de pies a cabeza.

Una Eagleshield se puso entre las dos combatientes y dijo:

—Que empiece la fiesta. No hay reglas. La lucha durará lo que tenga que durar, y solo una de las mujeres saldrá con vida. La ganadora se quedará con Lazarus el Cruel e Insólito.

Todas las arpías prorrumpieron en vítores, y Lazarus se enfureció.

—No te hagas ilusiones al respecto, Juliette. Tú no lo vas a tener, y nunca lo has tenido. Yo, sí. Él me eligió libremente, sin ninguna compulsión, sin la Vara Cortadora.

Cameo desenvainó la espada y el metal silbó.

Mientras la mayor parte de la multitud se estremecía o gritaba, él le lanzó una sonrisa y un beso a su mujer. Acababa de reclamarlo públicamente.

Juliette gritó y desenvainó.

—¡La Madre de la Melancolía morirá hoy!

De nuevo, sonaron vítores.

—¿A qué estáis esperando? —gritó la presentadora y, con una sonrisa, dio un paso atrás—. ¡Adelante!

Sonó la campana, y Cameo y Juliette empezaron a girar una frente a la otra, sobre el hielo del suelo. Cameo se resbaló, aunque consiguió mantenerse erguida. Las botas que llevaba no eran las más apropiadas para caminar sobre terreno helado.

Demonios. ¿Por qué no había pensado en eso?

—¿Tienes curiosidad sobre la caja de Pandora? —le preguntó Juliette. Ella llevaba unas botas con tacos de metal, y su paso era suave y grácil.

—¿Dónde está? —preguntó Cameo, y Juliette se encogió—. ¿Lo sabes?

Lazarus se puso rígido. Había preguntado. ¿Por qué había preguntado? Cameo había dicho que no iba a confiar en la arpía.

—Deberías preguntarle a mi consorte —dijo Juliette con petulancia—. Según Hera, la robó él.

Lazarus soltó una maldición. Cameo se sobresaltó y se resbaló de nuevo. Por supuesto, Juliette aprovechó para golpear en ese momento: se abalanzó sobre Cameo blandiendo la espada.

—¡No! —gritó él.

En el último momento, Cameo se apartó del camino y bloqueó el golpe, pero el impacto hizo que cayera al suelo.

Juliette hundió la espada con precisión, pero ella rodó en cuanto tocó el suelo y la punta afilada de su enemiga dio en el hielo.

Cameo se impulsó con las piernas y se deslizó entre las de Juliette; se incorporó de un salto detrás de la arpía, al tiempo que sacaba una pistola semiautomática y disparaba dos veces. Sin embargo, y aun estando tan cerca, la armadura de Juliette rechazó las balas.

La arpía se giró con cara de pocos amigos y lanzó una daga. El arma se le clavó a Cameo en la muñeca, y ella dejó caer el arma. Juliette la recogió.

Lazarus movió el peso del cuerpo de un pie al otro. «No te muevas. No te muevas. Cameo va a ganar».

Juliette disparó a Cameo y vació el cargador. Milagrosamente, Cameo consiguió esquivar todas las balas.

La arpía tiró el arma y se acercó a su objetivo. Cameo se arrancó la daga de la muñeca y repelió el siguiente golpe de espada de Juliette. Después, lanzó un ataque.

Las mujeres comenzaron a bailar una danza brutal. Se movían con tal rapidez que casi era imposible seguirlas. Casi. Lazarus apartó la mirada, de todos modos, para no sentir la tentación de meterse entre las dos contendientes y romperle el cuello a Juliette como si fuera una rama. De repente, vio a una mujer que se deslizaba por el hielo, fuera del círculo, y se quedó rígido.

Hera.

Ella lo miró fijamente y se pasó un dedo por un bíceps para hacerle saber que había visto sus cristales.

Él se enfureció, pero sabía que no podía moverse. Si distraía a Cameo y ella sufría algún daño, él lo lamentaría para siempre.

¿Qué quería Hera? ¿Que él se pusiera en acción y fuera la causa de la muerte de Cameo?

Zorra. Lazarus agarró con más fuerza las empuñaduras de las dagas, pero no hizo nada más. En aquel momento, Cameo gruñó de dolor, y él se concentró de nuevo en la lucha, aunque sin perder de vista a Hera. Estaría preparado por si intentaba atacar a su mujer. Juliette le había dado una cuchillada a Cameo en el cuello, y la sangre brotaba de la herida profusamente. Había manchas rojas en el hielo. Él tomó aire al verla caer de rodillas. El siguiente golpe le arrebató la daga de la mano.

Los movimientos de Cameo se hicieron más lentos, pero, de todos modos, consiguió dar un salto hacia atrás y evitó que le hicieran otra herida. Cuando se irguió, estaba cubierta de esquirlas de hielo, y le habían arrebatado las armas. Las Eagleshields le habían robado el puño americano de diamantes y unas dagas.

Kaia y Keeley recuperaron el puño americano y se lo lanzaron a Cameo. Ella lo atrapó en el aire, mientras una Juliette muy sonriente se abalanzaba hacia ella.

Justo antes del impacto, Cameo se agachó. La arpía pasó por encima de su cabeza y Cameo se agarró al borde de su peto de bronce; la detuvo en seco y le dio la vuelta. Juliette perdió su espada y aterrizó sin aliento.

Cameo se subió a horcajadas sobre sus hombros y le destrozó la cara con el puño americano. La sangre salpicó el hielo, y un diente salió volando por el aire. Sin embargo, Juliette consiguió liberarse dando sacudidas, y Cameo cayó de espaldas.

Se levantaron al unísono y quedaron una frente a la otra.

Las Eagleshields le hacían sugerencias a Juliette:

—¡Dale una patada en la entrepierna!

—¡Sácale los ojos!

—¡Arráncale el corazón!

Juliette alzó un brazo y los vítores aumentaron.

Cameo miró a su alrededor con cara de resignación. Después, alzó la barbilla y comenzó a canturrear una melodía perturbadora.

Se oyeron maldiciones. Las arpías se taparon los oídos. Hera se estremeció.

Cameo siguió cantando. Algunas de las arpías cayeron de rodillas. Otras empezaron a sollozar y se alejaron corriendo del claro. Incluso Kaia, Gwen y Keeley se echaron a llorar. Viola se quedó pálida.

Lazarus empezó a temblar. A los pocos segundos, la tristeza se apoderó de él y estuvo a punto de ahogarlo. La voz de Cameo nunca le había sonado tan fuerte ni tan profunda. Siempre había sentido el impulso de abrazarla y protegerla del horror con el que tenía que convivir todos los días.

En aquella ocasión fue distinto.

No pudo defenderse de los recuerdos. De todos los actos que había lamentado. Vio a todos aquellos a quienes había querido y perdido. Y tuvo pensamientos oscuros.

«Nunca conseguiré lo que más deseo. No voy a tener fuerza suficiente para vencer a Hera sin Cameo. Ya estoy débil... pero no creo que pueda sobrevivir sin Cameo. Es imposible. No hay esperanza».

—¡Basta! —gritó Juliette, tapándose los oídos con las palmas de las manos—. ¡Tienes que parar!

Cameo respondió cantando.

—¿No te acuerdas de que no hay reglas?

Se agachó, recogió la espada que había dejado caer la arpía y se le acercó lentamente.

Juliette se encorvó y empezó a sollozar. La voz de Cameo contenía mil decepciones y arrepentimientos, y todos ellos alimentaban los de Lazarus... y le invitaban a que acabara con su sufrimiento. En aquel momento, en aquel lugar. El mundo estaría mejor sin él. Mucho mejor.

La extraña melodía tenía vida propia, una vida oscura, y tanto poder, que proyectó una sombra terrible sobre la tierra. El aire, ya frío de por sí, se volvió glacial. Los pájaros graznaron y salieron volando de los árboles para escapar de aquella desesperanza.

Lazarus tembló con más intensidad al darse cuenta de que estaba apretando la punta de su espada en el pecho, junto a su corazón...

«La muerte es la única manera de conseguir la paz».

No podía contenerse, pero tenía que parar...

En el último momento, se clavó la daga en un oído. Después, en el otro. Sintió un dolor terrible en la cabeza y notó un líquido caliente derramándosele por el cuello. Pero, por lo menos, dejó de sentir aquella desesperación...

Apretó los dientes al darse cuenta de que acababa de experimentar una pequeña dosis de lo que Cameo sufría diariamente. ¿Cómo había conseguido sobrevivir tanto tiempo?

Su pobre y adorada mujer...

Juliette cayó de rodillas sin parar de llorar. Intentó arrastrarse hasta una de las dagas que había en el suelo.

Al tomarla, se la clavó en los oídos. Sin embargo, ya era tarde para ella. Cameo le cortó ambas manos y, con una sonrisa fría, dejó caer la espada y tomó un arma pequeña y extraña que le lanzó Viola. Quitó una tela que cubría uno de los extremos y Lazarus se quedó inmóvil al ver que era la Vara Cortadora.

—¡No! —gritó Juliette.

Él no podía oírla, pero leyó sus labios.

En un intento desesperado por huir, se arrastró hacia la multitud. Nadie dio un paso para ayudarla, y ella se incorporó, tambaleándose.

—Esto es por Lazarus —le dijo Cameo, y le clavó la vara en el cuello—. Tú lo esclavizaste en el campamento de las arpías. Ahora, yo te esclavizo en los reinos de los espíritus.

Cameo le atravesó el cuello, y a Juliette le salió la sangre a borbotones de la boca. Un segundo después, la arpía se desvaneció, y la punta de la Vara Cortadora adquirió un color azul brillante, puesto que se había cargado con una nueva fuerza vital.

Lo único que quedó de Juliette fue un charco de sangre en el hielo.

Y así terminó todo.

Lazarus acababa de presenciar la muerte de una de sus grandes enemigas. Creía que iba a experimentar una gran satisfacción, un gran placer, pero solo sintió alivio al ver que Cameo estaba ilesa.

Después de envolver cuidadosamente la Vara Cortadora, le quitó a Cameo el arma del puño. La abrazó con fuerza, sin pararse a pensar lo que iba a suponer todo aquello para él. Lo que iba a suponer para su relación.

Por encima de la cabeza de Cameo, Lazarus vio a Hera. La diosa tenía los ojos llenos de lágrimas. ¿Por haber perdido a una amiga, o porque también la había inundado el pesar de Tristeza?

La diosa se desvaneció. ¿Estaba debilitada? Su armadura debía de tener alguna mella...

Tal vez no tuviera otra oportunidad para atacarla. Debería perseguirla. Sin embargo, mientras se disponía a teletransportarse, se dio cuenta de que Cameo no correspondía a su abrazo. Frunció el ceño y se echó hacia atrás ligeramente para mirarla.

Irradiaba tristeza. Tenía los ojos apagados y la expresión constreñida por el dolor.

El demonio se había apoderado de ella.

–Mátame –le rogó con un hilo de voz.

Capítulo 23

«No puedes conquistar el castillo de un hombre fuerte sin debilitarlo antes. Cuando lo hayas conquistado, dáselo a tu mujer para que lo salvaguarde».
El arte de hacer feliz a tu mujer

Tristeza estaba consumiendo a Cameo en el más amplio sentido de la palabra. El demonio era como una legión de termitas que estaba devorando los cimientos de su casa. Llenaba cada segundo con todas las torturas que ella había tenido que soportar: la muerte de Alex, la sentencia de Lazarus.

«Todo es culpa mía».

«El cien por cien de la población cree que estaría mejor sin ti».

Durante la pelea contra Juliette, ella había hecho algo impensable: permitirle a Tristeza que la llenara con lo peor de sus dolores, de sus lamentos. De ese modo, el pesar absoluto se había desbordado de ella y había arrasado a su enemiga. Sin embargo, aquella venganza tenía un precio terrible, porque esos pensamientos oscuros se habían apoderado también de ella y, por mucho que lo intentara, no podía escapar de ellos.

No tenía ninguna esperanza. Ya no creía que pudiera vivir una vida mejor. Lazarus iba a morir, porque los cristales se extendían por sus venas, y ella no sabía cómo podía salvarlo.

Le dolía la cabeza. El alma. Todo el cuerpo. Tristeza utilizó su miedo y su dolor por Lazarus y se los clavaba en el corazón.

—Es una melodía terrible lo que la atormenta —les dijo Lazarus a sus amigas. Y tenía razón. Nunca se había sentido tan sola ni tan indefensa.

Sabía que aquellos sentimientos eran una mentira. Sus amigos la querían y harían cualquier cosa por ayudarla. Lazarus había dicho que quería quedarse con ella durante el resto de sus días. Sin embargo, en aquel momento, la lógica y la verdad no significaban nada.

Estaba temblando, y las lágrimas se resbalaban por sus mejillas. Lazarus la había llevado a casa y la había tendido sobre la cama, y los días iban pasando, pero su tormento no remitía.

No tenía ganas de comer, pero Lazarus la obligó a hacerlo, metiéndole la comida y el agua por la garganta. También se había ocupado de lavarla. De haber podido, se habría resistido.

A menudo, él se paseaba por la habitación con las espadas prendidas a la espalda y las dagas en las manos, como si temiese que su padre o Hera se presentaran allí de repente. Sus últimos enemigos, sin contar a Tristeza, que lo había amenazado muchas veces.

Cameo dormitaba y tenía sueños turbulentos. El demonio disfrutaba enseñándole todas las formas en las que podría hacerle daño. Durante aquellas noches, veía sin parar el funeral de Lazarus.

Cuando despertó, Maddox estaba sentado en una silla, junto a su cama, y la miró con gesto ceñudo.

—¿Quieres que tire por la ventana a tu visita?

—Si quieres, puedes intentarlo —respondió Lazarus—. Además, yo no soy ninguna visita. La visita eres tú. Lo que es de Cameo es mío.

—Hablas como si fueras su marido —le espetó Maddox—. No me acuerdo de haber ido a ninguna boda.

—Hablo como su hombre, exactamente lo que soy.

—¡Entonces, cuida mejor de ella!

Lazarus soltó una retahíla de maldiciones, y Maddox le correspondió. Claramente, aquellas dos bestias estaban enfrentándose por el título de rey de la selva.

Maddox era el guardián de la Violencia, y siempre había tenido un temperamento volátil. El muy bruto se encaminó hacia Lazarus con una actitud amenazante. Cameo lo vio todo como si no tuviera nada que ver con la situación… pero, también, embelesada.

Lazarus recibió la embestida de Maddox a medio camino, y utilizó el muslo de su atacante como si fuera un taburete: se subió a él y envolvió el cuello de Maddox con la otra pierna. Cambió el peso de dirección y derribó al guerrero hasta el suelo. Al caer, rodó e hizo que Maddox cayera boca arriba. Él quedó en pie sobre el amigo de Cameo.

Maddox rugió y le dio una patada en el pecho. La fuerza del golpe lo lanzó hacia atrás. A los pocos segundos, ambos estaban en pie, dándose puñetazos. Era una exhibición de enemistad masculina muy impresionante, sí, pero debía parar.

Para conseguirlo, ella tendría que hablar. Y, si hablaba, solo conseguiría empeorar las cosas.

Además, si Lazarus quería matar a Maddox, su amigo era hombre muerto. Quedaría hecho trizas, como el grifo.

Los chicos continuaron peleándose y destruyendo todo el mobiliario de la habitación. Si Lazarus no hubiera encerrado su espejo en el armario un poco antes, lo habría perdido.

Al final, Lazarus le rompió el cuello a Maddox, y eso puso muy nerviosos a todos los demás guerreros de la fortaleza. Aeron y Paris entraron en la habitación.

–¿Qué...

–¡No tenías derecho!

Comenzó otra pelea.

Lazarus también la ganó, pero no tan rápidamente, ni con tanta facilidad. Sus movimientos eran más lentos, como si se hubiera debilitado. Tal vez así fuera... los cristales...

«Voy a perderlo de un modo u otro».

El resto de su familia entró en la habitación y, al ver a Maddox, Aeron y Paris en el suelo, inconscientes, todos se echaron a reír. Sin embargo, las carcajadas empeoraron su estado de ánimo.

«¡No es justo! Ellos hacen lo que yo no puedo hacer».

«Lo que nunca vas a hacer», le juró Tristeza.

Lucien, el guardián de la Muerte, le dio unas palmaditas en el hombro a Lazarus.

–Me caes bien. Me caes muy bien.

Galen se apoyó en la pared y se cruzó de brazos.

–Sí, pero yo no creo que tú le caigas bien a él.

Lazarus señaló con el dedo índice al guerrero.

–Tus Cazadores le cortaron la lengua una vez a Cameo.

–Sí, ya lo sé –dijo Galen, y abrió los brazos–. De nada.

Lazarus dio un gruñido espantoso que llenó la habitación. Era la promesa de una muerte terrible. La parte más femenina de Cameo respondió a aquel sonido, y ella tuvo la esperanza de poder salir de aquel profundo pozo de depresión... pero no lo consiguió.

—Eh —añadió Galen—. Ella es quien es por su pasado. ¿Te gusta Cameo, o no?

Ella prestó toda su atención.

—Sí —admitió Lazarus, de mala gana.

«¡Le gustó!».

Una vez más, intentó sobreponerse, pero volvió a fracasar.

—Vaya. Galen no se ha equivocado —dijo Anya, mirando con disgusto a Lucien, su prometido—. ¿Eso significa que tengo que perdonar a ese cabrón por dejar que su gente me clavara con lanzas a la pared?

—No —dijo Lucien, al mismo tiempo que Galen respondía: «¡Sí!».

Torin, que normalmente permanecía en su habitación pasara lo que pasara, estaba en mitad del grupo. Como había averiguado que su sangre contenía el antídoto para la enfermedad de su demonio, se había convertido en una persona mucho más sociable.

Se quitó los guantes de cuero y se movió hacia Galen. Entonces, con una sonrisa malvada, le dio una palmadita en la mejilla al guerrero.

Galen retrocedió.

Torin salió corriendo de la habitación, mientras decía:

—Buena suerte para conseguir una dosis de mi sangre, idiota.

Galen soltó una maldición y lo persiguió.

Cameo sintió una punzada de irritación en el pecho. Las bromas eran peor que la risa. Todos se estaban divirtiendo mientras ella sufría horriblemente.

Lazarus debió de notar el cambio en su estado de ánimo, porque se sentó a su lado en la cama y entrelazó sus dedos con los de ella. Le acarició los nudillos magullados con el dedo pulgar.

—Vuelve conmigo.

Ella lo intentaba con todas sus fuerzas. Estaba desesperada por volver con él. Sin embargo, el dolor no se mitigaba, seguía desgarrándola y ensangrentándola por dentro. Se le llenaron los ojos de lágrimas, y le tembló la barbilla.

Él iba a decir algo más, pero Sabin dio una palmada.

–Bueno, se acabó la fiesta. Todos estamos en el mismo barco, y tenemos cosas de las que hablar. Durante la semana pasada ha habido dos batallas entre Hades y Lucifer. Hades ganó la primera gracias a los perros del infierno de Katarina. La segunda quedó en tablas, con enormes pérdidas para ambos bandos.

Todos empezaron a murmurar y a especular. ¿Cómo tenderle una emboscada a Lucifer, el líder de los Heraldos, aquellos que concedían el conocimiento? ¿Cómo obtener los máximos resultados?

Aquella interacción causó una mayor tristeza a Cameo.

Sus amigos, hombres y mujeres, formaban una unidad. Eran parte del mismo equipo, como había dicho Sabin. Ella siempre había estado al margen.

–¡Fuera de aquí! –gritó Lazarus–. ¡Ahora mismo! Largo todo el mundo.

Se oyeron protestas. Sin embargo, cuando él se puso en pie, las protestas cesaron y todos salieron de allí. Solo Ashlyn permaneció en la habitación, además de los hombres que seguían inconscientes en el suelo. Nadie se molestó en llevárselos. La mujer ocupó el lugar de Lazarus en la cama.

Él se quedó mirándola torvamente, pero ella no se acobardó.

–Mi marido está durmiendo a pocos metros de mí. Me voy a quedar, y voy a ayudar a mi amiga –le dijo–. Vamos, intenta echarme. Atrévete.

Ella tenía un don. Cuando entraba en una habitación, podía oír todas las conversaciones que hubieran tenido lugar en ella.

–Está bien –dijo él, de mala gana.

–Qué generoso –dijo ella.

Durante una hora, Ashlyn estuvo leyendo una novela romántica para Cameo. Cuentos de hadas para adultos, como los llamaba ella. Oh, quién pudiera ser parte de un cuento de hadas con Lazarus y estar destinada a permanecer feliz, a su lado, comiendo perdices para siempre.

«Imposible», le dijo Tristeza. «Esto es lo mejor que vas a conseguir».

Cameo lo creyó.

Al día siguiente, Lazarus le dio de comer y la lavó, como de costumbre. Él la tocó de un modo impersonal y personal al mismo tiempo. La rozaba sin dar señales de emoción, pero sus dedos permanecían un segundo más en sus pechos y entre sus piernas. Al principio, ella notó un mínimo cosquilleo de excitación. Y, con la excitación, llegó la esperanza.

El demonio le susurró:

«Va a morir, y me pregunto si tú eres el motivo».

Ella se echó a llorar. Lazarus la secó y la llevó de nuevo a la cama.

¿Cuánto tiempo le quedaba de vida? ¿Cuánto tiempo seguiría aguantándola?

Viola la visitó y se comportó muy bien. Se tendió junto a ella y le habló de la armadura que había diseñado para protegerse a ella y proteger a su mascota de una bestia con alas que los perseguía para matarlos. Lo único que necesitaba era que Cameo la hiciera.

Cameo se quedó dormida y se despertó al oír la voz de Lazarus. Estaba hablando en el idioma typhonés, y parecía que estaba enfadado. Ella miró hacia el balcón entre las sombras, y lo vio allí de pie. El viento agitaba su pelo. No había rastro ni de Viola ni de nadie más, hasta que cayó un rayo. En aquel segundo de luz, vio a una serpiente del cielo posada en la barandilla de hierro.

Ella sintió un aleteo en el corazón y…

Nada más. Cerró los ojos. Cuando volvió a despertar, la tormenta ya había acabado.

Lazarus abrió la puerta del dormitorio, y entraron Urban y Ever. Ella no reaccionó, y el niño le prendió la colcha. Ever apagó las llamas con una ventisca de hielo.

«La vida sigue sin mí».

Cameo suspiró y los mellizos dejaron de reírse. A Ever se le escapó un sollozo, y Urban lloró.

Lazarus también suspiró. Sacó a los niños al pasillo y llamó a sus padres a gritos.

«¿Qué clase de monstruo eres, para hacer llorar a esos niños?», preguntó Tristeza.

El dolor de Cameo aumentó, y sus heridas internas sangraron aún más.

Lazarus volvió junto a ella y le apartó el pelo húmedo de la mejilla.

—¿Qué voy a hacer contigo, cariño?

El demonio tenía un millón de respuestas, y ninguna de ellas buena. Cameo hizo un juego de asociación de palabras y saltó desde «ninguna buena» a «no puede ocurrir nada bueno», de «recuerda que su destino es la muerte» a «todo el mundo morirá algún día» y a «la caja de Pandora nos va a matar a todos».

Juliette había dicho que Lazarus tenía la caja. ¿Era cierto, o solo quería causar una brecha entre su consorte y su nueva pareja?

Sí. Claramente, se trataba de eso. No era posible que Lazarus tuviera un secreto tan grande. Él sabía hasta qué punto deseaba ella tener la caja, cuánto la necesitaba. La supervivencia de sus seres queridos dependía de ella.

Además, ¿por qué iba a querer él la caja de Pandora?

Bueno, la respuesta era fácil: por la Estrella de la Mañana.

Pero, si Lazarus tenía la caja y quería la Estrella de la Mañana, ¿por qué no abría la caja y la sacaba?

Otra respuesta fácil. Temía que eso la matara a ella.

«Debería matarme. Yo estaría mejor muerta. Todo el mundo estaría mejor».

—Ya está bien —dijo Lazarus con furia—. No vuelvas a pensar eso. Nadie está mejor sin ti, ¿entendido?

Al oír aquellas palabras, a Cameo se le rompió algo por dentro. Él la había mirado ardientemente a menudo, prometiéndole placeres desconocidos. Sus manos y su cuerpo le habían acariciado las curvas desnudas en más de una ocasión para proporcionarle aquellos placeres. Y, en aquel momento, ¿lo único que podía hacer ella era rezar pidiendo la muerte?

Cameo se acurrucó y sollozó hasta que no le quedaron lágrimas.

—Mis días de placer han terminado —dijo.

Era la primera vez que hablaba después de varios días, y su garganta en carne viva protestó.

—Están empezando, y lo sabes —dijo él, acariciándole el pelo—. Esta no eres tú, cariño. Lucha contra el demonio. Lucha por mí.

¿De qué le había servido luchar? Siempre acababa en aquel estado.

—Vete, por favor. Vete.

Por primera vez desde que se conocían, él se encogió al oír su voz.

No, no era la primera vez. Después de la batalla contra Juliette, ella había visto que le sangraban los oídos. Al igual que la arpía, se había apuñalado a sí mismo para escapar del sonido de su voz.

Él no dijo nada más.

«Se está asegurando de que no respondas nada».

—Eso es una mentira del demonio —dijo él—. Detesto verte así.

—No te preocupes. Te vas a cansar de esto y de mí muy pronto. Entonces, te irás, y ya no tendrás que verme más.

Aunque Cameo pensaba que se le habían secado los ojos, las lágrimas se le cayeron de nuevo por las mejillas.

Lazarus se levantó de la cama. Caminó hacia la puerta, y la luz inundó la habitación y acabó con las sombras.

Ella tuvo que pestañear para calmar la quemazón de sus ojos cansados.

—Apágala —le ordenó.

—Si quieres que no haya luz, levántate y apágala tú —le dijo él y, con cara de pocos amigos, se acercó a la cama.

Al verlo tan furioso, Tristeza se acobardó y se escondió al fondo de su mente. La nube de la depresión se levantó un poco... Pero el demonio había probado las mieles del poder y el control, y se negó a cederlas con tanta facilidad. Siseó y le clavó las garras a Cameo.

Lazarus le apartó las sábanas y la manta de golpe, y ella notó el aire frío. Después de bañarla por última vez, la había vestido con una camiseta de tirantes y unas bragas. Entonces, la agarró y se la puso en el hombro como si fuera un saco de patatas. Caminando a largas zancadas, volvió a la puerta y la abrió de par en par.

Sus amigos fueron saliendo de sus dormitorios.

Él gruñó.

—Esto va a ocurrir, así que no tratéis de detenerme.

—¿Detenerte? —preguntó Maddox. Ya se había recuperado de las heridas, y respondió en un tono amistoso—. Deberías haberlo hecho hace días.

Lazarus le dio un azote a Cameo en el trasero. Delante de todo el mundo. El dolor le arrancó un jadeo.

—¿Puedo quedármelo, Lucien? —preguntó Anya, dando palmaditas—. Por favor, por favor. ¡Siempre he querido uno así!

—Solo si yo también puedo quedármelo —respondió Lucien—. Aunque hay algo en él que... Muerte se vuelve loco cada vez que se acerca.

—Mentiras no —dijo Gideon.

—Me has quitado las palabras de la boca —dijo Strider—. O lo habrías hecho si hubieras dicho la verdad y hubieras mencionado a Derrota. Entonces, ¿cuál es el problema? ¿Por qué provocas a los demonios, tío?

Lazarus ignoró la pregunta y le dio otro azote a Cameo. Ella apretó las muelas.

—¿Qué hicisteis con ella la última vez que se puso así? —preguntó Lazarus.

—Esperamos —dijo Sabin—. Todo lo que intentábamos hacer la empeoraba.

—Bueno, pues yo ya me he hartado de esperar —dijo Lazarus, y comenzó a bajar las escaleras.

Para irritación de Cameo, todo el mundo lo siguió. Querían saber qué iba a hacer. Kane, el nuevo rey de las Hadas, estaba entre ellos. ¿Cuándo había vuelto del inframundo? ¡Incluso Torin iba siguiéndolos, el muy traidor!

Tristeza salió de entre las sombras y se paseó por su cabeza con desesperación por recuperar todo el terreno perdido. Ella gimió. Lazarus le dio otro azote.

Entonces, Cameo dio un resoplido. ¿Cómo se atrevía?

—Si yo te gustara y me respetaras, no me tratarías así.

—Te trato así porque me gustas y te respeto.

Y, solo para llevarle la contraria, le dio otro azote. En aquella ocasión, con más fuerza. Seguro que le había dejado la marca de la palma de la mano.

Ella se enfureció. ¿Por qué le estaba haciendo aquello? ¿Adónde la llevaba?

Lazarus abrió la puerta principal de par en par y salió. Cameo notó la luz del sol en la piel. El calor acabó con el frío que ella había estado sintiendo sin darse cuenta. Él se detuvo en el jardín delantero y la dejó caer.

Cameo cayó en medio de un barro que la manchó de pies a cabeza, hasta las pestañas.

¿Cómo había podido hacer algo así? La prolongada falta de movimiento la había dejado debilitada y, al ponerse de pie, le temblaron las piernas.

Lazarus le clavó un dedo en el pecho, y a ella se le resbalaron los pies. Voy a caer. Cuando se puso en pie, fulminó a Lazarus con la mirada.

—¿Es que quieres ponerme furiosa? —le preguntó. ¡Porque lo estaba consiguiendo!

—No seas tonta —dijo él.

Se quitó la camisa y dejó el pecho tatuado al descubierto... Todos aquellos músculos gloriosos...

—Lo que te va a poner furiosa es lo que va a ocurrir ahora.

Capítulo 24

«~~Con un enemigo, la muerte siempre debería estar antes que la rendición.~~ Con tu mujer, tu rendición sucederá de un modo u otro. ¿Para qué vas a luchar contra ello?».

~~El arte de hacer feliz a tu mujer~~
El secreto de mi éxito

Viola no podía creer el giro que habían dado los acontecimientos. Silbó y vitoreó. Los hombres aplaudieron.

—¡Que se lo quite todo! —gritó Anya.

—¿Y qué pasa ahora? —le preguntó Cameo a Lazarus.

Él sonrió lentamente e hizo crujir sus nudillos.

—Prefiero demostrártelo.

Viola se quedó mirando mientras él le tiraba a la guardiana de la Tristeza una pella de barro tras otra. La envidia le oprimió el corazón. «Yo quiero esa… esa… diversión. Esa aceptación».

Mientras Cameo se agachaba y esquivaba los misiles, tartamudeando de indignación y escupiendo tierra, a Lazarus se le escapó una carcajada.

Aquel sonido encantó a todos. Las mujeres se quedaron boquiabiertas, como si Lazarus acabara de convertirse en un príncipe azul, y los hombres se quedaron mirando, simplemente.

Por primera vez desde que había vuelto de los bosques de Alaska, una nube de oscuridad se separó de Cameo.

—Idiota —dijo ella, en voz alta—. Me las vas a pagar muy caras.

Ocurrió un milagro. Nadie se estremeció ni lloró al oír su voz. Sin embargo, ni Cameo ni Lazarus se dieron cuenta. Estaban demasiado absortos el uno en el otro.

—Si quieres que acabe este ataque salvaje —le dijo él—, vas a tener que detenerlo tú. Yo solo respondo a los besos.

Los espectadores esperaron su respuesta.

—Ni se te ocurra... —empezó a decir ella, pero una pella de barro le impactó en la cara—. Te vas a arrepentir... —más barro.

Lazarus sonrió con petulancia.

—No me voy a arrepentir de nada.

Cameo gritó de rabia, y todo el mundo la animó. Entonces, ella le lanzó una bola de barro a su hombre y le ensució la camisa. Lazarus sonrió con una mirada de perversión y alivio a la vez.

Viola se dio cuenta de que él se preocupaba de verdad por el bienestar de Cameo. Tal vez ellos dos consiguieran estar juntos.

Lazarus tiró a Cameo al charco, y el agua fangosa lo salpicó todo a su alrededor. Lucharon por la supremacía, haciendo todo lo que podían por inmovilizar al contrario. Se estaban comportando como niños. Y los demás, también.

Maddox, Sabin, las arpías y todos los demás siguieron a la pareja hasta el estanque y se pusieron a lanzarse barro.

Viola fue la única que permaneció a un lado. Urban le tiró una pella, pero ella la esquivó con destreza.

Incluso Strider, el guardián de Derrota, se unió a la fiesta. ¡Qué tonto! Si perdía un solo desafío, incluso el más inocente, sufría un dolor insoportable. ¿Por qué se arriesgaba? Y, sin embargo, tiró a su consorte al suelo y, entre risotadas, le metió barro por la cintura del pantalón.

Maddox estaba sujetando a sus hijos por los pies, y les amenazó con meterles la cara en el barro.

—Tenéis que dejar de molestar a Viola. Y lo digo en serio.

—Yo no molesto —protestó Urban—. ¡La estoy cortejando!

Gwen saltó sobre Sabin e hizo que cayera de rodillas.

—Te lo mereces, y lo sabes. Acepta tu castigo como si fueras un buen chico.

Torin se tapó la boca con una mano enguantada para intentar ocultar su sonrisa cuando su mujer se puso a nadar a espalda en el estanque.

—Vamos, ven. El agua está caliente —le dijo Keeley. Era de la raza de los Curators, y había sido creada mucho antes que el género humano. Antes fue un espíritu de luz, y le había sido encargada la tarea de salvaguardar la Tierra. Estaba vinculada a ella y a las estaciones, y la tierra le servía para curarse y revitalizarse—. No te preocupes por no ensuciarte.

—Sí, pero mi mente ya está sucia —respondió Torin—. Debería mantener el cuerpo limpio, aunque solo sea para equilibrar las cosas.

Cameo echó a correr por el borde del estanque mientras Lazarus la perseguía lanzándole pellas. Ella gritaba como una loca.

—Estate quieta, mujer, y conoce el alcance completo de mi ira —le ordenó Lazarus.

—¡Ni hablar! —le gritó ella, blandiendo un puño—. ¡Métete la ira donde te quepa!

Se estaban comportando absoluta y horrorosamente como niños. Y, sin embargo, Viola siguió sintiendo envidia.

«A nadie le importo lo suficiente como para que me tire barro», pensó. «Soy casi invisible. Esta gente estaría mejor sin mí...».

Oh, no. Como Cameo se había entregado por completo al lado oscuro, aquellos pensamientos aparecían en su mente con frecuencia, como si Tristeza hubiera vencido a Narcisismo y se hubiera apoderado también de ella. O, tal vez, ambos demonios trabajaran juntos...

Echaba de menos los días en que Narcisismo adoraba su amor propio, aunque sirviera para destruirla. Sin embargo, suponía que todo era culpa suya. Como había echado a perder una relación tras otra, había llegado a odiarse a sí misma, y su demonio había descubierto una nueva diversión: amarse a sí mismo mientras la destrozaba.

—¡Idiota! —gritó alguien, sacándola de su ensimismamiento.

Un par de maravillosas alas blancas brotaron de la espalda de Olivia mientras, entre risas, empujaba a Aeron al barro.

Fluffy empezó a correr en círculos a los pies de Viola, persiguiendo su propia cola. Aquel ambiente de emoción había aumentado su energía.

Viola observó la escena del patio. Galen también se había quedado aparte, apoyado en un árbol, con los brazos cruzados. Era tan intruso como ella; no sabía cómo encajar.

«Si quieres cambiar el resultado, deberías hacer algo diferente».

Muy bien. Iba a obligarse a sí misma a jugar.

Viola hizo un mohín y se encaminó hacia el repugnante estanque de barro. Antes de poder convencerse de que debía meter un pie, Cameo, la muy bruja, la empujó hacia dentro.

Cuando consiguió sentarse, con barro hasta en las pestañas, su amiga levantó un puño al aire.

—¡Soy la reina de la jungla de barro! ¡Que se oigan mis rugidos!

Viola sonrió. Tal vez jugar no fuera tan malo...

—Puede que hayas ganado la batalla –dijo, haciendo una pella de barro–, pero no vas a ganar la guerra –dijo, y le lanzó la bola a su amiga. Cameo la esquivó hábilmente.

—¡Soy intocable! ¡Imbatible! –gritó Cameo, e hizo un bailecito ridículo que provocó otra risotada de Lazarus.

«¿Lo ves? Soy alguien. Me necesitan. Nadie sería feliz sin mí».

A cierta distancia, Viola percibió un movimiento. Se quedó inmóvil y escrutó el bosque de robles, nogales y un sauce. El cielo era un fondo gris perfecto para los árboles. Aunque la tormenta hubiera terminado, el sol no había vuelto a salir.

Fluffy percibió su inquietud y se quedó quieto con el lomo erizado. Los demonios de Tasmania eran bien conocidos por sus ataques de rabia salvajes y su propensión al mordisco.

¿Dónde…?

¡Allí! Había dos enormes robles cuyas ramas, a pesar de la ausencia de viento, se movían y temblaban como si estuvieran a punto de darse la mano.

¿Amenaza? ¿Animal? ¿Acaso el Enviado maldito había dado con ella?

¿Y por qué se le calentó la sangre al pensarlo?

Fluffy lanzó un gruñido de advertencia y se puso delante de Viola. Ella se puso de pie, resbalándose, y trató de mantener el equilibrio. Mientras, las ramas volvieron a moverse; los enemigos estaban ocultos entre las sombras.

De repente, una finísima rama salió disparada desde el follaje. No, no era una rama, sino una flecha. Un misil mortal que iba dirigido al corazón de Cameo.

Por instinto, Viola se colocó delante de su amiga y atrapó la flecha en el aire con la mano. Narcisismo se puso a gritar de indignación. ¿Se había atrevido a colocarse en el camino del peligro por salvar a otro? ¡Horror!

«Exacto», dijo ella, y partió la flecha en dos. «Y volveré a hacerlo si es necesario».

«Te voy a castigar».

Ella se estremeció.

—Viola —dijo Cameo, y se le escapó un jadeo de desconcierto—. Tú… yo…

Los guerreros dejaron de reírse. Todo el mundo se quedó paralizado. Entonces, estalló el caos.

—Tú eres el blanco —dijo Lazarus—. ¡Vamos, agáchate!

Con el sigilo de un depredador, salió del estanque y se dirigió hacia los árboles a toda velocidad. Sin embargo, sus movimientos no tenían la misma gracilidad de siempre… ¿Acaso estaba herido?

Maddox y Ashlyn hicieron entrar a los niños en el castillo, mientras todos los demás, salvo Cameo y Viola, seguían a Lazarus.

–Gracias –le dijo Cameo a su amiga–. Si la flecha hubiese dado en el blanco, yo habría sentido mucho dolor, y el demonio habría aprovechado la oportunidad para recuperar su poder sobre mí. Estoy en deuda contigo.

–¿Qué puedo decir? –respondió Viola, atusándose el pelo–. Salvar vidas es a lo que nos dedicamos las heroínas supermodelo. No podemos evitarlo.

Cameo miró hacia el camino que había tomado Lazarus.

–Creo que me gustan mucho las heroínas supermodelo. Si no andas con cuidado, me voy a enamorar de ti y tendré que pedirte que te cases conmigo.

Aquella alabanza fue mejor que un baño caliente.

–No serías la primera. Ni la última.

Cameo recogió uno de los pedazos de la flecha, lo estudió y frunció los labios.

–Reconozco la factura.

Lazarus emergió de la línea de árboles con una amazona en cada brazo. Los Señores del Inframundo y sus mujeres lo seguían.

–¿Qué quieren de nosotros las amazonas? –preguntó Anya.

Lazarus dejó caer a las mujeres a los pies de Cameo. Las había atado con lianas. Seguramente, gracias a Keeley, que podía hacer crecer una planta desde la semilla a la madurez en un abrir y cerrar de ojos.

Las amazonas forcejeaban para liberarse, pero Lazarus las agarró por el pelo y les torció la cabeza hasta que formaron un ángulo muy incómodo. En aquella postura, no podían luchar sin romperse el cuello.

Los otros guerreros las apuntaron con sus armas, espadas y el mismo arco que habían utilizado ellas.

—Os reto a que sigáis moviéndoos —dijo Strider, con una sonrisa malevolente.

—Por favor, moveos —dijo Kaia—. Me encanta ver a mi hombre en acción. Además, luego hay sexo post-batalla, y eso siempre está muy bien.

Lazarus miró a Viola con ferocidad.

—Gracias por salvar a Cameo —dijo—. Te debo un premio. El que quieras.

—Sí, es verdad —dijo Viola, y se frotó las manos. ¿Qué iba a elegir? ¿El corazón del hermano de McCadden? ¿Una serpiente del cielo para ella? ¿La fuerza vital de Lazarus?

¡Oh! Había demasiadas opciones.

—¿No me debes dos premios? —preguntó—. Bueno, he salvado a Cameo y he evitado una desgracia.

Él se pasó la lengua por los dientes.

—Un regalo, y nada más.

—Bueno, está bien. Te lo diré después —respondió Viola. Necesitaba pensarlo bien.

Entonces, Lazarus le dijo a Cameo:

—Seguro que te acuerdas de la mujer que mató a mi guardia. Su tribu se enteró de que la puse en un lugar de honor en mi Jardín del Horror Perpetuo, y quieren vengarse.

—Las estatuas —dijo Cameo, con los ojos muy abiertos—. Convertiste a las amazonas en piedra.

Él asintió.

¿Lazarus podía convertir a la gente en piedra? ¡Eso era genial!

Aquellas nuevas amazonas parecían de uno de los clanes asiáticos. Su belleza era asombrosa. Se habían marcado el pelo y el cuerpo con señales que ella no conocía.

La mayor escupió a Cameo.

—Has decidido estar con un asesino, y sufrirás el mismo destino que él.

Lazarus gritó:

—¡Hipócrita! Has intentado asesinar a una mujer que nunca os hizo nada. No te equivoques, tú serás la estatua central de mi jardín. Serás ejemplo para otros que traten de dañar lo que es mío. Tus siguientes acciones determinarán en qué pose vas a quedar petrificada. Te sugiero que te disculpes.

Silencio.

Las amazonas eran conocidas por su negativa a rendirse, por muy difícil que fuera la situación para ellas. Lazarus le tiró del pelo a su cautiva y le torció aún más el cuello. Ella gritó.

—Te pido disculpas —le espetó a Cameo.

Viola se puso una mano en el corazón. ¡Oh, cómo debía de ser tener a un hombre tan fuerte y amenazador como Lazarus al lado de una!

Él miró a Cameo como si le estuviera pidiendo permiso para sus siguientes actos. Cameo asintió. Tenía que suponer algo que Viola ya sabía: que, de ser liberadas, las amazonas atacarían una y otra vez, y no les importaría quién sufría siempre y cuando consiguieran su objetivo.

Lazarus sonrió letalmente.

Una tensión extraña y terrible envolvió a las amazonas, y su piel comenzó a volverse gris. Una soltó un jadeo de horror, mientras que la otra maldecía. Cuando su carne se convertía en piedra, ambas gritaron.

Y, cuando todo terminó, Lazarus se frotó las manos de satisfacción por el trabajo bien hecho.

Los demás empezaron a murmurar.

—Vaya —dijo Kaia—. ¿Acaba de hacer Lazarus lo que creo que acaba de hacer?

—¡Necesitamos más estatuas! ¡Estatuas desnudas! –exclamó Anya, dando saltitos de emoción–. Que todo el mundo atraiga aquí a sus enemigos enseguida.

—Si Cameo no quiere esas estatuas –dijo Sabin–, yo, sí.

Sin darse cuenta, los guerreros apartaron a Viola prácticamente a empujones con tal de hacerse sitio para admirar los exquisitos detalles de las estatuas.

Bueno, aquello sí que era bonito: pasar de heroína a ignorada en cero segundos. Dio un resoplido de indignación hasta que, de repente, vio los ojos plateados del monstruo que había visto por primera vez en los reinos de los espíritus.

Brochan había vuelto. Estaba en el exterior del círculo que habían formado sus amigos. Nadie más se dio cuenta.

«Repudiada», le dijo en silencio, moviendo los labios, y a ella se le aceleró el corazón.

El color ébano se había extendido por sus alas, que ya casi no tenían nada de blanco. Le habían salido un par de cuernos en la cabeza.

Fluffy trepó por el cuerpo de Viola y se puso en sus hombros. Imitó los gruñidos de Lazarus, desafiando al monstruo a que diera un solo paso más hacia ella.

Aunque Brochan había ido allí a robarle a Fluffy la fuerza vital de McCadden, tal y como había prometido, permaneció a distancia. ¿Acaso ella le gustaba?

«No puedo culparlo».

Le sopló un beso para ver cuál era su reacción. Él pestañeó con desconcierto y, al instante, su expresión se endureció. Dio un paso hacia ella y se detuvo. Entonces, apretó los puños.

Se lanzó hacia el aire y desapareció entre las nubes.

¿Acaso había demasiada gente a su alrededor como

para que él quisiera intentar agredirla? No importaba. Viola se lo quitó de la cabeza. Por el momento.

Sobre Lazarus apareció una bandada de mariposas. Cameo se puso rígida, pero extendió un brazo para que uno de los insectos se posara en su dedo.

Viola, al verlo, estuvo a punto de vomitar. Ni Cameo ni Lazarus podían ver el mundo invisible que los rodeaba, por el que caminaban fantasmas y demonios incorpóreos. Ella era la diosa de la Otra Vida, y tenía poderes y capacidades que nadie más poseía. Ella era legendaria, única, y tenía...

En fin, se había distraído. En aquel momento, una niebla negra había rodeado a la pareja.

Lucien estaba horrorizado. Él era el guardián de la Muerte, y también debía de ver aquella neblina. Debía de saber lo que significaba.

De un modo u otro, Lazarus o Cameo iban a morir. Y pronto.

Capítulo 25

«Al enemigo le encanta arrebatarte aquello que amas».

~~El secreto de mi éxito~~
El secreto de la supervivencia

Pese a que la pasión estaba a punto de abrasarlo vivo, Lazarus no conseguía calmar la furia que sentía hacia sí mismo. Aunque había pasado toda aquella semana dedicado a la recuperación de Cameo, sin apartarse de ella por miedo a que se dañara a sí misma, y había pensado en matar al demonio y devolverle la vida a su mujer, había fracasado a la hora de protegerla de un ataque de sus enemigos.

Y eso, sabiendo que debería haberse marchado en cuanto su serpiente del cielo le había informado de que Hera había atacado a sus antiguos aliados y había destruido todos los hogares que él poseía en el mundo mortal para encontrar la caja de Pandora.

Estaba avergonzado. Cameo era su obsesión, y debería haberla cuidado mejor.

«No solo debilita mi cuerpo, sino que destroza mi concentración».

Antes de haber ido a jugar en el barro, tenía que haber abierto la mente y haber explorado el terreno circundante para erigir barreras de protección en caso de ser necesario. El hecho de no hacerlo... El hecho de que solo le preocupara la felicidad de Cameo...

Debería marcharse. Él no era bueno para ella y, dentro de muy poco, ni siquiera podría protegerla. Los cristales de sus miembros cada vez eran más gruesos, y se le habían extendido también por el pecho. En cuanto penetraran en su corazón, no tendría forma de defenderse contra nadie.

Sin embargo, todavía no podía marcharse. Aquel día, no.

Llevó a Cameo hasta su habitación y cerró la puerta con llave. Entró con ella en el baño. Sus intenciones estaban muy claras, y Cameo no protestó.

Lazarus abrió el grifo de la ducha.

—Espera —dijo ella. Posó una mano en su bíceps y le apretó suavemente la carne—. Ahora que puedo pensar con más claridad... No dejo de pensar en lo que dijo Juliette. Dime, Lazarus, por favor: ¿sabes dónde está la caja de Pandora?

Él contuvo una punzada de pánico. Llevaba el colgante al cuello, envuelto en la funda de cuero. Temía que Hera lo encontrara, así que nunca lo perdía de vista.

Aquella antigua reina debía de saber lo que significaba Cameo para él. Y, peor aún, sabía cómo habían debilitado los cristales a su padre y cómo le habían permitido asesinar a su madre. Hera ya sospechaba que él estaba sufriendo el mismo proceso, y estaría esperando el momento perfecto para atacar.

Él temía que pudiera aparecer en la fortaleza en cualquier momento.

–Lazarus –dijo Cameo, para captar de nuevo su atención.

–Ha terminado el tiempo de conversación –dijo.

Y se desnudó sin más rodeos. Dejó caer las armas al suelo. Se sacó la camiseta por la cabeza. Tenía el miembro más alargado, grueso y endurecido que el titanio que habían encontrado en la cueva del grifo.

Ella permaneció frente a él, completamente vestida, con una mirada ardiente. La distracción había funcionado. Cameo se echó a temblar mientras trazaba con un dedo las venas cristalizadas de su brazo.

–Tiene que haber una manera de salvarte –dijo.

–La hay –respondió él. Era dejarla. Sin embargo, eso ya le resultaba imposible.

La esperanza se reflejó en el rostro de Cameo.

–¿Cómo?

–Ya hablaremos después. Ahora te deseo –dijo Lazarus, con la voz enronquecida.

Deseaba hasta el último centímetro de ella.

Ella se humedeció los labios rojos, y la barrera de su mente cayó sin problemas. Sus pensamientos lo inundaron. Ella quería que sintiera la lujuria que la había poseído, quería ser vulnerable para él y por él. Sus pezones necesitaban sentir sus caricias, su lengua, y su vientre temblaba. Y, entre sus piernas, latía la necesidad.

Se lo imaginaba entrando en su cuerpo. A los dos les encantaba.

Lazarus perdió el control y, con un rugido animal, la obligó a retroceder y la arrinconó contra la pared. Entonces, la desnudó y se llenó las manos con sus pechos. Sus pezones se endurecieron contra las palmas de sus manos.

–Haré cualquier cosa que desees –le susurró al oído–. Dime, Cameo. Dime lo que quieres.

—Primero quiero lavarme... para que nos ensuciemos después.

El tono de deseo de su voz acabó con toda apariencia de calma de Lazarus. Había echado de menos aquello. La había echado tanto de menos que no sabía cómo había podido respirar sin ella.

Le mordió el lóbulo de la oreja antes de tomarla en brazos y meterla en la cabina de la ducha. El vapor era muy espeso y los envolvió en un frenesí, y aquel pequeño espacio se convirtió en un mundo lleno de sueños.

—Voy a hacer que te corras tantas veces que vas a volverte loca.

—¡Lazarus! —exclamó ella, arañándole los hombros.

—Mi Cameo...

Bajo el chorro de agua caliente, él le enjabonó el cuerpo y le quitó el barro de las curvas exquisitas. A ella se le escaparon gemidos y maullidos, que lo volvieron loco de lujuria.

La apretó contra los azulejos fríos y la besó. Cameo se derritió contra él, y sus pezones le rozaron el pecho. La fricción se convirtió en algo enloquecedor. Él apretó su erección contra ella y le arrancó nuevos gemidos mientras seguía acariciándole los pechos. Sin embargo, aquello no era suficiente.

—Estoy desesperado por entrar en tu cuerpo —dijo él—. Estoy obsesionado contigo. Apareces en todos mis sueños.

Ella se mordió el labio.

—Tú eres mi sueño.

Le rodeó con los brazos y frotó su muslo contra el de él.

Él la agarró por debajo de las nalgas y la levantó del

suelo, y la obligó a que pusiera su otra pierna alrededor de su cintura. Entonces, frotó su miembro viril contra la hendidura de Cameo con más fuerza.

Lazarus pudo oír a Tristeza, que expresaba su descontento en un susurro: «Todo esto lo vas a olvidar». El demonio trataba de sembrar la tristeza en la mente de Cameo, y Lazarus sintió tanta rabia que tuvo la sensación de que le ardían los cristales de las venas.

—Esto va a ser tan bueno que el demonio no va a poder borrarlo, amor mío.

«Amor mío». Lazarus la había llamado «amor mío». ¿Era eso en lo que se había convertido para él? Además, le había prometido que el demonio no podría borrar sus recuerdos...

—Sí. Por favor, sí.

Él la besó con avidez, y ella le pasó los dedos entre el pelo y clavó las yemas en su cuero cabelludo. Su pasión se alimentaba de la de él.

—Estoy tan cerca —susurró—. Creo que voy a...

Él se quedó inmóvil, y terminó con su rápido descenso hacia el abandono. Entonces, Cameo emitió un grito de frustración y le dio puñetazos en los hombros.

—Vamos, vamos. No tienes por qué preocuparte. Mataste a Juliette en menos de cinco minutos, así que te debo una recompensa...

Entonces, Lazarus dejó que sus piernas cayeran y sus pies se posaran en el suelo. Después, hizo algo que solo había hecho con ella: se puso de rodillas y le concedió una posición de poder. ¿Por qué no? Ella lo había esclavizado de un modo en que Juliette no había podido. De un modo que él adoraba.

Lazarus miró hacia arriba, entre las pestañas, y vio el paraíso. El seductor hueco de su ombligo. Sus pechos, coronados por unos picos endurecidos. El color rosado de su piel bajo el agua. Capturó una de las gotas con la lengua.

Ella le pasó los dedos entre el pelo, se mordió el labio y lo atrajo hacia su cuerpo.

—Tómame —le ordenó, como si fuera una reina. Su reina—. Tómame bien.

Lazarus se inclinó hacia delante y ella contuvo la respiración, esperando con avidez... antes de que él se incorporara y le succionara los pezones para jugar con ella y provocarla. Ella emitió un sonido de frustración y necesidad.

Entonces, él comenzó a descender y, mientras Cameo movía las caderas, él le besó el ombligo y se lo lamió, y siguió descendiendo hasta que iba a darle lo que ella más deseaba... pero Lazarus giró la cabeza y le mordió la cadera, en el lugar donde la mariposa tatuada brillaba.

—¡Ya está bien! Necesito... por favor...

—No puedo resistir una súplica tan dulce.

Lazarus deslizó las manos hacia arriba por sus piernas y, cuando llegó a la fuente de su deseo, introdujo un dedo en su cuerpo al mismo tiempo que lamía su pequeño botón impaciente.

Ella gritó su nombre, tal y como a él le gustaba.

Cameo sabía deliciosamente bien. Era más embriagadora que la ambrosía. Era su piruleta perfecta. La lengua y los dedos de Lazarus trabajaron a la vez y aumentaron el deseo de ambos. Las paredes internas de Cameo estaban calientes y húmedas, y muy apretadas alrededor de su dedo.

A él le dolía el miembro de placer.

—Lazarus...

«Mi mujer desea más». Entonces, él metió otro

dedo y ensanchó su cuerpo, y la preparó para una penetración más íntima.

Entonces, ella separó los labios y gimió su nombre.

–Por favor... por favor...

Entonces, con frenesí, Lazarus se puso en pie y cerró el grifo. Tomó en brazos a Cameo y la llevó hasta la cama. Allí, la tendió sobre el colchón, y él se tumbó sobre ella, piel húmeda contra piel húmeda. Los mechones negros y largos de Cameo se extendieron por la almohada como lazos mojados en una tormenta. Ella lo rodeó con los brazos y las piernas, y él penetró en su cuerpo.

Ella arqueó la espalda, cerró los ojos y gritó al llegar al clímax. El placer se convirtió en agonía para Lazarus, porque tenía que luchar contra su propia necesidad de llegar al éxtasis. Nunca había sentido nada tan bueno, tan extraordinario, pero se obligó a sí mismo a permanecer inmóvil.

No estaba dispuesto a que aquello terminara.

Cuando ella se desplomó sobre la cama, él metió los brazos por debajo de sus rodillas y colocó su cuerpo en el ángulo perfecto para penetrar más profundamente. Con la primera embestida, desapareció la satisfacción lánguida de Cameo. Ella volvió a arquearse para facilitar sus movimientos.

Él se deslizó hacia fuera con lentitud, y volvió a hundirse en ella. ¡El éxtasis! Lazarus notaba la piel tensa sobre los músculos. Fuera, dentro. Fuera, dentro. La presión fue aumentando en su interior, y él incrementó la velocidad hasta que el cabecero comenzó a golpear contra la pared. Los cuadros cayeron, los cristales se rompieron.

–Un beso más. Una caricia más –le rogó ella.

Él la besó con ferocidad, y ella recogió su beso con

una agresividad femenina. Sus respiraciones se mezclaron. A través de la conexión de las mentes, él supo que Cameo estaba muy cerca de tener un segundo clímax. Estaba desesperada por sentirlo, como si nunca hubiera experimentado la satisfacción.

—Mírame, mi bella obsesión.

Ella abrió los ojos. Tenía los irises plateados y llenos de lujuria. Gritó su nombre, y le estrechó el miembro con las paredes internas del cuerpo. Él sintió su placer, el físico y el emocional, y llegó al éxtasis.

Con un gruñido, derramó su simiente dentro de su cuerpo.

Cameo abrió los ojos y despertó del sueño más dulce de su vida. Lazarus estaba dormido a su lado, abrazándola, y a ella se le derritió el corazón. ¿Era la primera vez que dormía desde que ella había caído en la depresión?

Sonrió con ternura. Pobre. Había cuidado muy bien de ella. Se estiró, y volvió a sonreír al notar dolor en algunos músculos que llevaba mucho tiempo sin usar. Sí, la había cuidado muy bien, en varios sentidos.

Las relaciones sexuales con Lazarus habían sido un cambio. Él la había catapultado a alturas desconocidas. Había conseguido lo imposible y había acallado a Tristeza. Y, durante todo el tiempo, la había mirado y acariciado como si ella fuera un valioso tesoro.

Ya no iba a poder vivir sin él.

Tal vez él sintiera lo mismo por ella. La había llamado «mi obsesión».

Sin embargo, había algo que le causaba inquietud: cuando había mencionado la caja de Pandora, había visto una emoción reflejada en sus ojos. ¿Culpabilidad? ¿Ira? Si ella fuese su obsesión, él le contaría que había encontrado la caja, ¿no? No permitiría que ella se preguntara y se preocupara innecesariamente.

Pese a su alias, Lazarus era bondadoso y afectuoso. Al menos, con ella.

Al ver que se le habían extendido los cristales por el pecho, sintió miedo. Quería hablar con Torin y Keeley, pero no iba a traicionar la confianza de su hombre, ni siquiera para salvarle la vida.

Después de todo, había una manera de parar aquello. Él mismo se lo había dicho, y haría lo que hubiera que hacer. Ella también haría lo que fuera necesario. Fin de la historia.

Con cuidado, salió de entre sus brazos. Se puso una bata y se acercó de puntillas al tocador, donde se sentó a mirar el espejo.

—Ayúdale —susurró—. Enséñame lo que tengo que hacer.

El espejo permaneció intacto.

—Por favor —dijo ella, con desesperación.

Nada.

¿Por qué? ¿Por qué le negaba ayuda el espejo?

Tristeza se echó a reír, y a ella se le encorvaron los hombros. Sin embargo, se obligó a sí misma a erguirse. No iba a padecer más el sufrimiento infligido por el demonio.

Alguien llamó a la puerta suavemente; Lazarus no se enteró, y ella caminó con sigilo a la entrada. Torin estaba en el pasillo con una expresión sombría.

—¿Qué ocurre? —le preguntó ella, cerrando la puerta a su espalda.

—Llevo una semana queriendo hablar contigo, pero… bueno, lo hago ahora. En cuanto te marchaste a buscar a Lazarus, yo empecé a investigar su pasado.

Cuando Keeley vio mis anotaciones, recordó algunas cosas.

A ella se le encogió el estómago.

—No voy a decirte nada de lo que yo sé, pero, por favor, dime lo que has descubierto tú.

—Se está muriendo —le dijo su amigo, y ella trastabilló hacia atrás—. Hace unas horas, Lucien y Viola lo confirmaron. Son Muerte y Otra Vida, y ven lo que nosotros no podemos ver. Lazarus o tú vais a morir, pero yo sé que es Lazarus. Sus venas están llenas de unos extraños cristales, ¿no? Keeley me dijo que su padre sufrió esa misma transformación después de conocer a la madre de Lazarus.

Ella se quedó horrorizada. No podía moverse, no podía respirar. Torin la miró con pena, pero no dijo nada más.

«Después de conocer a la madre de Lazarus…».

Tristeza empezó a reírse.

«Solo era cuestión de tiempo que quisieras olvidarte de él, ¿eh?».

Ella era la causa de la destrucción de Lazarus. Ella había provocado aquellos cristales.

—No quería decírtelo —susurró Torin—. No quería que volvieras a caer en la depresión. Le pregunté a Keeley si hay alguna forma de salvarlo, pero, cada vez que ella piensa en él, solo ve tres palabras: Lazarus, rey y mariposas.

Así pues, ella siempre había estado en lo cierto: las mariposas eran mensajeras del desastre.

Cameo no pudo soportarlo más. Entró en la habitación y cerró la puerta. Encontró a Lazarus sentado al borde de la cama.

Se había puesto la camisa arrugada y un par de pantalones. Tenía ya las armas en su sitio. Al tirar de una de sus botas, apareció una mirada de rabia en sus ojos.

—Lo sabes —dijo.
—¿Que si sé que soy yo la que te está matando? Sí, lo sé. Quiero que te vayas, Lazarus. Ahora. Ya no eres bienvenido aquí.

Él se puso la segunda bota y se levantó. Cameo no podía mirarlo a los ojos. Fue hacia su armario y se vistió. Cuando salió del vestidor, él estaba esperándola, y la empujó hacia la pared.

—No voy a renunciar a ti.
—No puedes elegir.
—Yo siempre puedo elegir.

¿Ah, sí? Ella lo abofeteó con todas sus fuerzas, y a él le salió sangre de la boca. Lazarus entrecerró los ojos.

—Acabo de atacarte —le espetó ella—. Adelante, dime que ahora soy tu enemiga.

Él le rodeó el cuello con las manos, pero, en vez de apretar, le acarició la piel con el dedo pulgar.

—Nunca serás mi enemiga. Puedes golpearme lo que quieras, amor mío. Yo nunca te devolveré los golpes.

—No me llames amor. Estás eligiendo permitir que yo te destruya, y que tenga que soportar la culpabilidad y la tristeza cuando hayas muerto. Estás eligiendo…

«Márchate», pensó Cameo. Le tembló la barbilla, y permaneció callada para no sollozar.

Señaló hacia la puerta.

Lazarus la soltó. En vez de marcharse, le puso las palmas de las manos en las sienes y se inclinó hasta que estuvieron nariz con nariz, respirando uno el aliento del otro como si se estuvieran besando. El recuerdo permanecería siempre…

El recuerdo. Ella abrió mucho los ojos. Podía permitirle a Tristeza que le dejara la mente en blanco. Y ella podría tatuarse una advertencia sobre Lazarus. Así, él no tendría ningún motivo para quedarse.

Al pensarlo, Cameo se quedó sin respiración. ¿Olvidar la dicha que había experimentado con aquel hombre? ¿Olvidar sus besos, sus caricias y su cuerpo? ¿Olvidar que había sentido la esperanza de tener un futuro mejor?

Él gruñó salvajemente.

—No me vas a olvidar, Cameo.

—Eso lo decido yo.

—Pues hazlo, entonces. Tatúate lo que quieras. Pero yo no te voy a dejar. Me quedaré aquí y volveré a conquistarte.

—Puedes intentarlo, pero yo me resistiré.

Él apretó los puños.

—Tú quieres que me quede contigo, cariño. Hazme caso.

—No, no puedo...

—Cameo, tengo la caja.

No. Eso no era posible.

—Mentira.

—No. Yo nunca miento. La encontré, luché por ella y, ahora, la tengo guardada para proteger tu vida.

Ella cabeceó.

—Keeley se habría dado cuenta.

—No. Utilicé una ilusión para esconderla.

—Tus ilusiones no tienen la fuerza suficiente...

De repente, toda la habitación estalló en llamas de color naranja y dorado. Ardían bajo la cama, bajo el espejo de Lazarus, sobre las cortinas y la alfombra. Ella sintió su calor y empezó a sudar. Abrió la boca para pedir un extintor, pero las llamas y el calor desaparecieron.

—¿Qué decías? —le preguntó Lazarus.

—¡Cabrón! Has dejado que me preocupara de que otros inmortales encontraran la caja antes que yo y la destruyeran. Me dejaste preocuparme por lo que sabía Juliette. ¿Acaso te estabas riendo a mis espaldas?

—No, jamás. Yo solo me he reído de ti a la cara.

¿Una broma? ¿En aquel momento? Cameo volvió a abofetearlo.

—¿Dónde está? —inquirió—. Dímelo.

—No, no voy a decírtelo. Podrías utilizarla para quitarte la vida.

—Yo nunca haría algo así —dijo ella. Sin embargo, apretó los labios. ¿No lo haría? ¿Y si Tristeza le infundía la angustia suficiente?—. Dale la caja a Torin. Él no me permitirá que me acerque a ella, y mis amigos estarán protegidos de ella.

—¿Y qué recibo a cambio?

Aquella pregunta quedó sin respuesta. Después de todo lo que había hecho, ¿cómo se atrevía a regatear con ella?

Alguien llamó a la puerta.

—¡Largo! —gritó Lazarus, sin apartar la mirada de ella—. ¿Y bien?

Ella necesitaba tiempo para pensar, así que caminó hasta la puerta y abrió, esperando encontrarse a Torin. Sin embargo, William y Hades estaban ante ella, armados para la guerra y no precisamente sonrientes.

—Queremos el espejo —dijo William—. Estamos dispuestos a negociar.

—No, gracias —dijo ella, e intentó cerrar la puerta.

Ninguno de los dos hombres se estremeció al oír su voz. Ambos pusieron una mano en la puerta para asegurarse de que permaneciera abierta.

Lazarus se puso tras ella, y Cameo notó su calor. Nunca había estado tan furiosa con alguien. Ni siquiera con Galen después de que le cortara la lengua. Lazarus la había traicionado, le había ocultado secretos. Había dejado que se preocupara por nada.

—¿Qué ofrecéis? —les preguntó él a los recién llegados.

Hades enarcó una ceja con una expresión sardónica.

—Lo que más deseas. Dos billetes de ida y vuelta al templo secreto de Hera.

Cameo tomó aire bruscamente. Aquello era algo a lo que Lazarus no iba a poder negarse. Era su venganza.

Él se puso rígido. Tras varios segundos, dijo:

—No. Si queréis el espejo, tenéis que liberarme de estar a vuestro servicio. Ya no quiero guerrear. No quiero vengarme. Quiero pasar el resto de mis días con Cameo.

¿Cómo? ¡No! ¿Estaba rindiéndose, preparándose para morir?

—El espejo es mío, no suyo —dijo ella, entre dientes—. Él me lo regaló. Si lo queréis, muy bien. Vuestro es —añadió. Aquella maldita cosa le había dado esperanzas y la había engañado tanto como la había engañado Lazarus—. Pero vais a liberarlo de vuestro servicio y... vais a darle la cabeza de Hera clavada en una pica.

Si Lazarus mataba a la antigua reina, ella moriría; sin embargo, si Hades se encargaba de esa tarea, ella sobreviviría. Posiblemente. Además, impediría a Lazarus que obtuviera su venganza, y eso tenía dos ventajas. La primera, le enseñaría una lección: que quien irritaba a la Madre de la Melancolía, sufría. La segunda, que él empezaría a odiarla y la dejaría. Después, ella podría olvidarlo y él viviría una larga vida sin ser perseguido por Hera.

Aunque estuviera tan furiosa, quería que viviera para siempre.

—En una guerra hay que elegir bandos. Eso no ha cambiado. Así pues –dijo Hades–, no voy a liberarlo de su servicio. La victoria es demasiado importante. Además, no voy a darle la cabeza de Hera. Ella y yo tenemos un acuerdo. Mi oferta es la que es: dos billetes de ida y vuelta a su reino.

—No, gracias –repitió ella. De nuevo, intentó cerrarles la puerta en las narices.

—De acuerdo –dijo él, que mantuvo la puerta abierta–. Puedo añadir un extra: te daré las armas necesarias para que la venzas por ti misma.

Entonces, miró hacia el cuello de Lazarus. Frunció el ceño y alargó la mano.

Lazarus se la apartó de un manotazo, y los dos se fulminaron con la mirada.

—Entonces, dame solo un billete –dijo Cameo–. Para mí. Y las herramientas.

Tristeza se echó a reír.

«Te vas a arrepentir...».

Hades sonrió.

—Lo siento, muñequita, pero no te voy a enviar a la guarida del león sin otro león. Te daré dos billetes –dijo, y señaló hacia su tocador.

Ella miró hacia atrás, y se quedó asombrada al ver que el espejo desaparecía.

—Aunque no puedo situarte dentro del templo de Hera –continuó Hades–, sí puedo ponerte a pocos kilómetros de distancia. Pero ten cuidado, porque hay trampas por todas partes. Ah, y recuerda esto: los funerales pueden ser divertidos.

Cameo no tuvo tiempo de responder. La habitación se desvaneció como el espejo. Un segundo más tarde, apareció un paraíso dorado.

Capítulo 26

«Haz hoy lo que está bien, o sufre mañana las consecuencias».
El secreto de la supervivencia
Recuerdos de un rey enloquecido

Nadie podía teletransportar a Lazarus a otro lugar si él no quería. Aquel día no tenía ninguna gana de teletransportarse y, sin embargo, el rey del inframundo había conseguido hacerlo de todos modos.

Su debilidad debía de estar manifestándose de otras formas. ¿Tendría la fuerza necesaria para vencer a Hera, incluso con las armas adecuadas?

Tal vez sí, tal vez no. Sin embargo, no iba a lamentarse del tiempo que iba a pasar con Cameo. No podía imaginar una tristeza más grande que estar sin ella. Solo temía que ella también estuviera allí por si acaso él no era capaz de protegerla...

«¡Idiota! Ella puede defenderse perfectamente».

Había demostrado su capacidad una y otra vez. Lazarus sabía que no podía pedir una compañera mejor para la batalla.

Por desgracia, en aquel momento su compañera lo

detestaba. ¿Y por qué no iba a hacerlo? La había puesto directamente en el camino de la muerte. Si él mataba a Hera, Cameo moriría.

Era una posibilidad, pero él tenía planeado evitarla. Tal vez pudiera utilizar la Vara Cortadora para esclavizar a la reina.

Pero la Vara Cortadora estaba en la fortaleza. Apretó los puños mientras inspeccionaba el terreno. ¿Aquel era el reino secreto de Hera? Un bosque enorme con árboles de oro, pájaros de oro y monos de oro.

La tierra empezó a temblar bajo sus pies. ¿Se acercaba el peligro? Abrió la mente, pero no percibió la presencia de ningún enemigo. Miró hacia abajo. Cameo y él estaban en un pequeño círculo de hierba cortada y, tras ellos, había hierba más alta salpicada de flores silvestres cuyos pétalos estaban llenos de rocío. Lazarus olisqueó. Era rocío envenenado.

Hades los había situado en medio de una trampa. Una mina, para ser exactos. Sin duda, por accidente, porque de otro modo, Hades los habría situado delante del extremo de una lanza, pero irritante igualmente.

—¿Qué pasa? —preguntó Cameo—. ¿Es un terremoto?

—Peor.

Lazarus tomó las dos bolsas que había a sus pies y le pasó un brazo por la cintura. Dentro de aquellas bolsas tenían que estar las armas que les había dado Hades para vencer a la diosa.

—Hemos activado una mina —le dijo a Cameo.

Ella se quedó rígida y él la sujetó con fuerza para que no intentara escapar y perdiera un miembro.

—No te preocupes, cariño. Voy a teletransportarnos a los dos a otro sitio antes de que explote.

Intentó hacerlo, pero no lo consiguió. Su enfado aumentó. ¿Era otra debilidad, o acaso aquel reino desactivaba sus habilidades? Que él supiera, había muy pocos reinos que pudieran hacerlo.

Solo había otro modo de librarse de una mina; tendrían que abrirse paso entre las flores envenenadas.

—¿Y bien? —preguntó Cameo.

—Cambio de planes.

Lazarus sacó el anillo de la cadena que llevaba al cuello, se lo puso y lo agitó por el aire con intención de abrir un portal hacia un sitio seguro. No ocurrió nada. ¡Maldición! No estaban en uno de los reinos de los espíritus.

—Otro cambio de planes.

Tomó a Cameo en brazos y la sujetó contra su pecho. Aunque ella era muy ligera, aquella acción puso a prueba su resistencia, y Lazarus hizo un gesto de dolor.

—Acurrúcate contra mí todo lo que puedas, y cúbrete la piel. El rocío te va a hacer agujeros de quemaduras.

—Bájame. Te estoy haciendo daño. Los cristales se extienden, ¿no? No deberías...

Le encantaba que Cameo todavía se preocupara por su bienestar, pero acababa de notar otra sacudida a sus pies. Se les estaba acabando el tiempo. No tenía otro recurso, así que dio un salto.

¡Bum!

La explosión lanzó piedras y tierra, al tiempo que expelía a Lazarus por el aire. El fuego y el ácido le quemaron a través de la ropa y el calzado. Fue un árbol lo que detuvo su vuelo. Se acurrucó para proteger a Cameo y chocó con el tronco con el hombro. Se le rompieron los huesos y se le rasgaron los músculos. Cayó al suelo entre el dolor y el mareo, y su visión se volvió negra.

Cuando, por fin, recuperó el conocimiento, oyó un grito.

Cameo estaba a su lado, zarandeándolo. Se había quedado pálida de preocupación.

Él la miró, y no encontró ninguna quemadura de ácido en su piel. Sin embargo, estaba manchada de hollín.

—¿Estás bien? —le preguntó ella—. ¿Tienes dolores? ¿Qué puedo hacer?

—Creo que… creo que tengo una herida en el pene. Bésamelo para que se me cure…

La preocupación dejó paso al alivio y la irritación, y le dio una palmada en el pecho.

—No tienes ninguna gracia —le dijo. Se dio la vuelta y comenzó a rebuscar en las bolsas.

—Pues claro que la tengo.

—Vamos a ver lo que tenemos —dijo ella—. ¡Bien! Hades nos ha metido la Vara Cortadora en la maleta.

Qué tipo más majo. Había resuelto su mayor problema.

—¿Y qué más? —preguntó.

Se incorporó, se sentó y giró el hombro para colocarse la articulación en su lugar.

—Una muda de ropa, una caja de preservativos, dos cantimploras llenas de agua, una lata de caviar y un paquete de panecillos, pasta de dientes, toallitas húmedas, un rascador para la espalda, un paquete de tapones para los oídos… —Cameo se puso rígida y apretó los dientes—. Qué imbécil. Solo ha metido un paquete de un par, dando a entender que a mí no me disgusta tu voz…

Lazarus contuvo la sonrisa.

—Le castigaría en tu nombre, pero es que me estoy muriendo —dijo. Ella lo fulminó con la mirada, y él preguntó:

—¿Qué pasa? ¿Es demasiado pronto?

Ella siguió rebuscando en las bolsas, y sacó un leopardo de peluche.

—Es una versión de juguete de Rathbone el Único. ¿Por qué la habrá enviado?

Lazarus se lo imaginaba. Soltó un rugido y lanzó el peluche al socavón que había hecho la mina.

—¡Eh! ¿Por qué has hecho eso? —protestó Cameo—. Era muy mono.

—Y le habría encantado oírtelo decir, por eso tenía que largarse.

Lazarus miró hacia delante, y vio un río cristalino que discurría sobre peñascos de piedras preciosas. Había un puente de cristal que cruzaba a la única mancha blanca del horizonte Una escalera que ascendía por una colina cubierta de musgo y terminaba frente a unas columnas de alabastro. ¿Sería la entrada del templo? ¿Cuánto tiempo hacía que Hera lo había visitado?

Entre tanta belleza espectacular había señales de descuido. Malas hierbas, mellas en las piedras preciosas y un agujero en mitad del puente.

—¿Qué más hay en las bolsas? —preguntó.

—Unos prismáticos. Una tela cuadrada —dijo. Al instante, se le escapó un jadeo de emoción—. No, es la Capa de la Invisibilidad. ¡Y esto es de Danika! Danika es El Ojo que Todo lo Ve —explicó, y alzó un azulejo cuadrado de unos doce por doce centímetros que tenía escrito el nombre de Danika Lord en una de las esquinas—. Pero... ¿no hay imágenes?

Él tomó el azulejo y lo sujetó bajo un rayo de luz. La superficie tenía algo extraño. ¿Unos puntos ligeramente amarillentos, quizá?

Cameo sacó un tubo de metal de la bolsa, lo miró bien y soltó un gritito.

—Creo que es una parte de la Jaula de la Compulsión.

Le arrebató el azulejo y agarró los cuatro objetos, la Capa, la Vara, el tubo y el azulejo, y los apretó contra su pecho.

–Son míos. Si intentas quitármelos, te voy a...

¿Acaso no se le ocurría una amenaza lo suficientemente grande?

No importaba. Lazarus ya había pensado en el peor de los casos. Si a él le ocurría algo y su mujer no sabía dónde estaba la caja ni cómo era... cualquiera podría robarla.

Su silencio podía costarle muy caro a Cameo.

No iba a seguir escondiéndola. Se sacó el colgante por el cuello de la camiseta y acarició la funda de cuero con el dedo pulgar.

–Esto... esto es lo que has estado buscando durante varios siglos.

Ella soltó un resoplido.

–Ya. Buen intento, pero no me voy a creer más tonterías –dijo. Sin embargo, mientras respondía, se quedó mirando el colgante. Entonces, preguntó–: ¿Qué es eso? En serio.

–Es la caja, te lo prometo. Los huesos están machacados y modelados así.

–Eso es imposible. Para rehacerla tendrían que haberla abierto. Yo estaría muerta.

–Tus amigos y tú la abristeis. Estoy seguro de que fue Hera quien la robó mientras estabais distraídos. Antes de esconderla, la rehízo para asegurarse de que nadie la reconociera si la encontraba.

–Entonces, ¿cómo la has reconocido tú? ¿Y la Estrella de la Mañana, que se supone que está dentro?

–Estaba escondida dentro de una calavera, junto a lo que yo creía que era la caja. Yo conocí a Kadence, la diosa de la Opresión. Utilizaron los huesos para hacerla, y yo sentí su poder. En cuanto a la Estrella de la Mañana, no sé nada.

Cameo se clavó las uñas en los muslos.

—¿Durante todo este tiempo has tenido la caja, el artefacto que puede matar a toda la gente a la que quiero, colgado del maldito cuello? —preguntó, con rabia.

—Tú la sentiste. Y los demás, también. No te hizo daño. De hecho, creo que te ha ayudado a controlar al demonio. Después de todo, para eso fue hecha: para detener al mal.

Pasó una eternidad. Solo se oía el murmullo del río y los aullidos de los monos. La rama que estaba sobre ellos se movió, y cayeron hojas doradas. Por fin, ella dejó los otros artefactos en el suelo y le tendió la mano con la palma hacia arriba.

Movió los dedos.

—Dame la manzana. O la caja. Lo que sea.

Él la miró fijamente y vio en sus ojos dolor e ira.

—Siento mucho haberte hecho daño —le dijo, con la voz enronquecida—. Siento haber esperado tanto para contarte lo de la caja.

—Qué irónico. Me pides perdón, pero no eres capaz de perdonar a los que te han hecho algún mal —respondió ella, y volvió a mover los dedos—. Vamos, la caja.

Él siguió vacilando.

—Nuestras situaciones no son iguales.

—¿Ah, no?

¡No! ¿Cómo podía hacer que entendiera que su seguridad significaba para él más que la suya propia? ¿Cómo podía demostrarle lo intenso que era lo que sentía por ella?

—Cuando Hades me ofreció la venganza en bandeja de plata, yo la rechacé. Te elegí a ti.

—¡Elegiste la muerte!

—¿Es que quieres que mate a Hera? No, no voy a hacerlo. No te voy a poner en peligro.

—No, claro que no. La voy a matar yo misma.

Y a cambiar el futuro.

—Ella es una amenaza para ti, y hay que suprimirla —prosiguió Cameo con firmeza—. Después, tú y yo nos separaremos.

¡Ni hablar! Lazarus se pasó la mano por la cara y se apartó algo de hollín de los ojos.

—Yo voy a quedarme contigo hasta el final.

Ella palideció.

—Deja que me quede contigo, Cameo. Si lo haces, confiaré en tus amigos y les permitiré que busquen una cura —le prometió él.

—Ya hay una cura, idiota —gritó ella.

—Otra cura distinta —se corrigió él—. La que nos permita estar juntos. Cuando volvamos a casa, te daré la caja. Yo confiaré en que no vas a utilizarla para hacerte daño a ti misma, y tú volverás a confiar en mí.

—O yo te quitaré la caja.

A lo lejos, una bandada de pájaros echó el vuelo. Él tomó una daga y se puso en pie.

—Tenemos que irnos. No podemos permanecer mucho tiempo en el mismo lugar.

Cameo se puso a su lado.

—Si Hera está en este reino, estará en su templo. Aunque, si estuviera aquí, ya habría sentido nuestra presencia y nos habría tendido una emboscada.

—No necesariamente. Si ha notado un enfrentamiento entre nosotros, no se habrá molestado en tendernos trampas.

Lazarus abrió la mente y buscó otros seres vivos. Ignoró los pájaros, los monos, los insectos... y percibió una presencia oscura, hambrienta, que se acercaba rápidamente. ¡Enemigos!

—Tenemos que salir de aquí rápidamente —dijo.

Se colgó las bolsas de los hombros, tomó a Cameo de la mano y corrió hacia el río.

Cameo se preguntó qué iba a hacer.

No conseguía escapar de sus tumultuosas emociones. Lazarus había tenido la caja de Pandora colgada del cuello durante todo aquel tiempo. Él le había dicho que nunca iba a mentirle y, sin embargo, ya le había mentido. Le había negado la oportunidad de tomar una decisión junto a sus amigos, la de intentar destruir a los demonios o destruir la caja.

Lazarus se detuvo en seco, y ella chocó con su espalda. Tenía que permanecer alerta.

En el aire había un vapor que dificultaba la respiración. Cameo escrutó aquel nuevo terreno. Era una pradera de flores exuberante y bella, sin rocío venenoso, pero... era una trampa. Al observarlo, se dio cuenta de que el terreno era una ciénaga.

—Son arenas movedizas —dijo Lazarus, y señaló a la derecha—. Además, allí hay otra mina.

Tristeza se echó a reír cuando él la llevó hacia la izquierda, alejándola del templo. Por desgracia, no había otro remedio. Tenían que rodear la ciénaga.

Permanecieron en el perímetro del campo, entre las arenas movedizas y el bosque, con cuidado de no pisar donde no debían...

De repente, una criatura parecida a una anguila salió disparada de un charco de barro, con los colmillos preparados. Cameo la agarró del cuello para impedir que la mordiera. El animal movió su sinuoso cuerpo.

—Eh... Ayuda, por favor.

Lazarus le cortó la cabeza con la daga, y Cameo, con un gesto de repugnancia, tiró el cuerpo al charco. Otras anguilas saltaron para comerse los restos.

Allí, o se era depredador, o se era presa. Entendido.

—Ese azulejo que Hades nos ha metido en la maleta...

—Sí, ¿qué pasa con él?

—Tengo una idea —dijo Lazarus. Se detuvo bajo un árbol dorado y sacó el azulejo. Lo inclinó hacia la luz y, después, hacia las sombras que proyectaba el bosque—. Todo lo que nos ha dado tiene un propósito, salvo el azulejo. ¿Por qué?

—Tal vez sí tenga un propósito, y nosotros no sabemos cuál es.

—Exacto. Hades utiliza tinta invisible y pinturas.

Ella sintió una chispa de emoción.

—¿Cómo podemos hacer visible lo invisible?

—Eso no lo sé todavía.

—Bueno, vamos a pensar como lo haría Hades.

«Soy un hombre que se cree muy importante y que tiene un sentido del humor retorcido. Me gusta torturar a mis enemigos, desafiar a mis amigos y ganar, cueste lo que cueste». Vaya. Lazarus y Hades podrían ser hermanos de distintas madres. «Tengo una obsesión insana por hacer sangrar a los otros. Yo...».

Sangrar. Sangre. La fuente de la vida. Cameo sacó una daga y se hizo un corte en la palma de la mano.

Lazarus le quitó la daga rápidamente.

—Ni se te ocurra hacerte daño...

—Demasiado tarde.

De la palma de Cameo brotó la sangre roja. Ella dejó caer las gotas sobre el azulejo, y en la superficie comenzaron a aparecer imágenes.

—Lo has conseguido —dijo Lazarus, en tono de orgullo.

Ella asintió con petulancia y observó las imágenes. ¿Un... mapa? ¡Sí! El bosque, la ciénaga y el templo estaban claramente marcados. También las diferentes trampas.

—Si seguimos por este camino unos tres kilómetros —dijo Lazarus—, podemos pasar por este puente hacia el templo.

—El puente está lleno de bombas.

—Sí, pero podemos pasar por encima de ellas.

—¿Cómo? Por si no te habías dado cuenta, no tenemos alas, y los pájaros no son lo suficientemente grandes como para poder montarlos.

Él le dio un suave puñetazo en la barbilla.

—Ten un poco de fe en tu hombre.

Cameo notó un cosquilleo. Su lujuria se despertó, y ella se echó a temblar. «Lazarus es más peligroso que este reino». Se apartó de él.

—¿Te refieres al hombre que me ha mentido?

—No, al hombre que ha reconocido su falta, a pesar de que podría haberse llevado el secreto a la tumba —dijo él. Entonces, se puso rígido—. Nos están siguiendo. Vamos.

Mientras él la tomaba de la mano y tiraba de ella, Cameo miró hacia atrás. A unos cincuenta metros de distancia había una enorme nube de tormenta que avanzaba por el cielo y que envolvía la tierra en una neblina. Los pájaros caían muertos del cielo, y los árboles se marchitaban.

—Vamos, rápido —dijo ella.

Lazarus aceleró el paso, pero una liana se estiró hacia él, le rodeó el tobillo y tiró hacia arriba. Él se quedó colgando boca abajo. Las bolsas se le cayeron de los hombros y golpearon a Cameo. No había tiempo para cortar la liana y poder escapar de la niebla mortal.

—¡Márchate! —le ordenó él—. Déjame aquí.

Tristeza se echó a reír.

Cameo estaba decidida a salvarlo. Revolvió en las bolsas y sacó la Capa de la Invisibilidad, la Vara Cortadora y el pedazo de tubo de la Jaula de la Compulsión.

—Tú deja que la mujer lo resuelva todo y salve al hombre en apuros.

Capítulo 27

«Un hombre no puede ser dirigido por dos fuerzas opuestas, porque la verdad no puede coexistir con la mentira. El amor no puede coexistir con el odio».

~~*Recuerdos de un rey enloquecido*~~
Recuerdos de un tonto enamorado

El miedo y la urgencia se apoderaron de Lazarus. Elevó la parte inferior del cuerpo y estiró los brazos. Al hacerlo, sintió un terrible dolor en los músculos. Durante aquellas últimas horas, los cristales se habían extendido tanto que habían disminuido considerablemente sus reflejos.

Sacó la daga que llevaba en los dedos y se agarró a la liana para cortarla. Cuando lo hizo, cayó sobre un bancal lleno de musgo, pero otra liana lo atrapó y volvió a suspenderlo en el aire. Él soltó una retahíla de obscenidades. La nube negra se acercaba peligrosamente, dirigiéndose a Cameo.

Ella, con la gracilidad de un cisne, desdobló una tela gris que resultó ser una capa con capucha. Al ponérsela sobre los hombros, desapareció; ni siquiera él podía verla.

Bien. Eso estaba muy bien, porque la nube tampoco iba a poder.

—Corre —le dijo Lazarus—. Sal corriendo. Yo te encontraré después.

Sin embargo, él sabía que no iba a obedecer. Cameo era obstinada. Cuando la nube llegó hasta ella, emitió un chillido. Lazarus se encogió, porque aquel sonido tan agudo estuvo a punto de hacer estallar sus tímpanos.

Ignoró su dolor y volvió a elevarse para cortar la nueva liana.

La nube soltó truenos y rayos mientras se estremecía. ¿Qué estaba haciendo Cameo?

A causa de la distracción, otra liana le arrebató la daga y la lanzó hacia su corazón. Él soltó una maldición.

Justo antes de que lo atravesara, otra liana, que estaba cubierta de brea, golpeó la daga y la desvió. Él se quedó desconcertado. La liana cubierta de brea se enroscó alrededor de la que lo tenía suspendido en el aire y la estrujó hasta que le liberó el tobillo. Su aliada lo atrapó antes del impacto y lo soltó en el suelo con suavidad.

¿Lo estaba ayudando? ¿Por qué?

«Ya lo pensaré después».

Se preparó para la batalla. Cameo se materializó, y la capa cayó a sus pies. Estaba bajo la nube con el brazo extendido hacia arriba. La nube iba disminuyendo de tamaño y, al poco tiempo, dejó a la vista el pedazo de tubo de la Jaula de la Compulsión.

Él se sintió orgulloso de ella.

Cuando desapareció hasta la última brizna de nube negra, ella bajó el brazo. Tenía los ojos brillantes como dos gemas, y las mejillas rosadas y saludables. Se le habían enredado algunas hojas en el pelo.

—¿Qué ha pasado?

—La Capa de la Invisibilidad me ha protegido de la neblina venenosa. Pude meter el tubo en el centro de la nube y ordenarle que muriera. ¡Y la nube ha tenido que obedecer! El tubo es parte de la Jaula de la Compulsión, que obliga a cualquiera que esté dentro a cumplir los mandatos que se le hagan.

—Eres una gran guerrera —dijo Lazarus, con reverencia.

Aunque estuviera enfadada con él, había hecho todo lo que estaba en su mano por protegerlo.

Nadie se había comportado nunca tan generosamente con él. Nadie, ni siquiera sus padres, lo habían puesto por delante de todo lo demás. El odio que sentían Typhon y Echidna el uno por el otro superaba con mucho el amor que le tenían a él.

Estaba desesperado por acariciarla, y se acercó a ella.

—Te has arriesgado por salvarme. ¿Cómo puedes culparme si yo hago lo mismo por ti?

—No, no es lo mismo —dijo ella, y evitó que la tocara agachándose a guardar el tubo en una de las bolsas.

A él se le encogió el corazón, pero insistió.

—¿Por qué?

—El resultado de mis actos es la vida. El de los tuyos es la muerte.

—Hablas como si estuviera malgastando el tiempo que nos queda, y no es cierto. No lo malgasto, lo atesoro.

Ella frunció el ceño y le lanzó una de las bolsas.

—Cállate. Por favor, cállate.

Se agachó junto a ella. Estaba consiguiendo hacer una brecha en sus defensas. Tenía que seguir, no podía permitir que ella se rearmara. Él no tenía barreras contra ella, porque la quería...

Lazarus inhaló una bocanada de aire. Sí, era cierto. La quería. La quería porque era bondadosa y, al mismo tiempo, feroz. Afectuosa, pero obstinada. Ingeniosa, pero tristona. Protectora y compasiva, pero también violenta. Una contradicción.

Pese al demonio, Cameo era una luz en su oscuridad. Era inteligente, y lo era todo. Antes de conocerla a ella, solo sentía rabia. Cameo había conseguido llenarlo de alegría.

—Cameo —susurró.

—No —dijo ella, y se puso en pie—. No es esto lo que quiero. Quiero que vivas. Que te liberes de los cristales y del peligro.

Él también se puso en pie. Estaba esperanzado, porque sabía que ella también lo quería. Si se había puesto en peligro tal y como lo había hecho, y se había entregado a él sin reservas, era porque lo quería.

En aquel momento, Lazarus se quitó la manzana del cuello y le puso el colgante a Cameo. Lo único que tocó su piel fue el cuero que protegía la caja de Pandora.

Ella alzó la barbilla.

—Es tuya —le dijo él—. Espero que no la uses para hacerte daño a ti misma. Espero que hagas lo que quieras: quitarle la funda, tocarla, abrirla, esconderla o destruirla. Te la doy, libre de obligaciones y expectativas.

Sus nudillos le rozaron un pezón cuando le colocó el colgante entre los pechos, y ella soltó un siseo.

—Te doy mi amor, mi tiempo, todo.

«Está destrozando lo que queda de mi resistencia».

Cameo se tambaleó al oír la declaración de Lazarus. ¿Él la quería? Ella cabeceó y retrocedió unos pasos.

—Me lo das todo... salvo el futuro contigo. Salvo una familia.

Él se movió hacia ella, y dijo:

—Tú eres mi familia.

Ella se giró. Mirarlo le hacía daño. Agarró la manzana con los dedos. Sentía el poder que irradiaba de aquellos huesos incluso a través de la funda de cuero.

Tristeza chilló y se retiró al fondo de su mente. ¿Estaba aterrorizado? Empezó a reinar un silencio maravilloso, pero, aun así, ella sintió una avalancha de tristeza.

Lazarus la conocía, sabía quién era y lo que era, y quería ayudarla. No quería destruirla. La quería a pesar de sus muchos defectos. Y ella lo quería a él...

No. No podía permitírselo. Si aceptaba lo que sentía por él, lo condenaría a pasar la eternidad encapsulado en cristales. Tenía que liberarlo, dejarlo marchar. Tenía que obligarlo a que la dejara. Y, gracias al espejo, sabía cuál era la forma de conseguirlo...

Sintió terror.

Lazarus se puso rígido.

—Tenemos que ponernos a resguardo –dijo–. Se acerca otra nube.

Recogió las maletas y entró en un espeso matorral.

Ella lo siguió. Aquello era una especie de árbol de unos tres metros, que expulsaba una sustancia negra por las hojas. ¿Era brea? Aquella sustancia estaba cubriendo dos lianas tan gruesas como brazos. Sobre el matorral había una bandada de mariposas revoloteando. Creaban una bella cúpula de colores.

—Esta cosa... lo que sea, me ha ayudado –dijo Lazarus–. Pero no confío en ella. No confío en nada de lo que hay en este reino.

Siguieron viajando durante una hora, evitando trampas, lianas e insectos. La segunda nube continuó su persecución, pero no los alcanzó.

Lazarus rechazó dos cuevas y eligió la tercera, cuya boca era tan pequeña que tuvieron que entrar arrastrándose. Sin embargo, en las profundidades de la tierra, el pasadizo se abría a una caverna que les permitió ponerse en pie. Solo tenía una salida, la misma por la que habían entrado.

Él dejó las bolsas en el suelo y miró el contenido. Soltó un rugido y sacó el mismo leopardo que había tirado antes.

—Ahora mismo vuelvo.

En realidad, tardó unos quince minutos en regresar, y el juguete no estaba a la vista.

—¿Qué has hecho con el leopardo?

—Lo he tirado a un charco —dijo él.

Se acercó a ella y le ofreció una de las cantimploras. Mientras ella bebía, Lazarus abrió los panecillos y el caviar. Comieron en silencio.

¿Estaba enfadado con ella? Él le había ofrecido su amor, y ella lo había rechazado.

«Tenía que hacerlo. No puedo ser la causa de su muerte».

Pero... sí podía pasar una noche más con él. Solo una más. Y ¿qué mejor noche que aquella? Si esperaba hasta que encontraran a Hera, los cristales ya lo habrían cubierto por completo, o él podría utilizar sus artimañas masculinas para convencerla de que ignorara su destino y se entregara a una felicidad temporal. Casi lo había conseguido.

—¿Me quieres, Cameo?

Aquella pregunta surgió de la nada. O, tal vez, él le había leído la mente. Fuera como fuera, ella no podía seguir negando la realidad: lo quería con toda su alma. Adoraba su espíritu, su mente y su cuerpo. Su irreverencia era causa de diversión. Adoraba cómo la había cuidado y la había liberado de la tristeza. Él se había convertido en un ancla durante las tormentas de su vida, en el sol que siempre ahuyentaba la oscuridad. La había llenado de esperanza, y había luchado por ella cuando ella no era capaz de luchar por sí misma.

Cameo no iba a poner sus deseos por delante de las necesidades de Lazarus.

—No voy a hablar de esto —dijo ella.

Por la mañana haría lo que fuera necesario, por mucho que le doliera. Permitiría que Tristeza borrara sus recuerdos. Lazarus mataría a Hera, tal y como siempre había deseado. De ese modo, ella también moriría. Era mejor aceptar un destino conocido que tratar de cambiarlo y, quizá, empeorar más las cosas, tanto para Lazarus como para ella.

Sin ella, los cristales dejarían de extenderse, y él tendría fuerza para vivir eternamente.

Con el alma llena de tristeza, se lavó con la pasta de dientes y las toallitas húmedas. Lazarus hizo lo mismo. Entre los dos había una gran tensión.

Fuera de la cueva estalló una tormenta, y el aire se llenó de olor a humedad. Se oyeron los truenos, y los rayos resplandecieron en la oscuridad.

—No quiero seguir peleándome contigo —le dijo ella—. Te deseo.

Él le tomó la cara con las manos, y ella percibió todo su olor. Era la esencia de la seducción.

Lazarus la miró fijamente a los ojos.

—¿Deseas que sea tu hombre? ¿Quieres besos interminables? ¿Piel resbaladiza por el sudor? ¿Susurros abrasadores? ¿Caricias y gemidos de placer para el resto de nuestros días?

Cameo se estremeció de deseo. Era lógico; él había dibujado muy hábilmente una escena deliciosamente carnal. Sin embargo, ella sabía que no podía desear lo que no podía tener.

—Te deseo aquí y ahora.

—¿Me quieres? —preguntó él, de nuevo.

—Sí. Te quiero —admitió ella.

Aunque él iba a saber, más tarde, que aquella confirmación no iba a servirle de nada.

—Entonces, demuéstramelo. Dámelo todo.

Cameo lo besó con un gemido. Sus lenguas danzaron una contra la otra, y ella le ofreció amor, pasión... pero solo aquella noche. Nunca volvería a experimentar nada así.

Él la tendió en el suelo, y ella rodó y se colocó sobre su cuerpo. Su pelo creó una cortina negra que los ocultó del resto del mundo. La dureza masculina se estrechó contra su blandura, y los pezones se le endurecieron dolorosamente. Cameo tembló de necesidad.

Con desesperación, tiró de su camiseta hasta que la tela cedió. Entonces, quedó ante su vista la piel bronceada de Lazarus, sus maravillosos tatuajes, y ella le lamió y mordisqueó el cuello... el centro del pecho... Y se tomó el tiempo necesario para hacer lo mismo con sus pezones.

Él le pasó la mano por la nuca y se ofreció. Era como un bufé de delicias masculinas, y ella podía probarlas todas. Y lo hizo. Se abandonó a su adicción por él.

En aquel momento, se entregó a la dicha.

Cuando saliera el sol, todo iba a terminar.

Tuvo que contener la tristeza que le causó aquel pensamiento, y comprobó que su mente tenía las defensas bien erigidas. Aquella noche iba a crear recuerdos, iba a disfrutar de aquel regalo: un hombre maravilloso que la veía como un tesoro. Aquella noche iba a fingir que tenían un mañana.

—Merece la pena todo lo que he pasado con tal de estar contigo —le dijo él—. Eres mi recompensa.

—Y tú eres mío.

—Me encanta que me digas eso —respondió él. Entonces, se colocó sobre ella y tomó las riendas.

La aplastó contra el suelo con el cuerpo musculoso que ella tanto admiraba.

—¿Dónde quieres amar a tu hombre? —le preguntó Lazarus—. ¿En una playa alejada de todo? ¿Delante de una chimenea?

—No, Lazarus. No quiero ninguna ilusión. Que no haya nada falso entre nosotros. Te deseo aquí, y ahora, tal y como somos.

Él sonrió con ternura, y ella pensó que iba a tener un orgasmo solo de verlo. Era un hombre increíblemente bello.

Él le acarició el cuello con la nariz y empezó a devorarla como si fuera su última cena. La desnudó, la acarició, y ella se arqueó contra su cuerpo para disfrutar de aquella fricción que la estaba quemando.

—Eres mía, y estamos juntos en esto —le dijo él—. Vamos, dímelo.

—Eres mío —repitió Cameo—, y estamos juntos en esto.

Hasta el amanecer...

Capítulo 28

«Hacer feliz a tu mujer = hacerte feliz a ti mismo».
Recuerdos de un tonto enamorado
Cómo proporcionar orgasmos alucinantes

Un hambre primigenia dominó a Lazarus. Tenía a su mujer entre los brazos. Por fin, ella iba a pertenecerle en cuerpo y alma. Y él sería suyo para siempre.

Más que obtener placer de Cameo, quería proporcionárselo. Quería darse a ella, a la mujer a la que amaba sobre todo lo demás. Por encima de sí mismo y de su venganza.

Su padre estaba equivocado. No era el amor lo que debilitaba a un guerrero. Era el miedo a perder lo que amaba. Rathbone había intentado decírselo, explicarle que el miedo destruía lo que el amor fortalecía, protegía y aumentaba. El amor recogía los pedazos de un corazón roto y los soldaba de nuevo, y convertía ese corazón en algo mucho más fuerte que antes, en algo indestructible.

Él había comprendido la verdad cuando Cameo había pronunciado aquellas dos palabras: «Te quiero». Ella le afectaba como ninguna otra, y su pasión estaba a la altura de la de él; no era solo su amante, era también su compañera.

Y él estaba dispuesto a darle el mundo.

La besó con avidez para avivar su deseo. Sus labios eran carnosos y blandos, generosos, y ella se colgó de su cuello y gimió su nombre. Se retorcía contra él, frotaba su cuerpo contra el pulso de su erección. Cada punto de contacto incrementaba el calor de sus venas hasta que parecía que iban a estallar, pero a Lazarus no le importaba. Aquel vapor reforzaba los cristales, pero tampoco le importaba.

Él le mordió la barbilla y lamió su elegante mandíbula... succionó su cuello exquisito y dejó una marca. Su marca.

—Te quiero —le susurró ella.

A él le dio un salto de alegría el corazón.

—Vas a recordar esto. Y esto —dijo, y le dibujó un círculo de besos alrededor de cada pecho antes de bañar sus pezones con el calor húmedo de su boca—. Y esto.

Ella siguió moviendo las caderas, y un color rosado fue coloreando su piel. Era tan delicada como un pétalo de rosa suave y cubierto de rocío. Él le trazó un corazón con la lengua alrededor de un pezón y sopló.

—¡Lazarus!

Él no percibió tristeza en su voz, solo pasión. Qué lejos había llegado aquella preciosa mujer; había salido de las profundidades del pesar y había ascendido hasta la cima de la alegría. Había conquistado el verdadero poder del amor.

—Te honro y te reclamo con mi boca y mi cuerpo, y con mi alma —le dijo. Pasó a su otro pezón y lo acarició con la lengua—. Hoy, mañana y todos los días de la eternidad.

—Soy tuya —dijo ella—. Siempre seré tuya.

Los rayos iluminaron las rocas y, por un momento, una luz dorada cayó sobre ella. Su belleza era etérea y sobrenatural. La lluvia encontró camino entre las piedras y se filtró por el terreno hasta que empezó a caer sobre ellos. Era una lluvia fresca, pero la pasión de Cameo calentó rápidamente las gotas y creó un vino portentoso y dulce. Lazarus bebió cada una de aquellas gotas de su piel.

Aquello no era solo un acto de intimidad destinado a saciar un deseo momentáneo. Era la promesa de compartir el futuro.

Lazarus estaba desesperado por conseguir más. Le soltó las manos, le quitó las botas y le bajó la cremallera del pantalón. Tiró de la cintura hacia abajo, por sus piernas, y se quedó mirándola. Cameo tenía armas atadas con correas a los muslos y los tobillos. Era una diosa del sexo y de la guerra. Su diosa. Lo único que pudo hacer Lazarus fue mirarla con asombro, hasta que su cuerpo le exigió que actuara.

Fue quitándole las dagas y las pistolas, aunque se aseguró de dejarlas cerca, a mano. Después, le quitó las bragas y la dejó desnuda. Volvió a mirarla y a saborear el deseo que ella irradiaba.

Había visto su desnudez antes, sí, pero, en aquella ocasión, fue una revelación.

La manzana enfundada en cuero descansaba entre sus pechos exuberantes y respingones. Su cuerpo poseía una increíble tonificación muscular y unas curvas hipnóticas. Los extremos de las alas de su mariposa le abrazaban las caderas y los muslos.

—Separa las piernas, Cameo —dijo él, con la voz rasgada—. Deja que vea hasta el último centímetro de mi amor.

Ella obedeció y le mostró el paraíso rosado que le esperaba. Él gruñó para mostrar su aprobación y su reverencia. Cameo no estaba húmeda, estaba empapada.

Él sintió una excitación feroz y deslizó un dedo en su cuerpo, y ella levantó las caderas. Sus paredes internas lo atraparon con fuerza y lo volvieron loco.

—Te crearon para mí, cariño.

Ella puso un pie en su pecho, justo por encima de su corazón, y lo empujó con suavidad.

—Desnúdate ahora mismo. Enséñame hasta el último centímetro de mi amor.

Lazarus obedeció rápida e impacientemente. Se quitó la ropa y se sacó las botas de una patada. Dejó las armas junto a las de Cameo.

Ella observó su miembro y se humedeció los labios.

—Ahí está mi monstruo.

A Lazarus se le escapó una carcajada ronca que hizo que los ojos de Cameo se volvieran de plata líquida.

—Sí, es tuyo. Adora a su mujer.

—Bien, porque no hay ningún otro hombre al que yo quisiera llamar mío.

Cameo se emocionó al ver a Lazarus arrodillado entre sus piernas. Sus terminaciones nerviosas vibraron, y el aire que respiraba le olía a Lazarus, a champán y chocolate. A tentación y a placer carnal.

Él le dio la vuelta y la colocó sobre las manos y las rodillas, y acarició su mariposa con los dedos. Aquella caricia le provocó corrientes de pasión pura. Él frotó su erección en la hendidura de sus muslos, y su calor húmedo le proporcionó un deslizamiento fácil, perfecto. No estaba en su interior, pero, de todos modos, era un éxtasis…

Ella sentía una necesidad cada vez mayor de liberarse, de poseer a su hombre.

—Esto es delicioso —dijo, con la voz rasgada—, pero quiero más.

Él se inclinó hacia delante y le mordisqueó el lóbulo de la oreja.

—Antes tengo que prepararte.

—¡Ya estoy preparada, te lo prometo!

—Vamos a averiguarlo.

Le besó la espina dorsal, vértebra por vértebra, y, cuando llegó al final de su tatuaje, ella ya estaba estremeciéndose. Él le separó aún más las piernas y empezó a juguetear con el centro de su cuerpo, en el lugar donde más necesitaba Cameo. Ella movió las caderas buscando su miembro.

—Ummm… Creo que tienes razón —dijo él.

—Necesito que me llenes —gimió ella—. Por favor, Lazarus. Ahora.

—Un ruego y una orden a la vez —respondió él, y se rio suavemente—. ¿Quieres mis dedos?

Introdujo un dedo en su cuerpo y lo sacó, arrancándole un jadeo. Después, deslizó dos y extendió sus paredes, y le causó una deliciosa sensación. Cada vez que entraban y salían de su cuerpo, él le apretaba el centro con la palma de la mano y aumentaba su necesidad.

La respiración de Cameo se había vuelto muy rápida, entrecortada. Apenas podía hablar, pero dijo:

—Te deseo… por completo. Por favor…

—Entonces, me tendrás, mi Cameo —dijo él, y se hundió en su cuerpo. La extendió. La llenó. La marcó.

La poseyó.

«Nunca voy a ser la misma».

Cameo arqueó la espalda y gritó su nombre.

—Rápido y fuerte.

Lazarus desencadenó toda su pasión. La embistió sin delicadeza, tormentosamente, hasta que el placer saturó sus huesos con la potencia de una droga y fue directamente a su cabeza.

Él apretó el pecho contra su espalda y le lamió el lóbulo de la oreja, sin aminorar el ritmo. Demasiado. Y no era suficiente.

—Mi Lazarus...

Ella se perdió en aquel frenesí y comenzó a canturrear su nombre. Y él no percibió ninguna tristeza en su tono de voz. Solo percibió pasión, y todo su cuerpo respondió. Embistió con más fuerza, con más rapidez. Ella casi había llegado al clímax.

—Estoy muy cerca...

Él le separó aún más las piernas y empujó su cabeza hacia abajo para ganar un centímetro más dentro de su cuerpo, y golpeó donde era más necesario. Entonces, Cameo gritó de felicidad y de agonía, y sus paredes internas se contrajeron y exigieron una recompensa.

Mientras el éxtasis se apoderaba de ella, Lazarus rugió. Fue un sonido gutural que reverberó por la cueva hasta mucho después de que él se hubiera desplomado sobre su espalda y sus cuerpos hubieran dejado de temblar.

Mientras Lazarus dormía, Cameo permaneció acurrucada a su costado, jugueteando con la caja de Pandora. El sol iba a salir muy pronto, y su vida con Lazarus iba a terminar.

Su vida entera iba a terminar.

¿Qué ocurriría si tocaba directamente la manzana? Tenía que saberlo.

Si moría en aquel momento, el final llegaría antes de lo que ella esperaba. Lazarus podría advertírselo a sus amigos. Y vivir. Lazarus viviría.

Sin concederse demasiado tiempo para pensar, metió los dedos bajo el cuero. Al instante, sintió un calor muy intenso que se extendió por todo su cuerpo, y gruñó.

No murió. Tristeza siguió agazapado al fondo de su mente. ¿Tal vez más constreñido? ¿Herido, quizá?

Lazarus se movió contra ella, y Cameo se quedó inmóvil. Cuando él se colocó cómodamente de nuevo y su respiración volvió a recuperar el ritmo del sueño, ella exhaló un suspiro de alivio. Tenía su fuerte brazo por encima, y él le había posado una mano sobre un pecho, como si no soportara perder el contacto.

Una necesidad que ella entendía muy bien.

Se le llenaron los ojos de lágrimas de dolor. ¿Cómo iba a seguir con su plan de borrar los recuerdos de su mente? ¿Cómo iba a separarse voluntariamente de su única fuente de felicidad?

Fácil. Solo tenía que repetirse que era la única manera de salvarle la vida a Lazarus.

Él mataría a Hera. Ella no iba a impedírselo. Al morir, se liberaría de Tristeza y dejaría de ser una amenaza para Lazarus.

Todo eran ventajas.

Se le cayeron las lágrimas por las mejillas. Durante mucho tiempo, los recuerdos lo habían sido todo para ella. Atesoraba con pasión lo que retenía, y sufría por lo que había perdido. El hecho de conocer a Lazarus, y de amarlo, había convertido sus recuerdos en algo todavía más valioso para ella.

Su sonrisa. Su forma de tomarle el pelo. Sus caricias. El movimiento de sus músculos. Sus besos y su sabor embriagador. Su forma de mirarla, con los ojos llenos de lujuria y afecto.

«No puedo vivir sin los recuerdos».

«No tienes por qué hacerlo».

Sí. Tenía que hacerlo por él.

Con las manos temblorosas, Cameo se quitó el colgante y se lo puso en el cuello a Lazarus. Tristeza no podría borrarle la memoria si ella tenía puesta la caja de Pandora.

El demonio se colocó en el centro de su cabeza. Estaba furioso y completamente decidido a destruir la felicidad que ella hubiera podido conseguir en su ausencia.

—Borra mis recuerdos de él —le susurró.

Tristeza se rio de pura alegría y clavó las garras en sus archivos mentales. Rasgó y cortó los momentos más queridos de su vida. Ella se estremeció al sentir aquel dolor agudo.

Después, volvió la cabeza para mirar a Lazarus y despedirse por última vez. Para...

Frunció el ceño. Había un hombre desnudo a su lado. Era musculoso y tenía muchos tatuajes. Tenía el pecho, los brazos y las piernas surcados por unas gruesas líneas, como si le hubieran rellenado las venas con brillantina. Era impresionante. Magnético. ¿Peligroso?

Se alejó sigilosamente, con el corazón acelerado. Claramente, el demonio había vuelto a borrarle la memoria, ¿no?

¡Desgraciado! Comenzó a darse puñetazos en las sienes. El ruido despertó a su compañero de cama, que abrió los ojos y la miró. Era más que impresionante. Era un tipo curtido y fuerte, y ella se preguntó si había caído rendida por su físico. Porque... odiaba el sexo. ¿Y si él la había forzado?

—¿Cariño? —dijo él—. Ven a la cama, mi amor.

Ella retrocedió y aumentó la distancia que los separaba.

Amor. La había llamado «mi amor». No la había forzado. La había seducido y, seguramente, la había hecho feliz, y el demonio había decidido atacar.

«No puedo vivir así».

—¿Quién eres? —susurró.

Lazarus se vistió y se colocó las armas por el cuerpo mientras Cameo hacía lo mismo. Él se cuidó de no perderla de vista; ella permanecía lo más alejada posible de él. Solo hacía unas horas antes que le había prometido que lo amaría para siempre. Él llevaba la caja de Pandora colgada del cuello, porque ella se la había devuelto. Había olvidado lo que era, igual que lo había olvidado a él. Cameo había permitido voluntariamente que Tristeza le borrara la mente.

¿Por qué?

Ojalá pudiera odiarla por ello, pero estaba demasiado enamorado.

Sin embargo, también estaba furioso. Con una sola acción, Cameo había hecho trizas su corazón. Él quería recuperarla. Era como si ella hubiera muerto con sus sueños. Los restos estaban allí, en una cueva que se había convertido en una tumba.

—Soy tu hombre —le dijo. «Créeme. Acuérdate»—. Me amas, y yo te amo a ti.

Al oírlo ella abrió unos ojos como platos. Su mente permanecía abierta para él, y Lazarus sabía que ella podía ver el tormento que se le reflejaba en el rostro y sabía que era verdadero. Además, detestaba haberle hecho daño a un hombre que, seguramente, le había enseñado lo que significaba la felicidad.

—¿Dónde estamos? —preguntó Cameo.

—Eso no importa —dijo él.

Se acercó a ella con los dientes apretados. A cada paso que daba, el dolor aumentaba. Los cristales habían aumentado de grosor y se habían extendido. Ya estaban muy cerca de su corazón. Se acercaba su final.

Cameo retrocedió, pero él siguió caminando hacia ella. Cuando la tuvo atrapada contra la pared rocosa, contuvo la necesidad de besarla y le puso la cadena de la caja de Pandora al cuello.

—Esto es tuyo —le dijo, mientras le colocaba el colgante entre los pechos. Tenía la esperanza de que aquel gesto le resultara familiar e hiciera saltar una chispa en su memoria.

Ella pestañeó de la sorpresa y exhaló un suspiro de alivio. De repente, su mente fue suya, y sintió paz y tranquilidad.

—El demonio... —susurró, pero enseguida apretó los labios.

Él leyó su pensamiento y supo que ella temía cuál podía ser su reacción cuando descubriera la verdad sobre su posesión demoníaca.

—Lo sé todo de él —dijo Lazarus—. Cuando llevas el colgante puesto, su poder domina al demonio. Cuando estás cerca del colgante, su poder indigna al demonio, pero no es lo suficientemente fuerte como para dominarlo.

—¿Y qué tiene de especial el colgante?

—Todo.

Lazarus sentía rabia y frustración. Quería recuperar a Cameo, la que se derretía al mirarlo. La que lo besaba con pasión y admiración. La que se aferraba a él, la que lo amaba.

No podía vivir sin ella.

El demonio le había borrado los recuerdos, y se lo iba a pagar muy caro.

Lazarus posó su frente en la de Cameo. Aunque ella se puso rígida, permitió que continuara aquel contacto sin protestar. Él inhaló su olor. Rosas, bergamota y azahar.

No había llorado cuando murió su madre y vio su cadáver hecho pedazos a sus pies. No había llorado cuando Juliette le había arrancado el testículo. No había llorado cuando lo habían decapitado y había ido a los reinos de los espíritus.

Siempre había considerado que las lágrimas eran una muestra de debilidad.

Sin embargo, en aquel momento, comenzaron a caer gruesos lagrimones por sus mejillas. Aquel día había perdido algo precioso.

¿Tal vez su pérdida de memoria era lo mejor que podía suceder?

Aunque aquel pensamiento le enfurecía, no podía negarlo. Así, cuando él se despidiera de ella, cuando terminara cristalizado para toda la eternidad, Cameo no lloraría. No sentiría nada en absoluto. Podría vivir sin tristeza.

Y él estaba dispuesto a hacer cualquier cosa por ahorrarle dolor.

—Vamos a volver a tu casa. Hay cosas que tus amigos tienen que saber —le dijo.

Al cuerno con Hera. Al cuerno con la venganza.

El odio ya no tenía importancia para él. La vida no trataba de a quién matara, sino de a quién amaba.

¡Bum!

En el exterior de la caverna hubo una explosión que hizo temblar las paredes de roca. Algunos fragmentos cayeron desde el techo, y el aire se llenó de polvo.

Cameo se apoyó en la pared.

Él se alejó de ella y tomó las bolsas.

—No podemos quedarnos aquí. Vamos, camina detrás de mí y no te separes.

—Espera —le dijo ella, mientras se dirigían al estrecho túnel de salida.

Él se quedó inmóvil. Pensó que tal vez ella hubiera recordado algo de él, y sintió esperanza.

—No me has dicho cómo te llamas.

A él se le encogió el corazón.

—Soy Lazarus, también conocido como «el hombre de Cameo».

Capítulo 29

«Cuando todo haya salido mal, alégrate. Ahora, algo tiene que salir bien».
~~Cómo proporcionar orgasmos alucinantes~~
Cómo los chicos se convierten en hombres

El espejo de Siobhan estaba colgado en la habitación privada de Hades. La cama tenía un panel de tres metros de alto a los pies, y él la había colocado en el centro para que tuviera una vista directa de su colchón mientras él estaba tumbado, cómodamente recostado en un montón de almohadones.

Ella había golpeado su prisión hasta que se le habían descarnado las manos. Había gritado hasta que tuvo la garganta en carne viva. Hades se había limitado a mirarla, esperando a que se desmoronara y le mostrara sus diferentes futuros.

Aquel era el enfrentamiento definitivo a miradas. ¿Quién se estremecería primero?

Ella no tenía ningún motivo para soportarlo, ni para ayudarlo. Observó su nuevo emplazamiento. Era una habitación espaciosa llena de lujosos terciopelos, muebles antiguos y artefactos místicos. Había un ramo de rosas en la mesilla de noche, y una espada azul y reluciente en la cómoda. Sobre el cabecero de la cama había un retrato de una mujer con el pelo rosa. Era Keeley, la Reina Roja, que una vez fue la prometida de Hades.

¿Por qué tenía un retrato de su antigua prometida? ¿Acaso todavía la amaba?

Siobhan odió a aquella mujer por principios. Si alguien amaba a un hombre como Hades, era una idiota.

–Puedo estar así todo el día –le dijo Hades, con un ronroneo. Tomó una uva de un racimo que había a su lado, en un cuenco de cristal incandescente, se la metió en la boca y la masticó. En él, aquel acto fue algo sensual, incluso indecente–. Dame lo que quiero. Muéstrame quién va a ganar la guerra y cómo conseguirá la victoria.

Quería tener ventaja sobre su enemigo. Ella quería mostrarle una derrota aplastante.

Sin embargo, sabía que debía actuar con cautela. Si fingía que le ayudaba y, en realidad, le hacía daño, pagaría un precio muy alto. Si le mostraba su muerte sin haber encontrado a su verdadero amor, añadiría tiempo a su condena. Si le ayudaba en aquel momento, tal vez pudiera conseguir su libertad, por fin.

«Ayúdale ahora y hazle daño después».

Decidido.

Iba a ayudarlo. Pero surgió el primer problema: ella no conseguía ver ninguno de los futuros de Hades. «¿Porque yo consigo escapar y le obligo a que ocupe mi lugar?». ¡Ojalá!

Cuando el cristal se onduló y se separó, Hades se irguió como un resorte y olvidó la fruta. Como no tenía otros recursos, Siobhan le mostró los mismos futuros que le había mostrado a Cameo. En aquella ocasión, sin embargo, la visión de Siobhan avanzaba más en el futuro. Vio lo que ocurriría si Lazarus mataba a Hera, y se estremeció.

Demonios. Demasiados demonios.

En un bucle extraño, el pasado comenzó a mezclarse con el futuro. Hacía mucho tiempo, la antigua reina de los griegos hizo un trato con Lucifer el Destructor. Si le ayudaba a capturar a la Estrella de la Mañana, él haría lo que Hera no podía hacer: castigaría a su marido, Zeus. Ella aceptó sus condiciones y sacó a mil demonios de los reinos del infierno, escondiéndolos en su propio cuerpo. Su intención era liberarlos en la tierra, donde vagaba la Estrella de la Mañana, para que pudieran darle caza. Sin embargo, los demonios se negaron a salir de ella. Les había gustado su nuevo hogar. Les gustaba enloquecerla. Se habían vinculado a ella.

En un raro momento de lucidez, Hera había fabricado una caja con los huesos de su amiga, la diosa de la Opresión. Hera utilizó la caja para extraer a un cuarto de los demonios que tenía dentro, sin darse cuenta de que la caja tenía una capacidad limitada. Y eso había sido una suerte para ella, porque el proceso había estado a punto de matarla.

Mientras yacía agonizante, había encontrado la manera de salvarse...

Siobhan no pudo ver nada más.

¿Cómo había terminado la Estrella de la Mañana atrapada en aquella caja? Siobhan no lo veía. Tampoco podía ver cuál había sido la salvación de Hera. Había demasiados vacíos entre el pasado y el futuro...

En el pasado, Lucifer había traicionado a Hera y le había contado a Zeus lo que tenía planeado su mujer. Le ofreció al semidiós el mundo a cambio de la caja.

Zeus robó la caja, pero, en vez de entregársela al

Destructor, la dejó en manos de una mujer a la que Hera no podía matar, gracias a su retorcido sentido de la moral, y de una mujer a la que Lucifer no podía tentar: la leal Pandora. Entonces, los Señores del Inframundo robaron la caja y la abrieron.

En el caos subsiguiente, Hera recuperó la caja y se esfumó con ella. Como estaba vacía, ella pudo sacarse otro cuarto de los demonios que seguían poseyéndola, y se quedó tan solo con la mitad. Eso significaba que aún había quinientos demonios en ella, y que aún había doscientos cincuenta en la caja. ¿Y la Estrella de la Mañana? Nadie sabía si la criatura había escapado o seguía dentro de la caja. Ni siquiera lo sabía Hera.

En el presente, si Lazarus mataba a Hera, tal y como predecía una de las visiones de Siobhan, los demonios de la diosa quedarían sueltos en el mundo. Esos demonios serían libres y podrían hacer estragos entre la gente inocente.

Lazarus, Cameo y Hera habían tomado decisiones que iban a provocar un resultado; de un modo u otro, Lazarus tendría que enfrentarse a su némesis, y el enfrentamiento tendría lugar aquel mismo día.

Hades, que se había quedado pálido, se levantó de un salto.

—¡William! —gritó. Su hijo se había marchado hacía varias horas en busca de Gillian, una mujer que quería arrebatarle a su marido—. Vuelve conmigo. Ahora. Vamos a tener problemas.

Las palabras de Lazarus se repetían una y otra vez en la mente de Cameo: «Soy Lazarus, también conocido como el hombre de Cameo». Él no había mentido.

La había mirado sin tratar de disimular la lujuria y el anhelo de sus ojos. Ella se estremeció. Sobre todo, la había mirado con un sentimiento de traición.

Cameo se encorvó. Había herido a aquel hombre. Le había hecho mucho daño.

Desde que habían salido de la caverna, él no había vuelto a mirarla, y ella no tenía que preguntarse el porqué. Cada mirada le recordaría que la había perdido, puesto que él se había convertido en un extraño para ella. Debía de sentirse como si le estuvieran clavando una daga en el vientre.

¿Cómo la habría convencido para que se acostara con él? ¿Habría disfrutado Lazarus? ¿Y ella, habría llegado al clímax?

Tampoco tenía que preguntárselo: sí. Sí, si lo había alcanzado, puesto que la satisfacción todavía le producía una vibración suave en el cuerpo.

Su primer orgasmo, y no podía recordarlo. ¡Cuánto odiaba a Tristeza! El demonio le había arrebatado algo muy precioso. Siempre se lo arrebataría.

No podía escapar del demonio, salvo con la muerte.

El bosque se abrió a un claro en el que había un talud cubierto de musgo y un río. Del río surgía una escalera de mármol ancha y larguísima, de un kilómetro y medio, que ascendía por encima del agua. Lazarus se detuvo. A cada kilómetro que recorrían, su paso se ralentizaba, y le costaba más y más dar un paso. Seguramente, estaba herido, pero cuando ella le había preguntado si lo estaba, él le había dicho:

—¿Quieres saber lo que me pasa? Pues recuérdalo.

—No puedo. El demonio...

—Él no puede arrebatarte los recuerdos sin tu permiso.

No. Eso no podía ser cierto. ¿Por qué iba a darle

ella permiso a Tristeza para que hiciera tal cosa? No había un motivo lo suficientemente importante.

Y, sin embargo, tuvo una terrible sospecha: si no podía acordarse de los motivos por los que había permitido que Tristeza le borrara una parte de la memoria, estaría destinada a cometer una y otra vez los mismos errores, ¿no? ¿No era esa la verdadera definición de la tristeza?

–El portal que te llevará a casa está cerca –dijo Lazarus. Tenía una daga en cada mano, e iba buscando trampas con la mirada.

Sin bajar la guardia, comenzó a subir los escalones, acercándose a la entrada de un templo.

Cameo no se separó de él.

–¿Cómo lo sabes?

Se había dado cuenta de que aquel hombre no se estremecía cada vez que ella hablaba, y eso la animaba.

–Los portales emiten cierto tipo de poder. Los conozco bien, y lo noto –dijo él, en un tono muy formal que la desconcertó.

Echaba de menos la calidez que él había demostrado en la cueva. Tal vez fuera él quien necesitaba que le recordaran el pasado.

–¿Has dicho... que me quieres? –le preguntó. ¿Cómo podía quererla alguien?–. ¿Qué fue lo que te hizo enamorarte de mí?

A él se le tensaron los músculos de la espalda bajo la camiseta.

–El hecho de que seas fuerte y valiente. No te dejas dominar por el miedo, sino que lo superas. Tú misma eres un arma tan eficaz como las que creas. Además, has estado tan sola como yo durante mucho tiempo y, sin embargo, sigues soñando con un final feliz. Sonríes para mí, y para nadie más, y me das fuerzas con solo mirarme. Y, aunque no lo recuerdes, tú también me quieres, y quieres lo mejor para mí.

Ella tomó aire al oír todo aquello.

—¿No te parece lógico que me enamore de alguien como tú? —le preguntó él, suavemente.

A Cameo se le aceleró el corazón.

—Soy alguien que inspira lástima —dijo.

—A mí nunca me habías inspirado lástima... hasta hoy.

Lazarus se quedó callado. Si seguía hablando, la rabia podría con él. Cada vez le costaba más controlarse. Mientras caminaba por el bosque guiando a Cameo, esquivando trampas y animales depredadores, su humor había empeorado. Quería lo que era suyo, el afecto de Cameo. Ella se había convertido en su mejor amiga.

En su familia.

Sin embargo, ya no le quedaba mucho tiempo. Cada paso le causaba una agonía.

«Tengo que llevar a Cameo a casa, donde estará segura, y despedirme de ella».

¿Lo besaría por última vez, o tendría que pasarse toda la eternidad recordando aquella mirada vacía?

Siguió adelante con cautela. A pesar de todas las dificultades que habían tenido que superar en el bosque, sospechaba que Hera había reservado la peor de las trampas para el templo, para salvaguardar el portal. No obstante, llegaron a la parte superior de la escalera sin incidentes.

El templo estaba vacío. No había muebles... ni portal. No había poder, ni rastro de Hera, ni de su padre. La única señal de que había habido alguien alguna vez era una mancha de óxido bajo una enorme telaraña en el suelo de mármol.

Él se enfureció y dio un puñetazo en una columna de alabastro. ¿Cómo iba a conseguir enviar a Cameo con su familia? Se lo había prometido, ¡y no podía fallarle!

—¿Lazarus?

—¿Qué? –ladró él.

—Tienes un leopardo de peluche atado a la bolsa. Antes no estaba ahí. O, si estaba, yo no lo había visto.

¡Rathbone! Lazarus pasó la bolsa hacia delante y vio con claridad que el juguete le sonreía. Por muchas veces que él hubiera arrojado la nueva encarnación del guerrero a algún lugar de la selva, el soberano inmortal había vuelto.

Lazarus lo tiró escaleras abajo.

—¿Por qué no te gustan los juguetes? –le preguntó Cameo–. ¿Y por qué te has traído este si no lo querías?

—¿Quieres respuestas? Pues recuerda –le espetó él.

Después, se pasó la mano por la cara. Como siguiera así, iba a terminar por asustarla.

Era hora de pensar en su próximo movimiento. Había sentido el portal desde el bosque, incluso mientras subían por las escaleras. A medida que ascendían, el poder se intensificaba. ¿Acaso Hera podía proyectar ilusiones? Cuando la antigua reina había aparecido en el Downfall, a él le había dado esa impresión.

¿Lo había engañado?

Cameo empezó a recorrer aquella estancia vacía, pasando los dedos por las columnas.

—¿De quién es este templo? –preguntó.

—De Hera, la antigua reina de los griegos. No confíes nunca en ella. Quiere matarte.

—¿A mí? ¿Por qué?

–Por muchos motivos. Yo juré matarla a ella. Tú eres mi mujer, mi único punto débil. Y tienes la caja de Pandora.

A ella se le escapó un resoplido.

–Sí, claro.

–Yo nunca te he mentido, amor mío. Y nunca lo haré.

De repente, oyó rodar una piedrecita y se puso en guardia, con las dagas preparadas...

Un torbellino pasó entre ellos y los separó. Debilitado como estaba, Lazarus salió volando hacia la entrada y cayó varios escalones abajo. Su cuerpo dolorido protestó.

Sin embargo, la descarga de adrenalina mitigó su sufrimiento y le permitió ponerse en pie y correr hacia el templo de nuevo.

Cuando llegó, Hera había aparecido con una sonrisa de petulancia, y tenía aprisionada a Cameo contra una columna, amenazándola con una espada en el cuello.

Él sintió terror. Se quedó inmóvil, sin atreverse a respirar por si el más mínimo sonido empujaba a la diosa a golpear. Aquel miedo paralizante, que había nacido en él de niño, cuando había tenido que ver cómo hacían pedazos a su madre, era el motivo por el que siempre había detestado la debilidad.

Cameo estaba calmada. Su mirada no vaciló y, en vez de quedarse pálida, el color de sus mejillas se intensificó. ¿Se estaba preparando para luchar?

–Suéltala –le ordenó él a la diosa–. Ella no te ha hecho nada.

Hera alzó la barbilla.

–Yo quería a tu madre, y la descuarticé. Estoy dispuesta a hacer lo mismo con la guardiana de la Tristeza sin la menor vacilación.

—Tú quieres la caja de Pandora, y quieres que yo muera para estar a salvo de mi ira —le dijo él. Hera no sabía lo cerca que estaba del objeto de sus deseos, del colgante que Cameo llevaba bajo la camiseta. Por fin, Lazarus se movió y se puso la punta de una de las dagas al cuello—. Lo primero nunca lo tendrás, pero puedo darte lo segundo.

—¡No! —gritó Cameo—. No lo hagas.

—¡Cállate! —le ordenó Hera. Entonces, con la mano libre, se golpeó varias veces la sien, como si quisiera acallar un pensamiento o una voz. Lazarus había visto a los Señores del Inframundo hacer algo parecido—. ¿Por qué quieres salvar a esta mujer, de todos modos? Ella es tu debilidad.

—Te equivocas. Es mi mayor fortaleza.

Hera palideció.

—Imposible. Zeus no la creó para ser una guerrera. Mi esposo siempre consideró que las mujeres somos inferiores. Él creó a Pandora y a Cameo para ser prostitutas, para que les procuraran placeres a los soldados de verdad. ¿Por qué crees que Cameo consintió salir con dos de sus amigos?

Cameo se puso muy tensa, como si fuera a atacar.

—Eso no es cierto —dijo.

Hera se estremeció.

La expresión de Lazarus no reveló nada, salvo un ligero desdén.

—Te equivocas, Hera. Cameo fue creada para ser mi compañera perfecta.

—Nadie tiene una compañera perfecta. Los hombres tienen obsesiones, aunque solo sea durante una temporada. Y yo voy a tener la caja. Debo tenerla.

¿Por qué?

En realidad, la respuesta no tenía importancia; él

nunca se la entregaría. Jamás. Aquella caja podía utilizarse para matar a Cameo.

—Yo soy el único que sabe dónde está, y he proyectado una ilusión que te impedirá encontrarla —dijo Lazarus—. Si envías a Cameo a casa, podremos hablar.

Ella lo fulminó con la mirada.

—Tu padre no fue tan protector con tu madre. ¿Crees que él sabía lo mucho que deseaba morir Echidna? Ella me rogó una y otra vez que lo castigara matándola.

Aquellas palabras sacudieron a Lazarus.

—Mientes.

—No, pero sí mato —dijo Hera, y apretó la espada un poco más contra el cuello de Cameo—. Dame la caja.

Cameo emitió un suave sonido.

Él cada vez sentía más rabia, y estaba a punto de perder el control. Se olvidó de los cristales y sus músculos y huesos se expandieron, mientras que sus colmillos se prolongaban y afilaban, y le brotaban unas garras de las puntas de los dedos.

El monstruo había vuelto.

Cuando dio un paso hacia delante, Hera gritó:

—¡No te muevas!

Se oyó un rugido animal por todo aquel espacio, y Lazarus estuvo a punto de sonreír. Rathbone había vuelto. El leopardo ya no era un muñeco de peluche, sino el de verdad, y saltó hacia él. Lo agarró de la muñeca con los dientes y lo arrojó al otro lado de la habitación, contra Hera. El golpe la derribó, y a la diosa se le escapó la espada de la mano.

Cameo salió corriendo y se hizo con el arma.

De un salto, Lazarus le puso la bota a la diosa en el cuello y la atrapó contra el suelo. Rathbone se transformó en un hombre vestido de cuero.

Sonrió a Lazarus.

—Tener un amigo es mejor que tener un enemigo, admítelo.

—Un verdadero amigo habría ido por el malo de la película, en vez de tirarme al otro extremo de la habitación —respondió Lazarus, secamente.

Hera forcejeó.

—¡Suéltame!

—Has amenazado a mi mujer. Hoy es el día de tu muerte —dijo Lazarus, mirándola—. Lo único que puedes elegir es la forma de morir. Si me dices dónde está mi padre, te mataré con rapidez, sin dolor.

Pese a que le faltaba el aire, Hera consiguió reír.

—Eres idiota, como todos los de tu raza. Nunca veis lo que tenéis delante.

¿Qué significaba eso? ¿Acaso había visto a su padre pero no lo había reconocido?

—Además, te distraes con mucha facilidad —dijo ella.

Entonces, con una sonrisa, se transformó de nuevo en el tornado.

Lazarus trató de arrancarle la tráquea con las garras, pero ella se le escapó, y él solo pudo tocar el suelo de mármol.

El tornado golpeó a Rathbone, lo elevó por el aire y lo dejó caer al suelo de bruces. Después, dio un giro y golpeó a Cameo. Lazarus gritó de terror, pero, cuanto más se acercaba el aire furioso a su amor, más se debilitaba aquel viento.

Había algo que bloqueaba el poder de Hera. ¿El demonio de Cameo?

No, la reina no estaba sollozando. ¿La caja de Pandora? No, puesto que Hera no estaba poseída.

Sin embargo, por su forma de agitar la cabeza y golpearse la sien…

¿Estaba poseída?

El tornado murió, y Hera se materializó de nuevo. Cameo estaba preparada. Puso el pie en el estómago de Hera y utilizó el cuerpo de la diosa como apoyo para rodearle el cuello con la otra pierna y derribarla. Mientras caían, Cameo se giró para aterrizar sobre su enemiga y clavarle una daga en el pecho.

Hera gruñó de la sorpresa. Lazarus se quedó boquiabierto, admirado. «Esa es mi chica».

La herida no iba a matar a la diosa, pero la debilitaría. Empezó a sangrar, y se formó un charco de sangre a su alrededor. Cada movimiento que hacía solo servía para que la daga se hundiera más y más.

Rathbone se recuperó rápidamente y se agachó junto a ella. Le partió los brazos a Hera, y ella gritó de dolor. Sin embargo, Rathbone no se apiadó y le rompió también las piernas.

—Bueno, así no se va a poder mover en un buen rato. No sé si romperle la mandíbula para que se calle. Grita mucho —dijo, y se frotó la barbilla con dos dedos—. Sí, creo que voy a hacerlo.

Hera se quedó callada.

—Buena chica —dijo Rathbone.

Lazarus sacó la Vara Cortadora y el pedazo de tubo de la Jaula de la Compulsión de una de las bolsas. Su nivel de adrenalina se había desplomado, y sus garras y colmillos se habían retraído. Los cristales ardían y se acercaban cada vez más a su corazón.

«Termina con esto antes de que sea demasiado tarde».

—¿Sabes dónde está el portal? —le preguntó a Rathbone.

—Sí.

El guerrero tomó un puñado de tierra del suelo y lo lanzó al costado lateral del templo. No había pared, solo una caída de un kilómetro y medio al vacío. Sin embargo, la tierra se quedó esparcida sobre una gran porción de aire en forma de puerta.

Por fin, algo que funcionaba bien.

Él miró a Cameo. Su bella Cameo.

–Te quiero. Siempre te querré.

–Lazarus –dijo ella, con tristeza, e intentó tocarlo–. No me digas adiós. Aún no. Voy a quedarme aquí contigo. Podemos…

Él la interrumpió y se giró hacia Rathbone.

–Llévala a casa sana y salva.

Él se quedaría allí… para siempre. Iba a matar a Hera y a presenciar cómo se pudría su cuerpo, y a sentirse satisfecho al saber que su alma entraba en los reinos de los espíritus. Iba a utilizar la Vara Cortadora y el tubo para asegurarse de que lo conseguía.

Si sus sospechas eran correctas y Hera estaba poseída por un demonio, acabaría en el reino de la prisión.

De cualquier modo, iba a morir.

En cuanto a Typhon, iría a buscarlo si tuviera más tiempo. Sería más fácil matar a su padre cuando Hera hubiera muerto. Sin embargo, no tenía más días, y debía resignarse a que aquel canalla siguiera vivo. Saber que estaba atrapado en una cárcel de cristal disminuía la fuerza del golpe.

Rathbone tomó en brazos a Cameo y se dirigió al portal.

–No me voy a marchar –dijo ella, y empezó a forcejear y a darle puñetazos al guerrero. Sin embargo, él no la soltó.

Aunque no lo recordara, todavía quería ayudarlo.

Con el pecho ardiendo, se acercó a la diosa, haciendo todo lo posible por disimular el dolor, con la intención de acabar con ella de una vez por todas.

—No sé por qué, pero no puedo atravesarlo —dijo Rathbone, mientras chocaba con una pared invisible.

¿Estaban atrapados? Aquello tenía que ser cosa de Hera.

—Tira esa pared —le ordenó Lazarus a la diosa.

Ella se sacó la daga del pecho y, con la mano temblorosa, le apuntó con el extremo manchado de sangre.

—Dame... la caja...

—Esto ya no es una negociación. Tira la pared.

Ella dio un terrible grito y se abalanzó sobre él como si fuera un resorte. Lazarus la esquivó, pero, como estaba tan débil, se tropezó. Mientras él trastabillaba, Hera dirigió su ataque hacia Cameo y Rathbone.

Lazarus gritó para avisarlos, pero no era necesario. Rathbone bloqueó el ataque, y Cameo sacó una espada de la funda que el guerrero llevaba a la espalda y se unió a la lucha.

Lazarus se colocó en el medio de un salto y bloqueó el siguiente espadazo de Hera antes de darle un golpe en la cabeza con el tubo. Ella se tambaleó hacia un lado, pero no perdió el conocimiento; rápidamente, retomó la lucha. Sabía agacharse, saltar y esquivar. Sabía cuándo debía girar y cuándo debía mantener la posición y, lo que era peor, infligía más heridas de las que recibía. Lazarus se llevó la mayor parte de aquellas heridas, puesto que casi había perdido los reflejos. Al menos, ella se estaba cansando y sus movimientos eran cada vez más lentos. Además, su respiración estaba entrecortada.

Cuando Cameo le hizo un terrible corte en el estómago, Hera intentó huir del templo. En cualquier otra ocasión, él se lo habría impedido interponiéndose en su camino, pero aquel día lo único que pudo hacer fue proyectar una ilusión. Sin embargo, conjuró lo peor para Hera: la monstruosa forma de Typhon en sus mejores tiempos.

Tenía el pelo negro y los ojos oscuros, como Lazarus, y las orejas terminadas en punta. Los extremos eran tan gruesos y altos que parecían cuernos. Dentro de la nariz y de la boca tenía llamas rojas que crepitaban. Su pecho era gigante y, en él, tenía tatuada una imagen de la madre de Lazarus, cuya cabellera estaba formada por serpientes.

En la espalda, Typhon tenía tres pares de alas. Uno de ellos brotaba de sus hombros, el otro brotaba entre los omóplatos y, el tercero, desde sus caderas hacia delante, para proteger su estómago y su entrepierna.

Tenía las piernas tan gruesas como troncos de árbol, y cubiertas de escamas y de venas de fuego. Con un solo corte, aquel fuego se extendería y reduciría a cenizas a todo aquel que entrara en contacto con él. Sus pies y sus manos eran garras afiladas.

Hera gritó y se arrastró hacia atrás.

—No puedes... no es posible que estés aquí. Así, no. Tu crisálida...

Crisálida. Aquella palabra reverberó en la mente de Lazarus. ¿Se refería a la crisálida de una mariposa, hecha de seda y no de cristal?

«Lazarus... rey... de las mariposas».

—No puede ser de verdad —gritó ella.

La última vez que la diosa había visto a su padre, Typhon estaba tan débil que apenas podía moverse. En aquella ilusión, sin embargo, contaba con todas sus fuerzas. Era un oponente al que ella no podía vencer.

El fantasma le lanzó una llamarada a Hera y las llamas le quemaron las botas. Ella se las quitó, pero se le llenaron todas las manos de ampollas.

—Si Typhon no es real —le preguntó Lazarus—, ¿por qué te has quemado?

Hera abrió y cerró la boca. Si hubiera nacido con la capacidad de proyectar ilusiones, sabría que la mente tenía el poder de infligir la herida que esperaba.

Rathbone volvió a concentrarse en la pared invisible y Cameo se centró en la diosa, con un arma en la mano. También miró al monstruo con el ceño fruncido.

Lazarus caminó hacia Hera y se estremeció. ¿Los cristales eran, en realidad, una crisálida de seda? Fuera lo que fuera, se estaban extendiendo rápidamente por su cuello, por sus mejillas y por sus orejas. De repente, dejó de oír, y la sustancia también le llenó los pulmones. Le quedaban pocos minutos de vida.

Aunque quería ir con Cameo y ver su rostro exquisito mientras moría, se tambaleó hacia Hera. La diosa no tenía dónde ir. El fuego de Typhon la había rodeado. Ella entrecerró los ojos y alzó la barbilla. Incluso ante su final, tenía rebeldía.

«Mata lo que amenaza a tu mujer y entrégate a la eternidad», se dijo él, y blandió la Vara Cortadora en el aire.

Cameo se quedó espantada y, con un grito, se puso delante de Hera. Él no tuvo tiempo de desviar el golpe, y le atravesó el pecho. Ella jadeó de asombro, y él gritó.

¡No! ¿Qué había hecho?

Había herido a la mujer a la que quería. Tal vez la hubiera matado...

No, no, no.

—¿Por qué? ¿Por qué has hecho esto?

Intentó sacar la Vara Cortadora de su cuerpo. En cualquier momento, el artefacto succionaría su vida a través de algún portal... Sin embargo, el extremo de la vara permaneció atrapado en el esternón de Cameo.

Para sacarlo, tendría que arrancarle la caja torácica. Se le colapsarían los pulmones y su corazón, ya dañado, se pararía.

Las heridas le causarían un dolor agónico, pero se curaría.

Primero... Lazarus insertó la Vara Cortadora en el tubo de la Jaula de la Compulsión:

—Vive para siempre —le ordenó—. Exijo que el demonio te deje. Exijo que tu espíritu permanezca dentro de tu cuerpo. ¿Me oyes? Te ordeno que vivas. ¡Obedece!

Cuando Cameo intentó hablar, se le derramó la sangre por las comisuras de los labios.

Todavía estaba muriendo.

¡No! Lazarus dio un fuerte tirón y sacó la Vara Cortadora de su cuerpo. Solo le arrancó media caja torácica, aunque no fuera perfecto. Ella gritó de dolor, y él tiró los artefactos a un lado. Bajo la piel de Cameo aparecieron venas negras, unos tentáculos que se retorcían en su interior. Todo su cuerpo se contrajo.

¿El demonio estaba abandonándola?

Muy pronto, el negro se volvió gris, y el gris, azul, hasta que las venas volvieron a ser normales, con un aspecto saludable. Después, una niebla negra se elevó desde el colgante que había bajo su camiseta.

¡Sí! El demonio.

La niebla flotó sobre ella, y unos ojos rojos luminosos se clavaron en Lazarus. Unos colmillos afilados trataron de morderlo antes de que la niebla saliera velozmente del templo, sin que la pared invisible se lo impidiera.

¿Había sobrevivido Cameo?

Lazarus cayó de rodillas junto a ella. Tenía que tocarla y saber qué le ocurría. Con las manos temblorosas, le pasó los dedos por la mejilla.

El color saludable había desaparecido, y estaba muy pálida. Jadeaba y respiraba con dificultad. Sin embargo, no había entrado en el reino de los espíritus. ¿Por qué?

—Se ha... ido —murmuró—. Tristeza... se ha ido. Siento... felicidad. Tengo recuerdos.

¿Lo recordaba a él?

Lazarus tuvo ganas de gritar de alegría. De sollozar. ¿Qué iba a ocurrir? Cameo no podía morir. ¡No podía!

—¡Mi manzana! —exclamó Hera, que estaba al otro lado de Cameo, y trató de agarrar el colgante.

Rathbone la tomó de la muñeca y tiró de ella para que Lazarus pudiera despedirse.

—¿Por qué lo has hecho? —le preguntó a Cameo.

—Ella iba a... apuñalarte.

Así pues, Hera también había proyectado una ilusión, y Cameo había pensado que lo estaba salvando. A él, a un hombre a quien ni siquiera recordaba en ese momento.

¿Cómo iba a permitir que muriera?

«Lazarus... rey... mariposas».

Las mariposas siempre se habían sentido atraídas por él. ¿Por qué? ¿Porque los que eran iguales se atraían? ¿Era él...? ¿Podía ser...?

Los gusanos se transformaban en mariposas cuando formaban la crisálida.

Hydra, su antepasada, no podía morir. Typhon, tampoco. Crisálida... En su etapa de espíritu, Lazarus había pasado por un portal que solo era para mortales. Tal vez la crisálida había provocado un cambio en su cuerpo, lo había regenerado...

¿Porque la crisálida lo fortalecía, en vez de debilitarlo?

Crisálida... Una mariposa no podía escapar de ella

sin luchar por liberarse. ¿Podría él luchar y liberarse? ¿Sería más fuerte si conseguía emerger?

Su padre no había luchado para salir de su crisálida. Sin embargo, su padre odiaba a su obsesión. No tenía ningún motivo para luchar. Él amaba a su obsesión, y el amor siempre vencía al odio.

«Lazarus... rey... mariposas».

¿Y si podía ayudar a Cameo con la crisálida?

¿Y si la condenaba a morir?

No tenía tiempo para debates. Cameo respiraba cada vez con más dificultad. Ninguno de los dos tenía otra opción. Parecía que Hera cada vez estaba más recuperada, y la ilusión de Typhon había empezado a desvanecerse.

Con un gruñido, Lazarus se hizo un corte en la muñeca. Puso la herida sobre la de Cameo y dejó que su crisálida y su sangre se vertieran en ella.

Siguió mirándola fijamente, pero ella no se movía y no recuperaba el pulso. Sin embargo, la crisálida siguió creciendo en él, extendiéndose... ¡No! Tenía que saber si ella iba a sobrevivir. Tenía que ver su sonrisa por última vez.

La sustancia invadió sus ojos y lo dejó ciego... y, finalmente, entró en las cámaras de su corazón y lo dejó consciente del mundo que lo rodeaba, pero completamente incapacitado.

Capítulo 30

«Cada final anuncia un nuevo comienzo. No malgastes nunca el tuyo».
~~*Cómo los chicos se convierten en hombres*~~
La promesa más oscura
Subtítulo: *La historia de Lazarus y su Cameo*

Los recuerdos inundaron la mente de Cameo y la abrumaron. Vivió en esos recuerdos y olvidó el resto del mundo. Recordaba todas las veces que había sonreído o se había reído.

Aquella vez que Torin le había dicho: «Si Enfermedad extendiera el ébola en vez del temido resfriado masculino, la humanidad tendría una oportunidad de sobrevivir».

O lo que le había dicho Maddox: «Golpeas como una bestia. Si las bestias golpearan como un camión».

Cuando Kane le había tomado el pelo: «¿Por qué Tristeza y Desastre no han podido conseguir que su relación funcionara? Uno de los grandes misterios de la vida».

Recordaba las veces que se había sentido valorada. Cuando Sabin y Strider le habían entregado las cabezas de sus torturadores. Cuando Amun se interpuso para recibir una bala que iba hacia ella. Cuando Lucien, Gideon y Reyes prepararon una comida de Acción de Gracias porque ella había mencionado que quería pasar aquella fiesta como una persona normal. Cuando Paris y Aeron aparecieron en un bar de inmortales después de que ella hubiera quedado con un cambiaformas que le había dicho que «iban a pasar una noche tan divertida que nunca la olvidaría». El cambiaformas se había escabullido a los diez minutos de estar con ella, pero sus chicos se habían quedado en el bar a bailar. Y, más tarde, le habían zurrado la badana al cambiaformas, por supuesto.

Aquellos guerreros la querían. Y, sin embargo, ella le había permitido a Tristeza que le borrara de la mente todos aquellos recuerdos. Una y otra vez, el demonio había aprovechado su miedo a conocer y perder la verdadera felicidad. La había engañado. No, en realidad, era ella quien se había engañado a sí misma. No había querido creer que podían ocurrirle cosas buenas. Siempre había estado esperando lo peor, y lo había conseguido.

Ella había creado su propia tristeza. Había causado su propia destrucción. Y, lo peor de todo era que había renunciado a sus recuerdos de Lazarus porque no creía que pudieran ser felices para siempre.

¡Lazarus! Él había jugado en el barro con ella. Le había tomado el pelo y la había protegido. Le había dado orgasmo tras orgasmo, la había abrazado y la había querido.

Él... la había apuñalado.

Sí. Sí, pero solo porque ella se había colocado entre Hera y él. Hera, que había estado a punto de apuñalarlo a él.

Aunque no recordaba a Lazarus en ese momento, notaba una conexión muy fuerte con él. Su cuerpo sí recordaba sus caricias y quería más. El deseo de quedarse a su lado la obsesionaba. Parecía que cada movimiento que hacía Lazarus le causaba un gran dolor y, sin embargo, había seguido moviéndose por el templo y luchando contra la diosa. Ella hubiera querido calmar su dolor, ayudarlo y protegerlo.

Si hubiera conservado sus recuerdos, habría querido las mismas cosas, salvo que con mucha más intensidad.

Y, en aquel momento, Lazarus estaba... Cameo frunció el ceño. ¿Dónde estaba? Lo último que ella recordaba era que estaba agachado junto a ella. Se había cortado la muñeca y...

¡Se había cortado la muñeca! A ella se le hizo un nudo en el estómago. Se había cortado la muñeca mientras los cristales se extendían rápidamente por su carne. ¿Y si había muerto? ¿Y si ella moría y él vivía atrapado para siempre? ¿Y si...?

No. Ya no iba a permitirse tener más pensamientos deprimentes sin esperanza. Fuera cual fuera la situación, podía solucionarse.

–¿... demonios ha pasado aquí?

Aquella era la voz de Hades. ¿Había viajado ella al inframundo?

–Hera puede robar habilidades. Le robó a Typhon, y luego a Lazarus, la capacidad de proyectar ilusiones –decía Rathbone–. Hizo que Cameo pensara que Lazarus estaba a punto de ser apuñalado.

Otra ilusión. Bueno, ella no iba a arrepentirse de lo que había hecho. La Vara Cortadora había cumplido su cometido, separar al demonio de su espíritu. El corte había sido limpio, y Lazarus había cauterizado la herida espiritual con el amor que sentían el uno por el otro. Sin embargo, Tristeza no había entrado en la caja de Pandora. La caja había tratado de succionarlo, pero el demonio había conseguido escapar.

Ahora estaba vagando por el reino de Hera, a menos que hubiera encontrado una salida.

—¿Dónde está Hera? —preguntó William, el hijo de Hades.

—Escapó cuando vosotros llegasteis —respondió Rathbone.

—Así que está viva —dijo Hades, en un tono de alivio—. Está poseída por cientos de demonios y, si ella muere, quedarán libres. Tenemos que actuar con cautela, o Lucifer los utilizará a sus demonios y a ella para obtener ventaja.

«¡Ya habéis hablado de Hera lo suficiente! ¡Hablad de Lazarus!».

Él le había dado a ella algo de su sangre. Su cuerpo ya había empezado a sanarse, así que le debía la vida.

Cameo luchó por salir de aquel maremágnum de pensamientos. Quería estar consciente... y luchó por conseguirlo...

¡Por fin! Con un jadeo, se sentó y pestañeó. Al ver al hombre a quien amaba, agachado a su lado, con la mano extendida, se sintió alarmada. La crisálida lo había cubierto por completo, moldeándose a su cuerpo. Tenía dos mariposas posadas sobre la cabeza.

—Lazarus —dijo ella. Se puso de rodillas y le dio palmaditas frenéticas en la mejilla—. Estoy viva. No he muerto. Vuelve conmigo, por favor.

No hubo reacción por su parte. Bajo los cristales brillantes, Cameo veía su rostro bello. Tenía la mirada perdida. El pecho no se le movía con la respiración.

¡Inaceptable!

Una mano fuerte y reconfortante le apretó el hombro.

—Lo siento, cariño. Vamos a casa.

—No —dijo ella, y apartó a William de una palmada en la mano. Sentía el magnetismo de la felicidad por primera vez en la vida, pero una tristeza que le resultaba muy familiar intentaba atraparla de nuevo y retorcerle el corazón—. No me voy a marchar sin Lazarus.

—Escúchala —dijo Rathbone, frotándose la mandíbula, que se le estaba curando. Cameo se la había roto accidentalmente tratando de escapar—. Lo dice en serio.

—Lazarus... o lo que queda de él, puede venir con nosotros —dijo William, con tristeza.

—Sí —dijo ella, y asintió—. Sí.

Sus amigos la ayudarían.

—Llevadnos a casa.

Pasaron los días. Lazarus siguió inmovilizado en su crisálida, y Cameo permaneció a su lado. Solo salió una vez del dormitorio, para entregarle a Torin la manzana. Él se encargaría de ponerla a buen recaudo.

—Te necesito, Lazarus —dijo ella, paseándose por delante de él—. Vuelve conmigo.

La primera vez que había tomado una pica de hielo para liberar a Lazarus, Keeley había entrado en la habitación gritando:

—¡Ni se te ocurra! Si le cortas la crisálida a una mariposa, se debilitará. Haz que trabaje para salir, y será más fuerte.

Exactamente lo que le había dicho Lazarus.

—Él no es ninguna mariposa.

Sin embargo, se quedó callada. Las mariposas habían invadido la fortaleza desde que habían vuelto. Estaban posadas en Lazarus y, alguna vez, lo habían cubierto por completo.

—¡Sí lo es! —dijo Keeley—. Por fin he encontrado información sobre él en mi corcho —añadió. Su corcho era, en realidad, su cabeza, que tenía milenios de antigüedad—. Es el hijo de Typhon, el último rey de las mariposas.

—No. Si lo fuera, Lazarus lo sabría. Y no es delicado, ni pequeño. Ni tiene alas.

Keeley agitó los puños hacia el cielo.

—¿Por qué todo el mundo se fía solo de su propia experiencia y nunca se cree mis explicaciones? Mira, yo conocí a Typhon. Era un tipo horrible. Una de sus antepasadas era Hydra, e Hydra tuvo una aventura con el rey de los Ledidoptera, unos guerreros sin igual. Ellos marcaban a todos los soldados, armas y armaduras con una mariposa. Era un símbolo de renacimiento, porque siempre volvían de entre los muertos.

Pero...

—Si pueden volver de entre los muertos, ¿dónde están ahora?

—Tal vez no tuvieran la fuerza suficiente para romper la crisálida. Typhon no pudo. No puede, y todavía está atrapado. He preguntado a William y a Hades acerca del reino secreto de Hera. El Monstruo está allí. Su crisálida está infectada, seguramente, por el odio que reina en su corazón, y supura veneno.

Supuraba veneno... Sí, en aquel reino habían visto algo que supuraba: un árbol cubierto de brea que había ayudado a Lazarus a escapar de las lianas asesinas. ¿Era aquel arbusto su padre, la crisálida escondida bajo la brea? Tal vez no fuera tan malo, después de todo...

No importaba. Era un violador.

–Las crisálidas no son de cristal –dijo Cameo.

–No, las de los insectos, no. Pero las de los inmortales como Lazarus sí están hechas de seda y cristal. Bueno, tengo que irme. Hay un maratón de la serie *Psych* que no me quiero perder. Estoy aprendiendo a ser detective.

Cuando estaba en la puerta, Keeley se volvió hacia ella y le dijo:

–Un consejo final de la Reina Roja: tienes que darle a Lazarus un motivo para que siga luchando por liberarse.

Y, con aquellas palabras, se marchó.

En aquel momento, Cameo estaba sentada en la cama, frente a Lazarus. Se frotó el pecho, en el sitio en el que la había atravesado la Vara Cortadora. Tenía una delgada línea en el centro del esternón. Era una cicatriz, que tenía algo parecido a dos alas, una a cada lado de la línea. Otra mariposa, pensó ella, con una sonrisa. ¡Una sonrisa de verdad!

–Zeus y el resto de los griegos se han escapado del Tartarus –le dijo a Lazarus–. Se han puesto de parte de Lucifer en la guerra, y su ejército es mucho más fuerte. Hera está en el tercer cielo. La han visto escondida entre los Enviados. Necesito que estés aquí, luchando a mi lado. Lucien estuvo a punto de morir en la última batalla, y Maddox se está recuperando de las heridas.

Nada. No hubo reacción.

–¿Conoces a Atlas y Nike? Son los dioses griegos de la Fuerza. Se han casado y se han aliado con Hades. Lo ha convencido para que prepare la madre de todas las batallas, y se va a producir dentro de una semana. Yo voy a participar. Estaré en medio de la lucha. ¿De verdad quieres que vaya sin ti?

Nada.

Ella se clavó las uñas en los muslos. No iba a rendirse. Nunca.

—Te he robado la devoción de tus mascotas. Están revoloteando fuera del balcón, y yo voy a darles informes sobre tu estado. No me dijiste que esas asquerosas serpientes del cielo saben hablar once idiomas, pero que preferían hablar el typhonés, el único que yo no sabía, solo para cabrearme.

Nada.

Bien. Había llegado el momento de jugar sucio. ¡Literalmente!

—Mi tatuaje de la espalda ha desaparecido. Pero, gracias a ti, tengo otro —le dijo, y se sacó la camiseta por la cabeza. Se quitó la ropa interior y quedó desnuda ante él. El aire fresco la acarició cuando se echó hacia atrás y apoyó el peso del cuerpo en ambos codos. Le ofreció a Lazarus una vista frontal.

—¿Lo ves? —le preguntó, pasándose los dedos por el esternón—. ¿Qué te parece?

A Cameo se le aceleró el corazón mientras esperaba. Esperó, rezó. Pero no ocurrió nada.

Subió a la cama. Las sábanas olían a Lazarus, a chocolate y champán.

—Esto es lo que te estás perdiendo —dijo ella, con la voz enronquecida—. Y me estás negando tus besos, tus caricias… —añadió. Se tomó los pechos con ambas manos y se pellizcó los pezones. Sintió una descarga de placer—. Yo podría llegar al clímax sin ti, pero… no sería tan divertido. Voy a…

La crisálida se rompió. Los fragmentos de seda y cristal salieron disparados en todas las direcciones. Lazarus se irguió por completo. Tenía los puños apretados y la respiración acelerada.

Ella jadeó. Sus miradas se quedaron atrapadas la

una en la otra. Los ojos de Lazarus habían cambiado. Seguían siendo oscuros, pero parecía que los iris tenían un borde parecido a la crisálida. Su piel brillaba como si le hubieran espolvoreado con polvo de diamante.

–¡Lo has conseguido! –gritó Cameo–. ¡Eres libre!
–Sí.

Al oír el sonido de su voz, grave y sexy, ella sintió una explosión de alegría.

–¡Tenía que haberme desnudado hace días! –exclamó, y se echó a reír.

Él inhaló una bocanada de aire.

–Siempre he soñado con oír esa risa, pero es mucho mejor en la realidad. Es mejor que nada que haya podido imaginar. Tu risa es mágica. Es un encantamiento para atraer y seducir. Si no estuviera ya enamorado de ti, me habría vuelto loco por ti en este mismo momento.

Ella se quedó callada. De repente, tuvo muchas sensaciones distintas: cosquilleos, calor, dolores y necesidades, muchas necesidades. Él subió al colchón y se tendió sobre ella. Se miraron el uno al otro durante un largo instante, asimilando aquel momento. ¡Tenían un futuro!

Él la besó. Primero, la acarició suavemente con los labios y, después, la devoró. Cuando levantó la cabeza, a los dos les faltaba el aliento.

–Te quiero, amor mío. Eres la luz de mis días más oscuros. Para mí, eres lo primero, y siempre lo serás. Nunca habrá nada por delante de ti.

–Yo también te quiero. Tú eres lo primero... Pero, para ser completamente sincera, vienes con tu pene.

A él se le escapó una risotada.

–¿Esta es mi dulce Cameo sin rastro de tristeza?
–Pues, sí. Puedes llamarme reina Cameo –dijo ella, con una sonrisa–. Parece que tú eres el rey de las ma-

riposas y, como soy tu mujer, tengo derecho a la mitad de tus posesiones. Empezando por esto –dijo, y tomó su pene entre las manos. A él se le escapó un siseo–. Ummm... Tu amor por mí está creciendo...

Él le mordisqueó el labio inferior.

–Vamos a tener una vida gloriosa. Es una orden... y una promesa.

–Vamos a ser felices –dijo ella.

–Felices, sí. Y... ¿cariño? Me da la impresión de que mi amor por ti va a crecer todas las mañanas, tardes y noches.

Ella se echó a reír.

–¡Magnífico!

Entonces, él volvió a besarla, y Cameo se abandonó a la promesa de una eternidad feliz.

Glosario de personajes y términos

Aeron: Señor del Inframundo, antiguo guardián de la Ira. Marido de Olivia.

Alexander: También conocido como Alex, antiguo novio de Cameo.

Amun: Señor del Inframundo. Guardián del demonio de los Secretos. Marido de Haidee.

Anya: Diosa menor de la Anarquía, prometida de Lucien.

Ashlyn Darrow: Humana con la habilidad sobrenatural de escuchar las conversaciones pasadas. Esposa de Maddox y madre de Urban y Ever.

Axel: Enviado que tiene un secreto.

Baden: Señor del Inframundo, antiguo guardián de la Desconfianza. Marido de Katarina.

Bianka Skyhawk: Arpía. Hermana de Gwen, Kaia y Taliyah.

Bjorn: Enviado.

Brochan: Enviado expulsado del cielo. Hermano de McCadden.

Caja de Pandora: También llamada dimOuniak. Hecha con los huesos de la diosa de la Opresión. Ahora ha tomado forma de manzana y es un colgante. Una vez albergó a los señores de los demonios.

Cameo: Señora del Inframundo. Guardiana de la Tristeza.

Capa de la Invisibilidad: Artefacto que tiene el poder de ocultar a quien la lleva de los ojos de los demás.

Cazadores: Enemigos mortales de los Señores del Inframundo. Su grupo ha sido disuelto.

Cronus: Antiguo rey de los Titanes. Antiguo guardián de Avaricia. Marido de Rhea.

Danika Ford: Humana novia de Reyes, conocida como el Ojo que Todo lo Ve.

dimOuniak: Caja de Pandora.

Downfall: Una discoteca bar para inmortales. Los propietarios son Thane, Bjorn y Xerxes.

Echidna: Gorgona, madre de Lazarus.

Elin: Mestiza de fénix y ser humano. Compañera de Thane.

Enviados: Guerreros alados. Asesinos de demonios.

Estrella de la Mañana: Se creía escondido en la caja de Pandora. Es el objeto más poderoso de la historia del mundo.

Ever: Hija de Maddox y Ashlyn. Hermana de Urban.

Fae: Raza de inmortales que desciende de los Titanes.

Galen: Señor del Inframundo. Guardián de los Celos y las Falsas Esperanzas.

Gideon: Señor del Inframundo. Guardián de las Mentiras.

Gillian Bradshaw: También conocida como Gilly Shaw. Mujer humana recientemente convertida en inmortal.

Griegos: Antiguos gobernantes del Olympus.

Gwen Skyhawk: Arpía. Mujer de Sabin. Hija de Galen.

Hades: Uno de los nueve reyes del inframundo.

Haidee Alexander: Antigua Cazadora. Guardiana del Amor. Amante de Amun.

Hera: Reina de los griegos. Mujer de Zeus.

Hilda: Esfinge. Guardiana del Reino de las Calaveras.

Jaula de la Compulsión: Artefacto que tiene el poder de esclavizar a quien esté en su interior.

Josephina Aisling: Reina de los Fae. Mujer de Kane.

Juliette Eagleshield: También conocida como «la Erradicadora». Arpía. Ella misma se ha nombrado consorte de Lazarus.

Kadence: Diosa de la Opresión. Está muerta, pero permanece en espíritu.

Kaia Skyhawk: Parte Arpía, parte Phoenix. Hermana de Gwen, Taliyah y Bianka. Consorte de Strider.

Kane: Señor del Inframundo. Guardián del Desastre. Marido de Josephina.

Katarina Joelle: anteriormente humano; Alfa de los Hellhounds; consorte de Baden.

Keeleycael: Curator. Reina Roja. Prometida de Torin.

Lazarus el Cruel e Insólito: Guerrero inmortal. Hijo único de Typhon y de Echidna.

Legion: Demonio sirviente en un cuerpo humano. Hija adoptiva de Aeron y Olivia. También conocida como Honey.

Lucien: Uno de los líderes de los Señores del Inframundo; guardián de la Muerte. Prometido de Anya.

Lucifer: Uno de los nueve reyes del inframundo. Hijo de Hades, hermano de William.

Maddox: Señor del Inframundo. Guardián de la Violencia. Padre de Urban y Ever, marido de Ashlyn.

McCadden: Enviado expulsado del cielo. Hermano de Brochan.

Ojo que Todo lo Ve: Artefacto divino que tiene el poder de ver el cielo y el infierno. Danika Ford.

Olivia: Enviada. Amante de Aeron.

Pandora: Guerrera inmortal que fue guardiana de la caja. Ha resucitado recientemente.

Paris: Señor del Inframundo. Guardián de la Promiscuidad. Marido de Sienna.

Phoenix: Inmortales que tienen una íntima relación con el fuego y que descienden de los griegos.

Rathbone: Uno de los reyes del inframundo.

Reyes: Señor del Inframundo. Guardián del Dolor. Marido de Danika.

Sabin: Uno de los líderes de los Señores del Inframundo. Guardián de la Duda. Consorte de Gwen.

Scarlet: Guardiana de las Pesadillas. Mujer de Gideon.

Señores del Inframundo: Guerreros inmortales exiliados. Están poseídos por los demonios que salieron de la caja de Pandora.

Sienna Blacksone: Antigua Cazadora. Actual guardiana de la Ira. Actual dirigente del Olympus. Amada de Paris.

Siobhan: Diosa de los Muchos Futuros.

Strider: Señor del Inframundo. Guardián de la Derrota.

Taliyah Skyhawk: Arpía. Hermana de Bianka, Gwen y Kaia.

Tartarus: Dios griego del Confinamiento. Cárcel para inmortales del Monte Olympus.

Teletransportarse: El poder de trasladarse con solo un pensamiento.

Titanes: Gobernantes de Titania. Hijos de ángeles caídos y humanos.

Thane: Enviado. Compañero de Elin.

Torin: Señor del Inframundo. Guardián de Enfermedad. Prometido de Keeleycael.

Typhon: Padre de Lazarus.

Urban: Hijo de Maddox y Ashlyn. Hermano de Ever.

Vara Cortadora: Artefacto con el poder de separar el alma del cuerpo.

Viola: Diosa de la Otra Vida. Guardiana del Narcisismo.

William el Eterno Lascivo: Guerrero inmortal de orígenes cuestionables. También conocido como William el Oscuro.

Xerxes: Enviado.

Zeus: Rey de los Griegos. Marido de Hera.

ÚLTIMOS TÍTULOS PUBLICADOS EN HQN

Azul cielo de Mar Carrión

El Puerto de la Luz de Jane Kelder

Vuelves en cada canción de Anna García

Emocióname de Susan Mallery

Vacaciones al amor de Isabel Keats

No puedo evitar enamorarme de ti de Anabel Botella

Dulce como la miel de Susan Wiggs

Un lugar donde olvidarte de J. de la Rosa

Una boda en invierno de Brenda Novak

El hechizo de un beso de Jill Shalvis

La tentación vive arriba de M.C. Sark

Ardiendo de Mimmi Kass

Deletréame te quiero de Olga Salar

Las hijas de la novia de Susan Mallery

Los hombres de verdad no… mienten de Victoria Dahl

Made in the USA
Monee, IL
03 May 2026